CORPS MANQUANTS

DU MÊME AUTEUR

CHEZ LE MÊME ÉDITEUR

César Impertor

La Maison de l'Ange

COLLEEN McCULLOUGH

CORPS MANQUANTS

traduit de l'anglais
par Jean-Paul Mourlon

ARCHIPOCHE

Ce livre a été publié sous le titre
On Off
par Simon & Schuster, New York, 2006.

www.archipoche.com

Si vous souhaitez recevoir notre catalogue et être tenu au courant de nos publications, envoyez vos nom et adresse, en citant ce livre, aux éditions Archipoche,
34, rue des Bourdonnais 75001 Paris.
Et, pour le Canada, à
Édipresse Inc., 945, avenue Beaumont,
Montréal, Québec, H3N 1W3.

ISBN 978-2-35287-081-4

I

OCTOBRE ET NOVEMBRE 1965

1

Mercredi 6 octobre 1965

Jimmy se réveilla peu à peu, sans être conscient d'autre chose que d'un épouvantable froid. Ses dents claquaient, sa peau le brûlait, ses doigts et ses orteils étaient gourds. Et pourquoi n'y voyait-il rien ? Tout autour de lui n'était que ténèbres, obscurité totale. Il se rendit compte également qu'il était enveloppé dans quelque chose d'inconnu qui l'enserrait. Emprisonné ! La panique l'envahit. Il se mit à hurler, à griffer frénétiquement ce qui l'entravait, et finit par se libérer, mais le froid persistait. Il y avait d'autres objets autour de lui, mais il avait beau pousser des cris, arracher, déchirer, il ne pouvait se sortir de là, discerner la moindre lumière ou sentir la moindre chaleur. Alors il hurla, sans rien entendre d'autre que le battement de son cœur qui rugissait dans ses oreilles.

Otis Green et Cecil Potter, qui s'étaient rencontrés sur la 11e Rue, arrivèrent au travail ensemble. À 7 heures tapantes – quel bonheur que de ne pas avoir à pointer et de travailler dans un endroit civilisé –, ils déposèrent leurs paniers-repas dans le petit placard d'acier qu'ils s'étaient réservé : pas besoin de serrure, il n'y avait pas de voleurs ici. Puis ils vaquèrent à leurs tâches.

Cecil entendait ses « bébés » l'appeler : il se dirigea vers leur salle, leur lançant d'une voix pleine d'affection :

— Salut les gars ! Ça va ? Tout le monde a bien dormi ?

Otis, de son côté, s'attela à la besogne la moins agréable de sa journée. Sa poubelle à roulettes était toute propre ; il la poussa jusqu'à la lourde porte d'acier de la chambre froide, qu'il ouvrit. Il eut à peine le temps d'apercevoir une silhouette qui passa à sa hauteur en hurlant comme un damné.

— Cecil ! s'écria Otis. Viens donc ! Jimmy est toujours vivant ! Il s'est fait la malle, faut qu'on l'attrape !

Le grand singe piaillait, pris de panique, mais après que Cecil lui eut parlé un instant, puis tendu les bras, l'animal s'y précipita et ses cris perçants se réduisirent à de faibles plaintes.

— Bon Dieu, Otis, dit Cecil en le berçant, comment est-ce que le docteur Chandra a pu faire ça ? Le pauvre gamin a été enfermé dans le congélo toute la nuit ! Allons, Jimmy, calme-toi, calme-toi ! Papa est là, fiston, tout va bien !

Les deux hommes étaient sous le choc. Le cœur d'Otis lui paraissait battre la chamade, mais tout cela était sans conséquences. *Le docteur Chandra sera ravi que Jimmy n'y soit pas passé,* songea-t-il.

Même un maniaque de la propreté comme Otis ne pouvait faire disparaître du congélateur l'odeur de mort qui y régnait, malgré les désinfectants et les désodorisants. Un remugle, non de décomposition mais de fragrances plus subtiles, l'entoura tandis qu'il allumait l'interrupteur, révélant l'intérieur d'acier inoxydable. Bon Dieu, Jimmy avait fait de sacrés dégâts ! Il y avait partout des rats morts sans tête, des poils blancs, des queues nues obscènes, des sacs déchirés. Et derrière, d'autres, plus grands, déchiquetés eux aussi. Soupirant, Otis en prit des neufs dans une armoire et entreprit de remettre un peu d'ordre. Une fois les rats morts de nouveau emballés, il tendit la main et attira vers lui le premier des deux grands sacs, fendu de haut en bas, révélant son contenu.

Otis ouvrit la bouche et poussa un cri aussi perçant que ceux de Jimmy. Il hurlait toujours quand Cecil arriva à la hâte. Semblant ne pas le voir, Otis fit demi-tour et s'enfuit à toutes jambes, courut dans les couloirs, dans le foyer, puis sortit du bâtiment, descendant la 11e Rue jusqu'à chez lui, au premier étage d'une maison miteuse.

Celeste Green déjeunait avec son neveu quand Otis surgit dans la cuisine ; tous deux se dressèrent d'un bond, oubliant les diatribes passionnées de Wesley contre les crimes de l'homme blanc. Il fit asseoir Otis sur une chaise pendant que sa tante allait chercher un flacon de sels. Une fois revenue, elle le repoussa.

— Wes, tu sais quel est ton problème ? Tu es toujours dans le chemin ! C'est pour ça qu'Otis te traite tout le temps de bon à rien ! Otis ? Otis chéri, remets-toi !

La peau d'Otis était passée d'un brun sombre à un gris pâteux qui ne changea guère quand les vapeurs d'ammoniaque lui montèrent au cerveau, mais il revint à lui en secouant la tête.

— Qu'est-ce qui s'est passé ? demanda Wesley.

— Une femme en morceaux… chuchota Otis.

— Comment ça ? s'écria Celeste.

— Une femme en morceaux. Dans le congélo du centre, avec les rats morts. Enfin, un bout… une chatte et un ventre… répondit Otis en se remettant à trembler.

Wesley posa la seule question qui l'intéressait :

— Une Noire ou une Blanche ?

— Ne l'embête pas avec ça, Wes ! lança Celeste.

— Pas noire, répondit Otis en posant les mains sur sa poitrine. Mais pas blanche non plus. De couleur.

Puis il glissa de sa chaise et s'effondra sur le sol.

— Wes, appelle une ambulance ! Appelle une ambulance !

La voiture arriva très vite. L'hôpital d'Holloman se trouvait à deux pas et c'était une heure creuse. Otis y fut installé, sa femme accroupie à côté de lui. Wesley Le Clerc resta seul dans l'appartement.

Il ne s'y attarda pas longtemps – pas après une nouvelle comme celle-là ! Mohammed el Nesr vivait au 18 de la 15e Rue, il fallait qu'il sache. Une femme en morceaux ! Ni noire ni blanche ! De couleur. Ce qui voulait dire une « Noire », pour Wesley comme pour les membres de la Brigade Noire. Il était temps que le Blanc rende compte de trois siècles d'oppression, de sa façon de traiter les Noirs comme des citoyens de seconde zone, voire des animaux sans âme.

Quand il était sorti de prison, en Louisiane, Wes avait décidé de partir vers le Nord et de rejoindre sa tante Celeste dans le Connecticut. Il brûlait de se faire un nom, et ce serait plus facile dans un coin du pays où, contrairement à ce qui se passait dans le Sud, on ne jetait pas les Noirs en taule pour un simple regard de travers. Et c'était là que Mohammed el Nesr et sa Brigade Noire s'activaient. Mohammed était quelqu'un d'éduqué, qui possédait un doctorat en droit et savait se défendre ! Pour des raisons que Wesley comprenait sans peine en se regardant dans un miroir, Mohammed le prenait pour un minable. Un négro de plantation, un rien du tout. Ce qui n'avait pas refroidi l'ardeur de Wes : il voulait faire ses preuves à Holloman, Connecticut ! Et un jour Mohammed aurait de l'estime pour Wesley Le Clerc, négro de plantation.

Cecil Potter avait vite découvert ce qui avait fait fuir Otis, mais lui n'était pas du genre à paniquer. Il ne toucha à rien, décrocha le téléphone et composa le numéro du Prof, sachant qu'il serait dans son bureau, même à une heure si matinale : c'était le seul moment de la journée où il était tranquille, disait-il souvent.

Sauf ce matin, songea Cecil.

— C'est une sale affaire, disait le lieutenant Carmine Delmonico à son supérieur, le capitaine Danny Marciano. Pas d'autre famille, il faudra placer les mômes en institution.

— Tu es sûr que c'est lui ?

— Sans l'ombre d'un doute. Le pauvre gars a tenté de faire croire qu'un inconnu était entré chez lui, mais comme par hasard sa femme et son amant étaient au lit ; l'amant a été éventré, elle réduite en hachis… C'est lui. Je parie qu'il avouera dans la journée.

— Alors, allons déjeuner, dit Marciano en se levant.

Le téléphone sonna ; il décrocha en fronçant les sourcils, puis se raidit et se mit à hocher la tête.

— D'accord, John. Je mets Carmine sur le coup et j'envoie Patrick dès que possible.

— Des problèmes ? demanda Delmonico.

— Oh que oui ! Silvestri vient de recevoir un coup de fil du patron du Hug, le professeur Robert Smith. Ils ont trouvé un corps de femme dans la chambre froide où ils conservent les carcasses d'animaux avant incinération.

— Bon Dieu !

Les sergents Corey Marshall et Abe Goldberg prenaient leur petit déjeuner chez Malvolio, que les flics fréquentaient parce qu'il était situé juste à côté du bâtiment des services administratifs du comté, sur Cedar Street. Sans se donner la peine d'entrer, Carmine tambourina sur la vitre derrière laquelle Corey et Abe avalaient leurs crêpes au sirop d'érable entre deux rasades de café. *Sacrés veinards,* songea-t-il. *Ils mangent, et moi je dois faire mon rapport à Danny. Je vais devoir me serrer la ceinture. C'est quand même pénible, d'être gradé.*

Carmine considérait comme lui appartenant une voiture qui était en fait un véhicule de police banalisé, avec un moteur V8 gonflé. S'ils y montaient à trois, Abe conduisait, Corey s'installait à l'avant et Carmine s'affalait à l'arrière avec tous ses papiers. Leur expliquer ce qui se passait prit trente secondes, se rendre au Hug moins de cinq minutes.

*

Holloman était située sur la côte du Connecticut, et son vaste port donnait sur Long Island. Fondée en 1632 par des puritains dissidents, la ville avait toujours connu la prospérité, et pas seulement grâce aux nombreuses usines installées à sa périphérie, comme le long du fleuve Pequot. Une bonne partie des cent cinquante mille personnes qui y vivaient étaient liées à la Chubb University, institution de l'Ivy League qui se jugeait l'égale de Harvard ou Princeton.

Le principal campus de l'université entourait sur trois côtés le Green, ensemble de bâtiments datant d'avant la guerre d'Indépendance, ou bien de ce style pseudo-gothique typiquement XIXe siècle ; venaient s'y ajouter quelques édifices farouchement modernes, uniquement tolérés parce qu'ils étaient dus à de grands noms de l'architecture. Il y avait aussi Science Hill, à l'est, avec ses tours carrées de brique sombre et de verre et, à l'ouest, la faculté de médecine.

Comme bien d'autres, celle-ci s'était développée tout près d'un hôpital – en 1965, cela voulait dire dans le pire endroit de la ville, à Holloman comme ailleurs –, en l'occurrence sur Oak Street, en bordure du plus grand des deux ghettos noirs de la ville, qu'on appelait le Creux, parce qu'autrefois l'endroit était occupé par un marais. Pour ne rien arranger, en 1960 les réservoirs de pétrole du port avaient été déplacés à l'extrémité de la rue, qui donnait sur les installations portuaires.

Le centre de recherches neurologiques Hughlings Jackson était situé juste à côté du pavillon Parkinson, consacré à la recherche médicale. Tous deux faisaient face à des logements pour étudiants et à l'hôpital d'Holloman, édifice de douze étages reconstruit en 1950, l'année même où le Hug était sorti de terre. C'était une sorte de jumeau, en plus petit, de la tour de biologie de Science Hill : carré, dépouillé, un cube trapu de brique sombre aux vastes fenêtres. Il occupait un emplacement d'un hectare et demi, autrefois couvert de taudis, rasés pour céder la place à ce monument à la mémoire d'un homme obscur. Qui diable était donc Hughlings Jackson ? Tout le monde à Holloman se le demandait ; l'édifice aurait dû porter le nom de celui qui l'avait financé, William Parson, immensément riche et désormais défunt.

Ne pouvant accéder au parking, faute de clé, Abe gara leur véhicule sur Oak Street et ils empruntèrent un chemin de gravier jusqu'à une porte vitrée, devant laquelle une femme de haute taille les attendait.

On dirait un cube d'enfant au milieu d'une pièce, songea Carmine, voyant ce bâtiment d'une trentaine de mètres de côté perdu sur ce vaste terrain. Puis il concentra son attention sur la femme. *Elle tient un bloc-notes ! Membre du personnel administratif, et non médical. Un peu plus d'un mètre quatre-vingts, la trentaine, un pantalon bleu marine un peu informe, un grand nez, un menton en galoche... Aucune chance d'être élue reine de beauté !*

S'approchant, il remarqua toutefois qu'elle avait de très beaux yeux, d'un bleu un peu glacé.

— Je suis le lieutenant Delmonico, et voici les sergents Marshall et Goldberg, dit-il.

— Desdemona Dupré, administratrice du centre.

Elle les emmena dans une pièce minuscule, dont la seule fonction apparente était d'abriter deux ascenseurs. Puis, ouvrant une porte qui leur faisait face, elle les conduisit dans un large couloir.

— Voici le rez-de-chaussée, qui abrite les installations réservées aux animaux, dit-elle avec un accent d'allure britannique.

Elle leur montra deux portes un peu plus loin.

— C'est là.

— Merci, dit Carmine, nous y allons. Je vous prierai de nous attendre près des ascenseurs.

Les sourcils de la jeune femme se dressèrent mais, sans répondre, elle fit demi-tour et disparut.

Les trois hommes entrèrent dans une vaste pièce bordée d'armoires. Des cages assez grandes pour abriter un chat ou un chien se trouvaient près d'un ascenseur bien plus grand que ceux du foyer. Des racks accueillaient des caisses en plastique surmontées de grilles. Il régnait dans la pièce une odeur agréable, un peu piquante, qui faisait songer à une forêt de pins, mais derrière laquelle on discernait vaguement quelques relents moins plaisants.

Cecil Potter était un homme d'allure avenante, grand et mince, vêtu d'une blouse blanche bien repassée et de chaussons de toile.

En cette année où les émeutes raciales prenaient tant d'ampleur, comme à Los Angeles en août, Carmine avait pour principe de toujours se montrer courtois avec les Noirs qu'il rencontrait, dans son travail comme dans la vie. Il tendit donc la main, serra fermement celle de Cecil, et fit les présentations sans aboyer ni s'impatienter. Corey et Abe l'imitèrent.

— C'est là, dit Cecil en se dirigeant vers une porte d'acier munie d'une poignée. Je n'ai touché à rien.

Puis il parut hésiter.

— Euh, lieutenant, ça vous ennuie si je retourne auprès de mes bébés ?

— Vos bébés ?

— Les singes. Des macaques rhésus, vous connaissez ? Ils sont tous très secoués. Jimmy leur a raconté ce qui lui était arrivé, et ça les perturbe.

— Jimmy ?

— Le singe que le docteur Chandra a cru mort : il l'a mis dans un sac et l'a déposé dans le congélateur hier soir. En se réveillant, Jimmy pelait de froid, il a tout flanqué en l'air et il a trouvé la fille. Quand Otis – mon assistant, l'homme à tout faire – est venu ce matin vider le congélo, Jimmy en est sorti à toute allure en poussant des cris. Puis Otis a découvert la fille, et il s'est enfui en hurlant encore plus fort. J'ai alors appelé le Prof, qui a dû vous contacter.

— Où est Otis ? demanda Carmine.

— Le connaissant, il a dû rentrer chez lui retrouver Celeste, sa femme, qui est tout autant sa mère.

Les trois hommes avaient mis des gants. Abe déplaça une poubelle placée devant la porte, que Carmine ouvrit, tandis que Cecil se dirigeait vers la salle aux singes en chantonnant et en claquant de la langue.

Un des deux grands sacs, au fond du frigo, était encore intact. L'autre, déchiré de haut en bas, révélait la partie inférieure d'un torse féminin. De petite taille, nota Carmine, et sans poils pubiens. Il préféra ne toucher à rien et s'appuya contre le mur.

— On va attendre Patrick.

— Je n'ai jamais senti une telle odeur... la mort, mais pas la pourriture, dit Abe, qui rêvait de griller une cigarette.

— Va trouver Mme Dupré et dis-lui qu'elle pourra remonter dans son bureau dès que les flics seront arrivés. Ensuite, place-les devant toutes les entrées et les sorties de secours.

Abe parti, Carmine roula des yeux et dit à Corey :

— Mais pourquoi ici ?

Patrick O'Donnell portait le titre ronflant d'examinateur médical dans une ville qui n'avait jamais eu de coroner pourvu des compétences nécessaires à une autopsie. Patrick avait choisi la médecine légale parce qu'il était sûr d'avoir affaire à des patients qui ne répliqueraient jamais, et que cela lui amènerait bon nombre d'affaires criminelles, ainsi que toutes les morts subites ou mystérieuses. À l'issue d'une campagne implacable visant à faire entrer Holloman dans le monde moderne, il avait réussi à se décharger de presque toutes ses obligations judiciaires sur un coroner adjoint, se bâtissant un véritable petit empire. Croyant avec ferveur à sa science, il jouait un rôle actif dans toutes les affaires qui l'intéressaient.

Ses cheveux roux et ses yeux d'un bleu vif lui donnaient une allure typiquement irlandaise, mais en fait Carmine et lui étaient cousins germains, fils de deux sœurs d'origine italienne. L'une avait épousé un Delmonico, l'autre un O'Donnell. Heureux mari, heureux père de six enfants, il avait dix ans de plus que Carmine, à qui l'unissait une profonde amitié.

— Je ne sais pas grand-chose, lui dit Carmine avant de lui résumer les faits. Mais pourquoi ici ?

— Parce que si Jimmy n'avait pas paniqué en se réveillant, les deux sacs, intacts, auraient été conduits à l'incinérateur, répondit Patrick en grimaçant. Un excellent moyen de se débarrasser de restes humains : ils partent en fumée ! Pouf !

Abe revint à temps pour l'entendre. Il blêmit.

— Bon Dieu !

Une fois les photos prises, Patrick déposa le premier sac sur un chariot, puis en examina le contenu sans toucher au papier déchiré.

— Pat, s'il te plaît, dit Carmine, jure-moi que ce n'est pas une gamine.

— Les poils pubiens ont été… non, pas rasés, épilés… Ce n'est pas une fillette. Mais elle est de petite taille. Comme si notre tueur avait réellement voulu une enfant, mais sans oser obéir à ses répugnants instincts.

Patrick souleva le second sac, qu'il plaça à côté du premier.

— Je retourne à la morgue, je sais que tu veux mon rapport dans les plus brefs délais.

Paul, son technicien en chef, était déjà occupé à vider le congélateur ; il se mettrait ensuite à la recherche d'empreintes.

— Ne négligez rien, les gars, dit Carmine à Abe et Corey, tout en suivant son cousin et le macabre contenu du chariot.

Desdemona Dupré – quel nom bizarre, quand même – attendait dans le foyer en compulsant une épaisse liasse de papiers.

— Madame Dupré, voici le docteur Patrick O'Donnell, dit Carmine.

— Mademoiselle ! s'exclama-t-elle. Vous venez avec moi en haut, lieutenant, ou bien est-ce que je peux m'en aller ? J'ai du travail.

— À bientôt, Pat, lança Carmine avant de suivre *mademoiselle* Dupré dans un ascenseur.

— Vous êtes anglaise ? lui demanda-t-il pendant le trajet.

— En effet.

— Depuis combien de temps êtes-vous au Hug ?

— Cinq ans.

Ils sortirent au troisième et dernier étage – murs crème, lambris de chêne sombre, tubes à néon fluorescents – et empruntèrent un couloir menant à une porte située à l'autre bout. Mlle Dupré y frappa, puis poussa Carmine dans le sanctuaire du Prof, sans entrer elle-même.

Delmonico se retrouva face à l'homme le plus beau qu'il ait jamais vu. Le professeur Robert Mordent Smith, directeur du centre de recherches neurologiques Hughlings Jackson, était mince, de grande taille, avec des yeux bleus, des sourcils noirs, une épaisse chevelure bouclée presque entièrement blanche, bien qu'il n'eût que quarante-cinq ans et que son visage fût parfaitement lisse. Il eut un sourire qui révéla des dents éblouissantes. Pourtant, ses yeux ne souriaient pas, ce qui n'avait rien d'étonnant.

— Café ? demanda-t-il à Carmine, en lui faisant signe de s'asseoir dans un grand fauteuil placé en face de son bureau.

— Oui, merci. Ni sucre, ni lait, s'il vous plaît.

Tandis que Smith passait commande par interphone, son hôte inspecta la pièce : sept mètres sur huit, avec d'immenses panneaux vitrés sur deux côtés. Le décor était coûteux : meubles de noyer, chintz, tapis d'Aubusson étendu sur le sol. Sur un mur rayé de vert s'étalait une imposante collection de diplômes et de titres honorifiques, et ce qui semblait être une excellente copie d'un paysage de Watteau.

— Il est authentique, dit Smith, qui avait suivi le regard de Carmine. C'est un prêt de la collection William Parson, la plus belle d'Amérique.

— Ouch ! dit Carmine, pensant à la pauvre reproduction de Van Gogh accrochée derrière son propre bureau.

Une femme d'une trentaine d'années entra, portant un plateau d'argent sur lequel étaient déposés un thermos, deux tasses et leurs soucoupes, deux verres en cristal et une carafe d'eau glacée. On ne se mouchait pas du pied, au Hug !

Carmine examina la nouvelle venue. Cheveux noirs rassemblés en chignon, grand visage lisse, un peu plat, yeux noisette, très belle silhouette… un tailleur remarquablement coupé, des chaussures de chez Ferragamo… Autant de détails qu'il remarquait toujours : son boulot exigeait une connaissance approfondie de tous les aspects de l'existence et du comportement humains.

Maman aurait vu en elle une mangeuse d'hommes, se dit-il, bien qu'elle ne parût pas éprouver le moindre appétit pour le Prof.

— Mlle Tamara Vilich, ma secrétaire, expliqua celui-ci.

Elle sourit, hocha la tête et sortit sans s'attarder.

— Il y a deux demoiselles dans votre staff, constata Delmonico.

— Elles sont merveilleuses, mais ça n'a pas été facile de les trouver, répondit Smith, qui ne semblait guère pressé d'aborder les raisons de la présence de Carmine. Les femmes mariées ont des responsabilités familiales qui parfois interfèrent avec leur travail. Les célibataires y sacrifient tout, et ça leur est égal de travailler tard, même si elles sont prévenues au dernier moment.

— Elles ont plus de vigueur à dépenser, je le vois, dit Carmine en sirotant le café que Smith lui avait versé.

Ce breuvage était abominable, comme il s'y attendait. Le Prof buvait de l'eau.

— Professeur, êtes-vous descendu dans la salle aux animaux pour voir ce qu'on y a trouvé ?

L'autre blêmit et secoua vigoureusement la tête.

— Non, non, bien sûr ! Cecil m'a appelé pour m'apprendre la chose, et j'ai contacté aussitôt le commissaire Silvestri. J'ai bien dit à Cecil de ne laisser entrer personne avant l'arrivée de la police.

— Et Otis… Otis comment, d'ailleurs ?

— Green, Otis Green. Il semblerait qu'il ait fait une crise cardiaque. Il est à l'hôpital, mais les médecins disent que ce n'est pas grave et qu'il sortira dans deux ou trois jours.

Carmine posa sa tasse, se rencogna dans son fauteuil et plaça les mains sur ses genoux.

— Parlez-moi de cette chambre froide réservée aux animaux morts.

Smith parut un peu perplexe ; manifestement, il devait rassembler tout son courage. Peut-être, songea Delmonico, parce qu'il n'avait aucune expérience des meurtres, passant son temps en recherches et en commissions administratives.

— Tout institut comme le nôtre en possède une ou en partage une avec d'autres. Nous sommes des chercheurs et comme, éthiquement, nous ne pouvons faire d'expériences sur les êtres humains, nous recourons à des animaux, choisis selon le type de recherche : les cochons d'Inde pour la peau, les lapins pour les poumons, et ainsi de suite. Ici, nous nous intéressons à l'épilepsie et à l'arriération mentale, donc au cerveau, si bien que nous nous servons de rats, de chats et de primates – plus exactement de macaques rhésus. Une fois les expériences terminées, ils sont sacrifiés – avec beaucoup d'humanité, je m'empresse de le préciser. Les corps sont placés dans des sacs et déposés dans le congélateur, où ils restent jusqu'au lendemain matin, 7 heures. À ce moment-là, Otis les vide dans une poubelle qu'il emmène, en passant par un tunnel, jusqu'au pavillon Parkinson, qui abrite la principale salle aux animaux de la faculté de médecine. C'est là que se trouve l'incinérateur, où l'hôpital envoie également les membres amputés et autres choses du même genre.

Comme il est guindé ! songea Carmine. *On dirait qu'il dicte une lettre à son conseil de surveillance.*

— Cecil vous a dit comment on avait trouvé les restes humains ?

— Oui, répondit le Prof d'un air pincé.

— Qui a accès au congélateur ?

— Tout le personnel travaillant ici. Je crois en revanche qu'il serait difficile à quelqu'un d'extérieur au Hug d'y pénétrer. Il y a peu d'entrées, et elles sont toutes fermées à clé.

— Pourquoi donc ?

— Lieutenant, nous sommes tout près de la fac et de l'hôpital, à côté de la 11e Rue et du Creux. Ce n'est pas, vous le savez, un voisinage très recommandable.

— Vous aussi vous dites « le Hug », professeur. Pourquoi ?

Le visage de Smith se crispa.

— C'est la faute à Frank Watson, dit-il entre ses dents.

— Qui est-ce ?

— Il est professeur de neurologie à la faculté. En 1950, quand le Hug a été créé, il aurait aimé le diriger, mais notre mécène, feu William Parson, voulait un spécialiste de l'épilepsie et de l'arriération mentale. Ce qui n'était pas le cas de Watson, qui fait des recherches sur la démyélinisation. J'ai bien dit à M. Parson qu'il aurait dû choisir un autre nom que celui de Hughlings Jackson, mais il y tenait. C'était un homme têtu ! Watson a eu sa petite revanche : il a jugé très malin d'appeler l'endroit le Hug, et c'est resté.

— Qui donc était Hughlings Jackson ?

— Un neurologue britannique, lieutenant. Sa femme avait sur la bande motrice une tumeur qui se développait peu à peu, provoquant des attaques d'épilepsie fort curieuses, qui ne touchaient qu'un côté du corps : d'abord le visage, puis le bras et enfin la jambe. Aujourd'hui encore, on appelle cela les frontières jacksoniennes. C'est à partir de là qu'il a élaboré ses premières hypothèses sur la fonction motrice : chaque partie du corps est reliée à un endroit invariable du cortex. Le plus fascinant, c'est qu'il a passé des heures près de sa femme mourante, à prendre des notes sur ses crises, dans le moindre détail.

— Ça me paraît fichtrement cruel, si vous voulez mon avis, dit Carmine.

— Je préfère y voir un total dévouement à la science, répondit le Prof d'un ton glacial.

Carmine se leva.

— Personne ne pourra quitter ce bâtiment sans ma permission – vous compris, monsieur. Il y a des policiers devant toutes les entrées, tunnel compris. Je vous suggérerai de ne rien dire à personne de ce qui s'est passé.

— Mais nous n'avons pas de cafétéria ! Comment allons-nous déjeuner ?

— Un de mes hommes prendra vos commandes et reviendra avec elles. Par ailleurs, j'ai bien peur qu'il ne nous faille relever les empreintes digitales de tout le monde. Je pense que vous le comprendrez.

Le bureau, le laboratoire et la morgue de Patrick étaient situés dans le bâtiment regroupant les services administratifs du comté.

Carmine trouva les deux parties d'un corps féminin réunies et déposées sur une table d'autopsie en acier.

— Bien nourrie, métisse, âgée d'environ seize ans, lui dit son cousin. Il lui a épilé le mont de Vénus avant d'introduire plusieurs objets dans le vagin – des godemichés ou autre chose, c'est difficile à dire. Elle a été violée à de nombreuses reprises par des instruments de plus en plus gros, mais je doute qu'elle en soit morte. Il y a si peu de sang dans ce qui reste du corps que je soupçonne qu'elle a été saignée à mort, un peu comme on fait d'un cochon dans une ferme. Ni bras ni jambes, plus de tête. Ce qui nous reste a été soigneusement lavé. Jusqu'à présent, je n'ai pas trouvé de traces de sperme, mais il y a eu tant de contusions et de tuméfactions – elle a été sodomisée, aussi – qu'il me faudra vérifier au microscope. Mais je parie qu'il n'y en aura pas. Il était ganté et a sans doute utilisé des préservatifs. À supposer bien sûr qu'il ait joui.

La peau de la victime, bien qu'ayant pâli, était café au lait. Elle avait de beaux seins, une taille mince, des hanches opulentes. Carmine ne vit ni bleus, ni coupures, ni traces de morsures ou de brûlures. Mais sans les membres, il était impossible de savoir si on l'avait attachée.

— Elle me fait vraiment l'effet d'être une gamine, dit Carmine.

— Elle devait mesurer un mètre soixante-cinq environ, répondit Patrick. Détail intéressant, elle a été tronçonnée par un vrai pro. Un seul coup de couteau ou de scalpel, et regarde à hauteur des cuisses et des épaules : une coupure bien nette, sans trace d'effort ou d'hésitation.

O'Donnell sépara les deux parties du corps.

— Il a taillé en travers, juste en dessous du diaphragme, après avoir ligaturé les deux extrémités de l'estomac pour que son contenu ne puisse se répandre. La désarticulation de la colonne vertébrale est tout aussi professionnelle. Pas de sang dans l'aorte ou dans la veine cave. Il lui a toutefois tranché la gorge quelques heures avant de lui couper la tête. Les jugulaires sont sectionnées, mais pas les carotides. Elle a dû perdre son sang très lentement, sans qu'il jaillisse à gros bouillons. Il lui a sectionné la tête à hauteur de la quatrième ou de la cinquième vertèbre cervicale, si bien qu'il a gardé aussi un peu du cou.

— Si seulement nous avions aussi les membres !

— Oui, bien sûr, mais je crains qu'ils ne soient passés dans l'incinérateur dès hier, avec la tête.

— Sûrement pas ! s'exclama Carmine, d'un ton si résolu que Patrick sursauta. Il a encore la tête et ne s'en séparera pas.

— Carmine ! C'est impossible ! Seuls les fêlés de Californie font des choses pareilles !

— Je ne sais pas d'où il vient, mais il a encore la tête.

— Il doit travailler au Hug, ou à la fac de médecine.

— Un boucher ? Un tueur aux abattoirs ?

— Peut-être.

— Qu'est-ce que tu as relevé d'autre ?

— Ici.

O'Donnell retourna la moitié inférieure du corps et montra du doigt la fesse droite, où l'on voyait une croûte d'un peu plus de deux centimètres de long, en forme de cœur.

— J'ai d'abord cru qu'il l'avait fait exprès, mais il n'y a pas d'incision autour. C'est une simple coupe en travers. Je me souviens d'un type qui avait tranché comme ça le téton d'une femme. Je me suis demandé si elle n'avait pas un grain de beauté à cet endroit, quelque chose en relief à la surface de la peau.

— Quelque chose qui a offensé le tueur... La fille perdait de sa perfection, dit Carmine pensivement. Il ne devait pas le savoir avant de l'emmener là où il lui a fait tous ces trucs horribles. Ça dépend s'il la connaissait ou pas. Tu crois que c'est une prostituée ?

— Sans bras pour chercher les traces de piqûres, c'est difficile à dire, mais cette fille a l'air saine. Je crois qu'il va falloir que tu épluches la liste des personnes disparues.

— C'est bien mon intention, dit Carmine, qui repartit en direction du Hug.

Otis Green ne pourrait être interrogé avant le lendemain, au mieux. Autant commencer par Cecil Potter.

Le technicien s'assit sur une chaise d'acier, Jimmy sur les genoux, sans se soucier du fait que le macaque voulait épouiller son épaisse chevelure bouclée. Il avait été très secoué par son épreuve, expliqua Cecil. Carmine aurait trouvé la scène moins bizarre si le singe n'avait pas porté, au sommet de la tête, la moitié d'une balle de tennis. Elle dissimulait les électrodes implantées dans son cerveau, lui précisa Potter, et le connecteur fixé sur son crâne avec ce ciment rose qu'utilisent les dentistes. Mais cela ne semblait nullement gêner Jimmy.

— C'est un sacré bon boulot ! dit Cecil.

— Comment ça ? demanda Carmine, dont l'estomac grognait.

Tout le monde au Hug semblait avoir été ravitaillé, mais il avait manqué le petit déjeuner et le repas de midi.

— Parce que c'est moi le patron. Avant, quand je travaillais à l'hosto, j'étais à peine plus qu'un ramasseur de merde. Ici, je m'occupe seul des animaux. J'aime ça, surtout à cause des singes. Le docteur Chandra – ce sont les siens, en fait – sait que je fais du bon boulot, alors il me les laisse. C'est même moi qui les place sur une chaise pour leurs séances, ils adorent ça.

— Ils n'aiment pas le docteur Chandra ?

— Oh si, si, mais moi, ils m'adorent.

— Cecil, il vous arrive de vider le congélateur ?

— Parfois, mais pas souvent. Si Otis est en congé, on embauche un type de l'hosto. Généralement, Otis ne travaille pas ici avec moi, il est à l'étage au-dessus. Il change les ampoules, il nous débarrasse des déchets. Je peux m'occuper d'à peu près tout ici, sauf de descendre et de monter les cages. Celles de nos animaux sont changées chaque jour, du lundi au vendredi.

— Ils doivent détester les week-ends ! dit Carmine d'un ton solennel. Mais, si Otis ne travaille pas souvent avec vous, comment nettoyez-vous les cages ?

— Vous voyez cette porte là-bas, lieutenant ? Elle donne sur un dispositif de nettoyage automatique. Un peu comme pour les voitures, mais en mieux. Le Hug est très bien équipé !

— Revenons au congélateur, Cecil. Quand vous le videz, de quelle taille sont les sacs ? Il est étrange qu'il y en ait d'aussi gros que ceux que…

Cecil réfléchit, inclinant un peu la tête, ce qui permit à Jimmy d'examiner l'arrière de son oreille.

— Je ne trouve pas ça bizarre, lieutenant, mais il faudrait demander à Otis, c'est lui l'expert.

— Vous avez remarqué quelque chose, hier ? Ou quelqu'un qui serait venu déposer des sacs alors que ce n'est pas son habitude ?

— Rien du tout. Généralement, les chercheurs apportent leurs sacs quand Otis et moi on est déjà partis. Les techniciens aussi, mais des plus petits, pour les rats. La seule à déposer de gros sacs, c'est Mme Liebman, de la salle d'op. Mais elle n'a rien laissé hier.

— Merci, Cecil, vous m'avez été très utile, dit Carmine. Au revoir, Jimmy ! ajouta-t-il en tendant la main.

Le macaque la serra d'un air très digne, ses grands yeux ronds, couleur d'ambre, tellement empreints de gravité que Delmonico en eut la chair de poule. Ils paraissaient vraiment humains.

Cecil le raccompagna, Jimmy accroché à sa hanche, et lui dit en riant :

— Heureusement que vous êtes un homme !

— Comment ça ?

— Tous mes bébés sont des mâles et ils détestent les femmes. Ils ne supportent pas leur présence.

Don Hunter et Billy Ho travaillaient sur un appareillage bizarre, à partir de composants électroniques, de supports de plexiglas et d'une pompe conçue pour accueillir une seringue de verre. Deux mugs, non loin de là, contenaient un café manifestement froid.

Dès que Carmine prononça le mot « lieutenant », il devint évident qu'ils étaient de formation militaire : ils se raidirent, se mettant presque au garde-à-vous. Billy était d'origine chinoise : il avait suivi, lors de son passage dans l'US Air Force, des cours pour devenir ingénieur en électronique. Don, venu du nord de l'Angleterre, avait servi dans les blindés.

— Qu'est-ce que c'est que ce truc ? demanda Carmine.

— Une pompe qu'on va fixer sur des circuits pour que la seringue délivre un dixième de millilitre toutes les demi-heures, dit Billy.

Carmine s'empara d'un mug.

— Vous permettez que je me serve un café, bien sucré !

— Allez-y, lieutenant !

Carmine savait que, sans sucre, il ne pourrait bientôt plus fonctionner. Le café lui parut abominable, mais fit taire les grondements de son estomac. De plus, il eut avec les deux hommes une conversation des plus amicales : ils se montrèrent loquaces, soucieux de lui expliquer ce qu'ils faisaient, et l'assurèrent que le Hug était un endroit super. Ils lui décrivirent longuement leur travail, en grande partie consacré à créer des dispositifs électroniques dont personne de sensé ne pourrait avoir l'idée. Carmine apprit ainsi que les chercheurs n'étaient pas des gens sensés mais, pour la plupart, des cinglés vraiment enquiquinants.

— Ils peuvent vous bousiller une pleine caisse de roulements à bille, dit Billy. Ils ont beau avoir des cervelles énormes, des flopées de prix Nobel, qu'ils sont bêtes ! Vous savez quel est leur problème ? Le bon sens ! Ils n'en ont aucun !

Quand il partit, Carmine était convaincu que ni Don ni Billy n'avaient déposé de cadavre dans le congélateur. Celui qui l'avait fait n'était pourtant pas dépourvu de bon sens.

Le service de neurologie occupait l'étage supérieur. Il était dirigé par le docteur Addison Forbes, assisté de deux collègues, les docteurs Nur Chandra et Maurice Finch. Ils disposaient chacun d'un laboratoire spacieux et d'un vaste bureau ; derrière celui de Chandra se trouvaient la salle d'opération et son vestibule.

Une grande salle accueillait plus d'une vingtaine de cages contenant de gros matous, et d'autres plus petites où s'ébattaient des centaines de rats. Chaque félin était nourri de boîtes et de viande hachée, et faisait ses besoins dans une litière de copeaux de cèdre. Ces animaux ne semblaient ni craintifs ni déprimés et semblaient avoir oublié la demi-balle de tennis qu'ils avaient sur la tête. Les rats vivaient quant à eux dans des cages en plastique, remplies de copeaux plus fins, dans lesquels ils plongeaient comme des dauphins, repliant leurs petites pattes autour des grillages d'acier, avec beaucoup plus d'allégresse que des humains accrochés aux barreaux de leur cellule. Ils étaient manifestement heureux.

Ce qui n'était pas le cas du docteur Addison Forbes, qui se chargeait de cette visite guidée.

— Les chats sont ceux du docteur Chandra et du docteur Finch, qui a aussi les rats. Aucun animal n'est à moi, je suis un clinicien.

Il précéda Carmine dans le couloir menant aux ascenseurs, puis ouvrit une porte.

— Notre salle de lecture et de conférence. Si nous passions dans mon bureau ?

Quelques instants avaient suffi à Carmine pour se faire une opinion : le docteur Forbes était un névrosé complet. Sa maigreur émaciée et noueuse était caractéristique d'un maniaque de l'exercice physique à tendances végétariennes. Il avait dans les quarante-cinq ans – le même âge que le Prof –, et ce n'était pas lui qu'aurait choisi un producteur en quête d'une nouvelle star. Des tics faciaux et de brusques mouvements de mains ponctuaient sa conversation.

— J'ai fait un infarctus très sévère, il y a trois ans, expliqua-t-il à Carmine. C'est un miracle si j'ai survécu.

De toute évidence, il en était obsédé. C'était assez fréquent chez les médecins, lui avait dit Patrick. Ils ne pensaient jamais qu'ils pouvaient mourir, et devenaient des patients insupportables quand un pépin leur arrivait.

— Je fais huit kilomètres de jogging chaque soir, du Hug jusqu'à chez moi. Le matin, ma femme me conduit ici. Nous n'avons plus besoin de deux voitures, cela diminue les frais. Je me nourris de fruits, de légumes, de noix, parfois de poisson cuit à la vapeur quand elle en trouve qui soit vraiment frais. Et je dois dire que je me sens parfaitement bien, conclut Forbes en tapant sur un ventre si plat qu'il en paraissait concave. Prêt pour un autre demi-siècle !

Moi qui préférerais mourir plutôt que de renoncer aux plats graisseux de Malvolio, songea Carmine. *Enfin, il en faut pour tous les goûts !*

— Est-ce que vous, ou votre technicien, descendez souvent des animaux dans le frigo du rez-de-chaussée ?

— Lieutenant, je vous ai déjà dit que j'étais un clinicien ! Je ne fais pas d'expériences sur les animaux ! Je vais vous paraître prétentieux, mais j'ai le génie de savoir donner à chaque patient la bonne dose d'anticonvulsants. C'est un domaine complètement saccagé – un simple généraliste a l'audace d'en prescrire de sa propre autorité ! Je dirige le service des épilepsies à l'hôpital de Holloman, ainsi que l'unité des EEG qui lui est rattachée. Je ne m'occupe pas des EEG ordinaires, c'est l'affaire de Frank Watson, de ses neurologues et de ses neurochirurgiens. Je ne m'intéresse pas aux ondes delta !

— Oui, bien sûr, répondit Carmine qui avait cessé de suivre. Donc, vous ne manipulez jamais d'animaux morts ?

— Jamais !

Ce que confirma Betty, sa technicienne :

— Son travail ici concerne le niveau d'anticonvulsants dans le sang. La plupart des médecins en prescrivent trop, parce qu'ils ne tiennent pas compte de ce niveau dans les désordres à long terme tels que l'épilepsie. C'est aussi à lui que s'adressent les compagnies pharmaceutiques quand elles veulent essayer un nouveau médicament. Il a un instinct étonnant pour donner la dose idéale à chaque patient. Ce n'est plus de la science, c'est de l'art !

Carmine partit à la recherche du docteur Finch en se demandant comment il allait échapper au jargon médical. Mais ce n'était pas le genre de son nouvel interlocuteur.

— Je travaille sur des chats. Les électrodes et les canules à perfusion sont implantées dans leur cerveau sous anesthésie générale, ils ne souffrent pas du tout. Ils attendent même leurs séances avec impatience.

Une âme paisible, conclut Carmine. Ce qui, bien entendu, ne suffisait pas à rayer Finch de la liste des suspects. Certains tueurs vous donnent parfois l'impression, lorsque vous les rencontrez, d'être très gentils. Âgé de cinquante et un ans, il était plus vieux que la plupart des chercheurs. C'était un juif pratiquant : il vivait avec sa femme Catherine dans une ferme où ils élevaient des poulets destinés à une consommation kascher. Ils n'avaient pas d'enfants.

— Alors, vous ne vivez pas à Holloman ? demanda Carmine.

— Juste à la limite du comté, lieutenant. Notre domaine fait près d'un hectare. En plus d'y élever des poulets, j'y cultive des légumes et des fleurs, j'ai un verger de pommiers et plusieurs serres.

— Docteur Finch, est-ce vous qui descendez les animaux morts, ou plutôt votre technicienne, Patricia ?

— Parfois c'est moi, parfois c'est elle. Mes travaux n'impliquent pas beaucoup de sacrifices de chats. Quand j'en ai fini avec un, j'enlève les électrodes et les canules, je le castre et j'essaie de le donner à quelqu'un. Mais un chat peut toujours être atteint d'une infection cérébrale, ou mourir de causes naturelles. Alors il passe au congélateur. La plupart du temps, c'est moi qui l'emporte, car mes animaux sont très lourds.

— Ça arrive souvent ?

— Difficile à dire. Une à deux fois par an.

— Vous prenez bien soin d'eux.

— Un chat représente un investissement d'au moins vingt mille dollars. Il faut toutes sortes de papiers de diverses institutions, SPA comprise ! Et puis il y a le coût de son entretien, qui doit être de premier ordre, sinon il ne survivra pas. J'ai besoin de chats en bonne santé. Les voir mourir est donc ennuyeux, voire exaspérant.

Carmine passa au troisième chercheur, le docteur Nur Chandra.

Il le laissa sans voix. Chandra avait une allure de patricien, des cils si longs et si épais qu'ils paraissaient faux, des sourcils délicatement arqués, une peau couleur de vieil ivoire, une opulente chevelure noire et bouclée, coupée court, des vêtements à l'européenne – cachemire, vigogne et soie. Fils d'un maharadjah très riche, il avait épousé la fille d'un autre potentat indien. Tous deux vivaient sur un domaine de quatre hectares, entourés d'une armée de domestiques et de précepteurs pour leurs enfants. Ils jouissaient de l'immunité diplomatique, sans que Carmine sache trop pourquoi. Ce qui signifiait qu'il devrait marcher sur des œufs, en priant le ciel que Chandra ne soit pas le coupable !

— Mon pauvre Jimmy ! dit le chercheur d'un ton affable, mais sans la tendresse qu'on entendait dans la voix de Cecil.

— Racontez-moi son histoire, docteur, lui demanda Carmine.

Le policier contemplait un autre singe, assis, jambes croisées, sur un fauteuil de plexiglas, dans une énorme boîte dont la porte était restée ouverte. L'animal n'avait pas de demi-balle de tennis au sommet de la tête : la masse de ciment dentaire rose, d'où émergeait un écheveau de fils de couleur allant jusqu'à un panneau situé sur une paroi de la boîte, était à l'air libre.

— Cecil m'a appelé hier pour me dire qu'il avait trouvé Jimmy mort en passant voir les singes après déjeuner, dit Chandra avec un accent britannique trop parfait. Je suis descendu voir moi-même, lieutenant, et je puis vous jurer qu'il m'a vraiment paru mort : plus de pouls, plus de respiration, plus de battements cardiaques, plus de réflexes, les deux pupilles dilatées… Cecil m'a demandé si je voulais que le docteur Schiller procède à une autopsie, mais j'ai répondu que c'était inutile : les électrodes de Jimmy n'étaient pas implantées depuis suffisamment longtemps pour qu'il ait une grande valeur expérimentale. J'ai simplement dit à Cecil de le laisser là, en ajoutant que je vérifierais de nouveau, vers 17 heures, et que si rien n'avait changé je le mettrais moi-même dans le congélateur. Ce que j'ai fait.

— Et lui ? demanda Carmine en désignant du doigt le singe aux électrodes.

— Eustace ? Oh, il a une énorme valeur ! N'est-ce pas, Eustace ?

Le singe regarda le docteur Chandra et eut un sourire d'allure sinistre. *Eustace, tu n'es qu'un salopard arrogant*, songea Carmine.

Le technicien de Chandra était un jeune homme nommé Hank, qui le conduisit à la salle d'opération. Celle qui s'en occupait s'appelait Sonia Liebman. Elle accueillit Delmonico dans le vestibule encombré de rayonnages chargés d'instruments de chirurgie. Il abritait également deux autoclaves et un coffre-fort d'allure imposante.

— Pour les produits dangereux, expliqua-t-elle. Opiacés, Penthotal, cyanure de potassium, tout ça.

Elle tendit à Carmine une paire de chaussons de toile.

— Qui connaît la combinaison ? demanda-t-il en les enfilant.

— Moi seule, et elle n'est écrite nulle part. S'il m'arrive malheur, ils devront recourir à un perceur de coffre. Un secret partagé n'en est plus un !

La salle d'opération n'avait rien de bien remarquable.

— Je ne travaille que dans des conditions de parfaite asepsie, déclara Sonia Liebman.

C'était une femme d'une quarantaine d'années, assez attirante, mince, très professionnelle. Ses cheveux étaient noués en chignon, ses yeux bruns pleins d'intelligence, ses mains superbes, avec des ongles coupés très court. Elle s'assit sur la table d'opération dont l'une des extrémités était occupée par un appareillage bizarre de tiges d'aluminium, de cadres et de boutons.

— Je croyais qu'une salle d'opération devait être stérile, lança Carmine.

— Il est beaucoup plus important qu'elle soit parfaitement propre, lieutenant.

— Alors, vous êtes neurochirurgienne ?

— Non, je suis technicienne, je n'ai qu'une maîtrise. La neurochirurgie est un domaine masculin. C'est l'enfer, pour une femme. Mais ici, au Hug, je peux faire ce que j'aime sans ressentir cette pression. Et j'ai tout le matériel dont j'ai besoin. Vous voyez ce microscope Zeiss ? Ils n'en ont pas de pareil au Chubb ! ajouta-t-elle avec orgueil.

— Vous opérez qui ?

— Les singes du docteur Chandra, ses chats et ceux du docteur Finch. Également des rats et des chats pour les neurochimistes de l'étage du dessus.

— Ils meurent souvent sur la table d'opération ?

Sonia Liebman prit un air outré.

— Vous croyez que je bâcle le boulot ? Certainement pas ! Il m'arrive de sacrifier des animaux pour les neurochimistes, qui travaillent rarement sur des cerveaux vivants, contrairement aux neurophysiologistes. C'est la grande différence entre les deux disciplines.

— Alors… euh… que sacrifiez-vous, madame Liebman ? demanda Carmine.

— Pour l'essentiel, des rats, mais je fais aussi des décérébrations de Sherrington sur des chats. Extraction du cerveau sous anesthésie à l'éther. Dès que c'est fait, j'injecte du pentothal dans le cœur, et l'animal meurt instantanément.

— Dans ce cas, vous placez les animaux dans des sacs et vous les descendez au congélateur ?

— Oui, les jours où je procède à des décérébrations.

— C'est fréquent ?

— Ça dépend. Parfois, le docteur Ponsonby ou le docteur Polonowski demandent trois ou quatre cerveaux de chat toutes les deux semaines pendant deux mois. Le docteur Satsuma en demande beaucoup moins, environ six par an.

— Ils sont gros ?

— Ce sont des monstres ! Des mâles de six à huit kilos.

Bon, plus que deux étages, se dit Carmine. Il commença par le troisième, où se trouvait le personnel administratif.

Il y trouva trois dactylos et une employée qui reniflait et se tamponnait les yeux tandis que les autres maniaient leurs machines à boule comme des excitées.

Le docteur Charles Ponsonby l'attendait près de l'ascenseur. Comme il l'expliqua à Carmine en l'emmenant vers son bureau, il avait le même âge que le Prof et le remplaçait quand il devait s'absenter. Tous deux, issus de très vieilles familles, étaient allés ensemble au lycée, puis à Chubb. Après la fac, toutefois, leurs chemins avaient divergé, Ponsonby préférant rester sur place, tandis que Smith se rendait à la prestigieuse université John Hopkins, à Baltimore. Il en était revenu pour prendre la direction du Hug, invitant Ponsonby à l'y rejoindre. C'était en 1950 : tous deux avaient la trentaine.

Pourquoi diable êtes-vous resté ici ? se demanda Carmine en examinant Ponsonby, un homme de taille moyenne, aux cheveux bruns semés de gris, aux yeux bleus, des lunettes à double foyer perchées sur un long nez étroit, et l'allure d'un professeur qui a la tête dans les nuages. Il était vêtu avec négligence, avec des chaussettes dépareillées. Ponsonby n'avait probablement pas le goût de l'aventure, mais quelque chose dans son regard disait qu'il aurait pu être un homme très différent. Simple hypothèse, reposant sur un pur instinct : quelque chose avait dû le retenir ici, quelque chose de concret et de contraignant. Pas une femme, en tout cas, car il avait déclaré, d'un ton indifférent, qu'il était un célibataire endurci.

Le contraste entre les bureaux des différents professeurs était vraiment très intéressant. Celui de Forbes était rempli de livres et de papiers qui s'étalaient jusque sur le sol, ne laissant pas de place pour des meubles coûteux. Finch affectionnait les plantes : il avait une orchidée en fleur et des fougères grimpaient le long des murs. Chandra préférait le cuir, les meubles à vitraux, les œuvres d'art indiennes. Ponsonby vivait quant à lui au milieu d'objets inquiétants : têtes humaines réduites, masques mortuaires de Beethoven, Wagner… Il avait aussi accroché aux murs quatre reproductions de peintures célèbres : le *Chronos* de Goya, deux détails de *L'Enfer* de Bosch, et *Le Cri* de Munch.

— Vous aimez l'art surréaliste ? demanda Ponsonby.

— Je suis plutôt sensible à l'art oriental.

— Lieutenant, j'ai souvent pensé que j'avais fait un mauvais choix. La psychiatrie me fascine, surtout la psychopathie. Regardez cette tête réduite. Quelles visions, quelles croyances y a-t-il derrière des pratiques de ce genre ?

Carmine eut un grand sourire.

— Ce n'est pas moi qui pourrais vous répondre, je ne suis qu'un flic.

Et toi, songea-t-il, *tu n'es pas celui que je cherche. Trop évident.*

Ponsonby le guida à travers le laboratoire, encombré d'un équipement d'allure plus familière : spectromètres de masse, chromatographes gazeux, centrifugeuses de toutes tailles… Patrick avait les mêmes dans son laboratoire. Ceux-là étaient simplement plus récents et plus coûteux : l'argent semblait couler à flots, au Hug.

Carmine apprit que les cerveaux des chats étaient transformés en une « soupe », comme ceux des rats. Le docteur Polonowski menait par ailleurs des expériences sur l'axone géant de la patte de langouste. Aussi Marian, sa technicienne, passait souvent chez le poissonnier pour acheter les plus grosses de son étalage.

— Et que deviennent-elles ensuite ?

— Elles sont réparties entre ceux qui les aiment ! Le docteur Polonowski ne se sert pas du reste de la bête. C'est d'ailleurs très aimable de sa part de les donner : elles lui appartiennent, il pourrait les manger tout seul. Mais il en offre à tout le monde, sauf au docteur Forbes, qui est végétarien, et au docteur Finch, qui est un juif trop respectueux des traditions pour manger des crustacés.

— Dites-moi, docteur Ponsonby, est-ce que les gens font attention aux sacs contenant les animaux morts ? Si vous en voyiez un, qu'en penseriez-vous ?

L'autre parut un peu surpris.

— Je doute que j'en penserais quoi que ce soit, parce que je n'y ferais pas attention.

Heureusement pour Carmine, Ponsonby se garda de décrire ses recherches en détail, disant simplement qu'elles étaient liées à la chimie des cellules cérébrales impliquées dans l'épilepsie.

— Tout le monde ici a l'air de s'intéresser à l'épilepsie, dit Carmine. Et l'arriération mentale ? Vous étudiez bien ces deux sujets ici, n'est-ce pas ?

— Nous avons malheureusement perdu notre généticien il y a quelques années de cela, et le professeur Smith n'a trouvé personne pour le remplacer. Les recherches sur l'ADN sont bien plus excitantes, conclut Ponsonby en gloussant.

Vint enfin le tour du docteur Walter Polonowski, qui paraissait également un peu dérangé.

— Ce n'est pas juste, dit-il à Carmine.

— Quoi donc ?

— La répartition du travail dans cet établissement. Ceux qui sont docteurs en médecine, comme moi, Ponsonby, Finch et Forbes, doivent voir des patients à l'hôpital, ce qui réduit le temps consacré à la recherche.

Alors que les possesseurs de doctorats, comme Chandra et Satsuma, s'y consacrent pleinement. Pas étonnant qu'ils soient bien en avance sur nous !

Walt Polonowski était un homme de grande taille, bien bâti, dont les cheveux, les yeux et la peau étaient du même blond doré. Il paraissait agité par des émotions aussi profondes que l'amour ou la haine. Il était malheureux en permanence, cela se voyait sur son visage.

Et, comme tous les autres, il ne prêtait aucune attention à quelque chose d'aussi banal qu'un sac dans lequel on fourrait un animal mort.

Marian, la technicienne de Polonowski, était une jolie fille qui déclara descendre elle-même les sacs. Elle semblait sur la défensive, mais pas à cause des questions de Carmine. Les jolies filles sont malheureuses parce qu'elles ont des problèmes personnels. Carmine était prêt à parier que Marian venait parfois travailler en portant des lunettes noires, pour cacher ses yeux gonflés des larmes versées pendant la nuit.

Après ses éprouvants collègues, le docteur Hideki Satsuma fut un véritable soulagement. Il expliqua dans un anglais parfait que son père avait été affecté à l'ambassade du Japon à Washington peu après la guerre, à la reprise des relations diplomatiques. Lui-même avait fait toutes ses études supérieures aux États-Unis.

— Je travaille sur la neurochimie du rhinencéphale, dit-il avant d'éclater de rire en voyant la tête de Carmine. C'est la partie la plus primitive de la matière grise humaine, elle joue un grand rôle dans l'épilepsie.

Satsuma était très beau, avec un visage plein de noblesse et des yeux qu'il avait fait débrider. Assez grand pour un Japonais, il se déplaçait avec la grâce d'un Rudolf Noureev, dont il avait l'allure un peu tartare.

Et il était plutôt sympathique, ce qui surprit Carmine qui, ayant combattu dans le Pacifique, n'avait guère d'affection pour les Nippons.

— Lieutenant, dit Satsuma, il vous faut comprendre qu'ici, au Hug, nous ne sommes pas du genre à remarquer quoi que ce soit dès lors que ce n'est pas lié à notre travail. Nous avons de très bons techniciens, ils ne laissent jamais traîner de sacs contenant des carcasses d'animaux. En ce qui me concerne, c'est le mien qui s'en charge.

— Il est japonais aussi, n'est-ce pas ?

— Oui. Eido m'assiste dans tous les domaines. Sa femme et lui vivent au neuvième étage du Nutmeg Insurance Building, dont j'occupe le dernier étage. Vous le savez forcément, puisque c'est là que vous habitez.

— En fait, je n'en savais rien. J'ai effectivement déjà croisé Eido et sa femme, mais votre appartement possède un ascenseur privé. Vous êtes marié, docteur ?

— Oh que non ! Il y a trop de jolis poissons dans l'océan pour que je me contente d'un seul.

— Vous avez une amie au Hug ?

Satsuma eut un regard amusé.

— Surtout pas ! Comme me le disait mon père : « Il ne faut jamais mélanger le plaisir et les affaires. »

— C'est une bonne règle de vie.

— Voulez-vous que je vous présente le docteur Schiller ? demanda Satsuma, qui sentait que l'entretien était terminé.

— Oui, j'en serais ravi.

Encore un bel homme ! Mais un Viking, cette fois. Kurt Schiller était le pathologiste du Hug. Il parlait anglais avec un léger accent germanique, ce qui sans doute expliquait l'antipathie que Carmine avait discernée dans la voix du docteur Finch quand celui-ci avait cité son nom. Schiller était grand, assez mince, avec des cheveux blond filasse et des yeux bleu pâle. Quelque chose en lui intriguait Carmine ; il devait être homosexuel. Son nez de flic ne le trompait jamais !

Le laboratoire de pathologie était situé juste au-dessus de la salle d'opération ; il était un peu plus grand, en raison d'une salle réservée aux animaux, qui ne contenait pourtant pas de chats. Schiller avait deux techniciens : Tom Skinks, qui ne travaillait que sur ses projets, et Hal Jones, qui se chargeait au Hug de tout ce qui concernait l'histologie.

Il était 18 heures et Carmine mourait de faim, mais mieux valait voir les derniers occupants du bâtiment, que tous puissent rentrer chez eux ; ensuite, il pourrait manger tout à loisir. Il ne restait plus qu'un étage.

Il commença par Hilda Silverman, la bibliothécaire, qui régnait sur une salle immense remplie de rayonnages d'acier et d'innombrables tiroirs abritant livres, cartes, articles, résumés, réimpressions.

— Je fais tout sur notre ordinateur, désormais, dit-elle en désignant un objet de la taille d'un réfrigérateur de restaurant pourvu de bandes magnétiques de quatorze pouces et d'une console équipée d'un clavier. C'est tellement plus pratique ! Plus de cartes perforées ! J'ai beaucoup plus de chance que la bibliothèque de la faculté de médecine. Ils font tout à l'ancienne, là-bas. En ce moment, on construit au Texas un bâtiment auquel nous pourrons nous raccorder. Il suffira d'entrer un mot-clé du genre « ions potassium », et on nous enverra le résumé du moindre article jamais écrit sur le sujet. Je suis très bien ici, mais c'est dur d'être si loin de Keith, conclut-elle en soupirant.

— Keith ?

— Keith Kyneton, mon mari. Il est en neurochirurgie, à l'autre bout de Oak Street. Nous déjeunions ensemble, auparavant, mais maintenant ce n'est plus possible.

— Alors, Silverman est votre nom de jeune fille ?

— En effet. J'ai préféré le garder, c'est plus simple pour la paperasse.

Elle devait avoir un peu plus de la trentaine, ou peut-être moins. Elle paraissait un peu fatiguée. Elle était vêtue d'une veste et d'une jupe passablement défraîchies, ne portait aucun bijou, hormis son alliance. Sa chevelure auburn bouclée, maintenue en place par des barrettes hideuses, surmontait des yeux bruns assez jolis, mais dissimulés derrière des lunettes aux verres épais comme des culs de bouteille. Un visage plutôt agréable, un peu neutre, sans aucun maquillage.

Comment se fait-il que les bibliothécaires ressemblent toujours à des bibliothécaires ? se demanda Carmine.

— J'aimerais pouvoir vous aider, dit-elle, mais je ne me souviens pas avoir jamais vu un de ces sacs. Je ne me rends jamais au rez-de-chaussée, sauf pour prendre l'ascenseur quand j'arrive.

— Vous avez des amies ?

— Sonia Liebman, de la salle d'op, mais c'est tout.

— Et Mlle Dupré, ou Mlle Vilich, qui sont à votre étage ?

— Ces deux-là ? dit-elle d'un ton méprisant. Elles sont bien trop occupées à s'étriper pour remarquer mon existence.

Ah ah ! Enfin un peu d'information !

Carmine décida de passer voir Mlle Dupré. De grands panneaux vitrés s'étendaient des deux côtés de son bureau : l'un dominant la ville, l'autre donnant sur le sud, en direction du port perdu dans la brume. Pourquoi le Prof ne s'était-il pas réservé cet endroit ? Avait-il eu peur de perdre trop de temps à contempler une vue aussi superbe ? Mlle Dupré avait en tout cas assez de détermination pour résister à la tentation.

Elle se leva, pour lui faire sentir qu'elle était plus grande que lui, ce qui manifestement la ravissait. Une femme très intelligente, très efficace, très observatrice, tout cela se voyait dans ses superbes yeux.

— Qu'est-ce qui vous a amenée au Hug ? demanda Carmine en s'asseyant.

— Une carte de séjour ! En Angleterre, j'étais administratrice adjointe d'un centre régional de santé, j'avais la responsabilité de tous les centres de recherche des hôpitaux et des universités du coin.

— Qu'est-ce que vous ignorez du Hug ?

— Pas grand-chose.

— Et s'agissant des sacs où on place les animaux morts ?

— Votre inexplicable fixation là-dessus a été remarquée par bien d'autres que moi, et personne ne sait pourquoi vous leur accordez tant d'importance, bien que j'aie ma petite idée. Pourquoi ne pas me dire la vérité, lieutenant ?

— Contentez-vous de répondre à mes questions, mademoiselle Dupré.

— Alors, posez-m'en une.

— Vous avez déjà vu un de ces sacs ?

— Bien sûr. Étant l'administratrice du Hug, je suis amenée à tout inspecter. Les modèles précédents étaient très médiocres, si bien que j'ai dû étudier la question en détail. Mais d'ordinaire, je ne vois aucun de ceux qui contiennent des corps.

— À quelle heure Cecil Potter et Otis Green quittent-ils leur travail ?

— À 15 heures.

— Tout le monde le sait ?

— Bien sûr. Certains chercheurs s'en plaignent, d'ailleurs. Ils semblent croire que le monde entier est à leur service. Je leur réponds que M. Potter et M. Green ont des horaires liés à l'entretien des animaux. Vu leurs rythmes circadiens, il faut s'en occuper dans un délai de trois à quatre heures après le lever du soleil. Le soir, c'est moins important, du moment qu'ils ont été bien nourris et qu'on a nettoyé leur cage.

— À part s'occuper des animaux, Otis a-t-il d'autres responsabilités ?

— Cela lui prend le plus clair de son temps. Il nous débarrasse des divers déchets, il répare les éclairages… Les techniciennes lui demandent aussi d'aller leur chercher des bonbonnes de gaz. Elles s'en chargeaient elles-mêmes jusqu'au jour où l'une d'elles en a renversé une accidentellement. Heureusement, il s'agissait d'un gaz inerte… Il arrive aussi qu'un chercheur travaille avec des substances émettant des rayons gamma, ce qui exige la mise en place de barrières composées de briques de plomb, qui sont très lourdes.

Elle se leva de nouveau.

— D'autres questions, lieutenant ?

— Non. Merci de votre compréhension.

Il se dirigea vers le bureau de Tamara Vilich en se demandant comment l'aborder. Il ne devait en aucun cas se mettre à dos cette source d'informations importante.

Il nota en entrant qu'une des portes de son bureau permettait d'accéder à celui du Prof.

— Vous rendez-vous compte, dit Tamara Vilich d'un ton un peu acide, que nous obliger à rester ici a provoqué beaucoup d'inconvénients ? Je suis en retard pour un rendez-vous.

— C'est le prix du pouvoir, répondit Carmine sans prendre la peine de s'asseoir. Moi aussi, j'en ai souffert, mademoiselle Vilich. Pas de petit déjeuner, pas de repas de midi, et pas encore de dîner.

— Alors, allez-y ! Je dois partir au plus vite !

Du désespoir dans sa voix... Intéressant.

— Est-ce qu'il vous arrive de voir les sacs contenant les animaux morts ?

— Non, répondit-elle en jetant un regard à sa montre. Bon sang !

— Jamais ?

— Jamais !

— Alors, vous pouvez vous rendre à votre rendez-vous, mademoiselle Vilich. Encore merci !

— Je suis en retard ! s'écria-t-elle. En retard !

Et elle partit en courant avant même que Carmine ait le temps de frapper à la porte donnant sur le bureau du Prof.

Celui-ci avait l'air encore plus préoccupé que lors de leur rencontre précédente ; sans doute parce qu'il ne s'était rien passé qui puisse apaiser son inquiétude ou satisfaire sa curiosité.

— Je vais devoir informer le conseil de surveillance, dit-il avant même que Delmonico ait ouvert la bouche.

— Le conseil de surveillance ?

— Le Hug est financé par des fonds privés, lieutenant, et c'est le conseil qui supervise ses activités. Sa générosité est directement proportionnelle à l'originalité et à l'importance des travaux menés ici. Notre réputation est sans égale ! Et voilà que cette... singularité arrive ! Un événement qui pourrait gravement affecter la qualité de nos recherches !

— Qui est membre de ce conseil ?

— William Parson, après sa mort en 1952, a légué son empire à ses deux neveux : Roger junior, qui préside le conseil, et Henry Parson, qui est son adjoint. Leurs fils, Roger III et Henry junior, en sont également membres, comme un cinquième Parson, Richard Spaight, qui dirige la Parson Bank et qui est le fils de la sœur de William Parson. Mawson MacIntosh, le président de Chubb, et le docteur Wilbur Dowling, doyen de la faculté de médecine, font également partie du conseil, comme moi.

— Si bien que le clan Parson dispose d'une forte majorité. Ils doivent vous serrer la vis…

Le Prof parut stupéfait.

— Pas du tout ! Bien au contraire ! Tant que nous continuons les brillants travaux que nous avons commencés il y a quinze ans, nous avons pour ainsi dire carte blanche. Le testament de William Parson était très précis à ce sujet. Il disait toujours : « Payez les gens des cacahuètes, et vous n'aurez que des singes. » Nos chercheurs sont donc très bien payés, et ils sont infiniment plus vifs que nos macaques. D'où mon inquiétude au sujet de cet événement, lieutenant.

Carmine prit un air innocent.

— Qu'est-ce qui se passe entre Mlle Dupré et Mlle Vilich ?

Le long visage de Smith se plissa.

— C'est évident à ce point ?

— Pour moi, oui, répondit Carmine, qui se garda bien de citer Hilda Silverman.

— Pendant les neuf premières années du Hug, Tamara en a été l'administratrice, tout en étant ma secrétaire. Ensuite, elle s'est mariée. Je ne sais rien de son époux, sinon qu'il l'a quittée au bout de quelques mois. La qualité de son travail avait beaucoup souffert pendant cette période, si bien que le conseil a décidé qu'il nous faudrait une personne qualifiée pour gérer nos affaires.

— Son mari était du Hug ?

— Non, pas du tout. Pour être parfaitement franc, il a persuadé la pauvre fille de se prêter à un détournement de fonds. Nous avons réglé l'affaire sans intenter d'action en justice.

— Je suis surpris que le conseil n'ait pas exigé que vous la flanquiez à la porte.

— Je ne pouvais pas faire ça, lieutenant. Quand elle est arrivée, elle sortait d'une école de secrétariat locale, elle n'a jamais eu d'autre boulot.

Le Prof poussa un profond soupir.

— Il était inévitable qu'à l'arrivée de Mlle Dupré, Tamara la prenne en grippe. C'est dommage. Mlle Dupré fait de l'excellent travail, bien meilleur que celui de Tamara, pour être franc. Elle a des diplômes d'administration médicale et de comptabilité.

— Une femme coriace ! Peut-être se seraient-elles mieux entendues si Mlle Dupré avait été plus séduisante ?

Mais le Prof ne mordit pas à l'hameçon et préféra répondre à côté :

— Mlle Dupré est très aimée partout ailleurs.

Carmine regarda sa montre.

— Il est temps que je vous laisse rentrer chez vous, professeur. Merci de vous être montré si coopératif.

Tous deux s'engagèrent dans le couloir.

— Vous ne pensez quand même pas que le corps a un rapport quelconque avec le Hug et ceux qui y travaillent ? demanda le Prof.

— Je pense qu'il a un très étroit rapport avec le Hug et ceux qui y travaillent. Professeur, pendant que j'y pense, reculez la réunion du conseil jusqu'à lundi prochain. Vous pouvez expliquer la situation à Roger Parson junior et au président MacIntosh, mais que ça s'arrête là ! Aucune exception, qu'il s'agisse des collègues ou des épouses.

Le Malvolio, situé à deux pas des bâtiments administratifs du comté, restait ouvert vingt-quatre heures sur vingt-quatre. Peut-être parce que nombre de ses habitués étaient vêtus de bleu marine, le décor évoquait un peu une porcelaine Wedgwood : des murs bleu clair, des moulures de plâtre blanc représentant des sirènes, et des guirlandes pour donner du contraste à l'ensemble. Abe et Corey étaient depuis longtemps rentrés chez eux quand Carmine gara la Ford devant le restaurant. Il y entra et commanda un pâté de viande avec des pommes de terre sautées, une salade et deux parts de tarte aux pommes.

L'estomac enfin rempli, il rentra chez lui à pied, prit une longue douche puis, nu, se laissa tomber sur le lit et s'endormit aussitôt.

Revenant chez elle, Hilda Silverman découvrit que Ruth avait déjà préparé le dîner : des côtelettes de porc dont elle n'avait pas pris la peine d'ôter la graisse, des pommes de terre en sachet, une salade sortie du frigo et déjà molle parce qu'assaisonnée trop tôt, un gâteau au chocolat. *Comme d'habitude !* pensa la jeune femme. C'était un miracle que Keith garde la ligne, avec les repas que préparait sa mère.

Il n'était d'ailleurs pas là. Son assiette, couverte de papier d'aluminium, était posée sur une marmite d'eau chaude que Ruth maintenait sur la cuisinière jusqu'à ce que son fils soit de retour, parfois à 2 ou 3 heures du matin.

Hilda n'aimait guère sa belle-mère, une femme du peuple souvent agressive, mais toutes deux étaient unies par Keith, et aucune jalousie ne les opposait. Il était tout pour elles. S'il préférait que les gens ignorent ses origines sociales, sa mère n'y voyait aucun inconvénient : elle serait morte pour lui aussi gaiement qu'Hilda.

La présence de Ruth avait l'avantage de permettre à Hilda de conserver un travail fort bien payé. Et le fait d'habiter Griswold Lane à Holloman, Connecticut, ne semblait pas déranger Ruth outre mesure. Pourtant, Keith et Hilda vivaient dans la pire maison de la rue. Le loyer y était ridicule, ce qui leur permettait de mettre de côté la plus grosse part de leurs salaires – celui d'Hilda étant le double de celui de son mari. Maintenant que Keith avait passé son doctorat, il comptait reprendre une clientèle en neurochirurgie, de préférence à New York. Pas question de se contenter d'une carrière universitaire, aussi fastidieuse que mal payée ! Alors, sa mère et son épouse luttaient héroïquement pour l'aider à satisfaire ses ambitions. Ruth était une radine née, et Hilda rognait sur toutes les dépenses. Mais Keith devait avoir les plus beaux vêtements, la plus belle voiture, et son travail exigeait évidemment qu'il porte des verres de contact. Ce qu'il voulait, il devait l'avoir.

Il fit son apparition au moment même où les deux femmes s'asseyaient, et avec lui entrèrent dans la maison le soleil, la lune, les étoiles et tous les anges du paradis. Hilda se leva d'un bond pour l'enlacer et poser la tête sur son épaule. Il était si grand, si... si fantastique !

— Bonsoir, chérie, dit-il en se penchant pour déposer un baiser sur la joue de sa mère. Maman, qu'est-ce qu'on mange ? C'est toi qui as préparé ces côtes de porc ?

— Bien sûr ! Assieds-toi pendant que je vais chercher ton assiette.

Keith et Ruth entamèrent avec enthousiasme leur médiocre repas, Hilda se contentant de picorer.

— Il y a eu un meurtre au Hug aujourd'hui, dit-elle en s'efforçant de découper une côtelette.

— Grands dieux ! s'exclama Ruth. Un vrai ?

— On a trouvé un cadavre, en tout cas. C'est pourquoi je suis rentrée si tard. La police était partout, ils ne nous ont pas laissés sortir, même pour déjeuner. Je ne sais pas pourquoi, ils ont interrogé le troisième étage en dernier, comme si nous pouvions savoir quoi que ce soit sur un corps retrouvé au rez-de-chaussée !

Keith se servit deux autres côtelettes.

— On ne parlait que de ça à la fac de médecine et à l'hôpital. Je suis resté à la salle d'op toute la journée, l'anesthésiste et l'infirmière ne discutaient de rien d'autre ! Comme si un anévrisme bifide sur une artère cérébrale ne suffisait pas ! Un peu plus tard, le radiologue nous a appris qu'il y en avait un autre sur l'artère basilaire, si bien que notre boulot ne servira sans doute à rien.

— Mais l'angiogramme aurait dû le montrer, non ?

— Missingham n'a vu les radios que lorsque nous avions presque fini, il était à Boston. Et comme son assistant ne pourrait pas trouver son cul dans son pantalon, même avec les deux mains – excuse-moi, maman ! –, il n'a pas vu le second anévrisme. C'était vraiment une journée pourrie.

Hilda lui lança un regard plein d'adoration. Comment avait-elle réussi à retenir l'attention de Keith Kyneton ? C'était un mystère, mais quel bonheur ! Il était l'incarnation de tous ses rêves, avec ses cheveux bouclés, ses beaux yeux gris, son corps musclé. Adorable, vraiment ! Sans compter que c'était un neurochirurgien de grand talent, spécialisé dans les anévrismes cérébraux.

Voilà peu, ils étaient encore inopérables, mais les progrès techniques avaient changé tout cela, et l'avenir professionnel de Keith était assuré.

Mais Ruth ne pensait qu'au meurtre.

— Donne-nous tous les détails ! s'écria-t-elle, les yeux brillants.

— C'est impossible, Ruth, dit Hilda, je n'en ai aucun ! La police reste muette, le lieutenant avec qui j'ai discuté pourrait donner des leçons de discrétion à un curé. Sonia m'a dit qu'il lui avait fait l'impression d'être très intelligent et cultivé, et c'est aussi mon sentiment.

— Il s'appelle comment ?

— Je ne sais plus, c'est un nom italien.

— Comme toujours ! lança Keith en éclatant de rire.

Le repas terminé, les deux fils Smith se virent enjoindre d'aller dans leur chambre pour terminer leurs devoirs.

— Tout ça va nous rendre la vie difficile, soupira le Prof.

— Tu veux parler du conseil ? demanda Eliza en lui versant un autre café.

— Oui, mais c'est surtout le boulot. Tu sais à quel point les gens du centre sont caractériels ! À part Addison, le seul à ne pas venir m'ennuyer. Il est heureux d'être en vie, il fait ses huit kilomètres de jogging par jour… C'est sans doute le complexe de Lazare, il a l'impression d'être ressuscité des morts.

Eliza gloussa.

— Il ne lui vient pas à l'idée qu'un jogger ruisselant de sueur n'est pas un compagnon de travail agréable ? Mais j'ai de la peine pour sa femme.

— Robin ? Cette nullité ? Et pourquoi donc ?

— Parce qu'Addison la traite comme une bonniche. Le mal qu'elle doit se donner pour trouver quelque chose qu'il consentira à manger ! En plus, c'est elle qui lave son survêtement trempé et puant ! Bon, elle n'est pas la personne la plus… intelligente de la planète, mais il le lui fait bien sentir ! Je me souviens avoir surpris un jour le regard qu'il lui lançait, j'en ai eu la chair de poule. C'est sûr, il la hait !

— C'est ce qui arrive souvent quand un étudiant en médecine épouse une infirmière, conclut Smith d'un ton sec. Il n'y a pas d'égalité intellectuelle entre eux. Une fois qu'il a réussi, elle lui fait honte.

— Tu seras toujours aussi snob.

— Non, simplement pragmatique – et j'ai raison !

— Bon, bon, tu es peut-être dans le vrai, mais c'est quand même cruel de sa part. Ils ont cette tour magnifique qui surplombe le port, et il ne veut pas qu'elle y entre ! Qu'est-ce que c'est, la chambre de Barbe-Bleue ?

— Une preuve de plus de l'obsession de l'ordre propre à Addison. Après tout, je t'interdis bien l'accès de la cave !

— Et je ne m'en plains pas. Mais je te trouve trop dur avec les garçons. Ils ont passé l'âge de détruire par plaisir, pourquoi ne pas les y admettre ?

Le visage de Smith se durcit.

— Ils sont définitivement exclus du sous-sol.

Il avait pris un regard buté montrant assez qu'il n'écouterait plus. Eliza préféra changer de sujet.

— Bob, est-ce que cette histoire de meurtre est vraiment grave ? Il est quand même impossible que ça soit lié au Hug !

— J'en suis bien d'accord, mais ce n'est pas l'opinion de la police. Te rends-tu compte qu'ils ont pris les empreintes de tout le monde ? Heureusement que nous avions du xylène pour enlever l'encre !

— As-tu vu ma veste à carreaux rouge ? demanda Polonowski à sa femme.

Paola était dans la cuisine, Mikey sur la hanche et Esther accrochée à sa jupe, et jeta à son mari un regard où se mêlaient le mépris et l'exaspération.

— Walt, bon sang, ce n'est quand même pas la saison de la chasse !

— Elle est toute proche ! C'est précisément pour la préparer que je me rends à la cabane ce week-end, et c'est pour ça que j'ai besoin de ma veste, que je ne trouve pas parce qu'elle n'est pas où elle devrait !

— Comme toi !

Elle installa Mikey dans sa chaise haute, Esther sur une chaise pourvue d'un épais coussin, puis s'écria :

— Stanley ! Bella ! Le dîner est prêt !

Les deux aînés arrivèrent à toute allure en hurlant qu'ils mouraient de faim. Leur mère était une cuisinière fantastique, qui ne leur faisait jamais manger ce qu'ils n'aimaient pas : ni carottes, ni épinards, ni choux !

Walter s'assit à un bout de la longue table, Paola à l'autre.

— Ce que je ne peux pas supporter, dit-elle, c'est ton égoïsme. Ce serait si bien d'avoir un endroit pour emmener les enfants le week-end, mais non ! Personne n'a le droit d'aller dans cette cabane !

— En effet, répondit-il d'un ton froid en entamant ses lasagnes. Mon grand-père me l'a léguée, elle est à moi, et à personne d'autre. C'est le seul endroit où je peux échapper au vacarme.

— Celui de ta femme et de tes quatre enfants, c'est ça ?

— Oui.

— Walt, si tu ne voulais pas d'enfants, il fallait y penser avant. Il faut être deux pour danser le tango.

— C'est quoi, le tango ? demanda Stanley.

— Une danse sexy, répondit sa mère d'un ton sec.

Ce qui fit hurler de rire Polonowski, sans que son fils comprenne pourquoi. Puis il s'essuya les yeux et remplit de lasagnes l'assiette vide de Stanley avant de se resservir.

— Je pars vendredi soir, Paola, et je reviens lundi à l'aube. J'ai des montagnes de choses à lire, et c'est impossible, ici.

— Walt, si seulement tu abandonnais tes recherches idiotes pour exercer dans le privé ! Nous pourrions vivre dans une maison assez grande pour accueillir douze enfants, sans que tu sois dérangé. Tu as une réputation fantastique, on t'a déjà fait des propositions en ce sens, dans des endroits bien meilleurs qu'ici : Atlanta, Miami, Houston… Des endroits où il fait chaud !

Il frappa du poing sur la table.

— Et comment sais-tu qu'on m'a fait des offres, Paola ? demanda-t-il d'un ton menaçant.

— Tu laisses traîner tes lettres, j'en trouve partout.

— Et tu les lis ! Et ensuite tu te demandes pourquoi j'ai besoin d'un peu de tranquillité ! Mon courrier est privé, tu m'entends ! Privé !

Il se leva brusquement et sortit, tandis que sa femme et ses enfants restaient bouche bée. Paola alla chercher la crème glacée dans le réfrigérateur.

Sur le mur, juste à côté de l'endroit où elle était assise, était accroché un miroir dans lequel elle se regarda. Les larmes lui vinrent aux yeux. Huit années avaient suffi à transformer une jeune fille vive et jolie en une femme maigre, quelconque, qui faisait plus que son âge.

Rencontrer Walt, le captiver, le séduire, quel bonheur ! Un médecin si brillant que bientôt ils seraient riches. Mais elle n'avait pas deviné qu'il ne comptait nullement abandonner la recherche universitaire. Et les enfants s'étaient succédé sans interruption. Pour ne pas tomber enceinte une cinquième fois, elle avait dû se résoudre à commettre un péché : elle prenait la pilule.

Leurs querelles les détruisaient. Walt passait de plus en plus de temps dans cette cabane qu'elle n'avait jamais vue et ne verrait jamais. Il refusait même de lui dire où elle se trouvait.

Le docteur Hideki Satsuma entra dans sa garçonnière, au sommet du plus haut bâtiment de la ville, et sentit les épreuves de la journée lui glisser des épaules.

Eido était rentré plus tôt, pour arranger l'endroit comme son maître le souhaitait, avant de regagner, dix étages en dessous, l'appartement beaucoup moins élégant où il vivait avec sa femme.

Le décor était d'une simplicité trompeuse : des murs couverts de feuilles de cuivre battu, des portes de bois noir à petits carreaux de papier, un plancher noir et luisant, un paravent orné de femmes aux yeux fendus, un piédestal de pierre noire sur lequel était posé un vase contenant une fleur unique, mais parfaite. Des sushis attendaient, déposés sur la table de bois laqué.

Lorsque Satsuma entra dans sa chambre, il vit un kimono étalé sur un futon. Après avoir pris un bain dans le jacuzzi et s'être restauré, il se dirigea vers le mur de verre de sa cour et en admira la perfection en silence. Installer tout cela lui avait coûté cher, mais Satsuma n'avait jamais eu à se préoccuper d'argent. Autrefois, c'était une surface ouverte qui abritait un jardin. La paroi était aujourd'hui un miroir sans tain : on ne pouvait voir à travers que de l'intérieur. La cour contenait peu de choses : quelques bonsaïs, dont un érable d'un âge incroyable, un grand cyprès d'Hollywood qui avait un peu la forme d'une double hélice, une vingtaine de rochers aux formes assorties, quelques cailloux de marbre aux couleurs variées, formant un motif compliqué sur lequel il ne fallait pas marcher. Les forces gouvernant son univers intime se trouvaient réunies là, de la manière la plus heureuse pour son bien-être.

Mais ce soir-là, à contempler sa cour, Hideki Satsuma comprit que son monde intime tremblait sur ses bases, qu'il allait devoir réarranger les arbres, les pierres et les rochers pour neutraliser cet événement inattendu, profondément perturbant, et qu'il ne pouvait contrôler, ce qui était inhabituel. Ici… Là où les méandres d'un ruisselet couraient entre des galets de jade… Et ici, où un grand rocher gris, dressé comme une lame de sabre, s'opposait à la rondeur d'un autre rocher, de couleur rouge… Là, où la double hélice du cyprès d'Hollywood s'effilait peu à peu en montant vers le ciel… Tout d'un coup, l'arrangement d'ensemble lui parut discordant. Il allait devoir tout recommencer.

Il songea à sa petite maison de Cape Cod, sur la plage. Ce qui s'y était passé récemment exigeait une période de repos. D'ailleurs, c'était trop loin, même avec sa Ferrari marron. Cette demeure avait une autre fonction et, si elle était liée, comme le reste, à l'ébranlement de son univers, l'épicentre du phénomène était ici, dans sa cour.

Cela pouvait-il attendre le week-end ? Non. Se penchant, Hideki Satsuma appuya sur le bouton qui ferait venir Eido.

Desdemona arriva chez elle, au second étage d'une maison de Sycamore Street, juste au-delà du Creux. Elle prit d'abord un bon bain chaud, puis passa dans la cuisine pour ouvrir une boîte de ragoût de bœuf, et une autre de pudding au riz. Faire la cuisine ne l'intéressait guère, pas plus qu'elle ne portait d'intérêt à la décoration : elle ne remarquait plus le lino usé et le papier peint qui se décollait.

Enfin, vêtue d'un peignoir de flanelle à carreaux, elle passa dans le séjour, où son panier à couture en osier l'attendait à côté de son fauteuil préféré. Fronçant les sourcils, elle y plongea la main pour retrouver la pièce de soie qu'elle brodait à l'intention de Charles Ponsonby. Elle aurait dû être sur le dessus, Desdemona en était sûre. Pourtant, elle ne trouva qu'une poignée de poils noirs, bouclés, assez courts, qu'elle prit pour les examiner. C'est à ce moment qu'elle aperçut sa broderie par terre, derrière le fauteuil. La ramassant, elle la regarda de près, mais l'objet était intact, tout au plus vaguement froissé. Bizarre, tout de même !

Puis Desdemona comprit et pinça les lèvres. Son fichu propriétaire, qui vivait juste en dessous, était venu fouiner. Mais qu'y faire ? Sa femme était charmante, et lui aussi, à sa façon. Et où trouver un appartement meublé, dans un quartier tranquille, pour soixante-dix dollars par mois ? Elle s'en alla jeter les poils dans la poubelle de la cuisine, puis s'installa dans le fauteuil pour se remettre à ce qu'elle considérait comme la broderie la plus réussie qu'elle ait jamais faite. Des motifs compliqués, allant du saumon au cramoisi, sur un fond de soie rose pâle.

Fichu proprio, quand même ! Il méritait une bonne leçon !

Tamara se lassa de peindre ; pour une fois, elle était incapable d'imaginer un visage suffisamment hideux, suffisamment terrifiant. Cela viendrait, mais pas ce soir. Ce Delmonico, quelle insolence ! Des épaules si larges qu'il avait l'air plus petit qu'il ne l'était, un cou énorme, une tête massive. Il lui avait fait rater son rendez-vous !

Elle aurait voulu lui donner les traits d'un porc, mais elle avait beau essayer, elle n'y parvenait pas.

Elle ne pouvait dormir, et que faire d'autre ? Lire un de ses romans policiers pour la millième fois ? Se laissant tomber dans un fauteuil, elle décrocha le téléphone.

— Chéri ? demanda-t-elle quand une voix ensommeillée répondit.

— Je t'ai dit de ne jamais appeler ici !

Et on raccrocha.

Cecil était au lit avec Alberta, la tête posée sur son opulente poitrine, et tentait d'oublier l'affolement de Jimmy.

Otis écoutait le bip électronique de son propre cœur, les larmes coulant sur son visage. Plus de briques de plomb à mettre en place, plus de bonbonnes de gaz à transporter, plus de cages à trimballer dans l'ascenseur. Qu'est-ce qu'il aurait comme retraite ?

Wesley était trop excité, trop heureux, pour pouvoir dormir. Mohammed el Nesr était resté bouche bée en apprenant la nouvelle ! Le péquenot venu de Louisiane semblait tout d'un coup être devenu quelqu'un d'important. Mohammed l'avait chargé de le tenir informé de tout ce qui concernerait le meurtre au Hug. Il allait s'y mettre.

Nur Chandra était dans le petit cottage où seuls lui et Mistarthur, son homme à tout faire, pénétraient. Il était assis en tailleur, mains sur les genoux, paumes vers le haut. Ni endormi, ni éveillé. Il était ailleurs, dans un autre plan d'existence. Il y avait des monstres à bannir, de terribles monstres.

Maurice et Catherine Finch étaient dans la cuisine et examinaient les comptes.

— Des champignons ? s'exclama-t-elle. Mais ça te coûtera plus que ça ne peut te rapporter ! Et mes poulets n'en mangeront pas.

— Chérie, il faut essayer. Tu as dit toi-même que creuser le tunnel serait un bon exercice. Maintenant que c'est fait, qu'avons-nous à y perdre ? Je cultiverai des espèces exotiques, pour des boutiques très chic de New York.

— Tout ça va nous coûter beaucoup d'argent.

— Cathy, nous ne sommes quand même pas à court ! Nous n'avons pas d'enfant, et qu'est-ce que tes nièces et mon neveu feront de cet endroit, plus tard ? Ils le vendront. Alors, autant nous amuser un peu !

— Bon, vas-y, cultive tes champignons ! Mais ne viens pas dire que je ne t'ai pas prévenu !

Il sourit et posa la main sur la sienne.

— Je te promets de ne pas me plaindre si ça rate. Mais je suis sûr que ça ne ratera pas !

2

Jeudi 7 octobre 1965

La journée de Carmine commença chez le commissaire John Silvestri, devant le bureau duquel il s'assit, le capitaine Danny Marciano et le sergent Abe Goldberg à sa droite, Patrick O'Donnell et le sergent Corey Marshall à sa gauche. Une fois de plus, le lieutenant remercia sa bonne étoile de lui avoir donné de tels supérieurs.

Brun, d'allure avenante, John Silvestri était un rond-de-cuir depuis toujours, et comptait bien, quand il prendrait sa retraite dans cinq ans, pouvoir se flatter de n'avoir jamais tiré un seul coup de feu. Ce qui était bizarre : mobilisé en 1941 avec le grade de lieutenant, il avait quitté l'armée quatre années plus tard, couvert de décorations. Il avait l'agaçante habitude de suçoter ses cigares, laissant derrière lui des mégots gluants dont l'odeur, se disait souvent Carmine, devait ressembler à celle d'un crachoir dans un saloon de Dodge City en 1890.

Sachant parfaitement que cela exaspérait Danny Marciano, Silvestri poussa son cendrier sous son nez. Les Marciano étaient originaires d'Italie du Nord, mais le capitaine avait des cheveux blonds, des taches de rousseur et des yeux bleus. Passer sa vie derrière un bureau lui avait valu quelques kilos en trop. C'était un bon adjoint, qui manquait de la subtile patience nécessaire pour rembarrer le commissaire.

Carmine et deux autres lieutenants se chargeaient donc du vrai travail, ignorant les pressions politiques en tous genres. On pouvait se fier à ces gars-là pour défendre leurs hommes. C'est Carmine que les policiers aimaient le plus, tout le monde le savait et ne s'en choquait pas, car cela signifiait qu'il héritait finalement de toutes les affaires pourries, celles qui exigeaient de la diplomatie avec les autres services de police. Il était aussi chargé de toutes les histoires de meurtres.

Au moment de Pearl Harbor, il venait d'achever sa première année de fac à Chubb et s'était engagé aussitôt. Le hasard avait voulu qu'il soit affecté à la police militaire ; une fois passé le stade des tours de garde et des arrestations de matelots ivres, il découvrit qu'il aimait ce genre de boulot. Il y avait dans l'armée autant de crimes que dans n'importe quelle ville. La guerre terminée, après une période dans les troupes d'occupation au Japon, il aurait pu achever ses études à Chubb grâce à un programme destiné aux anciens combattants. Ensuite, diplôme en poche, il aurait enseigné l'anglais ou les mathématiques dans un lycée. Mais il en décida autrement. En 1949, il avait rejoint la police de Holloman. Silvestri, à l'époque simple lieutenant, mais déjà rond-de-cuir, ne tarda pas à le remarquer et le nomma inspecteur. Holloman n'étant pas une ville assez grande pour avoir une brigade des homicides, Carmine avait travaillé sur toutes sortes d'affaires. Mais le meurtre était vite devenu sa spécialité : il atteignait un taux d'élucidation incroyable, proche de cent pour cent.

— Commencez, Patrick, dit Silvestri, qui détestait déjà l'affaire du Hug, vouée à faire les gros titres.

Il n'y avait encore qu'un petit paragraphe dans le *Holloman Post* du matin, mais dès que la presse connaîtrait les détails…

— Celui qui a déposé le corps dans le congélateur du Hug n'a laissé ni empreintes, ni autres traces. La victime est adolescente, elle doit être métisse. Elle est de petite taille, et paraît en très bonne santé. Elle avait sur la fesse droite un nævus en forme de cœur, un grain de beauté qu'on lui a ôté voilà une dizaine de jours. C'était en fait un hémangiome, une sorte de mini-tumeur des vaisseaux sanguins, que le tueur a fait coaguler en se servant de forceps diathermiques, ce qui a dû lui prendre des heures. Ensuite, il a rempli la plaie d'un produit cicatrisant, puis l'a laissée se couvrir d'une croûte. J'ai trouvé des traces d'un fard gras de la même couleur que la peau.

Carmine frémit.

— Elle n'était pas encore assez parfaite après suppression du grain de beauté, alors il l'a peint ! Pat, ce type est vraiment tordu !

— Ça serait donc un chirurgien ? demanda Marciano.

— Pas forcément, dit Carmine. Hier, j'ai discuté avec une fille qui fait de la microchirurgie sur les animaux du Hub, et elle n'a pas de diplôme médical. Il doit y avoir des dizaines de techniciens capables de faire ça. Avant que Pat ne nous explique comment le gars avait procédé, je pensais à un boucher, ou un tueur travaillant aux abattoirs. Plus maintenant.

— Mais vous pensez que le Hug est mêlé à ça, dit Silvestri.

— Oui.

— Qu'est-ce que vous comptez faire ?

Carmine se leva et eut un signe de tête à l'adresse de Corey et de Abe.

— Les personnes disparues. Dans tout l'État, sans doute. Il n'y en a aucune signalée à Holloman, à moins que le tueur n'ait détenu sa victime très longtemps. Comme nous ne savons pas à quoi elle ressemblait, nous allons nous concentrer sur le grain de beauté.

Patrick sortit avec lui.

— Tu ne vas pas résoudre cette affaire facilement. Le salopard ne t'a laissé aucun indice.

— Estimons-nous heureux ! Si ce singe ne s'était pas réveillé dans le congélateur, nous ne saurions même pas qu'un meurtre a été commis.

Carmine entreprit donc de téléphoner à tous les postes de police. Celui de Norwalk signala le cas d'une jeune fille de seize ans, d'origine dominicaine, nommée Mercedes Alvarez, disparue dix jours plus tôt.

— Un mètre soixante-cinq, des cheveux noirs bouclés mais pas crépus, des yeux bruns, un très joli visage, dit quelqu'un qui se présenta comme étant le lieutenant Joe Brown. Seul signe distinctif : un grain de beauté en forme de cœur sur la fesse droite.

— Restez sur place, Joe ! J'arrive dans une demi-heure.

Il plaça un gyrophare sur le toit de la Ford et fonça à toute allure sur l'autoroute I-95, en faisant hurler sa sirène. Les soixante kilomètres furent avalés en quelques minutes.

Le lieutenant Joe Brown avait à peu près son âge – la quarantaine passée –, et il était à cran, comme tous les flics du coin. Carmine examina les photos.

— C'est elle, j'en jurerais. Elle est jolie. Donnez-moi les détails, Joe.

— Elle est en terminale au lycée St Martha. Des bonnes notes, pas de problème, pas de petit ami. Une famille dominicaine qui vit à Norwalk depuis vingt ans. Le père travaille sur un péage d'autoroute, la mère reste au foyer. Six enfants, deux garçons, quatre filles, Mercedes est l'aînée. Le plus jeune a trois ans. Ils vivent dans un quartier tranquille, sans faire d'histoires.

— Quelqu'un a assisté à l'enlèvement ?

— Non. On s'est vraiment cassé le cul sur cette affaire : c'était la deuxième fille de cet âge à disparaître à deux mois d'intervalle. Toutes les deux à St Martha, dans la même classe de terminale, amies mais sans plus. Mercedes prenait des leçons de piano après la fin des cours, elle devait rentrer à 16 h 30. Comme elle n'arrivait pas et que les sœurs disaient qu'elle était partie à l'heure prévue, M. Alvarez nous a appelés. La famille était déjà très inquiète, à cause de Verina Gascon, la première fille. Parents guadeloupéens, installés ici depuis longtemps. Elle avait disparu sur le chemin du lycée, qui se situe à quelques centaines de mètres de chez elle. Nous avions retourné toute la ville, en vain. Et maintenant voilà que ça recommence !

— Il y a des chances pour que Mercedes se soit enfuie avec un petit copain ?

— Aucune. Il suffit de voir la famille pour comprendre. Des catholiques à l'ancienne, qui élèvent leurs enfants avec amour, mais en leur serrant la vis.

— Pouvez-vous faire en sorte que M. Alvarez identifie Mercedes sur la base du grain de beauté ? On ne peut lui montrer qu'un morceau de peau, mais il faut qu'il soit prévenu avant…

— Il va falloir lui dire que sa fille a été coupée en morceaux, c'est ça ? soupira Brown. Bon Dieu, parfois, on fait vraiment un boulot de merde.

— Est-ce que leur prêtre accepterait de l'accompagner ?

— J'y veillerai.

Quelqu'un apporta du café et des beignets sur lesquels les deux hommes se jetèrent. Puis, tout en attendant les dossiers sur les deux jeunes filles, Carmine appela Holloman.

Abe lui dit que Corey était déjà au Hug, et que lui-même comptait aller voir le doyen de la faculté de médecine pour savoir combien elle comptait de congélateurs destinés aux animaux.

— Est-ce qu'il y a des filles disparues qui correspondraient au signalement de la nôtre ? demanda Carmine.

— Oui, trois. Une de Bridgeport, une de New Britain, une de Hartford. Mais comme aucune n'avait de grain de beauté, on n'est pas allés plus loin. Elles ont disparu voilà des mois.

— Les choses ont changé, Abe. Rappelle tes collègues pour qu'ils nous envoient des copies de leurs dossiers, et fissa !

Quand Carmine revint de Norwalk, Abe et Corey le suivirent dans son bureau, où les dossiers l'attendaient. Il posa les siens à côté, sortit les photos des disparues et les examina. On aurait dit des sœurs.

Nina Gomez, dix-sept ans, de Hartford, issue d'une famille guatémaltèque, avait disparu quatre mois auparavant. Rachel Simpson, seize ans, de Bridgeport, était une Noire à peau assez claire, disparue voilà six mois. Les parents de Vanessa Olivaro, seize ans, de New Britain, venaient de Jamaïque ; c'était une métisse, qui avait aussi un peu de sang chinois. Disparue huit mois plus tôt.

— Notre tueur aime les cheveux bouclés mais pas crépus, les beaux visages avec des lèvres pleines, de grands yeux bruns, un sourire à fossettes, une taille d'un mètre soixante-cinq, une peau claire, dit Carmine.

— Tu crois que c'est le même qui les a enlevées ? demanda Abe, qui aurait préféré ne pas y croire.

— Bien sûr. Toutes issues de familles respectables et pieuses, toutes catholiques, sauf Rachel Simpson, dont le père est pasteur. Olivaro et elle allaient au lycée de leur ville, les trois autres dans des établissements catholiques, dont deux à St Martha, à Norwalk. Et l'écart de temps entre les enlèvements est le même : deux mois. Corey, prends le téléphone et demande quelles sont les personnes disparues répondant à ce signalement depuis… disons dix ans. Le cadre familial et personnel est aussi important que l'allure physique. Je suis prêt à parier que toutes ces filles étaient sérieuses, allaient à l'église, travaillaient en classe, bref le genre à avoir une robe en dessous du genou, et pas de maquillage.

— Elles ne doivent pas être nombreuses, dit Corey. S'il en enlève une tous les deux mois, il doit passer un temps fou à les trouver.

— Jusqu'à présent, nous n'avons que cinq filles. Nous ne saurons pas selon quelles règles il agit tant que nous n'aurons pas remonté la piste à sa source. En tout cas, il opère dans le Connecticut.

Abe était très pâle. Il déglutit bruyamment.

— Mais on n'a aucune chance de retrouver les corps précédents ! Il les a découpés et déposés dans le congélateur du Hug, d'où ils sont partis vers l'incinérateur de la fac.

— Je crains que tu n'aies raison, Abe.

— Qu'est-ce que ça te dit d'autre, Carmine ? demanda Corey.

— Qu'il a en lui une sorte d'image de la perfection à laquelle ces filles ressemblent, et qu'il y a toujours quelque chose qui cloche. Et qu'il prend son pied à les faire souffrir, comme tous les violeurs. Comment est-ce que son esprit fonctionne ? Ça lui fait quelque chose, mais quoi ? Et dans quel but ?

Carmine grimaça et reprit :

— Nous savons quel est son genre de victime, et que les filles de ce type sont rares, mais un fantôme serait plus visible que lui ! Les flics de Norwalk, avec deux enlèvements, se sont cassé le cul à enquêter sur les rôdeurs, les voyeurs, les inconnus qu'on aurait vus à la sortie de l'école... Ils ont interrogé tout le monde, des éboueurs aux postiers en passant par les démarcheurs, les mormons, les Témoins de Jéhovah... Ils ont même formé un groupe de travail pour chercher à savoir comment il aurait pu approcher les filles d'assez près, mais ça ne les a menés nulle part. Personne ne se souvient de quoi que ce soit.

Corey se leva.

— Je vais passer des coups de téléphone, lâcha-t-il.

— Abe, dit Carmine, parle-moi du Hug.

Goldberg sortit son carnet.

— Trente personnes y travaillent, du professeur Smith, en haut de la pyramide, à Allodice Smith, la laveuse de flacons, à sa base.

Puis il tendit deux feuilles de papier à Carmine.

— Voici leurs noms, leur âge, leur statut, leur date d'entrée au Hug, enfin tout ce qui m'a paru utile. La seule, apparemment, à avoir des compétences chirurgicales, c'est Sonia Liebman, qui s'occupe de la salle d'opération. Les étrangers ne sont même pas docteurs en médecine, et le docteur Finch est tombé dans les pommes en assistant à une circoncision.

Il se plongea dans son carnet pour la suite des détails.

— Il y a beaucoup de gens qui entrent et qui sortent, pratiquement comme ils veulent, mais on les connaît : les vendeurs d'animaux, les représentants, des profs de la faculté de médecine… La société Mitey Brite est sous contrat et se charge de nettoyer le bâtiment entre minuit et 3 heures du matin. Mais elle ne s'occupe pas des carcasses d'animaux, c'est le boulot d'Otis Green. Apparemment, il a été spécialement formé pour ça, ce qui doit lui valoir quelques dollars en plus sur sa fiche de paie. Je doute que la société soit liée au crime, parce que Cecil Potter revient chaque soir à 21 heures pour verrouiller la salle des macaques, précisément pour empêcher qu'un nettoyeur n'y pénètre. Et si les singes entendent le moindre bruit la nuit, ils se mettent à faire un boucan du diable.

— Merci, Abe. Je n'avais pas pensé à Mitey Brite. Quelle impression t'ont faite les gens qui travaillent là-bas ?

— Leur café est atroce ! Et il y a un petit malin, en neurochimie, qui a rempli une coupe de bonbons très appétissants – sauf qu'ils sont en polystyrène !

— Quoi d'autre ?

— On peut éliminer Allodice, la laveuse de cornues, elle est trop bête. Je doute aussi que les sacs aient été déposés dans le congélo pendant que Cecil et Otis étaient de service. C'était sans doute plus tard dans la journée.

— Combien de congélateurs en tout ?

— Sept, sans compter celui du Hug. J'en ai discuté avec le doyen de la fac de médecine, ça le crispait de parler avec un flic de quelque chose d'aussi indigne de lui. Mais aucun de ces congélateurs ne m'a semblé aussi facile à utiliser que celui du Hug, les autres sont trop fréquentés. Ils massacrent des millions de rats, dans cette fac !

Carmine passa le reste de sa journée derrière son bureau, à étudier les dossiers jusqu'à ce qu'il puisse en réciter le contenu par cœur. Chacun était très épais : la police de chaque ville s'était manifestement donné beaucoup plus de mal que d'habitude. En règle générale, une fille de seize ans qui disparaissait avait une assez mauvaise réputation, et parfois un casier judiciaire en rapport. Mais pas celles-là.

Je ne sais pas combien il y en a eu en tout, je ne le saurai pas avant un bout de temps, songea Carmine, *mais je sais qu'elles ont fini dans l'incinérateur.* C'était bien plus sûr que de les enterrer dans les bois. Il devait garder les têtes en souvenir. Il devait même probablement filmer les filles en super-8 couleur, peut-être avec plusieurs caméras, pour saisir leurs souffrances sous tous les angles, pour avoir des témoignages de sa propre puissance. Le tueur assouvissait son fantasme, il devait être tenté d'en garder le souvenir. Carmine n'avait jamais eu affaire à un tueur en série, c'étaient des cas plutôt rares. Et ces gars-là ne laissaient pas de traces. Qu'éprouvait-il en regardant ses films, ou ses têtes ? De l'exultation ? De la déception ? De l'excitation ? Du remords ?

Il se rendit chez Malvolio pour le dîner, mais s'assit en sachant qu'il n'avait pas faim. La serveuse était une nouvelle, assez belle, mais pas du type qu'aimait le tueur. Elle regarda Carmine de haut en bas – voyante invitation qu'il ignora. *Désolé, petite, cette période est terminée.* Elle lui rappelait un peu Sandra : belle, toujours en attente d'un meilleur boulot – actrice ou mannequin. New York était tout près.

Il s'en était passé des choses en 1950 ! Il venait d'être nommé inspecteur ; le Hug et l'hôpital d'Holloman avaient été construits ; et Sandra Tolley était devenue serveuse au Malvolio. Elle lui avait coupé le souffle dès le premier regard. Grande, ressemblant un peu à Jane Russell, avec des jambes interminables, une énorme crinière dorée, un visage sublime, de grands yeux de myope. Surtout préoccupée d'elle-même et de sa future carrière, elle avait déposé son portfolio dans toutes les agences new-yorkaises mais, n'ayant pas les moyens d'y vivre, s'était installée dans le Connecticut, à deux heures de train, où elle pourrait louer un appartement pour trente dollars par mois, et manger chez Malvolio sans bourse délier.

Puis elle oublia toutes ses ambitions, car elle eut le coup de foudre pour Carmine Delmonico. Non qu'il fût beau, ni même vraiment grand, mais il avait ce visage buriné que les femmes adorent, et un corps musclé. Ils se rencontrèrent à l'occasion du Nouvel An et se marièrent fin janvier ; leur fille Sophia naquit en décembre. Carmine avait loué une maison agréable dans le quartier italien d'Holloman, en se disant que s'il entourait Sandra de parents et d'amis, elle se sentirait moins seule quand il serait retenu par ses enquêtes. Mais, native du Montana, elle ne comprit ni n'aima jamais le genre de vie qu'on menait dans le voisinage. Quand la mère de Carmine passait la voir, Sandra pensait que c'était pour la surveiller, et toutes les visites ou les invitations lui paraissaient autant de preuves que personne ne lui faisait confiance.

Il n'y eut jamais de querelle, ni même de malaise. Le bébé était à l'image de sa mère, ce qui ravissait tout le monde : blond comme un ange.

Bien entendu, Carmine était toujours en quête de billets gratuits quand une pièce qu'on devait jouer à Broadway achevait au Schumann Theater sa tournée préliminaire en province. Fin 1951, alors que Sophia avait un an, ce fut le tour d'un spectacle déjà très bien accueilli à Boston et à Philadelphie, ce qui voulait dire que tout New York serait là. Sandra était extatique ; elle sortit sa plus belle robe, en satin couleur cyclamen, qui lui allait comme une seconde peau, et une étole de vison blanc pour se tenir chaud dans cet hiver glacial. Elle repassa l'habit de soirée de Carmine et sa chemise à jabot, acheta un gardénia qu'il se mettrait à la boutonnière. On aurait vraiment dit une gamine en route pour Disneyland.

Mais une enquête lui tomba dessus, et il lui fut impossible d'assister à la représentation. Il avait simplement téléphoné : « Désolé, chérie, il faut que je bosse ce soir. » Sandra se rendit tout de même au spectacle – ce qui ne choqua nullement Carmine –, mais s'abstint de lui dire qu'elle y avait rencontré Myron Mendel Mandelbaum, le producteur de cinéma, lequel avait usurpé le siège de Carmine, bien qu'il ait disposé d'une loge bien plus proche de la scène.

Une semaine plus tard, en rentrant chez lui, Carmine découvrit que mère et fille n'étaient plus là ; un mot sur le manteau de la cheminée lui apprit que Sandra était tombée amoureuse de Myron qui voulait à tout prix l'épouser. Elle avait donc pris le train pour Reno, Nevada, capitale du divorce.

Ce fut un vrai coup de tonnerre dans un ciel serein pour Carmine, qui n'avait jamais deviné que sa femme n'était pas heureuse. Il ne fit rien de ce que font d'habitude les maris trompés – kidnapper sa fille, ou casser la gueule à Myron. Non pas faute d'encouragement, car les membres de sa famille, scandalisés, étaient prêts à s'en charger pour lui, et ne comprenaient pas qu'il les en empêche. Mais il lui fallait bien reconnaître que son mariage avait été une erreur, reposant sur une vive attirance physique, et rien d'autre. Sandra voulait du glamour, du faste, de l'animation, une vie qu'il ne pouvait lui offrir. Il avait un bon salaire, mais qui n'avait rien de princier, et il était trop passionné par son boulot pour être aux petits soins avec sa femme. À bien des égards, se dit-il alors, Sandra et Sophia seraient mieux en Californie. Mais qu'il avait mal ! Bien entendu, il n'en dit rien à personne, même pas à Patrick – qui s'en rendit pourtant compte –, et préféra enterrer sa douleur au plus profond de lui-même, au-delà du souvenir.

Chaque année, en août, il se rendait à Los Angeles, pour voir Sophia, qu'il adorait. La dernière de ses visites lui avait hélas fait découvrir une nouvelle Sandra, une jeune fille qui chaque jour se rendait en limousine dans un établissement privé très chic. Sa pauvre mère, à force de fréquenter les soirées d'Hollywood, était devenue accro à la coke. Myron s'efforçait d'assurer un véritable avenir à l'adolescente, sans trop savoir comment faire. Fort heureusement, Sophia, qui avait un peu de la sagacité de son père, était très intelligente. Carmine et Myron avaient passé trois semaines à lui expliquer que si elle savait se méfier de l'alcool et des drogues, et travaillait sérieusement, elle ne finirait pas comme Sandra. Au fil des années, Carmine en était venu à aimer de plus en plus le second époux de Sandra, et ce dernier séjour avait cimenté une vive amitié.

— Tu devrais te remarier, Carmine, avait dit Myron, et emmener notre petite fille dans un endroit un peu plus sain qu'ici. Elle me manquera horriblement, mais je l'aime assez pour savoir que ça vaudrait mieux pour elle.

Mais après Sandra, Carmine s'était juré de ne plus jamais replonger de la sorte, et il avait tenu parole depuis. Antonia, une lointaine cousine vivant à Lyme, veuve depuis peu, lui avait proposé un peu de réconfort sexuel, avec une grande franchise, sans sentiment superflu :

— On peut prendre notre pied sans que chacun rende l'autre fou. Mieux vaut que tu ne retombes pas sur une Sandra, et je ne retrouverai jamais quelqu'un comme Conway. Alors, quand l'un de nous aura besoin, nous pourrons nous appeler.

Cet arrangement parfait durait depuis six ans.

Patrick entra chez Malvolio au moment où Carmine achevait son pudding au riz, merveille crémeuse saupoudrée de noix de muscade et de cannelle.

— Comment ça s'est passé avec M. Alvarez ? demanda Carmine.

Son cousin grimaça.

— Horrible ! Il savait bien pourquoi nous ne pouvions lui montrer le corps, mais il nous a suppliés... Il a tant sangloté que j'ai dû cacher mes propres larmes. Heureusement, il y avait avec lui un prêtre et deux religieuses. Quand ils l'ont emmené, il était vraiment effondré.

— Je t'offre un whisky ?

— J'y comptais bien !

Carmine commanda deux doubles et resta silencieux. Patrick avala d'une gorgée la moitié de son verre et son visage reprit peu à peu ses couleurs.

— Notre boulot nous endurcit, pourtant. La plupart du temps, les crimes sont sordides mais les victimes ne viennent pas hanter nos rêves. Mais je n'arrête pas de penser à cette Mercedes !

— C'est encore pire que tu ne crois, Pat, dit Carmine.

Après avoir inspecté du regard les alentours pour être sûr que personne n'écoutait, il lui parla des quatre autres filles.

— Un tueur en série ?

— J'en mettrais ma main au feu.

— Il s'en prend à des innocentes, à des familles que mon grand-père irlandais aurait appelées « le sel de la terre », dit Patrick en vidant son verre.

— Je suis d'accord avec toi, sauf sur un point. Jusqu'à présent, toutes les filles sont métisses. Leurs familles vivent depuis longtemps ici, mais leurs racines sont caribéennes : même Rachel Simpson, de Bridgeport, a des parents venus de La Barbade. On dirait donc qu'il y a là-dedans une sorte de vendetta raciale.

Patrick se leva.

— Je rentre, Carmine. Si je reste ici, je n'arrêterai plus de boire.

Carmine suivit son cousin quelques minutes plus tard. Il paya l'addition, laissa un pourboire de deux dollars à la serveuse, en souvenir de Sandra, et rentra à pied jusqu'à son appartement, situé quelques étages en dessous de la garçonnière du docteur Hideki Satsuma.

3

Vendredi 8 octobre 1965

Le vendredi, tous les journaux du Connecticut ne parlaient que du meurtre de Mercedes Alvarez et de la disparition de Verina Gascon, mais aucun journaliste n'avait encore eu vent de ce qui effrayait les policiers : un tueur en série s'en prenait à des adolescentes d'origine caribéenne.

Un message posé sur le bureau de Carmine lui apprit qu'Otis Green, sorti de l'hôpital, était chez lui et désirait le voir. Patrick O'Donnell également, lui annonçait un autre. Abe était à Bridgeport, pour recueillir des renseignements sur Rachel Simpson, Corey faisait de même à Hartford pour Nina Gomez, et à New Britain pour Vanessa Olivaro.

Patrick étant accessible par l'ascenseur, Carmine décida de commencer par lui. Le bureau de O'Donnell était couvert de sacs en papier brun.

— Je n'en ignore plus rien ! dit-il, tandis que son cousin leur versait du café sorti d'un percolateur.

— Alors, raconte-moi tout.

— Comme tu vois, il y en a de toutes les tailles, dit Patrick. Celui-ci peut contenir un rat de six cents grammes, celui-là, un peu plus grand, quatre rats de deux cent cinquante grammes, ceux dont les chercheurs se servent le plus souvent.

Il lui en montra un autre, de grandes dimensions.

— Pour des raisons qui m'échappent, il n'y a au Hug que de gros chats, tous mâles, comme d'ailleurs les rats et les singes. Ça, par exemple, c'est un sac pour chat. Je suis allé au Hug ce matin et j'ai discuté avec Desdemona Dupré, qui se charge de leur achat et de la gestion des stocks. Ils sont fabriqués par une firme de l'Oregon. Ils se composent de deux couches de papier très solide, séparées par un rembourrage de fibres de trois millimètres d'épaisseur, obtenu à partir de déchets de canne à sucre. On replie le sac, puis on manipule les deux disques que tu vois à l'extérieur – celui du haut comporte un fil métallique qu'on replie autour du second. Il faut trois jours pour qu'un sac contenant une carcasse d'animal se mette à fuir, mais jamais on ne le conserve aussi longtemps.

Carmine prit un sac et le renifla.

— Ils sont traités au déodorant !

— C'est vraiment trop fort ! s'exclama le Prof quand Carmine vint le trouver. Vous avez lu ce que cet antivivisectionniste idiot écrit dans le *Holloman Post* ? Que nous sommes d'horribles sadiques ! C'est de votre faute, vous allez claironner partout vos histoires de meurtre !

En règle générale, Carmine savait se dominer, mais c'était là plus qu'il n'en pouvait supporter.

— Je ne suis ici que parce que plusieurs jeunes filles innocentes ont souffert comme jamais vos animaux n'ont souffert ! Oubliez cet article antivivisection, vous avez d'autres soucis, bien plus graves.

— Il y en a plusieurs ? s'écria Smith en pâlissant.

Calme-toi, Carmine, ne laisse pas cet imbécile arrogant te porter sur les nerfs.

— Oui, plusieurs. Cette information est strictement confidentielle, mais il est grand temps que vous preniez l'affaire au sérieux, parce que votre « singularité » n'en est plus une ! Elle se multiplie, vous m'entendez ? Elle se multiplie !

— Vous devez vous tromper !

— Malheureusement pas ! Croyez-moi, les croisades antivivisection sont le cadet de vos soucis.

Il y avait dans le Creux des maisons en bien plus mauvais état que celle d'Otis. Dans la 15e Rue, là où vivaient Mohamed el Nesr et sa Brigade Noire, les fenêtres avaient été obstruées par du contreplaqué, les murs intérieurs bordés de tapis. La 11e Rue était encore plus minable : la peinture des masures s'écaillait, tout montrait que les propriétaires se souciaient peu d'entretenir les bâtiments. Mais quand Carmine, fulminant toujours, parvint dans l'appartement des Green, au premier étage, il y trouva ce à quoi il s'attendait : un endroit immaculé, des housses sur les fauteuils, du bois soigneusement ciré, des tapis sur le sol.

Otis était allongé sur un sofa. La cinquantaine, plutôt mince, mais avec une peau assez flasque, ce qui indiquait qu'autrefois il avait dû faire une vingtaine de kilos de plus. Sa femme, Celeste, arpentait la pièce autour de lui d'un air agressif. Plus jeune que son mari, elle était vêtue avec une élégance un peu voyante qui n'étonna plus Carmine quand il apprit qu'elle venait de la Louisiane. Il y avait aussi un jeune homme, très noir de peau, manifestement apparenté à Celeste, bien qu'il n'eût ni son allure ni sa classe. On le lui présenta comme étant Wesley Le Clerc, neveu de Celeste et pensionnaire chez les Green. Dans son regard, Carmine vit clairement qu'il n'aimait guère les Blancs.

Ni lui ni sa tante ne comptaient s'éloigner, mais Otis se montra ferme :

— J'ai besoin de rester seul avec le lieutenant, veuillez nous laisser, s'il vous plaît, dit-il d'un ton sec.

Ils partirent, mais Celeste prévint Carmine de ne surtout pas fatiguer son mari.

— Vous avez une famille très fidèle, dit le lieutenant en se perchant sur une grande ottomane de plastique semée de roses rouges.

— J'ai surtout une *épouse* fidèle, répondit Otis avec un grognement de mépris. Ce gamin est un vrai danger public. Il veut se faire un nom dans la Brigade Noire, il dit qu'il a découvert le prophète Mohammed et compte se faire appeler Ali je ne sais plus quoi. Moi, j'ai été éduqué à l'ancienne, lieutenant, et je ne cherche pas à être ce que je ne suis pas. Je vais à l'église baptiste, Celeste à l'église catholique. J'ai combattu dans une armée blanche, et si les Allemands et les Japs avaient gagné, ça serait bien pire pour moi ! J'ai un peu d'argent à la banque. Quand je partirai en retraite, je retournerai en Géorgie, pour cultiver la terre. J'en ai jusque-là des hivers du Connecticut ! Mais ce n'est pas pour cela que je voulais vous voir.

— Et pourquoi donc, alors, monsieur Green ?

— Appelez-moi Otis. Pour éclaircir les choses. Combien de gens savent-ils que c'est moi qui ai trouvé quelque chose dans le congélateur ?

— Très peu, et on fait en sorte que ça continue.

— C'était une petite fille ?

— Non. Elle avait seize ans, sa famille est d'origine dominicaine.

— Alors, elle est noire, et pas blanche.

— Je préférerais dire qu'elle n'était ni l'un ni l'autre. Une métisse. Otis, est-ce que les sacs sont déposés dans le congélateur de manière plus ou moins régulière ?

L'autre réfléchit un moment avant de répondre :

— En gros, oui. Par exemple, je sais quand Mme Liebman fait des décérébrations, parce qu'alors il y a quatre à six sacs pour chats. Sinon, ils contiennent surtout des rats. Quand un macaque meurt, comme on l'avait cru pour Jimmy, le sac est vraiment gros, mais là je le sais toujours à l'avance, parce que Cecil est en larmes.

— Vous vous souvenez d'un jour où il y avait dans le congélateur des sacs à chats dont Mme Liebman n'aurait pas pu s'occuper ?

Otis parut surpris et voulut se redresser.

— Restez allongé ! Vous voulez que votre femme me tue ?

— C'était il y a six mois. Six sacs, alors que Mme Liebman était en congé. Je me souviens m'être demandé qui avait pu la remplacer, mais on avait besoin de moi, alors je les ai jetés dans ma poubelle et les ai conduits à l'incinérateur.

Carmine se leva.

— Otis, vous m'avez été d'un grand secours. Encore merci !

À peine le visiteur avait-il ouvert la porte donnant sur la rue que Celeste et Wesley pénétraient dans la maison.

— Ça va ? demanda-t-elle à son mari lorsque la porte fut refermée.

— Bien mieux qu'avant son arrivée ! répondit Otis.

— De quelle couleur était le corps ? demanda Wesley. Le flic l'a dit ?

— Ni blanc ni noir.

— Une mulâtresse ?

— Il n'a pas dit ça. C'est un terme louisianais, Wes !

— Mulâtre, ça veut dire noir, pas blanc.

— Arrête de transformer les taupinières en montagnes ! s'écria Otis.

— Faut que j'aille voir Mohamed el Nesr, dit Wesley, qui enfila un blouson de cuir noir, avec un poing blanc peint dans le dos.

— Oh que non, mon garçon ! lança Celeste. Tu vas aller bosser, et tout de suite ! Tu n'as pas droit au chômage, je ne te loge pas pour rien !

En soupirant, Wesley ôta son blouson, mit une vieille veste et se glissa au volant de sa De Soto 1953 cabossée pour se rendre chez Parson Surgical Instruments, où il aurait pu apprendre, en posant quelques questions, ce qu'il ne fit pas, que sa dextérité lui avait plus d'une fois évité un licenciement prématuré.

La suite de la journée confirma les intuitions de Carmine : six dossiers de personnes disparues ressemblant à Mercedes arrivèrent sur son bureau. Établis tous les deux mois de l'année 1964. Waterbury, Holloman, Middletown, Danbury, Meriden, Torrington, et Norwalk, où le tueur était donc revenu une deuxième fois. Toutes aux alentours de seize ans, métisses et d'origine caribéenne – Porto Rico, Jamaïque, Bahamas, Guadeloupe, Cuba –, bien qu'issues de familles installées dans le Connecticut depuis un certain temps. De taille identique – un mètre soixante-cinq –, très jolies, catholiques, sauf une. Pas de petit ami.

À 15 heures, Carmine monta dans la Ford et emprunta la I-95 pour se rendre à Norwalk, où le lieutenant Joe Brown avait préparé une visite à la famille Alvarez.

C'était une maison à deux étages, propriété de José Alvarez, qui en occupait le rez-de-chaussée avec sa femme et ses enfants, et louait les deux autres appartements. Un rêve de travailleur modeste : pas de loyer, le premier étage payant l'emprunt et les charges, le second rapportant de quoi mettre un peu d'argent de côté en prévision des mauvais jours. Les Alvarez disposaient aussi de la cave, de la cour et de la moitié du garage, qui pouvait accueillir quatre voitures. De plus, vivre dans la même demeure que leurs locataires permettait de garder l'œil sur eux.

Comme toutes ses voisines, la maison était peinte en gris sombre, avec des doubles fenêtres dont l'une était obstruée en été par des écrans métalliques pour arrêter les moustiques. Une véranda donnait directement sur le trottoir, et la cour était fermée par une chaîne. Carmine entendit un gros chien aboyer : il était donc peu probable que quelqu'un puisse s'introduire par l'arrière du bâtiment sans éveiller l'attention.

Le prêtre vint ouvrir la porte. Carmine lui sourit et ôta son pardessus.

— Je suis désolé d'imposer tout cela aux parents. Je m'appelle Carmine Delmonico. Préférez-vous « Carmine » ou « lieutenant » ?

L'ecclésiastique réfléchit un instant.

— Je crois que « lieutenant » serait mieux. Je m'appelle Bart Tesoriero.

— Vous devez parler espagnol, dans votre paroisse ?

— Non, bien qu'il y ait beaucoup d'Hispaniques parmi les fidèles. C'est un vieux quartier, ils sont là depuis longtemps. En tout cas, ce n'est pas la jungle, croyez-moi.

Le séjour, très vaste, était baigné dans le silence malgré les nombreuses personnes présentes. Les membres de la famille étaient venus de partout pour assister les Alvarez en ces moments de souffrance. Italien de souche, Carmine savait comment se comporter en de telles circonstances, mais ce fut inutile. Le prêtre fit passer tout le monde dans la cuisine, dont une femme qui avait l'air d'être la grand-mère et tenait par la main un tout petit garçon.

Ne restèrent que José Alvarez, sa femme Conchita, leur fils aîné, Luis, et les trois filles, Maria, Dolores et Teresa. Le père Tesoriero fit asseoir Carmine dans un fauteuil et se plaça à côté des parents.

Des vases remplis de fleurs embaumaient la maison, chacun orné d'une carte ; le parfum des freesias et des jonquilles était si lourd que Carmine eut l'impression d'étouffer. Où diable les fleuristes en trouvaient-ils à cette époque de l'année ? Sur le manteau de la cheminée était posé un cadre en argent abritant une photo de Mercedes devant lequel brûlait une bougie dans un bol de verre rouge.

Toutes les personnes présentes avaient la même couleur café au lait – un peu de sang noir, beaucoup de sang espagnol. Les parents devaient être proches de la quarantaine, mais en paraissaient bien davantage : ils étaient assis sur leurs sièges comme des poupées de chiffon, perdus dans un monde horrible, sans voir Carmine.

— Tu t'appelles bien Luis ? demanda celui-ci au jeune garçon, dont les yeux étaient rougis de larmes.

— Oui.

— Quel âge as-tu ?

— Quatorze ans.

— Et tes sœurs ?

— Maria a douze ans, Dolores dix, Teresa huit.

— Et ton petit frère ?

— Francisco ? Trois ans.

Le garçon se remit à sangloter. Ses sœurs levèrent la tête un instant, puis furent secouées par de grands hoquets, accablées par ce terrible choc, après des jours et des jours d'inquiétude, puis la nouvelle que Mercedes était morte, découpée en morceaux.

— Luis, peux-tu emmener tes sœurs à la cuisine, puis revenir me voir ? demanda Carmine.

Il se tourna vers le père.

— Monsieur Alvarez, demanda-t-il doucement, préféreriez-vous que nous remettions tout cela à plus tard ?

— Non, dit l'homme, les yeux secs. On y arrivera.

Luis revint. Il ne pleurait plus.

— Luis, ce sont toujours les mêmes questions. Je sais qu'on te les a posées des milliers de fois, mais les souvenirs peuvent disparaître puis revenir d'un seul coup, sans raison aucune, c'est pourquoi je vais encore te les poser. Je sais que Mercedes et toi n'alliez pas à la même école, mais on m'a dit que vous étiez très liés. Est-ce qu'elle s'est jamais plainte d'être importunée ? Suivie par quelqu'un, ou observée depuis une voiture ou l'autre côté de la rue ?

— Non, lieutenant. Les garçons la sifflaient, mais elle ne faisait pas attention à eux.

Luis se remit à pleurer ; Carmine lui sourit, puis, d'un signe de tête, lui désigna la cuisine.

— Je m'excuse, dit-il au père quand l'adolescent fut parti.

— Je sais bien que vous devez poser des questions, lieutenant.

— Mercedes se confiait-elle facilement, à sa mère ou à vous ?

— À l'un comme à l'autre, tout le temps. Elle menait une vie heureuse, elle était ravie d'en parler. Lieutenant, on nous a dit ce qui lui est arrivé, mais c'est presque impossible d'y croire. On nous a expliqué aussi que vous étiez chargé de l'affaire, que vous en saviez plus que la police de Norwalk. Je vous en supplie, dites-moi si... Est-ce que ma petite fille a souffert ?

Carmine déglutit.

— Seul Dieu connaît la réponse, mais je ne crois pas qu'Il puisse être aussi cruel. Il se peut que le tueur ait donné à Mercedes des médicaments pour qu'elle dorme. Une chose est certaine : Dieu n'avait pas pour intention de la faire souffrir. Si vous croyez en Lui, il vous faut croire qu'elle n'a pas souffert.

Que Dieu me pardonne ce mensonge, songea Carmine. Mais comment dire la vérité à ce père anéanti, accablé, contemplant seize ans d'amour, de joie, de menus chagrins, partis en un nuage de fumée montant d'un incinérateur ? Il fallait qu'il se reprenne, qu'il continue ; il avait cinq autres enfants qui avaient besoin de lui, et une femme désespérée.

— Merci, dit brusquement M. Alvarez.

— Et merci de m'avoir accueilli, répondit Carmine.

— Vous leur avez procuré un énorme réconfort, dit le père Tesoriero en raccompagnant Carmine. Mais Mercedes a souffert, n'est-ce pas ?

— Je crains que oui, au-delà de toute mesure. Dans mon métier, il est difficile de croire en Dieu, mon père.

Deux journalistes firent leur apparition, dont l'un armé d'un micro. Ils se ruèrent vers Carmine, qui les repoussa brutalement.

— Foutez-moi le camp, bande de vautours ! gronda-t-il avant de monter dans la Ford et de démarrer à toute allure.

Quelques centaines de mètres plus loin, quand il fut certain qu'ils ne l'avaient pas suivi, il arrêta la voiture sur le bas-côté de la route et se laissa submerger par ses émotions. Si elle avait souffert ? Oui, oui, oui, de manière atroce, et le tueur avait veillé à ce qu'elle reste consciente le plus longtemps possible. Sa dernière vision de l'existence avait dû être celle de son propre sang coulant dans un conduit d'évacuation. Mais jamais sa famille ne devait le savoir. Carmine était au-delà de la croyance en Dieu. Il avait acquis la certitude que le monde appartenait au Diable, infiniment plus puissant que Lui. Et les soldats du Bien étaient en train de perdre la guerre.

4

Lundi 11 octobre 1965

Le conseil de surveillance du centre de recherches neurologiques Hughlings Jackson se réunissait à 11 heures dans la salle de conférence du dernier étage. Bien que n'ayant pas été invité, Carmine était bien décidé à assister à cette séance. Il arriva donc en avance, se servit un café, prit deux beignets parmi ceux déposés sur des assiettes, et eut même l'effronterie de s'asseoir dans le fauteuil situé à l'extrémité de la table, avant de se tourner pour faire face à la vitre.

« Effontrerie » fut en tout cas le terme utilisé par Desdemona Dupré quand elle entra.

— Quelle chance vous avez ! répondit Carmine. Si les architectes de l'hôpital n'avaient pas décidé de placer le parking devant le bâtiment, la vue aurait été bouchée. Mais là, vous pouvez voir jusqu'à Long Island. Belle journée, non ? L'automne est splendide, et si je regrette que les ormes soient dépouillés, je trouve qu'il n'y a pas de plus belles couleurs que celles des érables.

— J'ignorais que vous étiez capable de vous exprimer avec sensibilité, rétorqua-t-elle en lui jetant un regard glacial. Vous êtes assis dans le fauteuil du président du conseil de surveillance, et vous profitez de rafraîchissements auxquels vous n'avez pas droit ! Je vous prierai de bien vouloir sortir.

Au même moment, le Prof entra, sursauta à la vue du lieutenant Delmonico, et poussa un grand soupir.

— Je vous avais presque oublié.

— Il fallait que je sois là, professeur, que ça vous plaise ou non.

Mawson MacIntosh, le président de Chubb University, arriva avant que Robert Smith ait le temps de répondre. Apercevant Carmine, il se dirigea vers lui et lui serra la main avec chaleur.

— Carmine ! J'aurais dû me douter que Silvestri allait vous mettre sur l'affaire ! C'est un immense plaisir ! Venez vous asseoir à côté de moi.

Puis il ajouta à voix basse, avec un air de conspirateur :

— Oubliez les beignets, prenez plutôt la tarte aux pommes.

Mlle Dupré étouffa sa fureur et sortit, manquant heurter le doyen Dowling et son professeur de neurologie, Frank Watson, celui qui avait surnommé le centre de recherches « le Hug ».

M.M., comme tout le monde l'appelait, connaissait bien Carmine, suite à plusieurs affaires délicates survenues à l'université. Grand, mince, vêtu avec élégance, il avait un visage avenant couronné par une abondante chevelure passée peu à peu de l'auburn à l'abricot : un aristocrate jusqu'au bout des ongles. En dépit de sa taille, le président des États-Unis, Lyndon Johnson, paraissait tout petit quand les deux hommes étaient côte à côte, ce qui arrivait de temps à autre. Mais l'héritier d'une lignée prestigieuse, comme M.M., préférerait toujours présider une grande université plutôt qu'affronter la bande de chahuteurs du Congrès.

Wilbur Dowling, quant à lui, avait bien l'air du psychiatre qu'il était : vêtu un peu n'importe comment de tweed et de flanelle, avec un nœud papillon rose à pois rouges, il avait une barbe épaisse, sans doute pour compenser un crâne parfaitement dégarni, et contemplait le monde à travers des lunettes à monture de corne.

Carmine avait vu à plusieurs reprises Frank Watson, qui à chaque fois le faisait penser à un traître de mélodrame : toujours vêtu de noir, avec un long visage mince orné d'une fine moustache, une chevelure lisse, une expression constamment sarcastique. Il ne faisait tout de même pas partie du conseil de surveillance du Hug ?

Non. Watson mit fin à sa conversation avec le doyen et s'éclipsa. *Un type intéressant,* songea Carmine, *il faudra que je le voie.*

Les membres du conseil prirent soin de ne pas objecter à la présence de Carmine après que M.M. l'eut présenté avec effusion.

— Si quelqu'un peut résoudre cette innommable affaire, conclut-il, c'est bien le lieutenant Carmine Delmonico !

— Alors, dit Roger Parson junior en prenant le fauteuil en bout de table, je suggère que nous nous mettions à sa disposition. Quand il nous aura dit précisément ce qui s'est passé, et ce qu'il compte faire, bien entendu.

Les membres du contingent Parson se ressemblaient étonnamment, bien qu'il y ait près de trente ans de différence entre les trois aînés et les deux plus jeunes. Tous étaient de taille un peu supérieure à la moyenne, voûtés, avec de longs cous, des nez aquilins, des chevelures brunes plutôt ternes, des yeux gris-bleu.

Carmine avait passé une partie de son week-end à se documenter sur eux, et sur le groupe en général.

William Parson, son fondateur, avait commencé par fabriquer des machines avant de diversifier ses activités, qui allaient désormais des turbines aux instruments chirurgicaux, des machines à écrire aux pièces d'artillerie. La Parson Bank allait de succès en succès. William Parson s'était marié assez tard ; sa femme lui avait donné un enfant, William junior, retardé mental et épileptique, mort en 1945 à peine âgé de dix-sept ans. La mère le suivit l'année suivante et Parson se retrouva seul. Sa sœur Eugenia avait également eu un fils unique, Richard Spaight, désormais directeur de la Parson Bank et membre du conseil du Hug.

Le frère de William Parson, Roger, était un ivrogne. En 1943, il s'était enfui en Californie avec une bonne part des profits de la compagnie, non sans abandonner sa femme et ses deux enfants. L'affaire fut étouffée, les pertes épongées, et ses deux fils se révélèrent des héritiers fidèles et capables, comme d'ailleurs leurs propres enfants. Si bien qu'en 1965, Parson Products était depuis des décennies un placement de tout repos. La grande dépression des années trente ? Une plaisanterie ! Les gens roulaient toujours dans des voitures qui avaient besoin de moteurs. La compagnie avait fabriqué des turbines et des générateurs diesel bien avant que les avions à réaction existent, les dactylos tapaient toujours sur leurs machines à écrire, les opérations chirurgicales se multipliaient ; et bien des pays s'affrontaient avec des canons, des obusiers et des mortiers de toutes tailles, également sortis des usines de Parson Products.

Carmine avait par ailleurs découvert que Roger, la brebis galeuse de la famille, semblait s'être amendé en Californie ; il avait fondé la chaîne Roger's Ribs, épousé une actrice d'Hollywood, et connu une grande réussite, avant de mourir, grimpé sur une prostituée, dans un motel minable.

Le désir de William Parson de commémorer la mémoire de son fils avait inspiré la création du Hug. Mais cela ne s'était pas réalisé sans difficultés. Parson désirait être affilié à la Chubb University, qui comptait bien diriger et gérer la nouvelle institution – ce que le milliardaire avait refusé. Pour mettre fin à la querelle, il avait lancé un ultimatum terrifiant : si nécessaire, le centre serait rattaché à une université besogneuse et, pire encore, hors du Connecticut. Chubb se vit donc contrainte de céder devant son ex-étudiant. Ce qui n'allait pas sans compensations : à eux seuls, les droits d'affiliation représentaient un quart du budget annuel du Hug.

Carmine savait par ailleurs que le conseil de surveillance se réunissait tous les trois mois. Les Parson et Richard Spaight venaient de New York en limousine, passant la nuit suivant la réunion dans des suites du Cleveland Hotel, en face du Schumann Theater. À chaque fois, en effet, M.M. les invitait à dîner, espérant pouvoir enfin les convaincre de financer un bâtiment qui abriterait la collection de tableaux de William Parson, la plus belle des États-Unis. Il l'avait léguée à Chubb, mais en laissant à ses héritiers le soin de la remettre à l'université, qui jusqu'ici n'avaient pas daigné lui permettre d'exposer ne serait-ce qu'un minuscule carton de Léonard de Vinci.

Quand le Prof voulut mettre le magnétophone en marche, Carmine l'en empêcha :

— Désolé ! Cette réunion doit être absolument confidentielle.

— Mais… et les minutes de la séance ? Je pensais que Mlle Vilich pourrait les taper ensuite à partir de la bande.

— Il n'en est pas question ! J'entends me montrer précis et exhaustif, ce qui signifie que rien de ce que je dirai ne devra sortir de cette pièce.

— Je vous comprends, intervint Roger Parson junior. Allez-y, lieutenant Delmonico.

Quand il en eut terminé, le silence était tel qu'une brusque rafale de vent au-dehors fit l'effet d'un coup de tonnerre. Carmine voyait pour la première fois M.M. dépassé par les événements. Seul, peut-être, le doyen Dowling, psychiatre connu pour son intérêt envers les psychoses organiques, comprenait pleinement les implications de ce qu'il venait de leur expliquer.

— Il est impossible que ce soit quelqu'un du Hug ! dit Roger Parson junior.

— Cela reste à établir, répondit Carmine. Nous n'avons pas de suspect pour l'instant, ce qui signifie que tous les membres du Hug sont suspects, et que nous ne pouvons pas exclure non plus les membres de la faculté de médecine.

— Carmine, demanda M.M., vous pensez sincèrement qu'au moins dix des filles disparues ont été… incinérées ici ?

— Oui.

— Mais vous n'en avez pas la preuve.

— Non. Simplement, cela concorde avec ce que nous savons : sans un hasard imprévisible, Mercedes Valdez aurait subi le même sort mercredi dernier.

— C'est Schiller ! s'écria Roger Parson III. C'est un ancien nazi !

Roger Parson junior frappa du poing sur la table.

— Assez ! Le docteur Schiller n'est pas assez âgé pour cela, et la tâche du conseil n'est pas de se livrer à des spéculations ! Lieutenant Delmonico, je vous remercie de votre franchise, si brutale qu'elle soit, et j'enjoins à tous les membres du conseil de garder le silence sur cette tragédie. Mais il faut sans doute s'attendre à ce qu'il y ait des fuites dans la presse ?

— C'est inévitable, monsieur Parson. L'enquête touche désormais tout le Connecticut, et ceux qui sont au courant sont chaque jour plus nombreux.

— Et le FBI ? demanda Henry Parson junior.

— Il n'est pas encore dans le coup. Actuellement, l'affaire n'a pas dépassé les limites de l'État. Mais soyez assuré que nous consulterons tous ceux qui peuvent nous venir en aide.

— Qui dirige l'enquête ? demanda M.M.

— Pour le moment, c'est moi, faute de mieux, mais cela peut changer. Beaucoup de services de police sont impliqués.

— Carmine, vous voulez garder cette enquête ?

— Oui, monsieur.

— Alors, je vais contacter le gouverneur, conclut M.M., sûr de son pouvoir.

— Et si Parson Products offrait une récompense ? suggéra Richard Spaight.

Carmine blêmit.

— Surtout pas ! Pour commencer, cela ne ferait qu'attirer l'attention de la presse sur le Hug. Ensuite, tous les fêlés des environs sortiraient du bois. Bien sûr, cela pourrait nous mettre sur une piste, mais les chances sont beaucoup trop faibles, vu le travail que cela représenterait. Si nous ne trouvons vraiment rien, nous pourrons essayer, sans dépasser vingt-cinq mille dollars, ce qui est déjà beaucoup d'argent.

— Alors, dit Roger Parson junior en se levant, ajournons la réunion jusqu'à ce que le lieutenant Delmonico nous apporte des éléments nouveaux. Professeur Smith, il faut que vous et vos collaborateurs collaboriez pleinement avec lui.

Il voulut se verser du café et s'arrêta, stupéfait.

— Pas de café ? Mais il m'en faut un !

Le Prof s'excusa platement en expliquant que, d'habitude, Mlle Vilich s'en chargeait peu avant la fin de la réunion. Carmine mit en route les percolateurs et se servit une part de tarte aux pommes. M.M. avait raison : elle était délicieuse.

Cet après-midi-là, le commissaire Silvestri fit irruption dans le bureau de Carmine pour lui annoncer qu'une unité spéciale serait créée à Holloman, qui avait le meilleur laboratoire d'analyses, pour s'occuper de l'affaire, et que le lieutenant Delmonico prendrait la tête de cette cellule de crise.

— Budget illimité ! Tu pourras réclamer tous les flics que tu veux, dans tout l'État !

Merci, M.M., se dit Carmine. Il avait donc carte blanche ! Mais il était certain que la presse était déjà au courant. Quand les fonctionnaires entraient en scène, les langues se déliaient vite.

— Je rendrai personnellement visite à chaque service de police du Connecticut, dit-il à Silvestri, pour les informer. Mais pour le moment, l'unité spéciale se réduira à moi, Patrick, Abe et Corey.

5

Mercredi 20 octobre 1965

Deux semaines s'étaient écoulées depuis la découverte du corps de Mercedes Alvarez dans le congélateur du Hug, et les journaux, la radio et la télévision évoquaient un peu moins l'affaire, faute d'informations nouvelles. Les médias n'avaient à aucun moment parlé d'incinération, ce qui surprenait les policiers chargés de l'enquête. Apparemment, des gens influents avaient fait pression sur les journalistes. En revanche, les origines caribéennes des victimes avaient suscité des commentaires sans fin. On avait fixé leur nombre à onze, en commençant par Rosita Esperenza en janvier 1964 : aucun cas antérieur n'avait pu être découvert, et ce dans tous les États-Unis. La presse avait baptisé le tueur « le monstre du Connecticut ».

Le Hug n'était plus un endroit où l'on célébrait les menus triomphes, comme la découverte du comportement des ions potassium à travers la paroi cellulaire des neurones, ou les grands, tels que la crise d'épilepsie d'Eustace déclenchée par une stimulation électrique du nerf ulnaire. Le centre de recherches était désormais parcouru de tensions qui s'exprimaient par des regards en coin, des phrases interrompues, une volonté un peu gauche d'éviter les sujets qui fâchent. Maigre réconfort : les policiers semblaient avoir cessé de leur rendre visite, y compris le lieutenant Delmonico qui, pendant huit jours, avait arpenté tous les étages.

Les fissures apparaissant dans la structure sociale du Hug émanaient pour l'essentiel du docteur Karl Schiller.

— Ne m'approchez pas, sale nazi ! s'écria le docteur Finch, un jour où Schiller était venu lui parler d'un quelconque échantillon de tissu animal.

— Allez-y, insultez-moi ! répondit l'autre. Je ne peux pas répliquer au milieu des juifs américains.

— Si ça ne tenait qu'à moi, vous seriez expulsé !

— Vous ne pouvez quand même pas rendre une nation entière responsable des crimes de quelques-uns, dit Schiller, très pâle, en crispant les poings.

— Allons donc ! Vous êtes tous coupables !

Charles Ponsonby intervint, prit Schiller par le bras et le ramena dans son labo.

— Je n'ai rien fait, rien ! s'écria le chercheur allemand. On n'est même pas sûr que le corps ait été découpé pour être incinéré ici ! Ce sont des ragots ! Je n'ai rien fait !

— Mon cher Kurt, la réaction de Finch est compréhensible : certains de ses cousins sont morts à Auschwitz, et la simple idée d'incinération est pour lui, comment dire… éprouvante. Je me doute aussi qu'il n'est pas très agréable d'avoir à endurer ses réactions. Le mieux que vous puissiez faire, c'est de l'éviter jusqu'à ce que les choses s'apaisent. Elles s'apaisent toujours. Vous avez raison : ce ne sont que des rumeurs, la police ne nous a rien dit. Relevez la tête, Kurt, soyez un homme !

Finch n'était pas le seul à faire de lui l'exutoire de ses frustrations. Sonia Liebman s'éloignait quand elle le rencontrait ; Hilda Silverman égarait ses revues et ses articles ; Martin, Betty et Hank perdaient ses échantillons, ou traçaient au crayon feutre des croix gammées sur ses rats.

Schiller finit par se rendre chez le Prof, à qui il remit sa démission, qui fut refusée.

— Mon cher Kurt, dit Smith, dont la chevelure semblait blanchir chaque jour davantage, je ne peux l'accepter. Nous sommes sous surveillance de la police. Si vous partiez maintenant, cela donnerait lieu à toutes sortes de soupçons. Serrez les dents et endurez l'affaire, comme nous tous.

— Mais moi aussi, j'en ai marre de serrer les dents, dit-il à Tamara après le départ de Schiller, qui paraissait anéanti. Pourquoi faut-il que ça nous arrive à nous ?

— Si seulement je le savais...

Pour qu'il pense à autre chose, elle lui donna à lire un premier jet de l'article du docteur Chandra, qui décrivait en détail, avec une froideur clinique, l'incroyable crise d'Eustace.

Retournant dans son bureau, elle constata que Desdemona Dupré y était entrée, et que cette garce *british* fouillait dans les papiers dispersés sur son bureau.

— Vilich, vous avez vu mes fiches de salaire ?

D'un bond, Tamara la repoussa brutalement. Le coin du feuillet d'une communication ultra-confidentielle apparaissait sous un texte manuscrit qu'elle avait transcrit sous la dictée du Prof.

— Je vous interdis de fouiller dans mes affaires, Dupré !

— J'avoue que je suis fascinée par le chaos dans lequel vous travaillez. Pas étonnant que vous ayez été incapable de gérer cet endroit. Vous ne pourriez même pas organiser une soûlerie dans une distillerie.

— Et si vous alliez vous faire foutre ? Il est vrai que vous êtes trop moche pour que ça tente qui que ce soit.

Desdemona resta impassible.

— Il y a toujours des hommes prêts à escalader l'Everest.

Elle remarqua que Tamara faisait disparaître le précieux document sous les autres papiers.

— Une lettre d'amour ?

— Allez vous faire foutre ! Vos fiches ne sont pas ici !

Souriant toujours, Desdemona sortit, et pressa le pas en entendant le téléphone sonner dans son bureau.

— Mlle Dupré, dit-elle en s'asseyant.

— Ah ! Je suis heureux de voir que vous êtes au travail, dit la voix de son autre bête noire.

— Je suis toujours au travail, lieutenant Delmonico, répondit-elle d'un ton sec. À quoi dois-je cet honneur ?

— Je me demandais si vous accepteriez de dîner avec moi, un de ces soirs.

Ce fut pour Desdemona un véritable choc, mais elle ne commit pas l'erreur de croire qu'il voulait la séduire. Ce Sherlock Holmes de banlieue devait simplement être à court de pistes.

— Cela dépend, dit-elle, un peu hésitante.

— Et de quoi donc ?

— De ce que vous demanderez en échange, lieutenant.

— Pendant que vous y réfléchissez, pourquoi ne pas m'appeler Carmine ? Je vous appellerai Desdemona.

— Nous pourrions le faire si nous étions amis, mais votre invitation me paraît simplement liée à votre enquête.

— Je peux tout de même vous appeler Desdemona ?

— Si vous y tenez.

— Très bien ! Alors, d'accord pour dîner, *Desdemona* ?

Elle ferma les yeux.

— D'accord, *Carmine*.

— Parfait ! Quel genre de cuisine préférez-vous ?

— Chinoise, classique.

— Ça me va. Je passe vous prendre chez vous à 7 heures.

Ce salaud connaissait l'adresse de tout le monde, évidemment.

— Non, merci. Je préfère vous retrouver au restaurant. Lequel est-ce ?

— Le Faisan Bleu, sur Cedar Street. Vous connaissez ?

— Bien sûr. Je vous rejoins là-bas à 7 heures.

Il raccrocha sans faire de commentaires, au moment où le docteur Charles Ponsonby même faisait son apparition dans l'encadrement de la porte. Une fois que Desdemona eut satisfait sa requête, elle fut libre de réfléchir au dîner. Ce serait un duel, mais bienvenu. Cet aspect de l'existence lui manquait. Ici, à Holloman, elle était en exil. Elle touchait un salaire certes confortable, mais qu'elle mettait de côté pour pouvoir un jour quitter ce pays, retourner dans sa terre natale, et reprendre une vie sociale vraiment stimulante. L'argent n'était pas tout, mais il en fallait quand même un peu pour mener une vie pas trop déprimante. Desdemona voulait un petit appartement à Strand-on-the-Green, plusieurs postes de consultante dans des cliniques privées, et tout Londres à ses pieds. Certes, la capitale anglaise lui était aussi inconnue que Holloman, mais Holloman était un trou et Londres le centre de l'univers. D'ici cinq ans, elle pourrait dire adieu au Hug comme à l'Amérique. D'excellentes références professionnelles, un compte en banque bien garni : elle ne demandait rien de plus aux Américains. Les

Anglais peuvent bien quitter l'Angleterre, elle ne les quitte jamais.

Desdemona avait l'habitude de se rendre à pied à son travail, et d'en revenir de la même façon, ce qui épouvantait certains de ses collègues. Mais c'était un bon exercice, et elle ne s'inquiétait pas de devoir traverser le Creux. Sa taille, son allure athlétique, son air assuré rendaient peu probable une agression, d'autant plus qu'elle ne portait jamais de sac à main. D'ailleurs, au bout de cinq ans, elle connaissait pratiquement tous ceux qu'elle rencontrait, et tout le monde la saluait amicalement.

Les feuilles de chêne tombaient déjà ; Desdemona, tournant sur la 20e Rue, en eut presque jusqu'aux chevilles. Les camions de la municipalité n'étaient pas encore passés. Ah, il était là, le chat siamois qui s'installait toujours au sommet d'un poteau pour la voir passer. Elle alla le caresser. Derrière elle, un bruit de pas se prolongea une fraction de seconde, puis s'arrêta. Desdemona se retourna, surprise. Personne. Elle reprit sa marche, l'oreille aux aguets, en faisant une pause tous les deux mètres. À chaque fois, le bruissement de feuilles derrière elle s'interrompait aussi. Elle sentit quelques gouttes de sueur perler sur son front, mais poursuivit son chemin comme si de rien n'était, avant de se mettre à courir sur la dernière centaine de mètres.

Desdemona Dupré, tu es ridicule ! Ce devait être le vent, un rat, un oiseau, une petite créature qu'elle ne pouvait pas voir.

Elle grimpa les trente-deux marches menant à son appartement, le souffle court. En entrant, elle jeta un regard à son panier à couture, mais il n'avait pas bougé. Ses broderies étaient exactement là où elles devaient être.

Eliza Smith avait préparé le plat préféré de Robert, des côtes de porc avec une salade et du pain chaud. Elle s'inquiétait pour son moral, qui depuis le meurtre ne cessait de se dégrader. Il se montrait irritable, s'offusquant de choses que d'ordinaire il ne remarquait même pas, ou bien si distant qu'il ne semblait rien voir ni entendre. Elle connaissait depuis longtemps cette facette de son caractère – d'où l'existence de la folie qu'il gardait dans la cave –, mais elle pensait que cela ne dominerait jamais sa vision du monde. Après tout, il avait bien surmonté la mort de Nancy, que pouvait-on imaginer de pire ?

Les journaux et la télévision avaient cessé de parler sans arrêt du « monstre du Connecticut », mais pas Bobby et Sam. Chaque jour, à l'école, ils pouvaient s'enorgueillir d'avoir un père indirectement impliqué dans ces meurtres, et ne voyaient pas pourquoi ils devraient se taire une fois rentrés à la maison. Coupée en morceaux, quand même !

— Papa, qui c'est, d'après toi ? demanda une fois de plus Bobby.

— Arrête ! s'écria sa mère.

— Je parie que c'est Schiller, intervint Sam. Il a dû être nazi. Il est assez vieux pour ça.

— Sam, ça suffit ! lança Eliza.

— Écoutez votre mère, les enfants, dit Smith, qui avait à peine touché à son assiette.

La conversation tomba, mais les deux garçons regardaient toujours leur père d'un air plein d'espoir.

— Allez quoi, papa, dis-nous qui c'est, d'après toi, dit Bobby.

— C'est Schiller ! s'exclama Sam. *Achtung ! Sieg Heil !*

Le Prof posa les mains à plat sur la table, se leva, puis désigna d'un geste un coin de la pièce. Ses fils restèrent bouche bée mais obéirent, en remontant le bas de leurs pantalons jusqu'aux genoux. Smith prit le fouet posé sur le buffet – sa place habituelle –, et, se dirigeant vers ses enfants, en frappa Bobby. Il commençait toujours par lui, car Sam était si terrifié de voir punir ainsi son aîné que c'était pour lui comme un châtiment supplémentaire. Bobby reçut six coups sur chaque mollet, sans rien dire. Puis ce fut le tour de son cadet, qui eut droit à la même punition, en dépit de ses hurlements. *Un lâche*, pensa son père, *une vraie fille !*

— Et maintenant, au lit ! Vous y réfléchirez au plaisir qu'il y a d'être en vie. Tout le monde n'a pas cette chance, comme vous le savez. Et plus question de m'importuner avec vos questions, c'est compris ?

— Sam à la rigueur, dit Eliza quand les deux garçons eurent quitté la pièce. Il a douze ans. Mais tu ne devrais pas imposer ça à Bobby, qui en a quatorze, et qui est déjà plus grand que toi. Un de ces jours, il pourrait bien se rebiffer.

Sans répondre, Smith se dirigea vers la cave, son trousseau de clés à la main.

— Comme si tu avais besoin de tout verrouiller ! lança-t-elle. Qu'est-ce que je fais si j'ai besoin de toi séance tenante ?

— Crie très fort.

Eliza entreprit de débarrasser la table.

— Tu parles ! Tu n'entendrais rien, avec tout ce bruit. Mais souviens-toi de ce que je te dis, Bob Smith : un de ces jours, tes fils se dresseront contre toi.

D'énormes haut-parleurs installés dans le couloir menant à la cuisine diffusaient un concerto pour piano de Saint-Saëns. Claire nettoyait des crevettes dans l'évier de pierre ; Charles, la main recouverte d'une manique, ouvrit la porte du four et en sortit une terrine de terre cuite dont le couvercle avait été maintenu en place par un mélange de farine et d'eau, afin que la moindre goutte de jus ne puisse se perdre. Il l'ôta délicatement après avoir posé l'objet sur une table tricentenaire.

— Il y a vraiment tant de rumeurs que ça au Hug ? demanda Claire. Personne ne sait rien, finalement.

— Personne n'est sûr que le reste du corps soit passé dans l'incinérateur, mais les spéculations vont bon train. Tout le monde suspecte Kurt Schiller.

— Quelle odeur divine ! dit Claire en se tournant vers lui. Cela fait un temps fou que nous n'avions pas mangé de bœuf en daube !

— D'abord les crevettes dans un beurre à l'ail. Tu as fini ?

— J'achève la dernière. Tu veux que je fasse fondre le beurre, ou c'est toi qui t'en occupes ? L'ail est prêt.

— Je vais m'en charger pendant que tu mets la table, répondit Charles, qui déposa dans une poêle un morceau de beurre où les crevettes seraient plongées un instant, dès qu'il se mettrait à crépiter et que l'ail aurait roussi. Oh, et le citron ?

— Juste devant toi.

Chaque fois que Claire parlait, la grosse chienne étendue dans un coin, le nez posé sur ses pattes, levait la tête et battait le sol d'un coup de queue. La table une fois mise, Claire se dirigea vers le plan de travail et y prit un grand bol contenant de la pâtée pour chien.

— Tiens, Biddy ! Tiens, ma belle, voilà ton dîner.

La chienne se leva d'un bond et engloutit sa pâture en quelques instants.

— Tu es vraiment une goinfresse, dit Claire. Les plaisirs sont pourtant bien plus agréables quand on prend le temps de les savourer.

— J'en suis bien d'accord, lança Charles.

Le frère et la sœur s'assirent pour manger tout à loisir, s'interrompant de temps à autre pour retourner ou remplacer le disque posé sur la platine. Ce soir c'était Saint-Saëns, demain ce serait Mozart, ou Satie, selon le menu. Choisir la bonne musique était aussi important que de choisir le bon vin.

— Tu vas te rendre à l'exposition Bosch, Charles ?

— Rien ne pourrait m'en empêcher. Voir enfin ces peintures, quel bonheur ! On ne peut se contenter indéfiniment des reproductions, si bonnes soient-elles. Des tableaux si macabres, remplis d'un humour dont je me demande toujours s'il était conscient ou inconscient… Je n'arrive pas à entrer dans l'esprit de Bosch. Était-il schizophrène ? Avait-il forcé sur les champignons hallucinogènes ? Ou bien était-ce simplement la manière dont, à son époque, on voyait non seulement ce monde-ci, mais l'autre ? Ses démons sont pleins d'allégresse quand ils torturent des humains sans défense. Quel génie…

— Tu me l'as déjà dit cent fois, répondit-elle d'un ton sec.

Biddy vint poser la tête sur les genoux de Claire qui, de ses longues mains fines, lui tira affectueusement les oreilles tandis que la chienne, les yeux clos, soupirait de bonheur.

— Nous aurons un menu Bosch quand tu reviendras de ton expo, lança Claire en riant. Guacamole au chili, poulet tandoori, gâteau à la diable… Chostakovitch, Stravinski, un peu de Moussorgski… un vieux chambertin…

— Au fait, il est temps de changer de disque, dit Charles en se dirigeant vers la salle à manger. Occupe-toi du bœuf en daube, veux-tu ?

— Que comptes-tu faire demain ? demanda Charles alors que tous deux, le repas terminé, savouraient un expresso tout en fumant de petits cigares.

— Le matin, j'emmène Biddy pour une longue promenade, puis elle et moi irons assister à une conférence au Susskind Theater. J'ai réservé un taxi pour y aller et en revenir.

— C'était vraiment nécessaire ? lança Charles, l'air furieux.

Claire posa la main sur la sienne.

— Allons, allons, ce n'est vraiment rien.

Chez les Forbes, l'ambiance était toute différente. Robin Forbes avait tenté de préparer un gâteau aux noix qui ne s'effondrerait pas au premier coup de couteau, et l'avait généreusement arrosé de coulis de cranberries pour lui donner un peu de goût, comme elle l'expliqua à son mari. Il y goûta d'un air soupçonneux et frémit d'horreur.

— Il est sucré !

— Voyons, chéri, un tout petit peu de sucre ne va quand même pas te provoquer une nouvelle crise cardiaque. C'est toi le médecin, et je ne suis qu'une infirmière sans diplôme, mais je sais quand même qu'on ne fait rien de mieux comme carburant. Tout ce que tu manges se transforme en glucose, puis en glycogène. Pourquoi t'imposer tant de privations ? Même un joueur de football ne se prive pas autant.

— Merci du sermon, lança-t-il d'un ton sec, avant de remplir son assiette de laitue, de tomates, de concombres et de céleri – le tout sans le moindre assaisonnement.

Sa femme préféra changer de sujet :

— Aujourd'hui, j'ai discuté au téléphone avec Roberta et Robina, comme chaque semaine.

— Roberta a été acceptée en neurochirurgie ? demanda-t-il, guère intéressé.

— Non. Elle dit que c'est parce qu'elle est une femme.

— Et ils ont eu raison. C'est un métier d'homme.

Robin s'obstina.

— Mais le mari de Robina a eu une promotion. Ils vont pouvoir acheter cette maison qui leur plaît tant, à Westchester.

Forbes pensait déjà à autre chose : son travail l'appelait du haut de la tour.

— C'est bien pour… Comment s'appelle-t-il, déjà ?

— Callum Christie. C'est quand même ton gendre !

Elle essaya autre chose.

— Cet après-midi, je suis allée revoir *Quo vadis*. Pauvres chrétiens, ils ont vraiment souffert.

— Je connais bien des chrétiens que je serais ravi de jeter aux lions ! Ils vous volent six jours par semaine, et le dimanche ils vont à l'église pour arranger l'affaire avec Dieu. Je préfère mes péchés à leurs bonnes actions.

— Addison, voyons, tu dis n'importe quoi !

Posant sa fourchette et son couteau, il se demanda, pour la millionième fois, pourquoi il avait épousé une infirmière sans cervelle alors qu'il faisait ses études de médecine. Il connaissait la réponse, évidemment, mais ne voulait pas l'admettre : il n'avait pas les moyens de les achever, mais elle était folle de lui et son salaire lui permettrait de continuer. Bien entendu, il avait prévu d'achever l'internat avant de fonder une famille, mais cette sotte était tombée enceinte avant. Il s'était donc retrouvé avec deux filles, des jumelles que son épouse avait tenu à appeler Roberta et Robina. La première avait au moins hérité de ses talents médicaux, tandis que l'autre, aussi dépourvue de cervelle que sa mère, était devenue mannequin avant d'épouser un agent de change.

Au fil des années, la répugnance que lui inspirait Robin n'avait fait que croître, au point qu'il pouvait à peine supporter de la voir, et nourrissait des fantasmes homicides à son égard.

Il se leva.

— Plutôt que de te goinfrer de pop-corn au cinéma, tu ferais mieux de reprendre des cours, encore que je doute que tu comprennes quoi que ce soit aux maths. Ou bien tu pourrais faire de la poterie, on me dit que c'est ce que font les femmes d'âge mûr sans grand talent.

La scène prit fin, comme d'habitude, lorsqu'il emprunta l'escalier en spirale tandis que Robin s'écriait d'une voix perçante :

— C'est cela, monte dans ta tour, et ferme bien la porte !

— Compte sur moi.

S'essuyant les yeux, elle inonda son gâteau de coulis de cranberries, puis se leva d'un bond et courut vers le réfrigérateur, où elle avait dissimulé une salade de pommes de terre. Après tout, pourquoi Addison lui imposait-il son impitoyable régime ? Mais il est vrai qu'elle en connaissait la raison : il mourait de peur à l'idée de faire une nouvelle attaque.

Carmine Delmonico se tenait juste devant l'imposant faisan bleu et or peint sur la vitre du restaurant, un grand sac brun sous son bras. Il suivit vaguement du regard une Corvette rouge vif, puis écarquilla les yeux lorsqu'elle vint se garer le long du trottoir, et que Desdemona Dupré en extirpa sans effort son imposante silhouette.

— Ce n'est pas le genre de voiture que j'aurais imaginé, s'agissant de vous, dit-il.

— Elle prendra de la valeur avec le temps, c'est un investissement. Nous allons manger ? Je meurs de faim.

— J'ai pensé que nous pourrions finalement dîner chez moi. Ici, c'est rempli d'étudiants, et grâce aux louables efforts du *Holloman Post*, tout le monde sait à quoi je ressemble. J'espère que vous ne vous offusquerez pas de ce changement de programme…

— Mon cher Carmine, je suis un peu trop âgée pour réagir comme une gamine, et m'inquiéter à l'idée d'aller manger dans l'appartement d'un homme. C'est loin ?

— Au coin de la rue ! Je vis au douzième étage du Nutmeg Insurance Building. Dix étages de bureaux, dix étages d'appartements, et tout en haut le docteur Satsuma. Je n'ai hélas pas son argent, je suis modestement payé.

— La modestie n'est pas une qualité que je vous aurais accordée, dit-elle en entrant avec lui dans l'immeuble.

— Ce que j'aime le plus chez vous, Desdemona, répondit-il comme ils pénétraient dans l'ascenseur, c'est votre façon de vous exprimer. Au début, j'ai pensé que vous vouliez vous payer ma tête, mais je me rends compte qu'il vous est naturel d'être un peu… pompeuse.

— Si éviter l'argot est signe de pompe, alors oui, je suis pompeuse.

Ils sortirent de l'ascenseur. Carmine, prenant une clé dans sa poche, ouvrit la porte de son appartement et alluma un interrupteur.

Desdemona entra dans une pièce qui lui coupa le souffle. Les murs et le plafond étaient peints de ce rouge sombre, un peu assourdi, typiquement chinois ; un tapis de la même couleur recouvrait le sol, et l'éclairage avait manifestement fait l'objet de longues réflexions. Des tubes fluorescents dissimulés par un lambrequin couraient le long des murs, éclairant quelques-unes des plus belles œuvres d'art oriental qu'elle ait jamais vues : un paravent orné de tigres sur fond doré, une peinture à l'encre superbe représentant un vieillard obèse endormi, la tête posée sur un tigre, des tigres grands et petits, une tigresse nourrissant son nouveau-né et, histoire de changer, dans des cadres noirs sculptés, des panneaux de pierre blanche sur lesquels on avait peint des montagnes perdues dans la brume. Quatre fauteuils chinois entouraient une table dont le dessus de verre recouvrait un motif de plumes d'autruche : une œuvre de Lalique, manifestement, comme le lustre du dessus. Quatre autres fauteuils avaient été disposés autour d'un gros chien de porcelaine rouge comme on en voit dans les temples, sur la tête duquel était posée une plaque de verre.

— Grands dieux ! s'exclama Desdemona. Et vous allez m'avouer que vous écrivez en fait de la poésie et que vous dissimulez mille chagrins secrets ?

Carmine éclata de rire tout en emportant le sac dans une cuisine d'un blanc aussi éblouissant que le séjour était rouge. Elle était d'une propreté immaculée, parfaitement en ordre, au point d'en être intimidante. Cet homme était vraiment un perfectionniste.

— Loin de là, finit-il par répondre tout en versant la nourriture fumante dans des bols à couvercle. Je ne suis qu'un flic rital qui aime être entouré de belles choses en rentrant chez lui. Vin blanc ? Vin rouge ?

— De la bière, si vous en avez. C'est ce que je préfère avec la cuisine chinoise.

Elle prit deux des bols tandis qu'il empilait les autres sur son bras, comme un serveur professionnel. Puis il la fit s'asseoir.

— Servez-vous ! J'ai pris un peu de tout ce qu'il y a sur le menu.

Tous deux avaient très faim. Ils vinrent vite à bout de la nourriture, chacun maniant ses baguettes avec dextérité.

— Thé vert, thé noir, café ? demanda-t-il depuis la cuisine, après avoir déposé les bols dans le lave-vaisselle.

— Une autre bière, s'il vous plaît.

— À quoi vous attendiez-vous, Desdemona ? dit-il après s'être assis dans un fauteuil près du chien de porcelaine.

— Plutôt à du cuir italien et un choix de couleurs très classique. Vous êtes marié ? Je vous demande ça par simple politesse.

— Je l'ai été, voilà longtemps. J'ai une fille qui va avoir quinze ans.

— Vu les pensions alimentaires pratiquées aux États-Unis, je suis surprise que vous ayez pu vous offrir du Lalique et des chinoiseries.

Carmine eut un grand sourire.

— Pas de pension. Mon ex m'a quitté pour épouser un type qui pourrait acheter la Chubb tout entière. Elle et notre fille vivent à Los Angeles, dans une de ses demeures. On se croirait chez la reine d'Angleterre !

— Vous avez voyagé ?

— Un peu, de temps en temps, parfois pour le boulot. Chubb accueillant des enseignants et des étudiants venus du monde entier, il m'est arrivé de me rendre en Europe, au Moyen-Orient, en Asie. J'ai vu la table et le lustre dans une boutique d'antiquités parisienne et me suis saigné aux quatre veines pour les acheter. J'ai acquis tout ce qui est chinois à Hong-Kong et à Macao juste après la guerre, lorsque je faisais partie des troupes d'occupation au Japon. J'ai acheté tout ça pour une bouchée de pain.

— En tirant parti de leur misère.

— Ma chère, on ne peut manger les tigres peints. Acheteur et vendeurs ont chacun obtenu ce qu'ils voulaient. Au premier hiver, tout cela serait parti en fumée. Je pense toujours avec tristesse à ce qui a dû brûler du temps où les Japonais traitaient les Chinois comme des moutons qu'on mène à l'abattoir. De toute façon, ce que je possède n'est rien comparé à ce que les Français ont volé en Italie, ou les Anglais en Grèce.

— Touché ! dit Desdemona en posant sa bière. Bon, lieutenant, il est temps de passer aux choses sérieuses : vous m'avez nourrie, que pensez-vous pouvoir obtenir en échange ?

— Qui sait ? Je ne vous demanderai pas ce que je peux trouver moi-même, en tout cas. Et je sais où j'en suis avec vous : huit centimètres en dessous !

— Je suis fière de ma taille, répondit-elle d'un ton sec.

— Et vous avez bien raison. Il y a beaucoup de gars qui aimeraient escalader l'Everest.

Desdemona éclata de rire.

— C'est exactement ce que j'ai dit à cette chère Tamara aujourd'hui. Et vous faites partie du lot ?

— Non. Faire de l'exercice au gymnase de la police me suffit.

— Alors, posez-moi vos questions.

— Quel est le budget annuel du Hug ?

— Trois millions de dollars. Un tiers en salaires, un tiers en frais de fonctionnement, sept cent cinquante mille dollars en frais d'affiliation à Chubb, et le reste mis de côté.

— Bon Dieu ! Et comment les Parson financent-ils tout ça ?

— À partir d'un capital de cent cinquante millions de dollars. Wilbur Dowling voudrait que la taille du Hug soit doublée, pour intégrer un service psychiatrique consacré aux psychoses organiques. Ce ne sont pas les paramètres définis dans le testament de William Parson, mais le conseil pourrait décider d'en changer.

— Comment diable William Parson a-t-il réussi à mettre autant d'argent de côté ?

— C'était un homme entreprenant. À la fin de sa vie, le Hug est pratiquement devenu sa seule raison de vivre.

— Est-ce que doubler la taille du Hug poserait problème, hormis les simples questions d'argent ?

— Oh que oui ! Les Parson n'aiment pas Dowling. Et M.M., aristocrate jusqu'au bout des ongles, considère la science et la médecine comme des activités assez sordides, qui devraient être cantonnées aux universités publiques. S'il les tolère, c'est que le gouvernement fédéral donne beaucoup d'argent à la recherche, et que Chubb en tire le plus grand profit.

— Donc, M.M. et les Parsons constituent autant de blocages. On en revient toujours aux problèmes de personnes.

— Oui. Ce sont des êtres humains, après tout.

— Combien le Hug dépense-t-il en matériel ?

— Cette année, plus que d'habitude : le docteur Schiller va se voir offrir un microscope électronique d'un million de dollars.

— Ah oui, le docteur Schiller… J'ai cru comprendre que certains membres du Hug lui rendaient la vie si difficile qu'il a présenté sa démission cet après-midi.

Desdemona se redressa d'un bond.

— Comment savez-vous ça ?

— Un petit oiseau me l'a dit.

Elle se leva brusquement.

— Alors, c'est à lui qu'il faut poser vos questions, et pas à moi !

Carmine demeura impassible.

— Calmez-vous, Desdemona, et rasseyez-vous.

Elle tenta, comme d'habitude, de l'impressionner par sa haute taille, les yeux plongés dans les siens – qui étaient, remarqua-t-elle, d'un brun sombre un peu ambré. Après tout, songea-t-elle, il était normal qu'il ne pense qu'au monstre du Connecticut. Elle se rassit.

— C'est mieux, dit-il en souriant. Que pensez-vous du docteur Schiller ?

— En tant que chercheur, ou en tant qu'individu ?

— Les deux.

— C'est une autorité mondiale sur la structure du système limbique, c'est la raison pour laquelle le Prof est allé le chercher à Francfort. J'aime bien l'homme. Le malheureux souffre de bien des handicaps, outre sa nationalité.

— L'homosexualité ?

— Encore le petit oiseau ?

— Les hommes sont capables de trouver ça tout seuls, Desdemona.

— C'est vrai. Les femmes s'y trompent plus facilement, elles sont portées à croire que les hommes aimables et gentils font de bons maris. Mais en fait, beaucoup d'entre eux préfèrent les messieurs, ce dont leurs épouses ne se rendent compte que quelques enfants plus tard. C'est arrivé à deux amies à moi. Kurt est comme tous les chercheurs, il ne vit que pour son travail, je ne crois pas que ses liaisons soient durables. Ou alors, s'il a vraiment un ami, je pense que celui-ci ne le voit pas souvent.

— Vous dites cela d'un ton très serein.

— Parce que je ne suis pas impliquée. Je crois franchement que Kurt est venu aux États-Unis pour repartir de zéro, et dans cette ville parce qu'il peut se rendre quand il veut à New York et fréquenter les milieux homosexuels. Ce qu'il a oublié, ou que peut-être il ignorait, c'est qu'en Amérique beaucoup de membres des professions médicales sont d'origine juive. Après tout, la guerre a pris fin voilà vingt ans à peine, et le souvenir des horreurs des camps de la mort nazis est encore très vif.

— Chez vous aussi ?

— Oh, pour moi, c'était essentiellement l'horreur des rationnements. Parfois la peur des bombes et des V2, mais pas là où je vivais, près de Lincoln. En tout cas, j'aime bien Kurt, comme d'ailleurs tout le monde ici, y compris Finch et les autres, avant que cette horrible histoire ne survienne. Je me souviens que Finch disait qu'après tout, il ne pouvait lui jeter la pierre sous le seul prétexte qu'il était Allemand, que de toute façon il était trop jeune pour avoir pris part à l'Holocauste.

Elle regarda sa montre.

— Il faut que j'y aille ! Merci infiniment, Carmine. Le repas était excellent, le cadre superbe, et votre compagnie, disons… tout à fait supportable.

— Suffisamment pour recommencer mercredi prochain ?

— Si vous y tenez…

Carmine prit l'ascenseur avec elle et tint à l'accompagner jusqu'à sa Corvette.

Une femme intéressante, se dit-il en suivant des yeux la voiture qui s'éloignait. Elle s'habillait bon marché, se coiffait elle-même, ne portait pas de bijoux. Était-elle pingre ou simplement indifférente à son allure ? Ni l'un ni l'autre, sans doute. Il n'y avait aucune attirance entre eux deux, heureusement. Pas la moindre chance qu'elle soit le monstre du Connecticut. En tout cas, c'était vraiment l'alliée dont Carmine avait besoin au Hug.

6

Mercredi 17 novembre 1965

— Nous n'allons nulle part, dit Carmine à Silvestri, Marciano et Patrick O'Donnell. Cela fait près de deux mois que Mercedes a été enlevée. Nous avons tout retourné dans le Connecticut, il n'y a pas une maison, une grange ou une cabane abandonnée que nous n'ayons examinée de fond en comble, ou une forêt que nous n'ayons retournée. S'il s'en tient à sa méthode, il a déjà repéré sa prochaine victime, mais nous n'en savons pas plus sur lui qu'au premier jour.

— Il faudrait peut-être chercher des maisons ou des granges qui ne soient pas abandonnées, lança Marciano, que les restrictions juridiques agaçaient toujours.

— Bien sûr, Danny, dit Silvestri, mais tu sais aussi bien que moi qu'aucun juge ne nous accordera de mandat au vu de l'état actuel du dossier. Il nous faut des preuves.

— Il se pourrait qu'on ait flanqué la trouille au tueur, dit Patrick. Peut-être ne peut-il plus enlever de victime, peut-être est-il passé dans un autre État. Le Connecticut n'est pas grand, il peut vivre ici et se rendre à New York, dans le Massachusetts ou à Rhode Island…

— Il recommencera, Pat, dit Carmine, et ici. Le Connecticut est son domaine, il a l'impression d'en être le maître. Il est chez lui. Je crois qu'il vit ici depuis assez longtemps pour en connaître chaque ville et chaque village.

— Combien de temps, à ton avis ?

— Je dirais cinq ans minimum, à condition bien sûr qu'il se promène.

— Ça ne met pas hors de cause beaucoup de membres du Hug.

— Non. Finch, Forbes, Ponsonby, Smith, Mmes Liebman, Silverman, et Tamara Vilich, sont tous originaires du Connecticut. Polonowski vit ici depuis quinze ans, Chandra huit ans, Satsuma cinq.

Carmine se rembrunit.

— Changeons de sujet. John, est-ce que la presse coopère ?

— Vraiment bien, dit Silvestri. Il va avoir beaucoup plus de mal à enlever son type de fille. Dans une semaine, les mises en garde seront partout – journaux, radio, télé – avec des photos des disparues, et un message sur leurs origines caribéennes et leur confession.

— Et s'il changeait de genre de victime ? demanda Marciano.

— Non, Danny, répondit Carmine. Tous les psychiatres que j'ai consultés m'ont assuré qu'il n'en ferait rien. Ils me disent que s'il a enlevé onze filles qui pourraient être sœurs, c'est qu'il fait une fixation sur un ensemble de caractéristiques : couleur de peau, visage, taille, âge, origines, religion. Le problème, c'est qu'ils s'appuient sur l'exemple de leurs patients, qui sont des violeurs, mais pas des tueurs.

— Nous savons tous que la plupart des meurtriers ne sont pas très malins, intervint Patrick, l'air pensif. Et même quand ils le sont, ça ne va jamais très loin. Ils ont une intelligence de rat, ou de la chance. Mais celui-là est vraiment à la hauteur. Je me demande s'il obéit vraiment aux règles qu'exposent les psychiatres ? Et s'il était psychiatre lui-même ? Je viens de potasser l'annuaire de Chubb : Smith, Polonowski, Ponsonby, Finch et Forbes ont tous un diplôme de psychiatrie, en plus de celui de neurologie.

— Bon Dieu ! s'exclama Carmine. Je n'avais pas vu ça. Je ne mérite vraiment pas d'être à la tête de l'unité spéciale.

— Et si c'était une femme ? demanda Marciano.

— Selon les psychiatres, c'est impossible, dit Carmine, et pour une fois je suis d'accord avec eux. Mais nous tâtonnons tout de même dans l'obscurité.

Desdemona avait cessé de venir à pied au Hug, en se jugeant très sotte, mais sans pouvoir surmonter l'idée qui la hantait à chaque pas au milieu des feuilles mortes : elle était suivie par quelqu'un de trop malin pour se laisser surprendre. La simple pensée de garer sa Corvette bien-aimée dans un parking tout proche d'un ghetto l'épouvantait, mais comment faire autrement ? Si on la lui volait, il lui faudrait simplement prier pour qu'elle lui revienne en un seul morceau. Et elle ne se décidait pas à aller dire à Carmine ce qui s'était passé, tout en sachant qu'il ne rirait pas d'elle. Mais n'étant ni d'origine caribéenne, ni de petite taille, elle n'imaginait pas que son suiveur pourrait être le tueur.

Mangeant une pizza avec Carmine dans son appartement, elle se dit qu'il avait l'air d'un chat dont un chien avait envahi le territoire. Pour autant, il n'était pas de mauvaise humeur, simplement nerveux. Elle lui apprit la nouvelle :

— Kurt Schiller a tenté de se suicider aujourd'hui.

— Et personne ne me l'a dit ? s'exclama-t-il.

— Je suis sûre que le Prof s'en chargera demain. Ça s'est passé peu avant que je m'en aille.

— Merde ! Merde ! Comment s'y est-il pris ?

— Il n'est pas médecin pour rien : il a avalé un cocktail de morphine, de nothiazine et de séconal, pour provoquer une crise cardiaque et respiratoire, avec du Stémestil pour être sûr de ne pas vomir.

— Et il s'en est sorti ?

— Le docteur Finch l'a trouvé juste après et l'a maintenu en vie jusqu'à ce qu'on puisse le transférer aux urgences de l'hôpital. Il s'en est sorti, on lui a fait un lavage d'estomac et donné des antidotes. Le pauvre Maurice en était accablé, il a l'impression que c'est de sa faute.

Elle posa sa pizza.

— Parler de tout ça me coupe l'appétit.

— Pas moi, répondit Carmine en se servant une autre part. Schiller est le seul à avoir craqué ?

— Non, c'est l'exemple le plus dramatique. Mais je suis certaine que lorsqu'il ira assez bien pour reprendre son travail, ceux qui lui ont rendu la vie impossible le laisseront tranquille. Ils cesseront de dessiner des croix gammées sur la fourrure de ses rats. Les émotions sont décidément bien destructrices…

— Oui. Elles vous empêchent de réfléchir.

— Et le meurtrier ?

— C'est un chaudron d'émotions qu'il croit contrôler.

— Mais il n'y arrive pas.

— Non, ce sont elles qui le contrôlent.

Prenant le reste de pizza déposé sur l'assiette de Desdemona, Carmine lui en servit une nouvelle part.

— Celle-là est chaude !

Elle s'exécuta, mais faillit se brûler. Fronçant les sourcils, Carmine lui tendit un ballon de cognac.

— Ma mère vous donnerait du *grappa*, mais le cognac est bien meilleur. Buvez, Desdemona. Puis dites-moi qui d'autre, au Hug, n'a pas le moral.

Elle sentit une chaleur lui parcourir tout le corps, suivie d'un merveilleux sentiment de bien-être.

— Le Prof, dit-elle. Nous sommes tous persuadés qu'il est au bord de la dépression nerveuse. Il donne des directives, les oublie, en donne d'autres qui sont contradictoires... Il laisse Tamara Vilich faire ce qu'elle veut. Elle a une liaison avec quelqu'un, et meurt de trouille à l'idée que ça se sache. La connaissant, je crois que ce n'est pas seulement l'attrait du fruit défendu. Elle doit être amoureuse de lui, mais il lui a imposé le secret.

— Ce qui veut dire que c'est quelqu'un d'important, ou simplement qu'il a peur de sa femme. Bon, qui d'autre à part le Prof ?

Les yeux de Desdemona se remplirent de larmes.

— Tout le monde ! Nous espérons tous que si ce monstre frappe de nouveau, ça ne retombera pas sur le Hug ! Le moral est si bas que la recherche en souffre énormément. Chandra et Satsuma laissent entendre qu'ils pourraient partir ailleurs, alors que Chandra est notre plus grand atout. Eustace a eu une autre crise locale, c'est le genre de nouvelle qui peut nous valoir un Nobel.

— J'en suis ravi pour le Hug, dit Carmine en lui prenant les mains, avant d'ajouter : vous me cachez quelque chose, et ça vous concerne. De quoi s'agit-il ?

— Pourquoi pensez-vous cela ? lança-t-elle en se libérant.

— Parce que vous allez au boulot et en revenez en voiture. J'ai souvent l'occasion de passer près du Hug, je vois la Corvette rouge dans le parking.

— C'est simplement qu'il commence à faire trop froid pour aller à pied.

— Ce n'est pas ce qu'un petit oiseau m'a dit.

Elle se leva et marcha jusqu'à la fenêtre.

— Je me fais des idées, c'est tout.

— Et lesquelles ? demanda-t-il en venant la rejoindre.

Desdemona hésita, puis dit précipitamment :

— On me suivait chaque soir quand je rentrais chez moi.

Il ne rit pas, mais parut rester calme.

— Comment le savez-vous ? Vous avez vu quelqu'un ?

— Non, personne, c'est bien ça qui m'effraie. J'entends un bruissement de pas sur des feuilles mortes, il s'interrompt quand je m'arrête, mais pas assez vite. Et pourtant... personne !

Il la fit asseoir dans un fauteuil et lui donna un autre cognac.

— Vous n'êtes pas du genre à paniquer, je ne crois pas que ce soit le simple effet de votre imagination. Je ne crois pas non plus que ce soit le tueur. Mettez au garage votre rutilante petite voiture. Ma mère a une vieille Mercury dont elle ne se sert pas, vous pourrez en disposer. Pas de quoi tenter les voyous du coin, et peut-être que celui qui vous suit comprendra le message. Venez, je vais vous suivre jusqu'à chez vous, la Mercury y sera demain matin. Vous avez bu deux cognacs et un lieutenant de police est derrière vous ; alors, allez-y doucement !

Desdemona fit démarrer sa voiture dès que Carmine fut derrière le volant de sa Ford, et rentra chez elle en réalisant que sa peur avait disparu. À quoi était-ce dû ? Suffisait-il d'une présence masculine ?

Il veilla à ce qu'elle ferme la Corvette à clé, puis la suivit jusqu'à la porte d'entrée.

— Merci encore, dit-elle en lui tendant la main.

— Pas si vite ! Je vous accompagne jusqu'à votre appartement.

— Il est un peu en désordre, expliqua-t-elle en grimpant les marches.

Mais elle ne s'attendait pas à ce qu'ils trouvèrent en entrant : son panier à couture était par terre, son contenu dispersé sur un large périmètre et la broderie sur laquelle elle travaillait, une chasuble de prêtre, réduite en pièces, était posée sur une chaise.

— Il n'était jamais allé jusque-là ! chuchota-t-elle.

— Il est déjà entré ici ?

— Oui, au moins deux fois. Il déplaçait mes affaires, mais sans rien saccager. Oh, Carmine !

— Asseyez-vous, dit-il en l'installant dans un fauteuil.

Il décrocha le téléphone.

— Mike ? Delmonico. J'ai besoin de deux gars pour protéger un témoin, et fissa !

C'est avec le plus grand calme qu'il examina la chaise et la chasuble, sans toucher à rien, avant de venir s'asseoir sur un bras du fauteuil de Desdemona.

— C'est un passe-temps assez surprenant, dit-il d'un ton négligent.

— J'adore ça.

— Ça doit vous être très pénible de contempler les dégâts. Vous y travailliez déjà lors de sa précédente visite ?

— Non, j'étais sur un tissu destiné à un buffet, pour Charles Ponsonby. Je le lui ai donné il y a une semaine, il était ravi.

Carmine resta silencieux jusqu'à ce que les lumières clignotantes d'une voiture de patrouille viennent illuminer les fenêtres. Il sortit, sans doute pour donner des directives à ses hommes.

— Il y aura un gars juste devant votre porte, et un autre en haut de l'escalier à l'arrière, dit-il en revenant. Vous serez en sécurité. Je vous amènerai la Mercury demain à la première heure, mais attendez pour partir au boulot qu'un de mes techniciens soit passé pour voir si notre ami a laissé un indice quelconque derrière lui.

— Il l'avait fait la première fois.

— Comment ça ? demanda-t-il, surpris.

— Un petit tas de poils noirs.

— Je vois, répondit Carmine d'un air impassible.

Puis il partit, comme s'il ne savait quoi dire de plus.

Desdemona alla se coucher, mais ne dormit guère.

II

DECEMBRE 1965

7

Mercredi 1er décembre 1965

Les élèves sortirent du lycée Travis par centaines, certains pour rentrer chez eux dans le Creux voisin, les autres pour monter dans l'un des bus alignés par dizaines le long de la 20e Rue. Autrefois, ils auraient simplement pris celui qui les aurait conduits à destination ; mais depuis l'affaire du monstre du Connecticut, chacun d'eux s'était vu assigner un autobus spécifique, portant un numéro. Le chauffeur, disposant d'une liste de noms, avait reçu l'ordre de ne pas démarrer tant que tous les élèves ne seraient pas montés. Aller au lycée ne posait pas de problème, mais tout le monde redoutait d'en revenir. Les écoles privées faisaient l'objet d'une stricte surveillance de la police, mais Travis n'avait pas été négligé pour autant.

Ce lycée était le plus gros établissement public d'Holloman, accueillant des adolescents venus de toute la ville. Il comptait une faible majorité de Noirs. S'il y avait parfois certaines tensions raciales, les élèves se fréquentaient surtout selon des affinités personnelles. On y trouvait des supporters de la Brigade Noire, mais aussi des fidèles de diverses Églises, sans compter ceux qui préféraient ne pas chercher les ennuis et s'en tenir à des notes raisonnables.

Quand Francine Murray, une jeune fille de seize ans qui vivait dans la Vallée, manqua à l'appel, le chauffeur de son bus courut en toute hâte jusqu'à la voiture de police stationnée devant l'entrée du lycée. En quelques instants, ce fut le chaos : des hommes en uniforme montèrent dans les bus pour demander si Francine était au nombre des passagers, ou à ses amis de se faire connaître, tandis que Carmine Delmonico, accompagné d'Abe et de Corey, fonçait vers le lycée à toute allure.

Il n'oubliait pas le Hug pour autant. Avant de partir, il déclara à Marciano :

— On n'a pas les moyens d'y envoyer une autre voiture de police, alors appelle Mlle Dupré et dis-lui de ma part que je veux savoir où est tout le monde, même s'ils sont assis sur les toilettes. Tu peux lui faire confiance, Danny, mais ne lui en dis pas plus qu'il ne faut.

Les enseignants avaient fouillé l'énorme établissement de la cave aux greniers. Ils étaient regroupés dans la cour tandis que Derek Daiman, le principal, un Noir très respecté, marchait de long en large. Aucune lycéenne n'étant portée disparue dans les autres écoles, les voitures de police qui y avaient été affectées arrivaient à Travis, leurs occupants entreprenant aussitôt d'interroger tout le monde, de fouiller le lycée une nouvelle fois, et de tenir à distance des élèves dévorés de curiosité.

— Elle s'appelle Francine Murray, dit le principal à Carmine. Elle aurait dû être dans ce bus, là-bas. Elle a assisté à son dernier cours de la journée, de la chimie, et pour autant que je sache elle a quitté le bâtiment avec un groupe d'amies. Tous se dispersent dès qu'ils sont dans la cour. Lieutenant Delmonico, ce n'est pas possible !

— Paniquer ne nous mènera nulle part, monsieur Daiman, dit Carmine. À quoi ressemble-t-elle ?

Le principal fondit en larmes.

— Elle est comme les filles qui ont disparu ! Très jolie, très aimée, d'excellentes notes… Jamais aucun problème, un exemple pour ses camarades.

— Est-ce qu'elle est d'origine caribéenne ?

— Je ne crois pas, dit Daiman en s'essuyant les yeux. Je pense que c'est pour ça que nous n'avons pas pris garde. Son père est issu d'une de ces très vieilles familles noires du Connecticut, et sa mère est blanche. Mon Dieu, mon Dieu, que faire ?

Abe et Corey étaient partis dire à leurs collègues de fouiller chaque bus avant de le laisser partir, tout en rassemblant les amies de Francine pour pouvoir les interroger.

— Tu es sûr qu'elle n'est pas quelque part dans l'école ? demanda Carmine au sergent O'Brien, qui sortait du bâtiment à la tête de ses hommes et des enseignants du lycée.

— Nous ne l'avons pas trouvée, lieutenant. Nous avons ouvert tous les placards, regardé sous chaque bureau, dans les toilettes, la cafétéria, les salles de classe, les gymnases, les réserves, partout !

Carmine se tourna vers les enseignants, tous bouleversés. Certains pleuraient.

— Qui l'a vue en dernier ?

— Elle est sortie de ma classe avec ses amies, dit Mlle Corwyn, le professeur de chimie. Je suis partie plus tard, il fallait d'abord que je range. Si seulement je les avais accompagnées !

— Ne vous reprochez rien, madame, vous ne pouviez pas savoir.

Personne n'avait vu la jeune fille, et personne n'avait remarqué d'inconnu dans l'enceinte du lycée.

Il a recommencé, songea Carmine en se dirigeant vers le groupe des amies de Francine Murray. *Il l'a enlevée sans que personne ne le voie.* Cela faisait soixante-deux jours que Mercedes Alvarez avait disparu. Il avait travaillé sans relâche, mis les gens en garde, renforcé la sécurité autour des lycées. Il aurait dû le capturer ! Et pourtant le monstre avait recommencé, en changeant de type de fille, en plein cœur du lycée Travis, une vraie fourmilière, avec ses mille cinq cents élèves.

La meilleure amie de Francine était une jeune Noire nommée Kimmy Wilson.

— Elle était avec nous quand on est sortis du cours de chimie, monsieur, dit-elle à Carmine entre deux reniflements.

— Continue, Kimmy.

— J'ai pensé qu'elle était allée aux toilettes, elle a des problèmes de vessie. Je le sais, alors je n'y ai plus pensé.

Kimmy se mit à sangloter.

— Je n'y ai plus pensé ! C'est de ma faute, j'aurais dû l'accompagner.

— Tu prends le même bus qu'elle, Kimmy ?

— Oui, monsieur. On vit dans la Vallée, avec Charlene et Roxanne, poursuivit-elle en montrant deux adolescentes blanches. On n'a pas fait attention jusqu'à ce que le chauffeur de bus fasse l'appel.

— Tu connais le chauffeur ?

— Son visage, oui. Mais pas son nom.

À 17 heures, le lycée était désert. L'ayant passé au peigne fin, comme ses environs, le cordon de police s'étendait toujours plus loin, tandis que dans le Creux se répandait la nouvelle que le monstre du Connecticut avait encore frappé. Il s'agissait cette fois d'une Noire, pas d'une Hispanique. Mohammed el Nesr, informé par Wesley, rassemblait ses troupes.

Carmine était parti voir les parents de Francine. En cours de route, il s'arrêta devant une cabine téléphonique pour appeler Danny Marciano. Pas question de se servir de la radio, sur laquelle certains journalistes savaient se raccorder.

— Pas d'absents au Hug, Danny ?

— Non, sauf Cecil Potter et Otis Green, qui avaient déjà fini leur journée. Tous deux étaient chez eux quand Mlle Dupré a appelé. Elle m'a dit que tous les autres étaient au centre et qu'elle a vérifié.

— Qu'est-ce que tu peux me dire sur les Murray ? Je sais simplement que c'est un couple mixte.

— Comme les autres, Carmine, le sel de la terre, répondit Marciano en soupirant. La seule différence, c'est que cette fois, apparemment, il n'y a pas de connexion caribéenne. Ils fréquentent l'église baptiste du coin, alors j'ai pris la liberté d'appeler le pasteur, Leon Williams, pour lui demander d'aller leur apprendre la nouvelle. Elle se répand à toute allure, et je ne voudrais pas que les parents soient mis au courant par un voisin.

— Bonne idée, Danny. Quoi d'autre ?

— Le père est noir, il est chercheur associé en ingénierie électrique à la fac de sciences, il fait donc partie du corps universitaire, raisonnablement bien payé. La mère est blanche, elle travaille à la cafétéria de la fac, c'est elle qui veille à ce que les mômes partent à l'école, et qui est rentrée quand ils reviennent. Outre Francine, ils ont deux garçons plus jeunes. Le révérend Williams m'a dit que l'arrivée des Murray, voilà neuf ans, avait suscité bien des commérages, mais que ça s'était tassé ensuite. Ils font partie de la communauté, sont très aimés, et ont des amis aussi bien chez les Blancs que chez les Noirs.

— Merci, Danny. À plus tard.

La Vallée était un endroit à la population assez mélangée, ni riche ni pauvre. Les prix des terrains et de l'immobilier n'y étaient pas assez élevés pour que la présence des Noirs pose problème, même s'il y avait des tensions de temps à autre.

Quand la Ford entra dans Whitney – une zone de maisons modestes entourées d'un demi-hectare de terrain –, Carmine sentit Abe et Corey se raidir.

— Bon Dieu, Carmine, comment on a pu laisser faire ça ? demanda Abe.

— Parce qu'il a changé de rythme. Il a été plus malin que nous.

Comme ils s'arrêtaient devant une maison peinte en jaune, le lieutenant posa la main sur l'épaule de Corey.

— Vous restez ici tous les deux. S'il se passe quelque chose, je crie, d'accord ?

Le révérend Leon Williams le fit entrer dans la maison des Murray. Les deux garçons n'étaient pas là, mais on entendait vaguement le son du téléviseur. Les Murray étaient assis sur un sofa, s'efforçant vaillamment de faire bonne figure. La femme s'accrochait au poignet de son mari comme si c'était une bouée de sauvetage.

— Monsieur Murray, vous n'êtes pas d'origine caribéenne ? demanda Carmine.

— Pas du tout ! Les Murray étaient installés dans le Connecticut avant même la guerre de Sécession, où ils ont combattu dans les rangs nordistes. Ma femme est de Wilkes-Barre.

— Auriez-vous une photo récente de Francine ?

On la lui remit. Une sœur des onze autres.

On reposa donc les questions déjà posées aux onze autres familles : qui Francine fréquentait-elle, si elle avait un petit ami, si elle avait eu l'impression d'être suivie… Et les réponses furent les mêmes.

Carmine ne s'attarda pas. Le pasteur réconforterait cette famille bien mieux que lui. Il se sentait devenu l'agent du destin, ou peut-être du châtiment ; en tout cas, c'était comme ça que ces pauvres gens le voyaient.

Le commissaire John Silvestri fit son apparition dans une émission télévisée après le journal de 18 heures, appelant la population de Holloman et de tout le Connecticut à aider la police, en signalant tout ce qu'ils auraient pu voir d'inhabituel. Tout rond-de-cuir qu'il était, Silvestri jouissait d'une image publique remarquable : une tête un peu léonine, un profil superbe, un calme plein de dignité, un air très franc. Il ne tenta nullement de se dérober aux questions de la journaliste, comme un politicien l'aurait fait. Que le monstre du Connecticut soit toujours en liberté, et continue à enlever des jeunes filles innocentes, comme elle le lui fit remarquer, n'entama nullement la sérénité du commissaire.

— Il est malin, répondit-il simplement. Très malin.

— Il doit l'être ! commenta Surina Chandra à l'adresse de son mari.

— Oui, certainement, répondit Nur Chandra d'un air absent.

Il pensait à autre chose : un triomphe d'une telle ampleur qu'il aurait voulu le hurler au monde entier. Mais il n'osait pas. Cela devrait rester son secret.

— Je passerai les prochains jours dans mon petit cottage, j'ai un travail très important à faire, ajouta-t-il en souriant.

— Malin, le monstre ? s'exclama Robin. Comme si c'était malin de tuer des enfants. C'est inhumain !

Je me demande, se dit Addison Forbes, *comment tu définirais « malin » si jamais je te posais la question.*

— Je suis bien d'accord avec le commissaire, répondit-il. Un type très malin, qui certes fait des choses ignobles, mais qui a réussi à faire passer la police pour des imbéciles.

Il eut une grimace.

— Police qui a eu l'audace d'ordonner à Desdemona Dupré de nous pourchasser comme des animaux et de nous demander où nous étions à l'heure de l'enlèvement ! Il y a désormais une espionne parmi nous, et je ne le lui pardonnerai pas. Avec toutes ses idioties, je suis en retard dans mes notes cliniques. Ne m'attends pas. Et fiche en l'air la crème glacée dans le freezer, tu veux ?

— Oui, il est malin, dit Catherine Finch.

Elle jeta un regard anxieux à son mari. Il n'était plus le même depuis que ce salopard de nazi avait tenté de se suicider. Elle-même regrettait qu'il n'y ait pas réussi, mais Maurice avait une conscience, qui lui répétait que c'était lui le salopard. Et rien de ce que Catherine disait à son mari ne pouvait l'empêcher de penser le contraire.

Il ne prit pas la peine de lui répondre, repoussa son assiette et se leva.

— Je vais m'occuper un peu des champignons, dit-il en prenant une lampe de poche.

— Maurice, s'exclama-t-elle, pourquoi t'aventurer dans le noir ?

— Je suis tout le temps dans le noir, Cathy. Tout le temps.

Les Ponsonby ne virent pas le commissaire Silvestri à la télévision, car ils n'en possédaient pas. Elle n'aurait servi à rien à Claire, et Charles y voyait « l'opium du troupeau inculte ».

Ce soir-là, ils écoutaient le *Concerto pour orchestre* d'Hindemith, comme souvent lorsque Charles avait déniché un pouilly-fumé de bon aloi. Ils dînaient légèrement : omelette aux herbes suivie de filets de sole pochés, libéralement arrosés de vermouth blanc très sec, d'une laitue avec une vinaigrette à l'huile de noix, et d'un sorbet au champagne.

— Parfois, on insulte vraiment mon intelligence, dit Charles. Desdemona Dupré est venue nous trouver tous en nous faisant croire qu'elle avait besoin de nos signatures pour un document dont Bob n'a certainement jamais entendu parler. Une heure plus tard, il est arrivé des dizaines de policiers, alors que j'étais plongé dans des réflexions qui s'accordaient mal avec le bruit de leurs godasses à clous. Et les questions ont commencé : où étais-je cet après-midi, et ainsi de suite... J'ai bien été tenté de les envoyer promener, mais finalement je m'en suis abstenu. Delmonico n'a pas daigné nous faire la grâce de sa présence, mais toute l'opération trahissait son style.

— Ils vont s'en prendre au Hug chaque fois qu'une fille sera enlevée ?

— Je pense, oui. Pas toi ?

— Si, bien sûr. Ah, nous vivons dans un bien triste monde.

— On raconte également dans les étages que Desdemona Dupré est suivie. Bien sûr, on se demande si ça a un rapport avec le reste.

Charles gloussa.

— Moi, ça me paraît impossible : une créature aussi imposante que peu avenante…

Les Ponsonby éclatèrent de rire, la chienne aboya, et Hindemith poursuivit comme si de rien n'était.

Alors qu'il venait de se garer près de chez Malvolio, vers 19 heures, Carmine vit avec surprise arriver la voiture de sa mère.

— Qu'est-ce que vous faites là ? demanda-t-il à Desdemona en lui tenant la portière. Encore des problèmes ?

— J'ai pensé que vous auriez peut-être besoin de compagnie…

— Eh bien, entrons manger.

— J'ai fait tout mon possible pour le capitaine Marciano, expliqua-t-elle une fois qu'ils furent assis. Il m'a fallu plus d'une demi-heure pour les retrouver tous. Au début, je ne pouvais même pas en dénicher un seul. Après, j'ai compris qu'ils étaient en haut, à discuter des crises d'épilepsie d'Eustace. Tous présents, apparemment depuis un bon bout de temps.

— Désolé de vous avoir infligé cela, mais je ne pouvais envoyer des hommes tant qu'il y avait un espoir de retrouver Francine.

— Ce n'est pas grave. Je vous ai rendu responsable de tout, de manière très sarcastique. Depuis qu'on sait que je suis sous protection policière, on me regarde d'un autre œil. Ils pensent tous que je suis en train de vous faire marcher. Tamara dit que c'est pour vous mettre la main dessus.

Carmine eut un grand sourire.

— Ce serait un plan bien compliqué.

— En tout cas, tout mon travail de broderie a été saccagé. Sans laisser d'indices.

— Il est bien trop malin pour ça. Le jour où il en a laissé, c'est parce qu'il savait que vous ne m'en parleriez pas.

Elle frémit.

— Pourquoi ai-je l'impression que vous pensez que c'est le monstre ?

— Parce qu'en fait c'est une fausse piste.

— Alors, je ne risque rien ?

— Je n'ai pas dit ça. Vos anges gardiens doivent rester en place.

— Il croit que je sais quelque chose ?

— Peut-être, peut-être pas. Les fausses pistes servent avant tout à créer des illusions.

— Passons chez vous regarder le commissaire Silvestri au journal télévisé du soir, dit Desdemona.

Ce qu'ils firent. Elle sourit en regardant l'écran.

— Il est vraiment adorable. Vous avez vu comment il a envoyé bouler cette journaliste ?

Carmine haussa les sourcils.

— Adorable ? Je lui dirai, la prochaine fois que je le verrai. Dites-vous bien qu'autrefois, il a détruit seul un nid de mitrailleuses ennemi et sauvé une compagnie entière. Entre autres choses.

— Allons, allons, vous ne lui parlerez pas de moi. Ce sera une réunion très sérieuse, parce que la situation est grave. Le monstre est vraiment subtil mais c'est peut-être encore le sous-estimer.

— Il est malin, subtil, cinglé... C'est peut-être même un génie. En tout cas, je sais qu'il présente au monde une façade parfaitement crédible. Il ne baisse jamais la garde, sinon quelqu'un l'aurait déjà remarqué. Il se pourrait que ce soit un homme marié, dont la femme n'est au courant de rien. Oui, il est très, très malin.

— Vous aussi, Carmine, mais vous êtes bien plus encore. Vous êtes un doberman. Une fois que vous avez planté les crocs, vous ne lâchez jamais prise. À force de devoir vous traîner, il finira par être épuisé.

Une chaleur inattendue envahit tout le corps de Carmine, sans qu'il sache si c'était l'effet du cognac ou du compliment. Il se sentit extraordinairement fier intérieurement, mais se garda bien de le laisser paraître.

8

Jeudi 2 décembre 1965

Le lendemain, Francine Murray n'avait toujours pas réapparu, et ses parents étaient bien les seuls à douter que le monstre du Connecticut l'ait enlevée. Elle était allée deux fois à une soirée d'adolescents sans le leur dire : elle avait tout simplement oublié. Ils attendaient donc, espérant, contre tout espoir, que tout cela était une erreur et que leur fille leur serait rendue.

À 16 heures, quand Carmine revint à son bureau, il avait vraiment l'impression d'avoir perdu sa journée à discuter avec toutes sortes de gens, dont le personnel du Hug. Deux mois de recherches ne l'avaient encore mené à rien. Son téléphone sonna.

— Delmonico.

— Lieutenant, ici Derek Daiman, le principal du lycée. Est-ce que vous pourriez venir au plus vite ?

— Je suis là dans cinq minutes.

Daiman devait sans doute être le dernier à quitter son lycée, le soir. Gérer un établissement aussi énorme devait être un enfer, mais il y parvenait, et bien.

Dès que la Ford s'arrêta dans le parking, le principal sortit du bâtiment et descendit les marches en courant.

— Je n'ai rien dit à personne, lieutenant, j'ai juste demandé au gamin qui a trouvé la chose de rester où il était.

Carmine le suivit jusqu'à un hangar assez laid, comme collé au mur de brique, auquel on accédait par un étroit passage.

L'éducation dépendant des municipalités, des villes comme Holloman, handicapées par l'accroissement de la population dans leurs zones les plus pauvres, peinaient à faire construire les bâtiments nécessaires. Ce hangar abritait ainsi un court de basket-ball, des gradins pour les spectateurs et, à un bout, des équipements de gymnastique : cheval-d'arçons, anneaux suspendus au plafond, barres parallèles, et ce qui ressemblait à deux poteaux pour le saut en hauteur ou à la perche. Sur la droite, il y avait un autre gymnase semblable au précédent, qui accueillait une piscine, ainsi qu'un coin consacré à la boxe, à la lutte et à l'échauffement.

Les lycéens entraient depuis la cour ou depuis le bâtiment principal, par l'intermédiaire d'un tunnel qui les protégeait en cas de mauvais temps.

Derek Daiman conduisit Carmine jusqu'aux équipements de gymnastique, bordés des deux côtés par de grands casiers en bois. Un jeune Noir de grande taille, d'allure athlétique, se tenait là.

— Lieutenant, voici Winslow Searle. Winslow, explique au lieutenant ce que tu as trouvé.

— Ça, répondit l'adolescent en tendant une veste rose bonbon. C'est à Francine. Son nom est dessus, voyez ?

« FRANCINE MURRAY » avait en effet été brodé à la machine sur la bande qui permettait d'accrocher le vêtement à un crochet.

— Où as-tu déniché ça, Winslow ?

— Ici, placé à l'intérieur des tapis, avec la manche qui dépassait.

Winslow souleva le couvercle du casier, révélant deux tapis de gymnastique, l'un roulé et l'autre vaguement replié.

— Comment l'as-tu trouvé ?

— En cherchant des tapis. Je fais du saut en hauteur, lieutenant, mais j'ai une mâchoire de verre. Si je me reçois mal, je souffre.

— Un futur participant aux jeux Olympiques ! intervint le principal. Il a déjà reçu des propositions de diverses facultés.

— Bravo, Winslow, dit Carmine. Vas-y, continue.

— Il y a un tapis super-épais dont je me sers toujours. Et il n'était pas là quand je suis venu m'entraîner, aujourd'hui. J'ai cherché, et je l'ai trouvé au fond de ce casier. Ça m'a paru bizarre.

— Pourquoi ?

— Le casier aurait dû être plein, les tapis rangés bien en ordre. Or mon matelas superépais était simplement plié en quatre. Par-dessus, il y en avait un autre sous lequel la manche de la veste de Francine dépassait. Ça m'a fait une drôle d'impression. J'ai tiré dessus et c'est venu tout seul.

Autour du casier, il y avait cinq tapis déroulés, que Carmine examina, accablé.

— Est-ce que tu te souviens de celui qui recouvrait la veste ?

— Bien sûr, monsieur. Celui qui est toujours dans le casier, au-dessus du mien.

— Winslow, mon gars, dit Carmine en lui serrant la main avec chaleur, je suis sûr qu'en 1968, tu décrocheras une médaille d'or ! Heureusement que tu as du bon sens. Maintenant, rentre chez toi, mais ne dis rien à personne, d'accord ?

— D'accord, répondit le jeune homme, qui s'éloigna avec une démarche de félin.

— Tout le lycée est accablé, dit le principal.

— Je peux téléphoner ?

O'Donnell, il le savait, était encore au boulot.

— Patrick, si tu peux, viens tout de suite, sinon, envoie Paul, Abe, Corey et tout ton matériel. On a peut-être trouvé quelque chose d'utile.

Puis il retourna près du principal.

— Monsieur Daiman, ça vous ennuie d'attendre avec moi ?

— Non, bien sûr, répondit l'autre, qui parut hésiter avant d'ajouter : lieutenant, il est de mon devoir de vous prévenir que de gros ennuis se préparent.

— Comment ça ?

— Des problèmes raciaux. La Brigade Noire fait d'ores et déjà campagne en exploitant la disparition de Francine. Sur les formulaires officiels, elle se définit comme noire. Elle a pourtant la peau claire, mais je ne discute jamais là-dessus avec les élèves, ils se définissent comme ils veulent. Les en empêcher serait une violation de leurs droits.

Daiman secoua la tête et eut une moue désabusée.

— Mais je m'égare. Certains élèves disent qu'on a affaire à un Blanc qui tue des filles noires, et que la police ne veut pas l'arrêter parce qu'il est membre du Hug et qu'il a des soutiens politiques. Le lycée compte cinquante-deux pour cent de Noirs et quarante-huit pour cent de Blancs. On pourrait avoir de gros pépins si je ne parviens pas à retenir les élèves membres de la Brigade Noire.

— Bon Dieu, comme si on avait besoin de ça ! Monsieur Daiman, nous faisons tout ce qui est humainement possible pour retrouver ce tueur, je vous en donne ma parole. Mais nous ne savons rien de lui, même pas s'il travaille au Hug, dont les membres n'ont aucune influence politique. Je vous remercie de cette mise en garde, je veillerai à ce que le lycée soit protégé. Ça vous ennuie si je jette un coup d'œil ? Au fait, où est la salle de chimie ? C'est un labo ?

— Elle est au bout du couloir qui part d'ici, c'est une salle de classe, les labos sont ailleurs. Allez-y, lieutenant, faites comme chez vous, dit le principal en s'asseyant sur une chaise, la tête dans ses mains.

La porte du passage, du côté du tunnel, ne pouvait être ouverte sans clé, mais une carte de crédit suffisait, si elle n'était pas fermée à double tour. Carmine entra dans le passage et, trois mètres plus loin, émergea face à des toilettes pour filles, de l'autre côté du hall.

Ce type pensait vraiment à tout. Il s'était emparé de Francine alors qu'elle allait aux toilettes, puis l'avait traînée jusqu'à un gymnase désert. Il avait sans doute déverrouillé la porte auparavant. Et il savait qu'il n'y aurait personne dans le gymnase, comme chaque mercredi, jour du nettoyage des planchers. Qui n'avait pas été effectué hier, parce que Francine avait disparu et qu'on n'avait laissé entrer personne. Arrivé dans le gymnase, il avait réarrangé les tapis, l'avait mise dans un casier et avait veillé à ce que le tapis superépais de Winslow la recouvre complètement. L'avait-il ligotée et bâillonnée, ou lui avait-il donné quelque chose pour qu'elle reste inconsciente quelques heures ?

Ils avaient fouillé Travis de fond en comble, deux fois de suite, sans la trouver. Ils avaient cru qu'elle avait été emmenée avant même que la voiture de police à l'entrée ait eu le temps de lancer un appel radio. À deux reprises, quelqu'un avait dû ouvrir le casier et voir que, comme tous les autres, il était rempli de tapis de gymnastique.

Peut-être même ce quelqu'un avait-il eu l'idée de tâter à l'intérieur, mais Francine n'avait pas bougé ni fait de bruit. Ensuite, le tueur était revenu, et l'avait emmenée.

S'ils le cherchaient toujours, c'est parce qu'ils sous-estimaient le mal qu'il se donnait pour tout préparer. C'était comme s'il n'avait rien d'autre à faire, entre deux enlèvements, que de passer ses journées à planifier la manière dont il allait kidnapper sa prochaine victime. Combien de temps à l'avance en connaissait-il le nom ? Les avait-il choisies voilà des années, quand elles n'étaient encore que des fillettes ? Avait-il affiché un diagramme sur son mur, avec tous les renseignements nécessaires ? Pour être au courant des faiblesses de vessie de Francine, il devait avoir passé des heures à l'observer. Était-ce un enseignant remplaçant, qui allait d'un lycée à l'autre, avec des références parfaites et une excellente réputation ? Il allait falloir enquêter là-dessus immédiatement.

Paul plaçait délicatement la veste dans un sac en plastique.

— Est-ce qu'il l'a laissée exprès pour nous défier, ou c'est Francine qui a réussi à la cacher dans le tapis ? demanda Carmine à Patrick.

— À première vue, je dirais que c'est elle. Jusqu'à présent, nous étions convaincus qu'il emmenait les filles juste après les avoir enlevées. Pourquoi se trahirait-il en montrant que ce n'est pas toujours le cas ? Je crois qu'il veut précisément nous le faire croire. Ce qui signifie, Carmine, qu'en aucun cas ce détail ne doit être communiqué à la presse. On peut faire confiance au gamin qui a trouvé la veste et au principal ?

— Oui. Comment a-t-il fait pour qu'elle se tienne tranquille ?

— Il l'a droguée. Quelqu'un d'aussi méticuleux que lui n'aurait pas commis l'erreur de la bâillonner avant de l'enfermer là-dedans. Car alors, elle se serait noyée dans son propre vomi, si jamais ça lui était arrivé. Il ne pouvait prendre ce risque. Elle avait trop de valeur pour lui, cela faisait deux mois qu'il préparait l'enlèvement…

— Quand nous retrouverons son corps…

— Tu es persuadé que nous ne la reverrons pas vivante ?

— Nous ne savons même pas où chercher. Quand ça arrivera, je te conseille vivement d'examiner la peau au microscope. Il y aura une trace, quelque part, parce qu'il n'aura pas eu le temps de la piquer là où même un bon médecin ne trouverait pas la marque. Et les parties du corps ne seront sans doute pas en très bon état.

— Je pourrais peut-être utiliser le Zeiss du Hug, dit Patrick d'un ton espiègle. Le mien est une vraie merde, à côté.

— Je ne vois pas pourquoi tu ne pourrais pas en commander un, nous disposons d'un budget illimité. Tu ne l'auras peut-être pas à temps pour Francine, mais je suis sûr qu'ensuite tu lui trouveras des tas d'emplois.

— Carmine, ce que j'aime le plus chez toi, c'est ton culot. Ils vont t'écorcher vif lorsqu'ils verront ton nom sur la demande.

— Qu'ils aillent se faire foutre ! Ce ne sont pas eux qui doivent annoncer les meurtres aux familles. Ce ne sont pas eux qui font des cauchemars remplis de têtes coupées.

9

Vendredi 10 décembre 1965

Trois jours passèrent sans qu'on ait de nouvelles de Francine, mais ce n'était pas à elle que Ruth Kyneton pensait ce matin-là.

Même en plein cœur de l'hiver, elle préférait pendre son linge dehors, sur un fil, que de le fourrer dans un de ces fichus séchoirs. Rien ne valait l'odeur des vêtements séchés au grand air. D'ailleurs, elle soupçonnait que ces machines, dont la télévision faisait la réclame, n'étaient qu'un complot du gouvernement pour imprégner la peau des Américains honnêtes et respectueux des lois de substances destinées à les transformer en zombies. Chaque fois qu'on regardait ailleurs, le Congrès s'empressait de fouler aux pieds les droits des bons citoyens en faveur des voyous. Alors pourquoi pas les séchoirs, les déodorants et le fluor ?

La bouche pleine de pinces à linge, dont son tablier était également rempli, elle pendit son linge comme il fallait : un coin d'un vêtement sur le précédent, et on recommence. Une fois l'opération terminée, elle plaça un bois fourchu sous le fil, pour l'empêcher de s'affaisser. Heureusement, il ne faisait pas assez froid pour que le linge gèle, ce qui était très désagréable lorsqu'on l'enfilait ensuite.

Ruth avait remarqué que les trois sales clébards de Griswold Lane se battaient en bas de sa cour. Ils finiraient par monter, comme ils le faisaient toujours, et il n'était pas question de les laisser souiller son linge. Elle s'en alla donc chercher un balai de paille et s'avança résolument vers eux, à l'endroit où courait un petit ruisseau presque à sec. Un vrai désastre : il empêchait le sol de geler, mais le transformait en boue. Les chiens devaient en être couverts.

— Ouste ! s'écria-t-elle en s'avançant vers eux. Fichez le camp ! Fichez le camp !

En s'approchant, elle comprit que les chiens ne se battaient pas, mais étaient en train de jouer, tous trois tirant sur un os assez long, encore couvert de chair et de boue. Ils ne voulurent pas y renoncer jusqu'à ce que le balai de Ruth en frappe deux si violemment qu'ils s'enfuirent en aboyant, avant de s'arrêter un peu plus loin, attendant qu'elle s'en aille. Le troisième, oreilles dressées, se mit à grogner, mais Ruth n'y prit pas garde : à l'extrémité de l'os, on apercevait un pied humain.

Elle ne hurla pas, ne s'évanouit pas. Le balai toujours en main, elle rentra à la maison téléphoner à la police, puis revint monter la garde, tandis que les chiens, contrariés mais pas découragés, tournaient autour d'elle.

Patrick fit établir un cordon de police autour du ruisseau, puis commença par l'endroit où on avait enterré le corps, à quelques mètres de l'endroit où les chiens s'étaient disputé leur découverte.

— Je pense que les ratons laveurs sont passés en premier, dit-il à Carmine, mais je suis certain que c'est Francine, et qu'elle a été enterrée pour qu'on la découvre aussitôt. La tombe ne fait qu'une cinquantaine de centimètres de profondeur. Paul a ramassé l'humérus droit dans un buisson – grâce aux ratons laveurs. Mme Kyneton a en fait découvert le tibia et le péroné de la jambe gauche. On cherche encore, mais je ne crois pas qu'on trouvera la tête.

— Moi non plus, dit Carmine. On en revient au Hug.

— On dirait bien. Le tueur doit en vouloir au centre.

Carmine monta vers la maison pour interroger Ruth Kyneton.

— Pauvre petite, dit-elle. C'est le tueur qui aurait dû servir de repas aux chiens, mais ç'aurait été trop doux ! Je l'aurais fait bouillir très lentement dans l'huile, en allumant le feu de mes propres mains. Lieutenant, ça vous ennuie si je prends du thé ? Ça me remettra l'estomac en place.

— D'accord, si vous m'en offrez un.

— Pourquoi ici, pourquoi nous ? demanda-t-elle. C'est ça que je voudrais savoir.

— Moi aussi, madame Kyneton. Est-ce que vous avez vu ou entendu quelque chose, cette nuit ?

— Vous êtes sûr que c'était cette nuit ?

— À peu près. Dites-moi quand même s'il s'est passé quelque chose d'inhabituel au cours des neuf derniers soirs.

Ruth déposa deux sachets de thé dans des chopes.

— Non, rien, je n'ai rien entendu. Oh, les chiens ont aboyé, mais comme ils le font toujours. Les Desmond se sont engueulés avant-hier – des cris, des hurlements, des choses qui se cassent… Ça arrive régulièrement. C'est un poivrot, et elle aussi !

— Quand vous dormez, il y a des bruits qui vous réveillent ?

— Je ne dors guère, et jamais avant que mon fils ne revienne à la maison, dit Ruth, pleine d'orgueil. Il est chirurgien du cerveau à Chubb, spécialisé dans ces petites bulles sur les artères, qui éclatent comme des ballons. Keith est le meilleur qu'ils aient pour ça. Ça me fait toujours penser aux chambres à air de vélo qu'on répare avec des rustines, j'ai beaucoup fait ça quand j'étais jeune. C'est peut-être de là que ça vient pour Keith.

J'adore cette femme, songea Carmine. *C'est vraiment quelqu'un.*

— C'est l'époux de Mme Silverman ?

— Oui. Ça va faire trois ans qu'ils sont mariés.

— J'ai cru comprendre que le docteur Kyneton rentrait souvent très tard ?

— Tout le temps. Les opérations prennent des heures. Mon Keith est un vrai drogué du travail, ce n'est pas comme son père ! Oui, je l'attends toujours, je veille à ce qu'il mange. Je ne m'endors pas tant qu'il n'est pas rentré.

— Il fait du bruit, en arrivant ?

— Non, au contraire, il coupe le moteur de sa voiture et descend la rue, mais je l'entends quand même. J'écoute.

— Y a-t-il eu un moment, hier soir, où vous avez cru l'entendre alors que ce n'était pas lui ?

— Non. Je n'ai entendu que Keith.

Carmine but son thé, remercia Ruth et prit congé.

— J'aimerais que vous ne disiez rien de tout cela à personne, madame Kyneton, votre fils et votre belle-fille exceptés. Je repasserai les voir dès que possible.

Quand Carmine entra dans la pièce, Patrick avait fini de laver le corps et en assemblait les morceaux sur la table.

— Ils étaient tellement couverts de boue, d'humus et de feuilles mortes que ce sera un miracle si on en tire quelque chose, dit Patrick. Bien entendu, j'ai récupéré l'eau de lavage, et j'ai pris un échantillon de celle du ruisseau. Cette fois au moins, j'ai de quoi travailler ! Pour ce qui est du viol, c'est la même méthode : pénétration anale et vaginale avec des godemichés de plus en plus gros. Mais regarde un peu cette ligne en haut des bras, juste en dessous des épaules, ou celle-là, sous les coudes. Elle a été attachée avec quelque chose d'une trentaine de centimètres de large, sans doute un tissu épais. Les contusions, c'est quand elle a voulu se libérer, sans y arriver. Ce qui signifie qu'elle était allongée sur une table. Je ne sais pas pourquoi il ne s'est pas contenté de lui lier les mains, ou de la menotter.

— Combien de temps a-t-elle survécu après avoir été enlevée, Pat ?

— Près d'une semaine. Je ne crois pas qu'il lui ait donné à manger : le tube digestif est vide, alors que Mercedes avait eu droit à des corn-flakes et à du lait. Je crois qu'il a changé de méthode pour Francine. Ou peut-être procède-t-il un peu différemment pour chaque victime. Nous n'en saurons jamais rien puisque nous n'avons pas les corps.

— À combien de temps remonte sa mort ?

— Une trentaine d'heures au maximum, sans doute moins. Elle a été enterrée la nuit dernière, je dirais avant minuit. Il ne l'a pas gardée longtemps après, mais je peux te dire qu'elle a été saignée à mort. Regarde ses chevilles.

Carmine regarda et se raidit.

— Des marques de zébrures, souffla-t-il.

— Les liens ne sont pas restés en place plus d'une heure. Il est malin ! Pas de fibres textiles ou d'éclats. Je suppose qu'il l'a attachée avec du fil d'acier, en intercalant quelque chose entre le lien et la peau, de telle sorte qu'ils ne soient jamais en contact l'un avec l'autre. Ainsi le fil a mordu la peau, mais sans l'entailler. Ce sont des filles de petite taille, qui doivent peser une quarantaine de kilos. Comme pour Mercedes, il lui a d'abord tranché la gorge pour qu'elle saigne à mort, et l'a décapitée ensuite. Le délai entre les deux opérations a dû être beaucoup plus court que pour Mercedes.

— On a des chances de trouver du sperme ?

— J'en doute.

— Mais tu examineras l'eau de lavage pour être sûr ?

— Carmine, tu me prends pour qui ?

— Le meilleur, répondit Delmonico en pressant le bras de son cousin.

Abe et Corey étaient encore chez les voisins des Kyneton, leur demandant s'ils avaient vu ou entendu quelque chose d'inhabituel. Carmine se rendit chez Silvestri, suivi par Marciano, et résuma la situation aux deux hommes.

— Est-il possible, demanda Marciano, que ce gars ne soit pas du Hug, mais qu'il ait une dent contre le centre, ou contre quelqu'un qui y travaille ?

— C'est de plus en plus probable, Danny. Encore que j'aimerais être sûr que tous les membres du Hug étaient là où ils devaient être mercredi dernier, quand Francine a été enlevée. Ça demande une bonne vingtaine de minutes pour aller du Hug au lycée, et en marchant très vite. Et il a fallu une bonne demi-heure à Mlle Dupré pour localiser certains chercheurs. Mais ils semblaient bien être tous les sept au dernier étage, et je pense qu'une absence de vingt minutes, et un souffle court au retour, auraient attiré l'attention. Bien sûr, le docteur Addison Forbes n'aurait pas été hors d'haleine, il faut en tenir compte. Le tueur, en tout cas, veut vraiment nous faire croire que ses meurtres sont en rapport avec le Hug. Sinon, pourquoi choisir l'arrière-cour des Kyneton ? Et il voulait que le corps soit découvert rapidement : c'est à peine s'il l'a recouvert de boue, si bien que tous les charognards des environs sont arrivés aussitôt. Il en veut à quelque chose ou à quelqu'un, mais nous ignorons quoi ou qui.

— Tu crois que les Kyneton sont mêlés à ça ? demanda Silvestri.

— Je n'ai pas encore interrogé Keith et sa femme, mais Ruth Kyneton est en dehors du coup.

— Que vas-tu faire ?

— Je vais voir Hilda et Keith aujourd'hui, je ne m'occuperai des autres membres du Hug que lundi. Je veux qu'ils ruminent tout ça pendant le week-end, en regardant les journaux télévisés.

— Il va continuer à tuer ? intervint Marciano.

— Il ne peut pas s'arrêter, Dan. Il faudra nous en charger.

— Et les psychiatres du FBI ou de la police new-yorkaise ? demanda Silvestri.

— Comme d'habitude, John. En fait, on ne sait pas grand-chose sur les tueurs en série. Les psychiatres parlent de rituel et d'obsession, mais ils sont incapables de me fournir le moindre tuyau utile : à quoi ressemble ce type, quel âge il a, quel boulot il fait, quelle a été son enfance, son niveau d'éducation... C'est une totale énigme, bordel de merde !

Carmine s'interrompit, déglutit et ferma les yeux avant de reprendre :

— Je m'excuse. Ça commence à me porter sur les nerfs.

— Comme nous tous, dit Silvestri. Le problème, c'est sans doute qu'il y a plus de tueurs en série qu'on ne le croit. Notre gars avait déjà commis dix meurtres avant qu'on apprenne son existence. Débranche un peu, Carmine.

— C'est bien mon intention, répondit Delmonico en se levant. Tôt ou tard, ce salaud commettra une erreur. À ce moment-là, je serai là pour lui mettre la main dessus.

— Ça pourrait être fatal à Keith ! s'exclama Hilda Silverman, livide. Juste au moment où on vient de lui faire une offre magnifique ! C'est injuste.

— Quelle offre ? demanda Carmine.

— Une clientèle dans le privé. Il faudra qu'il l'achète, bien sûr, mais nous avons mis suffisamment d'argent de côté pour ça.

Ce qui explique pourquoi ils vivent dans un tel taudis, se dit Carmine en regardant Ruth, qui paraissait tout aussi inquiète.

— Quand êtes-vous rentrée hier soir, madame Silverman ?

— Un peu après 18 heures.

— Et quand êtes-vous allée vous coucher ?

— À 22 heures, comme d'habitude.

— Vous n'attendez donc pas votre mari ?

— C'est inutile, Ruth s'en charge. Pour le moment, c'est moi qui touche le plus gros salaire, voyez-vous.

Le bruit d'une voiture sur le chemin d'accès fit sursauter les deux femmes, qui se levèrent d'un bond et coururent jusqu'à la porte.

Quand Keith Kyneton entra, Carmine resta bouche bée. Un vrai prince, sans aucun rapport avec le pauvre Blanc de Dayton, Ohio. Quand la transformation s'était-elle opérée, et où ? Il avait fière allure, mais Carmine fut surtout fasciné par sa tenue. Ce qui se faisait de mieux, vraiment : sweater en cachemire, costume sur mesure… Un neurochirurgien bien vêtu, tout juste sorti de sa salle d'opération, tandis que sa femme et sa mère s'occupaient de la maison.

Après les avoir écartées d'un geste, Keith contempla Carmine d'un regard dur et, lèvres pincées, lança :

— C'est vous qui m'avez tiré de la salle d'op ?

— Tout à fait. Je suis le lieutenant Carmine Delmonico. Désolé, mais je suppose que Chubb dispose d'un autre neurochirurgien en cas de nécessité ?

— Évidemment ! Que me voulez-vous ?

Quand il l'eut appris, Keith Kyneton s'effondra dans un fauteuil.

— Dans notre cour ?

— Oui, docteur Kyneton, dans votre cour. Quand êtes-vous revenu, la nuit dernière ?

— Vers 2 h 30 du matin, je crois.

— Avez-vous remarqué quelque chose de différent, en garant votre voiture ? Vous la laissez dehors, ou vous la mettez au garage ?

— En plein hiver, au garage, mais en ce moment elle reste dehors. C'est une Cadillac de l'année dernière, elle démarre au quart de tour le matin, dit Keith, qui semblait retrouver la haute opinion qu'il avait de lui-même. Quand je rentre, je suis crevé, vraiment crevé.

Une Cadillac neuve pendant que ta femme et ta mère roulent dans des épaves vieilles de quinze ans ? Docteur Kyneton, vous n'êtes qu'un tas de merde.

— Docteur, vous ne répondez pas à ma question. Avez-vous remarqué quoi que ce soit sortant de l'ordinaire en rentrant chez vous, la nuit dernière ?

— Non, rien.

— Vous avez noté que la nuit était très humide ?

— J'ai bien peur que non.

— On peut accéder librement à votre chemin d'accès. Vous avez vu des traces de pneus bizarres ?

— Je vous l'ai déjà dit, s'exclama Keith, je n'ai rien vu du tout.

— Docteur Kyneton, il vous arrive souvent de travailler tard ? L'hôpital est-il à ce point surchargé de patients qui exigent le recours à vos compétences ?

— Nous sommes le seul établissement de tout l'État à disposer de l'équipement nécessaire à la chirurgie cérébro-vasculaire, donc nous sommes effectivement souvent surchargés.

— Vous avez donc l'habitude de rentrer à 2 ou 3 heures du matin ?

Keith se mordit la lèvre, puis détourna le regard, comme s'il voulait cacher quelque chose.

— Ce n'est pas toujours parce que je suis en salle d'op...

— Où êtes-vous, alors ?

— Lieutenant, je donne des conférences qui doivent être préparées, il faut que je rédige des notes très détaillées sur mes interventions, que j'assure des cours en fac... Et je forme aussi des neurochirurgiens.

Il regardait toujours ailleurs.

— Votre épouse m'a dit que vous comptiez acheter une clientèle privée.

— C'est exact. À New York.

— Je vous remercie, docteur, ainsi que votre épouse. Il se pourrait que j'aie d'autres questions à vous poser plus tard, mais cela suffira pour le moment.

— Je vais vous raccompagner, dit Ruth.

— Ce n'était pas utile, dit Carmine une fois qu'ils se retrouvèrent dehors.

— Je suis heureuse de voir qu'au moins deux d'entre nous ne sont pas des imbéciles, siffla Ruth.

— C'est l'opinion que vous avez d'eux, madame Kyneton ?

Elle soupira.

— Parfois, je pense que ce sont les fées qui m'ont amené Keith. Toujours de grands airs, avant même d'entrer en maternelle. Mais je dois reconnaître qu'il a travaillé comme un fou pour étudier. Hilda est faite pour lui, même si ça n'en a pas toujours l'air.

— S'ils partent pour New York, que deviendrez-vous ?

— Oh, je ne les suivrai pas ! Je resterai ici, et ce sont eux qui s'occuperont de moi.

Carmine aurait voulu dire bien des choses, mais se retint.

— Bonne nuit, madame Kyneton. Vous êtes une sacrée femme.

Sur le chemin du retour, il ne cessa de retourner la découverte inattendue que, peut-être, le tueur dissimulait ses victimes sur le lieu du kidnapping avant de les emmener. Cela le préoccupait davantage que le changement de profil des victimes.

— Il n'est pas en train de nous supplier de le capturer, dit-il à Silvestri, pas plus qu'il ne veut simplement nous montrer à quel point il est malin. Je ne crois pas que son ego ait besoin de ce genre de stimulation. S'il nous défie, c'est parce que ça fait partie de ses plans. Comme d'enterrer Francine dans l'arrière-cour des Kyneton. C'est une sorte de mécanisme de défense. Et ça me confirme que le tueur est bel et bien connecté au Hug, qu'il a une dent contre quelqu'un de là-bas, et surtout qu'il ne craint aucunement d'être capturé.

— Je crois qu'il va nous falloir fouiller le Hug, dit pensivement Silvestri.

— En effet, et dès demain. Mais c'est un samedi, et nous n'obtiendrons pas de mandat du juge Douglas Thwaites.

— C'est sûr. Quelle heure est-il ?

— 18 heures.

— Je vais appeler M.M. et voir s'il peut persuader le conseil de surveillance du Hug de nous donner la permission de fouiller les lieux, sous le regard des membres du centre. À qui préférerais-tu avoir affaire, Carmine ?

— Au professeur Smith et Mlle Dupré.

— Il lui a fait une injection de Demerol, dit Patrick quand Carmine repassa le voir. Pas d'intraveineuse, car la fille devait se débattre, alors il fallait que le produit agisse aussi vite que possible. J'ai trouvé le point d'injection, sur l'abdomen. Il ne pouvait pas non plus risquer de perforer le foie ou l'intestin, donc il a dû utiliser une seringue de grosse taille. Heureusement pour nous. La trace d'une aiguille plus menue aurait totalement disparu pendant les quelques jours où il a maintenu Francine en vie. Là, il y avait un vrai trou.

— Pourquoi l'abdomen plutôt qu'un muscle ?

— C'est ce qu'on appelle une injection parentérale : le produit se mêle aux fluides de la cavité abdominale. J'ai pensé au Demerol – mépéridine, de son nom générique – parce que c'est un opiacé à l'action très rapide. Il vous accroche encore plus que l'héroïne, il est donc très difficile d'en obtenir sur ordonnance, même en comprimés. Seul le personnel médical peut avoir accès aux ampoules. Et j'avais raison, les analyses l'ont confirmé.

— Tu ne sais pas quelle dose il lui a donnée ?

— Non. J'ai trouvé des traces dans les cellules du derme, là où l'aiguille est passée. Mais soit il a mal calculé la dose, soit Francine avait une résistance plus élevée que la moyenne. Si elle a réussi à cacher sa veste, c'est qu'elle a repris conscience plus tôt qu'il ne le pensait.

— Pas de bâillon, enroulée dans un tapis de gymnastique… Peut-être attachée avec du fil d'acier sur le pantalon et le corsage… Il se pourrait qu'il ait dû enlever lui-même la veste.

Patrick fronça les sourcils.

— Elle est rose, il aurait quand même dû la voir dépasser d'un tapis noir.

— Il faisait sombre, il était pressé… Il se peut aussi que Francine ait réussi à se déplacer suffisamment pour la cacher, ou qu'elle se soit débattue quand il a ouvert le casier. Tu as dîné, Pat ?

— Non, Nessie est allée assister à un concert, à l'université. Pour moi, ce sera Malvolio.

— Et pour moi aussi. Je t'y retrouve dès que j'aurai dit à Silvestri où je vais. Il va être au téléphone pendant une bonne heure !

— Dieu me préserve des nababs ! grommela Silvestri en venant les rejoindre. Heureusement que j'ai un peu de temps, je vais pouvoir m'offrir un verre. Un café et un double scotch ! lança-t-il à la serveuse.

— C'était aussi dur que ça ? demanda Patrick.

— M.M., pas de problème, il comprend notre situation. Mais Roger Parson junior, c'était comme de vouloir tirer du sang d'une pierre. Il refuse d'admettre qu'il y ait le moindre rapport entre les meurtres et son Hug bien-aimé.

— Et comment avez-vous fait, John ? intervint Carmine.

Le scotch arriva ; Silvestri en but la moitié et prit un air démoniaque.

— Je lui ai dit de mettre ses actes en rapport avec ses belles déclarations. S'il n'y a effectivement aucun rapport avec le Hug, une fouille ne fera que confirmer notre erreur. Il est vrai que j'ai dû en payer le prix.

— Pourquoi ai-je l'impression que ça va retomber sur quelqu'un d'autre ? soupira Carmine.

— Je rends hommage à ton intelligence ! Tu as rendez-vous avec Parson jeudi prochain à midi dans ses bureaux new-yorkais. Il veut savoir tout ce que nous savons.

— J'ai besoin de ça comme d'un trou dans la tête.

— Paie le prix, Carmine, paie le prix.

10

Samedi 11 décembre 1965

Même les plans les mieux conçus peuvent foirer, se dit Carmine. Il y avait eu, ce matin-là, une attaque à main armée dans une station d'essence. Les braqueurs s'en étaient pris ensuite à deux boutiques de liquoristes et à un bijoutier. La réserve de policiers disponibles décrut ainsi à tel point que le lieutenant comprit que les recherches au Hug allaient prendre toute la journée. Corey, Abe, plus quatre petits nouveaux qu'il faudrait superviser, cela faisait deux équipes de trois, et lui circulant de l'une à l'autre. Paul serait à disposition au cas où on dénicherait des preuves qui réclameraient ses compétences.

Ils arrivèrent à 9 heures au Hug, où ils furent accueillis par le Prof et Desdemona, qui ne paraissaient guère heureux de les voir, mais qui, manifestement, avaient reçu du conseil l'ordre de se montrer coopératifs.

— Mademoiselle Dupré, lança Carmine à Desdemona, accompagnez donc ces hommes au rez-de-chaussée. Je suppose que vous avez toutes les clés ? Vous aussi, Professeur ? Pouvez-vous vous rendre avec Goldberg au premier étage ?

— Cecil est là, lui souffla Desdemona.

— À cause de la fouille ?

— Non, à cause de ses bébés, les singes. Il vient toujours pendant le week-end. J'attendrai dehors au cas où il en aurait un près de lui. Ils détestent les femmes.

— Oui, c'est ce qu'il m'a dit. Allez avec Corey dans les labos, je ne veux pas que Roger Parson junior nous accuse d'avoir volé quoi que ce soit. Je m'occuperai personnellement de la salle des animaux.

Cecil ne parut nullement choqué de voir la police envahir le centre.

— Vous voulez voir mes bébés, lieutenant ? Ils sont de très bonne humeur, aujourd'hui.

Je le serais aussi, si je vivais dans de telles conditions, songea Carmine en entrant dans une petite pièce. Elle était séparée de la salle aux macaques par d'épais barreaux de fer. Cecil expliqua que les singes étaient si forts qu'ils pouvaient briser des chaînes comme des bâtons de sucre d'orge, pour peu qu'ils soient furieux. L'endroit, assez vaste, avait été conçu comme une savane : un mur de rochers grêlés de trous, des buissons, des touffes d'herbes, des souches, des arbres de béton, une lumière tiède. Des rhéostats connectés à des horloges permettaient de donner l'impression qu'il y avait une aube et un crépuscule.

— Est-ce que ça n'est pas un peu cruel de les priver de femelles ? demanda Carmine.

— Ils compensent, lieutenant, gloussa Cecil, un peu comme les gars en prison. Mais il y a un ordre de préséance ! C'est Eustace le patron. Chaque fois qu'un nouveau arrive, il se le tape, puis le passe à Clyde, qui fait pareil, et ainsi de suite. Jimmy est le dernier arrivé, il en est réduit à se masturber.

— Merci de m'avoir montré l'endroit, Cecil. Je doute que la moindre jeune fille ait pu être cachée ici.

— Vous avez bien raison, lieutenant.

— Qu'est-ce que vous cherchez, exactement ? demanda Desdemona en rejoignant le groupe de Corey dans un atelier.

— Des cheveux, un bout de tissu, un ongle brisé, une tache de sang, enfin tout ce qui ne devrait pas être là.

— C'est pour cela que vous avez des loupes et des lampes torches ! Je croyais que ça n'existait plus depuis Sherlock Holmes.

— On s'en sert dans des cas comme celui-là.

— M. Roger Parson n'est pas très content.

— C'est ce que j'ai cru comprendre. Je m'en fous.

La fouille se poursuivit salle après salle, placard après placard. Certains que le rez-de-chaussée ne dissimulait rien de suspect, Corey et ses hommes se rendirent au deuxième étage, suivis de Carmine et de Desdemona.

Carmine eut ainsi l'occasion de se rendre compte qu'en temps normal, la vie au centre de recherches devait être assez agréable. Les techniciens avaient couvert portes et murs de dessins dont l'humour n'était accessible qu'aux initiés, de posters représentant des paysages ou des motifs aux couleurs vives qu'il ne put identifier, tout en étant sensible à leur beauté.

— Des cristaux sous lumière polarisée, expliqua Desdemona, du pollen, des grains de poussière, des virus vus au microscope électronique.

— On se croirait parfois dans *Mary Poppins.*

— Vous voulez parler du coin de Marvin ? répondit-elle en montrant une zone où tout, des tiroirs aux livres, était couvert de papillons en papier rose ou jaune. C'est vrai, c'est un poète.

— C'est le technicien du docteur Ponsonby, non ?

— En effet.

— Et Ponsonby ne dit rien ? Ça n'a pas l'air d'être son genre, lui qui a des Bosch et des Goya accrochés aux murs…

— Charles serait sans doute tenté de protester, mais le Prof ne le soutiendrait pas. Ils ont des relations très profondes, ça remonte à l'enfance, et je suppose qu'alors le Prof était déjà le patron.

Elle aperçut Corey s'apprêtant à déplacer un appareil composé de fins tubes de verre sur un support surélevé et hurla :

— Ne touchez pas au Natelson !

— Je ne crois pas que ce soit assez grand pour cacher quoi que ce soit, dit Carmine d'un ton solennel. Examinons plutôt les armoires.

Ils les examinèrent toutes, du rez-de-chaussée au dernier étage, sans rien trouver. Paul s'était rendu dans la salle d'opération, en quête de toute surface où l'on pourrait relever la trace d'un liquide quelconque.

— Il n'y a rien, dit-il. Cette Mme Liebman est parfaite, elle nettoie partout, jusque dans les moindres recoins.

— Mon sentiment, dit Abe d'un ton sombre, est que le Hug a peut-être accueilli des corps, mais qu'ils étaient déjà dans des sacs en arrivant, et qu'ils sont allés directement dans le congélateur.

— On laisse tomber, les gars, dit Carmine. Nous aurons au moins appris une chose : quel que soit le rôle que joue le Hug dans cette histoire, ce n'est ni un lieu de détention ni un abattoir.

11

Lundi 13 décembre 1965

Le problème avec une affaire comme celle du monstre du Connecticut, c'est que le travail qu'on pouvait accomplir dessus se réduisait peu à peu. Carmine avait passé son dimanche à essayer de lire, à passer d'une chaîne de télévision à l'autre, ou à tourner en rond chez lui. C'est donc avec soulagement qu'il prit, le lundi matin, la route du Hug. À son arrivée, vers 9 heures, il trouva devant l'entrée un groupe de Noirs agitant des pancartes portant l'inscription « TUEURS D'ENFANTS ». La plupart portaient la veste de cuir de la Brigade Noire sur des treillis. Deux voitures de police étaient garées aux environs, mais les manifestants se bornaient à hurler et à lever le poing. Aucun des responsables de la Brigade ne se trouvait parmi les manifestants, du menu fretin qui espérait qu'un journaliste leur demande une interview. Quand Carmine passa devant eux, ils l'ignorèrent, mais le policier entendit tout de même crier quelques « mort aux flics ».

Pendant le week-end, les médias n'avaient cessé, bien entendu, de parler de Francine Murray. Sans être la seule ville concernée, Holloman semblait devenir le foyer de toutes les indignations. Le rôle du Hug dans l'affaire des meurtres en était une des causes, et la presse n'encensait guère le commissaire Silvestri et le lieutenant Delmonico.

— Vous avez vu ? s'exclama le Prof quand Carmine entra dans son bureau. Des manifestants, ici !

— Il m'aurait été difficile de ne pas les voir, professeur, répondit Carmine d'un ton sec. Calmez-vous, et écoutez-moi. Connaissez-vous quelqu'un qui pourrait en vouloir à votre centre ? Un patient, par exemple ?

Le Prof n'avait pas peigné sa magnifique chevelure, il était mal rasé : deux indices d'un ego en miettes.

— En vouloir au centre… répéta-t-il, comme si Carmine avait posé une question trop grotesque pour qu'on y réponde.

— Est-ce que vous-même voyez des patients ?

— Pas depuis des années, sauf à l'occasion, pour un cas compliqué. Depuis l'ouverture du centre, ma fonction est d'aider mes chercheurs, de discuter de leurs problèmes avec eux. Je leur donne des conseils, je fais des suggestions. Avec mes obligations d'enseignement et le temps qu'il me faut pour me tenir au courant des découvertes, je suis trop occupé pour avoir des patients.

— Qui en voit, parmi les chercheurs du Hug ?

— En premier lieu, Addison Forbes, puisque ses recherches sont d'ordre clinique. Le docteur Ponsonby et le docteur Finch en voient quelques-uns, le docteur Polonowski aussi.

— Vous me suggérez donc de voir d'abord le docteur Forbes ?

— Faites comme vous voulez, répondit le Prof en appuyant sur le bouton de l'interphone pour appeler Tamara.

Addison Forbes eut un regard perplexe.

— Si je vois des patients ? En voilà une question ! Évidemment que j'en vois, parfois une bonne trentaine en une semaine, en tout cas jamais moins de vingt. Et ils viennent non seulement de tout le pays, mais de l'étranger.

— Se pourrait-il que l'un d'entre eux vous en veuille, ou en veuille au Hug ?

— Cher monsieur, dit Forbes d'un ton hautain, il est rare qu'un patient comprenne quelque chose à sa maladie. Dès qu'un traitement ne donne pas les effets miraculeux qu'il escomptait, il vous en veut. Je prends donc toujours soin de souligner que je suis médecin, non pas sorcier, et qu'une simple amélioration constitue déjà un progrès.

Ce type est un névrosé susceptible, intolérant et méprisant, se dit Carmine, qui demanda d'un ton neutre :

— Est-ce qu'un de vos patients vous a jamais menacé ?

Forbes parut choqué.

— Non, jamais ! C'est le genre de problème qui arrive plutôt aux chirurgiens.

— Il n'y en a pas au Hug.

— Pas plus qu'il n'y a de patients qui nous menacent, rétorqua Forbes d'un ton sec.

Walter Polonowski expliqua à Carmine que certains patients ne pouvaient se satisfaire des aliments offerts par la nature, ou se mettaient à ingérer des produits pas vraiment alimentaires.

— Acides aminés, plomb, cuivre, gluten, toutes sortes de graisses… La liste est sans fin, il y a autant d'obsessions alimentaires que de patients. Mais je m'intéresse avant tout aux substances qui peuvent induire des dommages cérébraux.

— Y a-t-il des patients qui pourraient vous en vouloir ?

— Comme tous les médecins, sans doute, lieutenant, mais je ne me souviens d'aucun cas en particulier. Le mal a déjà été fait lorsqu'ils viennent me voir.

Encore un qui a l'air épuisé, songea Carmine.

Le docteur Maurice Finch était toutefois en bien plus mauvais état.

— C'est moi le responsable de la tentative de suicide du docteur Schiller, dit-il d'un air accablé.

— Docteur Finch, ce qui est fait est fait, et vous ne pouvez affirmer que vous en êtes la seule cause. Le docteur Schiller a beaucoup de problèmes, comme vous le savez sans doute. De surcroît, vous lui avez sauvé la vie. Oubliez tout cela, et tentez de vous souvenir si l'un de vos patients vous a jamais menacé.

Finch sembla surpris.

— Non ! Non, jamais.

Carmine reçut la même réponse du docteur Charles Ponsonby, qui parut intéressé :

— C'est certainement une idée, dit-il en fronçant les sourcils. On oublie toujours que ce genre de choses arrive. Je vais y réfléchir, lieutenant, mais je suis à peu près sûr que cela ne m'est jamais arrivé. Je suis trop inoffensif.

Carmine se rendit ensuite, sous un vent féroce, à la faculté de médecine. Il y erra dans un labyrinthe de couloirs et de tunnels propre à ce genre d'institutions avant de trouver enfin le service de neurologie, où il demanda à voir le docteur Frank Watson. Celui-ci survint aussitôt, se réjouissant manifestement des malheurs du Hug, tout en déplorant les meurtres.

— On m'a dit que c'était vous qui aviez trouvé le surnom du centre de recherches neurologiques, professeur.

— En effet, dit l'autre en caressant sa fine moustache. Ils ont horreur de ça, pas vrai ? Surtout Bob Smith !

— Vous haïssez le Hug ?

— Avec passion ! J'ai des gens aussi brillants qu'eux dans mon équipe, et je dois me battre jusqu'au dernier centime afin de trouver de l'argent pour nos recherches. Savez-vous combien de prix Nobel il y a ici, lieutenant ? Neuf ! Neuf ! Et aucun d'eux ne vient du Hug. Bob Smith peut s'offrir des équipements dont il se sert une fois tous les dix ans, tandis qu'il me faut compter le nombre de rubans de gaze que j'utilise. Cet argent a d'ailleurs été sa ruine. Il aurait pu découvrir quelque chose d'intéressant, neurologiquement parlant, mais il ne travaille plus, il dépérit. C'est un poseur.

— Ça vous agace à ce point-là ?

— Ce n'est pas de l'agacement, c'est de la fureur, lança Watson d'un ton féroce.

De retour à Cedar Street, Carmine apprit que la veste de Francine Murray n'avait livré aucun indice, comme d'ailleurs le casier où on l'avait retrouvée. Selon Silvestri, il ne s'était rien passé de grave au lycée Travis, malgré les tentatives d'agitation des membres de la Brigade Noire. Il y avait eu davantage de problèmes au lycée Taft, où nombre d'élèves venaient du ghetto d'Argyle Street. Tant que les membres de la Brigade Noire ne faisaient que parader sur la 15e Rue, il n'y avait rien à dire. Mais combien d'armes pouvaient-ils avoir ? Un jour, quelqu'un parlerait, et alors Carmine obtiendrait le mandat dont il avait besoin pour perquisitionner.

Il prit son téléphone et composa un numéro.

— Je sais qu'on n'est pas mercredi, mais est-ce que je pourrais passer vous emmener manger quelque part ? demanda-t-il à Desdemona.

Elle le trouva très mal à l'aise, bien qu'il ait souri quand elle monta dans sa Ford, et parlé de choses et d'autres, avant de sortir de la voiture en courant, d'entrer au Faisan Bleu, puis de revenir les bras chargés de boîtes en carton.

Tous deux restèrent silencieux, même une fois arrivés chez lui, où il se livra à d'interminables transferts de nourriture dans des bols blancs avant de faire asseoir Desdemona à table.

— Vous vous donnez bien du mal ! Je me serais parfaitement contentée de manger dans les boîtes.

— Pas question, ç'aurait été une insulte, répondit-il, l'air un peu absent.

Ayant très faim, Desdemona ne dit rien jusqu'à ce qu'elle eût tout dévoré, puis repoussa son assiette. Il voulut la prendre mais elle lui saisit le bras.

— Non, Carmine. Asseyez-vous et dites-moi ce qu'il y a.

Il regarda la main de Desdemona d'un air surpris, soupira, s'assit puis, avant qu'elle ait eu le temps de réagir, y posa la sienne.

— J'ai bien peur de devoir mettre un terme à la protection dont vous bénéficiez.

— C'est tout ? Carmine, cela fait des semaines qu'il ne se passe rien. Je suis sûre que celui qui a fait le coup s'est lassé. Avez-vous songé que cela vient peut-être du fait que, parfois, je fais de la broderie pour l'église catholique ? L'intrus n'a détruit que la chasuble du prêtre.

— Oui, j'y ai pensé.

— Nous y voilà. Je ne prends plus désormais que des commandes pour du linge de table, des serviettes…

— Des commandes ?

— Oui, je me fais payer. Très cher, à vrai dire. Les gens qui ont les moyens se lassent du point de croix qu'on leur vend d'ordinaire. Ce que je fais est unique, ils l'adorent, et ça profite considérablement à mon compte en banque.

Elle prit un air un peu coupable.

— Je ne déclare pas cet argent… Pourquoi le ferais-je, alors que je paie des impôts, mais sans pouvoir voter ? Ça vous importe, en tant que policier ?

Les doigts de Carmine montaient lentement sur l'avant-bras de Desdemona ; ils s'arrêtèrent d'un coup.

— Parfois j'ai des accès de surdité, dit-il d'un air grave. De quoi parliez-vous ? De ne pas pouvoir voter ?

— Peu importe, répondit-elle en ôtant sa main un peu gauchement. Pour être franche, je suis soulagée de savoir que mes gardes vont s'en aller. Il y a une porte entre eux et moi, mais j'ai l'impression de n'avoir plus aucune intimité. Quand partiront-ils ?

— Je ne sais pas trop. Le temps sera peut-être votre meilleur allié : il va se mettre à geler dès demain. Si bien que tout le monde restera chez soi.

Carmine se leva.

— Venez vous asseoir ici, mettez-vous à l'aise, acceptez un cognac et parlez-moi.

— De quoi ?

— J'ai besoin de savoir certaines choses, et vous êtes la seule à qui je puisse les demander. À propos du Hug.

Elle fit la grimace, mais accepta le cognac.

— Bon, allez-y.

— Je comprends que le Prof et le docteur Finch soient déprimés, mais pourquoi Polonowski est-il autant à cran ? Si je ne sais pas pourquoi un membre du Hug agit de façon bizarre, j'ai tendance à penser que c'est lié aux assassinats, ce qui peut me faire perdre un temps précieux. J'espérais que Francine vous mettrait tous hors de cause, mais il n'en est rien. Le tueur est aussi malin qu'un rat d'égout, on dirait qu'il arrive à être à deux endroits en même temps. Parlez-moi donc de Polonowski.

— Walt est amoureux de Marian, sa technicienne, mais il est pieds et poings liés, à cause d'un mariage qu'il doit regretter depuis des années. Son épouse s'appelle Paola, c'est une femme agréable qui s'est peu à peu transformée en mégère. Elle est beaucoup plus jeune que lui, et le rend responsable de la perte de sa jeunesse et de sa beauté.

— Donc il a une liaison avec Marian.

— Oui, depuis des mois.

— Où se rencontrent-ils ? L'après-midi, à Major Minor ?

C'était le nom d'un motel sur la Route 133, haut lieu de la fornication illicite.

— Non, il a une cabane quelque part, plus au nord.

Intéressant, se dit Carmine. *L'endroit rêvé pour un tueur.*

— Vous savez où elle est ?

— Non. Il ne l'a même pas dit à sa femme.

— Tout le monde connaît leur liaison ?

— Non, ils sont très discrets.

— Alors, comment avez-vous su ?

— Parce qu'un jour, j'ai trouvé Marian dans les toilettes du dernier étage, pleurant comme une Madeleine parce qu'elle se croyait enceinte. Comme je me montrais compréhensive, elle m'a tout raconté.

— Et elle était vraiment enceinte ?

— Non. Fausse alerte.

— Bon, passons à Ponsonby. Les reproductions que j'ai vues sur les murs de son bureau m'ont paru vraiment bizarres.

Elle éclata de rire.

— Carmine, voyons ! C'est Charles, voilà tout ! Ces œuvres sont simplement une des multiples facettes de son insupportable snobisme. J'ai de la peine pour lui.

— Et pourquoi donc ?

— On ne vous a pas dit qu'il avait une sœur aveugle ?

— Si, bien sûr, et j'ai cru comprendre que c'était la raison pour laquelle il n'avait jamais quitté Holloman. Que vous ayez de la peine pour elle, d'accord, mais pour lui ?

— Parce qu'il a bâti toute son existence autour d'elle. Il ne s'est jamais marié, ils n'ont pas de proches parents... Ils vivent dans une vieille demeure d'avant la guerre d'Indépendance, sur Ponsonby Lane. Autrefois, la famille possédait toutes les terres avoisinantes, dans un rayon d'un kilomètre et demi, mais l'éducation de Claire et de Charles coûtait très cher. Je crois d'ailleurs que du temps des parents, les Ponsonby étaient un peu à court, ils ont dû tout vendre. Charles et Claire sont des amateurs de musique classique et des gourmets. J'ai aussi de la peine pour lui parce que quand il parle de leur vie ensemble, il devient presque lyrique. C'est... un peu étrange. Après tout, c'est sa sœur, pas sa femme, et certains membres du centre ne se privent pas de plaisanter là-dessus. Je crois qu'au fond de lui-même, Charles doit s'agacer de certains aspects de sa soumission à Claire, mais il lui est trop dévoué pour l'admettre. Et il ne peut certainement pas être le monstre du Connecticut, il n'en a ni le temps ni la liberté.

— Bon, passons à Sonia Liebman.

— Une femme très agréable, qui fait de l'excellent boulot. Elle est mariée à Benjamin Liebman, un entrepreneur de pompes funèbres. Leur fille unique est dans je ne sais plus quelle faculté du côté de Tucson, en Arizona, et fait des études médicales pour devenir chirurgienne.

Un entrepreneur de pompes funèbres ! De mieux en mieux.

— Il travaille toujours, ou il est en retraite ?

— Il a une boutique pas loin de Bridgeport.

Un endroit idéal pour y découper des cadavres, songea encore Carmine. *Il faudra que j'aille y faire un tour demain.*

— Satsuma et Chandra ?

— Ils cherchent du boulot ailleurs. La rumeur veut que Nur Chandra ait déjà reçu une proposition de Harvard, qui prospecte les prix Nobel en puissance. Satsuma est plus incertain, sa décision dépend, d'une certaine façon, des harmonies mystérieuses de son jardin.

— Quelle est votre opinion sur l'affaire, Desdemona ?

— Qu'il ne s'agit de personne du Hug, croyez-moi. Cela fait cinq ans que j'y travaille. Les chercheurs y sont tous plus ou moins atteints, mais c'est le boulot qui veut ça. Ils sont tellement... inoffensifs. Le docteur Finch parle à ses chats comme s'ils allaient lui répondre, le docteur Chandra traite ses macaques comme s'ils étaient membres de l'aristocratie indienne. Seul Charles Ponsonby n'a guère d'affection pour ses rats. Mais aucun de ces chercheurs ne me paraît psychotique.

— Ponsonby n'a pas d'affection pour ses rats ?

— Carmine, voyons, personne ne peut aimer ces animaux. Beaucoup de gens les détestent, comme moi par exemple, la plupart des chercheurs s'habituent à eux, en viennent à les apprécier, mais pas tous. Marvin en prendra un à mains nues pour lui faire une piqûre, et après il l'embrassera sur le nez. Mais Ponsonby ne se risquera pas à les toucher sans mettre des gants très épais, car ils ont des incisives très pointues.

— Vous ne m'aidez guère, Desdemona.

Elle se leva en entendant un crépitement contre les vitres.

— Zut, il grêle ! Je déteste conduire dans ces conditions. Pourriez-vous me raccompagner, Carmine ?

Pour ce qui est de lui tenir la main, ce sera pour un autre soir, songea Carmine en soupirant intérieurement. Elle ne lui plaisait pas vraiment, mais il sentait, sous cette indépendance farouche, une femme sensuelle qui ne demandait qu'à sortir.

12

Jeudi 16 décembre 1965

Le début du mois de décembre avait été assez doux et, comme il ne neigeait plus depuis Thanksgiving, tout le monde pensait qu'il en serait de même à Noël. Pourtant les flocons se mirent à tomber dru la veille du départ de Carmine pour New York. N'entendant nullement faire le trajet dans un wagon empestant la laine humide et la fumée de cigarette, il partit donc très tôt dans sa Ford. Une des trois voies de la I-95 était fermée, mais l'autoroute demeurait accessible. Une fois arrivé à Manhattan, il descendit Park Avenue avec lenteur avant de tourner dans Madison Avenue, sans avoir la moindre idée de l'endroit où il se garerait. Heureusement, Roger Parson y avait pensé : quand Carmine s'arrêta devant un building de taille moyenne, un portier en uniforme se précipita vers lui, prit les clés de sa voiture et les confia à un subalterne. Après quoi il conduisit Carmine dans un hall de marbre, dépassa une série d'ascenseurs, puis s'arrêta devant un autre, tout au bout, réservé aux responsables.

Quand les portes s'ouvrirent, au quarante-deuxième étage, Roger Parson junior l'attendait, accompagné de Richard Spaight, légèrement en retrait.

— Lieutenant, je suis heureux que vous ayez bravé les intempéries pour venir ici. Vous avez pris le train ?

— Non, je suis venu en voiture. Le plus difficile a été de traverser Manhattan, répondit Carmine, qui tendit au portier son pardessus, son cache-col et sa casquette à la Sherlock Holmes.

Parson contempla la coiffure, fasciné.

— Un hommage à votre célèbre précurseur ?

— Je l'ai achetée à Londres, il y a quelques années. Les chapkas russes étaient alors très mal vues du sénateur McCarthy. En tout cas, ça vous tient chaud aux oreilles.

Le portier s'éloigna avec ses vêtements, tandis que Parson le faisait entrer dans une salle de conférence où six fauteuils entouraient une table basse, et six chaises une autre, plus élevée. Le parquet était couvert de tapis persans, les meubles en ronce d'érable. Cossu, mais fonctionnel, exception faite des tableaux accrochés aux murs.

— C'est une partie de la collection d'oncle William, expliqua Spaight. Rubens, Vélasquez, Poussin, Vermeer, Titien, Canaletto… En principe, elle doit revenir à la Chubb University, mais nous avons la liberté de la lui remettre quand il nous plaira et, à parler franc, nous aimons contempler ces peintures.

— Ce n'est pas moi qui vous le reprocherai, approuva Carmine en s'asseyant dans un fauteuil de cuir brun.

— J'ai cru comprendre, dit Roger Parson junior en croisant les jambes avec élégance, qu'il y avait des manifestations raciales devant le Hug.

— En effet, monsieur, chaque fois que le temps est suffisamment clément.

— Et pourquoi ne faites-vous rien à ce sujet ?

— La dernière fois que j'ai lu la Constitution, monsieur Parson, elle autorisait toutes les manifestations, quelles qu'elles soient, du moment qu'elles se déroulaient dans le calme. Nous pouvons agir s'il y a des émeutes, mais pas autrement. Et nous jugeons peu judicieux de recourir à des méthodes musclées qui pourraient, précisément, provoquer des désordres. C'est très ennuyeux pour le Hug, certes, mais ses membres ne sont aucunement molestés.

— Lieutenant, intervint Spaight, l'air pincé, vous devrez bien reconnaître que, vu d'ici, on ne peut pas dire que la police de Holloman ait fait des étincelles. Vous semblez tourner en rond. Peut-être serait-il temps que le FBI entre en scène.

— Nous le consultons régulièrement, monsieur, je puis vous l'assurer. Mais il a aussi peu d'indices que nous. Nous avons demandé à tous les États de l'Union s'il y avait eu chez eux des crimes de nature similaire, sans obtenir de réponses positives. Nous avons aussi, au cours des deux dernières semaines, enquêté sur le passé et les affectations de plusieurs centaines d'enseignants remplaçants, en vain. Nous n'avons rien négligé qui puisse nous mener à une solution.

— Ce que je ne comprends pas, dit Parson d'un ton maussade, c'est que le tueur soit encore en liberté. Vous devez quand même avoir une idée de son identité !

En route vers New York, Carmine avait longuement réfléchi à ce qu'il allait répondre à cette question, inévitable.

— La méthodologie policière dépend de tout un réseau de connexions. D'habitude, il y a toujours un ensemble de suspects probables, qu'il s'agisse de meurtres, d'attaques à main armée ou de trafics de drogue. Les flics et les criminels se connaissent parfaitement. Nous menons nos enquêtes selon des méthodes éprouvées, parce que c'est ce qui marche le mieux. Les hommes comme moi font ce boulot depuis assez longtemps pour avoir une idée relativement solide de ceux qui ont fait le coup. Les meurtres sont le plus souvent signés, comme les attaques à main armée. C'est comme cela que nous retrouvons les coupables.

— Alors pourquoi n'arrêtez-vous pas ce type ? demanda Spaight.

— Parce que c'est un véritable fantôme ! Il enlève une jeune fille sans laisser la moindre trace derrière lui. Personne ne l'a jamais vu ni entendu. Apparemment, aucune des disparues ne le connaissait. Dès que nous avons découvert qu'il s'en prenait à des victimes d'origine caribéenne, ce qui nous donnait le moyen de protéger les adolescentes de ce type, il s'est attaqué à une métisse d'une autre origine, bien que physiquement ressemblante, qu'il a enlevée dans un lycée comptant mille cinq cents élèves. Il a aussi changé de technique, mais je ne peux vous donner plus de détails. Je peux toutefois vous dire que nous n'avons guère avancé, depuis deux mois et demi, parce que ce n'est pas un criminel de profession. C'est un anonyme.

— Il a peut-être des antécédents judiciaires, pour des viols, par exemple ?

— Nous avons tout passé au peigne fin en ce domaine, monsieur Parson. Mon sentiment est qu'effectivement, c'est autant un violeur qu'un assassin, et que c'est cela qui est important pour lui : il ne tue que pour être sûr que ses victimes ne parleront pas. J'ai personnellement dépouillé des centaines de dossiers en quête d'un indice suggérant un violeur connu qui serait passé à un degré de folie supérieure, j'ai examiné les affaires où la victime avait renoncé à porter plainte, car cela arrive souvent. Rien.

— Alors, il doit être jeune, dit Spaight.

— Pourquoi pensez-vous cela ?

— Cela fait deux ans qu'il commet ses meurtres. S'il était plus âgé, des crimes aussi brutaux auraient certainement provoqué chez lui des symptômes délirants.

— C'est une remarque judicieuse, mais je ne crois pas qu'il soit si jeune que cela. Il est froid, calculateur, plein de ressources, sans aucune conscience ni le moindre sentiment de doute. Cela suggère la maturité et non la jeunesse.

— Et s'il avait la même origine ethnique que ses victimes ?

— Nous y avons songé, monsieur Parson. Mais de ce point de vue, il a changé de critères. Un des psychiatres du FBI pensait effectivement qu'il pourrait ressembler aux filles – avoir la même couleur de peau, par exemple. Mais si c'est le cas, il n'a pas de casier judiciaire.

— Vous êtes donc en train de nous dire, lieutenant, que si jamais il est capturé, ce ne sera pas selon les méthodes traditionnelles de la police.

— Oui, en effet. Comme tant d'autres avant lui, il sera pris suite à un hasard ou un accident.

— Ce ne sont pas là des propos rassurants, dit Parson d'un ton sec.

— Nous l'aurons, monsieur, nous l'aurons. Nous l'avons contraint à changer de tactique, et nous continuerons. Je ne crois pas qu'il ait l'esprit aussi serein qu'avant.

— Serein ? s'exclama Spaight, stupéfait. Vous plaisantez !

— Et pourquoi pas ? Il n'a pas de sentiments, monsieur Spaight, du moins pas de sentiments au sens où vous et moi l'entendons.

— Combien de jeunes filles devront-elles encore mourir dans d'aussi atroces circonstances ? lança Parson.

Carmine grimaça.

— Si je pouvais répondre à cette question, je saurais qui est le tueur.

Une bonne arriva, poussant un chariot, et entreprit de dresser la table. Roger Parson junior se leva.

— Lieutenant, vous restez déjeuner avec nous ?

— Certainement, monsieur.

— Venez donc vous asseoir.

Carmine s'exécuta et contempla la table.

— Nous sommes des patriotes, lui dit Spaight en se plaçant à sa droite, tandis que Parson s'installait à sa gauche.

— Comment cela, monsieur Spaight ?

— Couverts américains, linge de table américain… C'est l'oncle William qui aimait ce qui était étranger.

Les tapis et le Vélasquez ne sont pas étrangers, peut-être ! songea Carmine.

Ils furent servis par la bonne et un maître d'hôtel : saumon fumé sur seigle, rôti de veau au jus, pommes à la lyonnaise et épinards, plateau de fromages, le tout suivi par un excellent café. Mais pas d'alcool.

— Une vraie malédiction que le martini au déjeuner, déclara Richard Spaight. Si j'apprends qu'un client en a pris un, je refuse de le recevoir. Il faut avoir la tête claire quand on parle affaires.

— C'est vrai pour la police également, approuva Carmine. Le commissaire Silvestri serait tout à fait d'accord avec vous. Pas d'alcool pendant le service.

Il était placé face à un Poussin d'une beauté rêveuse.

— Il est vraiment superbe, dit-il à son hôte.

— Oui, répondit Roger Parson junior, nous avons pris soin de ne choisir pour cette salle que des œuvres apaisantes. Le Goya évoquant la guerre civile est dans mon bureau. En sortant, ne manquez pas le tableau du

Greco, nous n'en avons qu'un ! Il est au bout du couloir, sous vitrage blindé.

— On vous a déjà volé quelque chose ? demanda Carmine, en bon flic.

— Non, c'est trop difficile de pénétrer ici. Ou peut-être qu'il y a beaucoup de cibles plus faciles. New York est la ville de l'art, après tout. Je m'amuse souvent à imaginer comment je pourrais dérober un Rembrandt au Metropolitan Museum, ou un Picasso à un célèbre marchand de la 53e Rue. Je crois que cela n'aurait rien d'impossible.

— Peut-être votre oncle William connaissait-il les méthodes ?

Richard Spaight gloussa.

— Oh, certainement ! Bien sûr, c'était beaucoup plus facile de son temps. Si vous étiez à Pompéi ou à Florence, il vous suffisait de donner dix dollars au guide. Vous devriez voir ce sol de mosaïque dans notre vieille demeure de Litchfield ! Magnifique !

Joyeux Noël, mes amis ! leur souhaita Carmine en montant dans sa Ford. Si jamais un Rembrandt disparaissait du Metropolitan, il saurait où chercher ! Ils n'étaient de toute évidence pas du tout prêts à céder la collection d'oncle William.

13

Jeudi 23 décembre 1965

— Bon sang ! s'exclama Desdemona en plissant le nez. Ce fichu conduit d'évacuation fait encore des siennes.

L'odeur dans l'appartement devenait insupportable. Elle se demanda un instant s'il ne lui faudrait pas passer voir son propriétaire en descendant, puis y renonça. Il n'était guère heureux de la présence des policiers dans son immeuble, et laissait entendre qu'il vaudrait peut-être mieux qu'elle déménage. Pour le moment, elle endurerait donc les caprices du conduit.

Lorsqu'elle ouvrit la porte, une puanteur d'excréments vint la frapper aux narines, mais elle n'y prit même pas garde. Elle ne vit que le visage noirci et congestionné de Charlie, qui d'ordinaire montait la garde les mercredis soir. Il était allongé, bras et jambes écartés, comme s'il avait voulu lutter, et son visage… gonflé, les yeux exorbités, la langue pendante… Une partie de Desdemona voulut hurler, mais elle avait passé la moitié de sa vie à prouver au monde entier qu'elle était l'égale des hommes. S'accrochant au chambranle, elle se contraignit à rester immobile, assez longtemps pour être certaine de ne pas s'effondrer. Pauvre Charlie !

Il lui avait raconté un jour que ce genre de boulot était horriblement fastidieux, avant de lui demander un livre. Il avait lu tout ce qu'il avait pu trouver dans la bibliothèque des services du comté, c'est-à-dire pas grand-chose. Peut-être aurait-elle un Chandler ou un Spillane ? Mais elle n'avait eu à lui offrir qu'un Agatha Christie, qui n'avait guère emballé le policier.

Lâchant l'encadrement de la porte, Desdemona voulut faire demi-tour pour rentrer chez elle et décrocher le téléphone. C'est alors qu'elle aperçut le grand morceau de papier fixé sur la fenêtre de l'étage :

TU N'ES QU'UNE MOUCHARDE,
SALE PETITE BAVARDE !
TON DELMONICO
N'EST PAS OTHELLO,
ET UN JOUR JE T'AURAI !
D'ICI LÀ, RESTE AU FRAIS !

— Carmine, dit-elle d'une voix très calme quand il répondit, j'ai besoin de vous. Charlie est mort, on l'a tué. Juste devant ma porte. Venez, je vous en prie !

— Elle est encore ouverte ? demanda-t-il d'un ton aussi froid que le sien.

— Oui.

— Alors, fermez-la à clé, Desdemona, immédiatement.

Aucun des policiers de service n'avait jamais vu Carmine Delmonico courir aussi vite. On aurait dit qu'il volait. Abe, Corey et Patrick le suivaient de peu.

— Étranglé avec une corde à piano, dit Patrick. Pauvre gars ! Il s'est débattu, mais c'était pur réflexe. Il avait la corde autour du cou avant d'avoir compris ce qui lui arrivait.

— Comment a procédé le tueur ? demanda Carmine.

— C'est imparable. Une boucle à l'extrémité de la corde, une poignée de bois à l'autre bout. On fait passer la poignée dans la boucle, on recule d'un pas et on tire. Charlie n'a même pas eu le temps de réagir.

— Et il a ensuite fixé son message avec le plus grand calme. Regarde, Pat ! Bien vertical, bien au milieu de la vitre. Comment y est-il arrivé ?

— C'est dingue ! s'exclama Patrick en levant les yeux.

— Paul pourra peut-être nous dire ça quand il l'aura examiné. Bon, il faut que je frappe à la porte de Desdemona.

Il y tambourina et lança d'une voix forte :

— Desdemona, c'est Carmine ! Laissez-moi entrer !

Son visage était blême, ses mains tremblaient, mais elle parvenait à garder son calme. La prendre dans ses bras et tenter de la réconforter ? Ce serait pour une autre fois.

— C'est une fausse piste, dit-elle.

— Oui, il fait monter les enjeux. Qu'est-ce que vous avez à boire ?

— Nous autres Anglais ne sommes pas très portés sur le cognac. Je n'ai que du thé. Préparé comme il faut, avec des feuilles. Il y a une boutique à Holloman qui vend du Darjeeling. J'en ai fait en entendant les sirènes.

Elle le servit dans des tasses de porcelaine posées sur des soucoupes. La théière était recouverte de ce qui ressemblait à une poupée de laine, le bec et la poignée émergeant comme des bras sous une crinoline colorée. Du lait, du sucre, et même des cookies étaient disposés dans une assiette. Peut-être cette scrupuleuse attention aux rituels domestiques était-elle un moyen pour elle de tenir bon.

— Le lait d'abord, dit Desdemona.

Il ne lui dit pas qu'il avait l'habitude du thé à l'américaine, c'est-à-dire sans lait, avec une rondelle de citron. Il but poliment le liquide brûlant et attendit.

— Vous avez vu le message ? demanda-t-elle.

— Oui. Vous ne pouvez plus rester ici, évidemment.

— Mon propriétaire n'était déjà pas très heureux de voir la police monter la garde… Cette fois, il va hurler ! Mais où puis-je aller ?

— Nous avons dans mon immeuble un appartement pour les gens dans votre situation.

— Jamais je ne pourrai payer le loyer.

— Desdemona, ce n'est pas vous qui le réglerez.

Pourquoi fallait-il toujours qu'elle se montre si pingre ?

— Je vois. Bon, il vaudrait mieux que je fasse mes bagages. Je n'ai pas grand-chose, de toute façon.

— D'abord, reprenez un peu de thé, et répondez à mes questions. Avez-vous entendu quelque chose d'inhabituel pendant la nuit ? Vous avez vu Charlie ?

— Non, je n'ai rien entendu, je dors comme une souche. Charlie est venu me dire bonsoir en arrivant. Il était en quête d'un livre, comme d'habitude.

— Vous lui en avez prêté un ?

Inutile de lui dire que Charlie n'était pas censé s'adonner à la lecture.

— Oui, un Ngaio Marsh. J'ai pensé que ça lui plairait davantage qu'un Agatha Christie.

— Aucun signe permettant de penser que le tueur est entré chez vous ?

— Aucun, et croyez bien que j'ai cherché.

— Mais il aurait pu. Il l'a déjà fait. Bon sang…

— Ne vous accusez pas !

Carmine se leva.

— Desdemona, dites-moi : il y a des choses qui vous font hurler, dans la vie ?

— Oh oui ! Les cafards et les araignées !

— Comme d'habitude, rien, dit Patrick, à part la particularité de l'arme. Pas d'empreintes digitales ou de fibres de tissu, pas le moindre débris. Je suppose qu'il a mesuré la fenêtre avant de poser le message, il est équidistant des bords au millimètre près. Il l'y a fixé avec quatre boules de pâte à modeler.

— Est-ce qu'il y a moyen de savoir de quelle taille sont ses mains d'après la manière dont il a mis ces boules en place ? demanda Marciano.

— Non, désolé.

Carmine poussa un soupir.

— Patrick, pourquoi dis-tu que l'arme du crime est inhabituelle ? On a déjà vu ce genre de truc.

— Oui, mais cette poignée-là n'est pas de bois. Elle est taillée dans un fémur humain. Le tueur ne l'a pas sculptée lui-même, l'os est très ancien, il va falloir le dater. Le fil est une corde à piano.

— Elle a entaillé la peau ? demanda Silvestri.

— Non, il a serré juste assez fort pour bloquer les voies respiratoires et les carotides.

— Il s'en était déjà servi.

— Oh oui. Manifestement, il a de la pratique.

— Mais il l'a laissée sur place, fit remarquer Abe. Est-ce que ça veut dire qu'il ne se servira plus de ce genre de truc ?

— Espérons-le.

— Crois-tu toujours que Desdemona Dupré est une fausse piste ? demanda Corey, encore plus secoué que les autres.

— Qu'est-ce que tu en penses, Carmine ? intervint Silvestri.

— Qu'il l'a choisie pour plusieurs raisons, la première étant qu'elle vit seule, donc qu'il est plus facile de s'en prendre à elle. La seconde est qu'elle ne correspond aucunement à son type de victimes. Plus important encore, il sait qu'elle me renseigne sur ce qui se passe au Hug.

— Et le message ?

— Bidon. La référence à Othello signifie sans doute qu'il veut montrer qu'il a de l'éducation. Dans la pièce de Shakespeare, Othello finit par étrangler Desdémone. Je suppose que c'est la raison pour laquelle il s'est servi d'une corde à piano.

— Il veut t'égarer ? demanda Patrick.

— J'en doute. Il voulait surtout nous montrer que rien de ce que nous pouvons faire ne la protégera.

— Un tueur de flics ! lança Corey d'un ton farouche.

— Un tueur d'enfants, dit Marciano. Carmine, il faut vraiment que nous l'arrêtions.

— On y arrivera, Danny. Je ne le lâcherai pas, crois-moi.

Pour accéder à l'appartement de Desdemona, au neuvième étage de l'immeuble de Carmine, il fallait la contacter par interphone, puis taper un code de dix chiffres, qui changeait chaque jour et que même elle n'avait pas le droit de noter.

Elle ne s'en plaignit pas quand, ce soir-là, il arriva les bras chargés de sacs en papier brun, qu'il déposa sur le plan de travail de la cuisine.

— Du Darjeeling… du café colombien… du pain de seigle… du beurre… du jambon en tranches… des bagels aux raisins secs… des cookies au chocolat…

de la mayonnaise… des cornichons… Ai-je oublié quelque chose ?

— Je suis prisonnière ? Plus question d'aller travailler ou de faire de la marche les week-ends ?

— Plus de marche à pied, ça c'est sûr. Ce soir, nous irons dîner chez Malvolio. Vous ne sortirez qu'accompagnée de deux flics, et cette fois ils ne liront pas de livres !

— Je vais détester ça, dit-elle en prenant son manteau.

— Alors, espérons que ça ne durera pas.

III

JANVIER ET FEVRIER 1966

14

Samedi 1er janvier 1966

Peu avant 8 heures, Carmine fut tiré d'un profond sommeil par la sonnerie du téléphone. Pour la première fois, depuis près de trois mois, il avait décidé de passer la journée à dormir. Non qu'il ait fêté la fin de l'année 1965 ; elle avait été l'une des plus éprouvantes de sa vie, et il avait bien des raisons de penser que 1966 serait encore pire. Il était donc resté seul dans son appartement, à regarder sur son téléviseur les foules qui, à New York, avaient envahi Times Square. Il avait songé à inviter Desdemona avant d'y renoncer, craignant qu'elle ne soit un peu lassée de sa compagnie. Chaque fois qu'elle mangeait dehors, il l'accompagnait et payait la note, en dépit de ses protestations. Il s'était donc couché peu avant minuit, et avait dormi comme un loir.

— Delmonico, dit-il en décrochant.

— Ici Danny, dit la voix de Marciano. Carmine, il faut que tu ailles à New London immédiatement. Il y a eu un autre enlèvement à Groton, sur Dublin Road. Abe et Corey t'accompagneront, Patrick aussi. Les flics de là-bas vous attendent.

Carmine sentit la sueur lui couler sur le front.

— Mais c'est impossible ! lança-t-il. Il ne s'est passé qu'un mois depuis l'enlèvement de Francine. Le tueur n'aurait dû frapper que fin janvier.

— On n'est pas sûr que ce soit le même gars. L'enlèvement a eu lieu pendant la nuit. Les flics de New London sont un peu dépassés. Il faudra que tu leur expliques ce que nous savons.

Abe au volant, ils parcoururent en un temps record les soixante kilomètres les séparant de New London, suivis dans un van par Paul et Patrick.

— Trente jours ! Ça ne fait que trente jours ! s'écria Abe, jusque-là silencieux, alors qu'ils étaient presque arrivés.

— Tourne juste après le pont, dit Corey, une carte sur les genoux. Carmine, il est impossible que ce soit le même gars.

— Calme-toi, on le saura dans quelques minutes.

L'endroit était facile à trouver : on aurait dit que toutes les voitures de police du comté étaient garées dans Dublin Road, peuplée d'habitations modestes.

Un policier leur indiqua la maison, peinte en gris, le genre de demeure dont le propriétaire devait être ouvrier. Un seul regard en sa direction suffit à accabler Carmine : sans doute occupée par une famille respectable et respectée, une cible parfaite pour le tueur.

— Tony Dimaggio, dit un homme en uniforme de capitaine en tendant la main à Carmine. Une Noire de seize ans nommée Margaretta Bewlee a été enlevée pendant la nuit, par la fenêtre de sa chambre, d'après le père. Je n'ai laissé aucun de mes gars approcher, de peur de détruire des indices. La mère est effondrée, mais M. Bewlee tient le coup.

— J'entre dès que j'aurai conduit le docteur O'Donnell près de la fenêtre. Merci de votre prévoyance, Tony.

La famille se composait des parents, d'une jeune fille et de deux garçons d'une dizaine d'années, tous très noirs de peau.

— Monsieur Bewlee ? Lieutenant Delmonico. Dites-moi ce qui s'est passé.

Le père réussit à se dominer : perdre le contrôle de lui-même pouvait mettre en danger la vie de Margaretta, et il le savait. Son épouse, encore en pantoufles et en peignoir, regardait fixement devant elle, comme changée en statue de pierre.

— Nous avons fêté le Nouvel An, puis nous sommes allés au lit, lieutenant. Nous ne sommes pas des couche-tard, nous pouvions à peine garder les yeux ouverts.

— Personne n'avait rien bu d'alcoolisé ?

— Non, rien que des jus de fruits, répondit le père en jetant à Carmine un regard implorant, comme s'il ne savait pas ce qui lui arrivait.

— Où travaillez-vous, monsieur ?

— Je suis soudeur de précision à Electric Boat, je dois être augmenté le mois prochain. Nous comptions en profiter pour déménager dans une maison un peu plus grande.

L'homme s'interrompit, et des larmes lui coulèrent sur le visage.

— Présentez-moi vos enfants, monsieur Bewlee.

Le père se reprit.

— Voici Linda, qui a quatorze ans. Hank en a onze, Ray dix. Notre dernier-né s'appelle Terence, il a deux ans et dort habituellement dans notre chambre. Linda l'a confié à notre voisine, Mme Spinoza. Nous nous sommes dit qu'il était inutile que… que…

Il mit la tête dans ses mains et s'efforça de se reprendre.

— Je suis désolé, je… je ne peux pas…

— Prenez votre temps, monsieur Bewlee.

— Etta, comme nous l'appelons, partage une chambre avec Linda.

— *Partage ?*

— Oui, lieutenant, elles sont deux. Nous nous sommes levés assez tard, ma femme a préparé le petit déjeuner, puis elle a appelé les filles. Linda a dit qu'Etta était aux toilettes, mais en fait c'était l'un des garçons. Nous l'avons cherchée sans résultat, et c'est alors que j'ai décidé d'appeler la police. J'ai pensé au monstre, évidemment, mais ça ne peut pas être lui, n'est-ce pas ? Etta est comme nous tous, noire. Ce n'est pas ce qu'il cherche, lieutenant, n'est-ce pas ?

Comment répondre à une telle question ? Carmine se tourna vers Linda et sourit.

— C'est comme ça que ça s'est passé ?

— Oui, monsieur, répondit-elle en reniflant.

— Etta et toi êtes allées vous coucher en même temps ?

— Oui, monsieur, vers minuit et demi.

— Ton père dit que vous aviez tous sommeil, c'est ça ?

— Oui, nous étions épuisées.

— Donc, vous vous êtes couchées toutes les deux. Vous avez parlé ensemble, une fois au lit ?

— Non, monsieur. Je me suis endormie aussitôt.

— Tu as entendu du bruit pendant la nuit ? Tu t'es levée pour aller aux toilettes ?

— Non, j'ai dormi jusqu'à ce que maman nous appelle. J'ai pensé qu'il était bizarre qu'Etta soit déjà levée. Elle dort toujours à poings fermés. Ensuite, j'ai cru qu'elle était aux toilettes, mais quand j'ai frappé à la porte, c'est Hank qui a répondu.

Elle avait un très beau visage, de grands yeux bruns, des lèvres pleines. Margaretta devait avoir le même.

— Tu ne penses pas qu'Etta aurait pu s'enfuir ?

Les grands yeux s'agrandirent encore.

— Mais pourquoi ? répondit-elle simplement, comme si l'idée était trop absurde pour qu'on y réfléchisse.

Oui, pourquoi ? Une adolescente paisible, charmante, docile, comme toutes les autres.

— Quelle est sa taille ?

— Un mètre soixante-seize, monsieur.

— Elle a une jolie silhouette ?

— Elle pense que non, parce qu'elle est mince, et ça la déprime, parce qu'elle voudrait être une star comme Dionne Warwick.

Grande et mince. *Noire.*

— Merci, Linda. Personne n'a rien entendu cette nuit ?

Personne n'avait rien entendu.

M. Bewlee donna une photographie à Carmine, qui contempla alors une jeune fille ressemblant tout à fait à Linda. Et aux autres.

Patrick arriva, portant sa trousse.

— Où est ta chambre, Linda ?

— La deuxième pièce à droite, monsieur. Mon lit est celui de droite.

— Patrick, tu as vu quelque chose montrant qu'il est passé par la fenêtre ?

— Rien. Le sol est complètement gelé. J'ai laissé Paul dehors pour qu'il voie si je n'avais rien négligé, mais je ne crois pas.

Ils entrèrent dans une petite chambre parfaitement en ordre : murs peints en rose, un placard pour chacune des filles, un tapis entre les lits. Au-dessus de celui d'Etta, un grand poster de Dionne Warwick, et un, plus petit, de Mary Bell. Le lit de Linda était surmonté d'un rayonnage abritant une demi-douzaine d'ours en peluche.

— La literie est à peine dérangée, dit Patrick, qui se pencha pour renifler l'oreiller. De l'éther, et pas du chloroforme.

— Tu en es sûr? L'éther s'évapore en quelques secondes.

— Tout à fait! Mais avec le nez que j'ai, je pourrais travailler dans la parfumerie. Le tueur lui a posé un chiffon imbibé d'éther sur le visage, puis l'a soulevée et l'a emmenée en passant par la fenêtre.

Patrick se dirigea vers elle, l'ouvrit et la referma avant de conclure :

— Et voilà, pas un bruit!

— Bon Dieu, Patrick, il a quand même un sacré sang-froid. Une fille qui doit faire dans les cinquante kilos, sa sœur qui dort à moins d'un mètre... Si elle s'était réveillée...

— Carmine, les mômes dorment comme des souches. Margaretta ne s'est sans doute même pas réveillée, à en juger par l'état des draps. Pas la moindre trace de lutte. De toute façon, tout ça a dû prendre moins de deux minutes.

— Et la fenêtre?

— Elle doit être fermée depuis qu'il fait froid, et les filles n'avaient aucune raison de l'ouvrir: l'hiver est beaucoup plus glacial ici qu'à Holloman. Je suis tenté de penser que le tueur l'a trafiquée au préalable.

Paul arriva en secouant la tête.

— Alors, on va tout regarder ici, dit Patrick, et on emporte la literie de Margaretta, en faisant bien attention à l'oreiller.

Il se tourna vers Carmine.

— Si elle est grande, mince, et noire, alors le tueur a changé de paramètres. C'est peut-être quelqu'un d'autre.

— Tu veux parier ?

— Quand même… trente jours seulement, une nouvelle technique d'enlèvement, un autre type de victime…

— Je sais. Mais le facteur le plus important reste le même : une jeune fille aussi pure et innocente que les autres. Je ne crois pas que nous ayons réussi à lui faire très peur. Il travaille conformément à un plan, et tout ça en fait partie. Douze filles en vingt-quatre mois… Peut-être qu'il va changer de rythme. C'est une nouvelle année… Peut-être que la taille et la couleur de peau n'ont pas d'importance pour la nouvelle fournée, ou peut-être que Margaretta représente le nouveau type. En tout cas, Patrick, ne doute jamais d'une chose : c'est bien notre gars, et personne d'autre.

Carmine laissa derrière lui Abe et Corey. Ils rentreraient avec Patrick après avoir frappé à toutes les portes de Dublin Road, pour demander si quelqu'un avait vu ou entendu quelque chose pendant la nuit. Sans grand espoir : tout le monde l'avait passée à boire et à faire la fête.

Il était 10 h 30 quand la Ford du lieutenant s'engagea sur le chemin d'accès des Smith, long et sinueux, qui prenait fin au pied d'une très grande demeure à bardeaux blancs, au sommet d'un tertre, percée de fenêtres aux volets vert sombre. Elle était entourée d'un peu plus de deux hectares de terrain, presque entièrement couverts d'arbres forestiers. De toute évidence, les Smith n'étaient pas portés sur le jardinage.

Une jolie femme d'une quarantaine d'années – l'épouse du Prof, forcément – vint répondre au coup de sonnette de Carmine et, quand il se fut présenté, ouvrit grand la porte. La maison était meublée comme le suggérait l'extérieur : de jolies choses pour lesquelles on avait mis le prix, mais un peu conventionnelles, sans rien d'audacieux. En tout cas, les Smith pouvaient apparemment se permettre d'acheter tout ce qui leur plaisait.

— Bob est quelque part dans la maison, dit Eliza Smith. Accepteriez-vous une tasse de café ?

— Oh que oui ! Merci.

Carmine la suivit dans une cuisine artistement travaillée pour avoir l'air centenaire.

Deux jeunes garçons arrivèrent alors qu'elle lui servait son café. Carmine était habitué aux gamins qui le bombardaient de questions, tant sa profession leur paraissait prestigieuse, et les histoires de meurtre bien meilleures que tout ce qu'on pouvait voir à la télévision. Mais Bobby et Sam paraissaient plus craintifs que curieux. Ils s'éclipsèrent dès que leur mère leur eut donné l'ordre de trouver leur père.

— Bobby n'est pas bien, soupira Eliza.

— La pression doit être considérable.

— Non, ce n'est pas ça. Son problème, c'est qu'il n'a pas l'habitude des choses qui tournent mal. Bob a toujours eu la vie facile. Les ancêtres qu'il fallait, beaucoup d'argent dans la famille, premier de la classe partout... Il a obtenu tout ce qu'il a voulu, y compris la direction du Hug, alors qu'il n'avait que trente ans. On l'a toujours couvert d'éloges.

— Jusqu'à maintenant, répondit Carmine en buvant sans enthousiasme le médiocre café qu'elle lui avait servi. La dernière fois que je l'ai vu, il m'a paru déprimé.

— Très déprimé. Il ne se reprend un peu que quand il descend dans la cave. C'est là qu'il est aujourd'hui. Et qu'il sera demain.

Le Prof arriva, l'air un peu hagard.

— Lieutenant, je ne vous attendais pas. Bonne année !

— Non, professeur, elle n'est pas bonne. Je reviens tout juste de Groton où une autre jeune fille a été enlevée.

Smith s'effondra sur une chaise, livide.

— Pas au Hug ! Pas au Hug !

— À Groton, professeur. *Groton.*

Eliza se leva et, avec une gaieté feinte, dit à son mari :

— Bob, montre donc ta folie au lieutenant !

Félicitations, madame Smith, se dit Carmine. Elle savait parfaitement qu'il n'était pas venu présenter ses vœux, et qu'il s'apprêtait à demander s'il pouvait, officieusement bien sûr, inspecter la maison. Elle avait donc pris le taureau par les cornes, et contraint le Prof à une coopération dont il n'avait probablement guère envie.

— Ma folie ? Oh, ma folie ! Bien sûr, dit Smith. Cela vous dirait, lieutenant ?

— Avec plaisir, répondit Carmine en abandonnant sans regret sa tasse de café.

La porte donnant sur la cave était équipée de plusieurs serrures manifestement installées par un professionnel. L'escalier de bois était assez mal éclairé ; en bas des marches, Smith alluma un interrupteur qui répandit une lumière aveuglante dans la pièce, qui était immense. Carmine resta bouche bée.

Une table à peu près carrée, d'une quinzaine de mètres de côté, remplissait la cave tout entière. Elle était couverte d'un décor d'allure très réaliste : des collines, des vallées, des montagnes, des forêts aux arbres minuscules. Des rivières y coulaient, un minuscule lac était accroché sur le flanc d'un cône volcanique, une ville s'étendait dans une plaine, une autre était nichée entre deux hauteurs. Et partout on apercevait des rails luisants. Les cours d'eau étaient traversés par des ponts d'acier dont on distinguait jusqu'au plus minime rivet, un ferry s'avançait sur un plan d'eau, un viaduc aux arches superbes s'élançait parmi les montagnes.

Les trains étaient bien sûr de toute beauté. Le Superchief fonçait à toute allure au milieu d'une forêt, deux locomotives diesel traînaient un ensemble de réservoirs à pétrole et de wagons de marchandises en bois remplis de charbon. Un train de banlieue était arrêté dans une gare, et c'était bien le seul : Carmine en compta dix autres, tous en marche, à des vitesses variées. Il avait l'impression de survoler le monde en montgolfière.

— Je n'ai jamais rien vu de tel de toute ma vie, dit-il sincèrement. Je ne trouve même pas les mots.

— J'ai commencé quand nous nous sommes installés ici, voilà seize ans, dit le Prof, qui reprenait des couleurs. Tous sont électriques, mais plus tard, dans la journée, je passerai à la vapeur.

— À la vapeur ? Vos trains sont alimentés au bois ? Au charbon ?

— À dire vrai, je brûle de l'alcool pour obtenir de la vapeur, mais le principe est le même. C'est beaucoup plus amusant qu'avec l'électricité.

— Vous et vos garçons devez passer du bon temps ici.

Le Prof se rembrunit, et il passa dans son regard quelque chose qui fit frissonner Carmine. Il y avait de l'acier par-delà la déprime et l'égocentrisme.

— J'ai interdit à mes fils de venir ici. Il y a quelques années, du temps où il n'y avait pas de serrures à la porte, ils sont entrés et ont tout saccagé. *Saccagé !* Il m'a fallu quatre ans pour réparer les dégâts. Ça m'a brisé le cœur.

Carmine préféra changer de sujet.

— Comment parvenez-vous au milieu de la table ? Vous vous servez d'un treuil ?

— Non, je passe en dessous. L'ensemble est assemblé par sections, dont chacune est assez petite. J'ai fait installer par un ingénieur hydraulicien un système qui me permet de soulever chacune d'elles aussi haut qu'il faut, et de la déplacer, pour que je puisse procéder à des modifications en restant debout. Il s'agit surtout de nettoyer, d'ailleurs. Pour passer du diesel à la vapeur, il me suffit de conduire un train jusqu'au bord, voyez ?

Le Superchief changea de trajet, traversa plusieurs aiguillages tandis que les autres convois s'immobilisaient, et s'arrêta en bordure de la table.

— Cela vous ennuie si je jette un coup d'œil à votre système, professeur ?

— Pas du tout, répondit Smith en lui tendant une lampe torche. Prenez ça, il fait plutôt noir là-dessous.

Il y avait des béliers hydrauliques, des cylindres et des tiges partout mais, bien qu'il ait rampé sous toute la table, Carmine ne trouva ni trappes dissimulées, ni compartiments secrets. Le sol de béton était parfaitement lisse et bien entretenu.

Il était resté suffisamment enfant pour que l'idée de passer le reste de la journée à jouer avec les convois du Prof le mette en extase, mais il se résolut à quitter Smith après s'être assuré que l'endroit ne contenait que des trains. Quand il demanda à Eliza s'il pouvait inspecter le reste de la demeure, elle accepta aussitôt et lui fit visiter toute la maison. Le seul moment où elle parut un peu gênée fut quand, dans la salle à manger, ils aperçurent un fouet posé sur le buffet. Ainsi donc, le Prof battait ses enfants, et sans ménagements. Carmine repensa alors à son père, qui faisait de même, jusqu'à ce que son fils devienne plus grand que lui.

Le lieutenant se rendit ensuite chez les Ponsonby, qui habitaient non loin de là. L'endroit était désert. Les portes du garage, restées ouvertes, permettaient d'apercevoir une Mustang écarlate. Desdemona n'était pas la seule à rouler dans un V8 décapotable ! Mais pas de trace du break que Carmine avait vu garé sur le parking du Hug. Charles Ponsonby devait être sorti avec sa sœur.

Il entra dans la première cabine téléphonique qu'il trouva et contacta Marciano :

— Danny, envoie quelqu'un inspecter la cabane de Walter Polonowski. S'il y est avec Marian, laissez-les tranquilles, mais s'il est seul, demandez à jeter un coup d'œil, assez poliment pour qu'il ne se souvienne pas qu'il existe des mandats de perquisition.

— Carmine, qu'est-ce que tu penses de l'enlèvement de Groton ?

— Oh, c'est notre gars, mais ça va être difficile à prouver. Il commence la nouvelle année en changeant de méthodes. Discute avec Patrick dès qu'il sera revenu. Je fais le tour des maisons des membres du Hug. Non, non, pas de panique, je me contente de passer devant. Encore que si je trouve quelqu'un, je compte bien demander à inspecter caves et greniers. Si tu savais ce qu'il y a dans celle du Prof ! C'est incroyable.

Il appela les Finch, mais personne ne répondit. Les Forbes, quant à eux, disposaient d'un répondeur. Carmine apprit ainsi que le docteur Forbes était à Boston pour le week-end. L'appareil donnait un numéro qu'il composa aussitôt.

— Je viens d'apprendre qu'une autre fille a été enlevée, lança Forbes d'un ton irrité. Inutile de me suspecter, lieutenant. Ma femme et moi sommes ici avec notre fille, Roberta, qui vient d'être admise en obstétrique-gynécologie.

Je commence à être à court de suspects, soupira Carmine, qui raccrocha, puis remonta dans la Ford.

Arrivant à Holloman, il voulut découvrir comment Tamara Vilich passait le week-end.

Après avoir regardé qui sonnait à travers la porte vitrée, elle ouvrit, vêtue d'une robe de soie écarlate fendue jusqu'aux hanches.

Encore une de ces femmes qui ne portent jamais de sous-vêtements, songea Carmine.

— On dirait que vous avez besoin d'une tasse de café, dit-elle. Entrez.

— C'est joli chez vous, répondit-il en regardant autour de lui.

— C'est un commentaire si banal qu'il en a l'air un peu bidon.

— C'est juste histoire de faire la conversation.

— Alors, discutez avec vous-même pendant que je prépare le café.

Elle disparut dans la cuisine, le laissant contempler le décor. Tamara avait des goûts très modernes : couleurs vives, fauteuils de cuir, chrome et verre. Mais Carmine y prit à peine garde, tant les peintures accrochées aux murs monopolisaient son attention. Un triptyque occupait la place d'honneur. Le panneau de gauche représentait une femme nue, à la peau cramoisie, au visage grotesquement hideux, agenouillée devant une statue de Jésus d'allure phallique. Le panneau central la montrait étendue sur le dos, jambes écartées, la statue dans la main gauche. Sur celui de droite, elle se l'était inséré dans le sexe, et son visage semblait exploser, comme s'il avait été frappé par une balle.

Carmine choisit de s'asseoir à un endroit d'où il pourrait ne pas voir cette… chose.

Les autres tableaux étaient moins obscènes que violents, mais il n'en aurait voulu aucun pour l'exposer chez lui. Une faible odeur de peinture et de térébenthine l'amena à penser que Tamara en était l'auteur. Mais qu'est-ce qui pouvait bien la pousser à choisir de tels sujets ? Le cadavre décomposé d'un pendu, un visage vaguement humain bavant et grimaçant, un poing fermé dont coulait du sang… Peut-être Charles Ponsonby aurait-il apprécié… Mais Carmine avait l'œil suffisamment aiguisé pour estimer que la technique n'était pas fameuse – non, tout cela n'était pas assez bon pour retenir l'intérêt d'un connaisseur aussi difficile que ce cher Charles. *Elle est soit fêlée, soit plus cynique que je ne l'aurais cru,* songea Carmine.

— Vous aimez mes œuvres ? demanda Tamara en venant le rejoindre.

— Franchement non. Je trouve ça malsain.

Elle éclata de rire.

— Je vais vous expliquer, lieutenant. Je peins tout cela pour un certain marché, qui le désire si fort qu'il n'en a jamais assez. Le problème, c'est que ma technique est insuffisante, si bien que je ne peux vendre mes œuvres que pour leurs sujets.

— Ce qui veut dire, pour des clopinettes.

— En effet. Mais peut-être arriverai-je un jour à gagner ma vie avec. Le meilleur moyen, ce serait de faire des estampes à tirage limité, mais j'ignore tout de la technique, il me faudrait des leçons que je ne peux m'offrir.

— Vous remboursez toujours les détournements de fonds au Hug ?

Elle se redressa d'un bond et partit dans la cuisine sans répondre.

Son café était excellent. Carmine le but avidement, et fit honneur à une part de tarte aux pommes sortie du frigo.

— J'ai cru comprendre que l'endroit vous appartenait ?

— Vous espionnez toujours les gens de la sorte ?

— Bien sûr. Ça fait partie du boulot.

— Et vous avez le culot de me trouver malsaine ! Oui, en effet, la maison est à moi. Je loue le premier étage à un interne en radiologie de la fac et à sa femme, qui est infirmière ; le second à deux ornithologues lesbiennes qui travaillent dans la tour de biologie. Les loyers m'ont permis de m'en sortir depuis... mes petits ennuis.

Vas-y, Tamara, crâne, ça te va mieux que de feindre l'indignation.

— Le professeur Smith a laissé entendre que c'était votre époux qui avait eu cette idée.

Elle eut un rictus méprisant.

— On dit toujours qu'on ne fait pas ce qu'on n'a pas envie de faire. Qu'en pensez-vous ?

— Que vous deviez beaucoup l'aimer.

— Quelle finesse d'analyse, lieutenant ! Je suppose que oui, même si aujourd'hui je me demande ce que je lui trouvais.

— Laissez-vous vos locataires se servir de la cave ?

— Pourquoi cette question ?

— Un autre enlèvement. La nuit dernière, à Groton.

— Ce qui vous fait penser, vu ce que je peins, que je suis une psychotique dont la cave ruisselle de sang ? Regardez où vous voulez, je m'en fous !

Se levant, elle passa dans une pièce qui, comprit Carmine, était son atelier, mais avait dû être autrefois une chambre d'amis.

La prenant au mot, il inspecta la cave, sans rien trouver d'autre qu'un rat mort dans un piège. La chambre à coucher était plus intéressante : cuir noir, draps de satin noir, un lit dont le cadre s'ornait d'une paire de menottes, une peau de zèbre sur le sol, la tête ornée de deux yeux de verre rouge. *Je parie que ce n'est pas toi qui reçois les coups de fouet, petite,* se dit Carmine. *Mais qui, alors ?*

Il y avait sur la table de chevet un cliché dans un cadre d'argent, représentant une femme âgée, d'allure assez sévère, qui ressemblait fort à Tamara, et devait être sa mère. Il le prit, comme pour l'examiner distraitement, puis sortit la photo. Bingo ! Derrière maman se dissimulait une photo de Keith Kyneton, entièrement nu, et monté comme un étalon. Quelques secondes suffirent pour que la mère reprenne la place d'honneur. Quelle naïveté de croire que ce cadre était une cachette sûre ! *Je sais qui tu es, désormais, Tamara Vilich.* Peut-être fouettait-elle les autres, mais pas lui ; sa femme risquerait de s'en rendre compte. Jouaient-ils à des petits jeux ? Celui de la nourrice qui change ses couches ? L'infirmière qui effectue un lavement ? Une prostituée qui le lève dans un bar ?

Carmine rentra dans son immeuble, sortit de l'ascenseur au neuvième étage et appuya sur le bouton de l'interphone de Desdemona.

— Il y a eu un nouvel enlèvement, dit-il en entrant et en ôtant son pardessus.

— Mais cela ne fait qu'un mois !

Il regarda autour de lui, aperçut le panier à couture et la nappe en cours de réalisation. Découragé, d'humeur sombre, cherchant quelqu'un à qui s'en prendre, il dit :

— Desdemona, pourquoi êtes-vous si pingre ? Pourquoi ne pas vous offrir quelques fantaisies, au lieu de mener une vie aussi frugale ? Pourquoi ne pas vous acheter une jolie robe de temps en temps ?

Elle resta immobile, lèvres pincées, avec dans le regard un chagrin qu'il n'y avait jamais vu.

— Je suis une vieille fille, j'économise pour mes vieux jours, répondit-elle d'un ton égal. De plus, dans cinq ans, je rentrerai chez moi, dans un monde sans violence, sans flics agitant leurs armes, sans monstre du Connecticut. Voilà pourquoi.

— Je suis navré, je n'aurais pas dû… Pardonnez-moi.

— Pas aujourd'hui, en tout cas, et peut-être jamais. Elle ouvrit la porte et jeta son pardessus dans le couloir.

— Bonne journée, lieutenant Delmonico.

15

Lundi 3 janvier 1966

Le premier jour ouvrable de l'année fut marqué par des bourrasques et des chutes de neige, mais le mauvais temps n'avait pas empêché quelqu'un de couvrir le Hug de graffitis : « TUEURS DE NOIRES », « PORCS FASCISTES » et, en plein sur la façade, « SECTION DE HOLLOMAN DU KU KLUX KLAN », ponctués de croix gammées.

Quand le Prof arriva et découvrit l'ampleur des dégâts, il s'effondra, pleurant, geignant, délirant, proférant des paroles incohérentes. Une ambulance l'emmena aux urgences, heureusement toutes proches.

Carmine vint se promener aux alentours, en se félicitant, comme Silvestri, que l'hiver soit glacial : les émeutes raciales n'exploseraient pas avant le printemps. Seuls deux Noirs avaient bravé les éléments pour agiter des pancartes déjà bien abîmées par la neige et le vent. Le visage de l'un d'eux, un type de petite taille, maigre, d'allure insignifiante, lui était familier. Mais où l'avait-il donc vu ? Il réfléchit un instant. Oui, bien sûr : Wesley Le Clerc, le neveu de Celeste Green.

Il se dirigea vers les deux hommes.

— Rentrez chez vous, les gars, sinon il faudra vous dégager au chasse-neige. Monsieur Le Clerc, j'aimerais discuter un peu avec vous. Pouvez-vous me suivre dans le bâtiment ? Rien de plus, je ne suis pas en train de vous arrêter.

Carmine fut un peu surpris de voir Wesley le suivre sans résistance, tandis que son compagnon s'éclipsait.

— Vous êtes bien Wesley Le Clerc ? demanda-t-il une fois qu'ils furent à l'intérieur du centre.

— Oui, et alors ?

— Le neveu de Louisiane de Mme Green.

— Oui. Et autant vous dire que j'ai un casier judiciaire, ça vous évitera des recherches inutiles. Je suis un agitateur bien connu. Un emmerdeur de nègre, quoi.

— Combien de temps avez-vous passé en prison, Wes ?

— En tout, cinq ans. Pour avoir cassé la gueule à des *Rednecks* racistes.

— Et que faites-vous à Holloman, hormis manifester et porter un blouson de la Brigade Noire ?

— Je fabrique des instruments de chirurgie chez Parson.

— C'est un bon boulot. Vous devez avoir de solides compétences manuelles et intellectuelles.

— Qu'est-ce que ça peut vous foutre ? Vous pensez que c'est moi qui ai tracé ces graffitis ?

— Wes, dit Carmine d'un ton las, ne me prenez pas pour un con. C'est un coup des gamins du lycée Travis, c'est plus qu'évident. Ce que j'aimerais savoir, par contre, c'est pourquoi vous vous gelez le cul dehors, alors qu'il fait trop froid pour que des gens passent et vous écoutent.

— Je suis là pour dire au Blanc de s'inquiéter, monsieur le flic. Vous ne capturerez pas ce tueur, parce que vous ne le voulez pas. Si ça se trouve, c'est vous le monstre du Connecticut.

— Je puis vous assurer que non, Wes, répondit Carmine en s'appuyant contre le mur. Laissez tomber Mohamed el Nesr, vous n'arriverez à rien. Beaucoup de Blancs ont opprimé les Noirs pendant plus de deux cents ans, est-ce que ça les a détruits ? Faites des études, décrochez un diplôme en droit. Cela sera plus utile à la cause noire.

— C'est ça ! Et où je vais trouver le pognon pour ça ?

— En continuant à travailler chez Parson. Il y a de bons cours du soir à Holloman, et beaucoup de gens prêts à vous aider.

— Que le Blanc se fourre dans le cul son paternalisme à la con.

— Je ne parle pas des Blancs. Nombre de ces gens sont noirs : hommes d'affaires, membres des professions libérales... Je ne sais pas s'il y en a en Louisiane, mais ils ne manquent pas ici. Et ce ne sont pas des oncles Tom, ils travaillent pour leur peuple.

Wesley Le Clerc tourna les talons et sortit en agitant le poing. *Au moins,* se dit Carmine en souriant, *il ne m'a pas fait de doigt d'honneur.*

Le lieutenant Delmonico apparaissait sous un jour différent à Wesley. Malin, très malin. Trop cool, trop sûr de lui pour donner à quiconque le moindre prétexte de crier à la persécution ou à la discrimination. Mais il ne s'en tirerait pas comme ça. Grâce à Otis, Wesley avait un moyen de fournir à Mohamed les informations dont il aurait besoin au printemps. Il avait l'air de lui témoigner un peu plus de respect ces temps-ci, comment allait-il réagir quand Wesley lui apprendrait que les flics tournaient toujours autour du Hug ? La solution s'y trouvait, Delmonico le savait aussi bien que lui. Des Blancs privilégiés, couverts de pognon. Quand les Noirs d'Amérique seraient devenus des disciples de Mohammed, les choses iraient mieux.

— Ce sera dur, dit Mohammed. Beaucoup trop de nos frères noirs ont subi un vrai lavage de cerveau, et ils sont encore plus nombreux à avoir été séduits par les deux plus grandes armes du Blanc : l'alcool et la drogue. Le monstre vient de s'emparer d'une vraie Noire, et pourtant notre recrutement stagne.

— Il faut plus de provocations envers notre peuple, répondit Ali el Kadi – le nom que s'était choisi Wesley Le Clerc en se convertissant à l'islam.

— Non ! s'exclama Mohammed. Il nous faut un martyr, quelqu'un qui fera venir à nous des dizaines de milliers d'hommes. En attendant, retourne à ton boulot, inscris-toi aux cours du soir, n'hésite pas à fréquenter Delmonico, ce chien d'infidèle, et rassemble toutes les informations que tu pourras.

Les Forbes étaient toujours à Boston, et y resteraient jusqu'à ce que les routes soient plus sûres. Les Finch étaient bloqués par la neige. Walt Polonowski avait passé le week-end dans sa cabane, en compagnie de Marian. Les hommes envoyés par Marciano pour le surveiller ne s'étaient pas montrés : Carmine ne voulait pas pourrir plus qu'il ne fallait la vie des membres du Hug, ce qui signifiait que Polonowski pouvait garder son secret, pour le moment.

Patrick n'avait rien trouvé dans la maison de Dublin Road qui permette de savoir si, oui ou non, le kidnappeur était leur homme. Mais il avait établi qu'il s'était bel et bien servi d'éther.

— Il est vêtu d'une sorte de tenue protectrice, expliqua-t-il, qui ne perd pas de fibres, et ses chaussures ont des semelles lisses, si bien qu'il ne laisse pas de traces de pas exploitables. Son vêtement est muni d'un capuchon ou d'un bonnet qui lui couvre complètement la tête. Il est bien sûr ganté. Tous ses vêtements doivent être noirs, peut-être même se noircit-il le visage. J'ai tendance à penser qu'il porte une combinaison de plongée sous-marine.

— Ce n'est pas très pratique pour marcher, objecta Carmine.

— Il suffit d'avoir assez d'argent pour acheter ce qui se fait de mieux.

— Et il en a, j'en suis persuadé.

Les recherches de Corey et d'Abe à Groton n'avaient rien donné : le Nouvel An à Groton avait été une fois de plus assez bruyant.

Personne n'osait exprimer ce qu'ils pensaient tous : quand allaient-ils retrouver le corps de Margaretta ?

La veille au soir, Carmine avait emprunté l'ascenseur de son immeuble pour monter au dernier étage, et frappé à la porte du docteur Hideki Satsuma, qui avait accepté, dans sa grande bonté, de le laisser entrer.

— C'est beau, chez vous, dit-il en regardant autour de lui. Je suis passé hier soir, mais vous n'étiez pas là.

— Non, j'étais dans ma demeure de Cape Cod, aux Chathams. Mais quand j'ai entendu le bulletin météo, j'ai décidé de rentrer dès aujourd'hui.

Une demeure aux Chathams… Trois heures de route dans la Ferrari marron, ou moins, si le trajet avait commencé à Groton.

— Votre jardin est superbe, ajouta Carmine en se dirigeant vers le mur transparent pour regarder.

— Il y a des déséquilibres que je m'efforce de corriger. Mais je n'y suis pas encore arrivé, lieutenant. Peut-être est-ce le cyprès d'Hollywood… Je l'ai mis là parce que je pensais qu'il fallait un soupçon d'Amérique, mais je me suis peut-être trompé.

— J'ai l'impression qu'avec lui, le jardin paraît plus grand, un peu replié sur lui-même, comme une double hélice. Sans lui, il n'y a rien de symétrique, rien d'assez haut pour atteindre les murs.

— Je vois ce que vous voulez dire.

— M'accorderez-vous la permission d'envoyer un de mes hommes inspecter votre demeure de Cape Cod ?

— Non, lieutenant Delmonico. Essayez et j'intenterai une action en justice.

L'entretien avait pris fin sur ce refus.

Le lundi soir, vers 18 heures, il se rendit au numéro 6, Ponsonby Lane, pour surprendre le frère et la sœur dans leur repaire. Les aboiements d'un gros chien saluèrent l'arrivée de sa voiture. Charles ouvrit la porte, tenant l'animal par le collier.

— Bizarre, comme race, dit Carmine en ôtant son pardessus.

— Moitié labrador, moitié berger allemand, répondit Charles. Elle s'appelle Biddy. Tout va bien, ma belle, le lieutenant est un ami.

La chienne n'en était pas si sûre. Elle décida de le laisser entrer, mais garda l'œil sur lui.

— Nous sommes dans la cuisine, en train de préparer un dîner Beethoven. Ça ne vous ennuie pas ? Nous comptons nous passer les *Troisième*, *Cinquième* et *Septième Symphonies* en mangeant.

— Je serai ravi de m'asseoir où vous voudrez, docteur Ponsonby.

— Faites comme Claire, appelez-moi Charles.

La demeure était une de ces authentiques bâtisses vieilles de près de trois siècles, dont les poutres s'affaissaient et dont plafonds et sols étaient parcourus d'ondulations bizarres. Charles lui fit traverser une salle à manger d'aspect plus moderne, pour le conduire jusqu'à une cuisine manifestement d'époque.

— Elle devait être séparée de la maison, au départ, non ? demanda Carmine en serrant la main d'une femme proche de la quarantaine, qui ressemblait très fortement à son frère.

— Asseyez-vous, lieutenant, dit-elle d'une voix un peu rauque. Oui, en effet. C'était la coutume à l'époque, à cause des incendies. Toute la maison brûlait, sinon. Charles et moi l'avons reliée à la demeure en faisant construire la salle à manger. Quel casse-tête !

— Comment cela ? demanda Carmine en prenant un verre de sherry que lui tendait Charles.

— Les règlements, dit celui-ci en s'asseyant face à lui, exigent que les bois utilisés soient du même âge que la maison proprement dite. J'ai réussi à localiser deux vieilles granges datant de la même époque dans l'État de New York, et je les ai achetées. Ce qui d'ailleurs nous a laissé un supplément de bois, que nous avons mis de côté au cas où il y aurait d'autres réparations. Du bon vieux chêne, bien dur !

Carmine voyait Claire de profil. Elle tenait un couteau avec lequel elle taillait deux épaisses tranches de filet de bœuf avec une dextérité qui le sidéra : elle s'y prenait mieux que lui.

— Vous aimez Beethoven ? demanda-t-elle.

— Oui, beaucoup.

— Alors, pourquoi ne pas manger avec nous, lieutenant ? dit-elle en rinçant le couteau sous un robinet de laiton. Soufflé au fromage et aux épinards pour commencer, sorbet au citron pour se nettoyer le palais, puis filet de bœuf sauce béarnaise, pommes de terre au jus et petits pois.

— Je suis tenté, mais je ne peux hélas rester trop longtemps, répondit Carmine en savourant son sherry.

— Charles m'a dit qu'une autre fille avait disparu, reprit-elle.

— En effet, mademoiselle Ponsonby.

— Appelez-moi Claire !

Posant le couteau, elle vint rejoindre les deux hommes à table.

Là où se dressait autrefois une grande cheminée se trouvait désormais un de ces larges fourneaux à combustion lente d'origine suédoise. Carmine sentait sa chaleur sur tout son corps.

— Je ne connaissais pas ce genre d'engin, dit-il en terminant son sherry.

— Un de ces fourneaux Aga si chers aux hobereaux britanniques, dit Charles. C'est d'ailleurs en Angleterre que nous l'avons acheté, voilà des années, lors de notre unique voyage à l'étranger. Il a deux fours, des plaques chauffantes... En hiver, il nous fournit aussi de l'eau chaude.

— Il fonctionne au pétrole ?

— Non, au bois.

— Est-ce que ça n'est pas un peu ruineux ?

— Si je devais acheter le bois, certainement, lieutenant, mais ce n'est pas le cas. Nous possédons un peu plus de huit hectares pas loin d'ici. Ce sont les dernières terres qui nous restent, hormis celles qui entourent la maison. Chaque printemps, je coupe ce dont nous aurons besoin, et je replante des arbres pour remplacer ceux que j'abats.

Décidément, tous les membres du Hug ont un petit jardin secret, songea Carmine. *Abe et Corey devront aller faire un tour dans cette forêt dès demain. Ça va leur plaire, avec toute cette neige !*

Un second verre de sherry lui rappela qu'il n'avait pas mangé depuis le matin. Il était temps de reprendre la route.

— Claire, dit-il, j'espère que vous ne trouverez pas ma question trop brutale, mais comment êtes-vous devenue aveugle ?

— Oh, je suis de ces bébés placés dans des incubateurs à qui on a fait respirer de l'oxygène pur, répondit-elle gaiement. Triste effet de l'ignorance !

Carmine fut envahi d'une pitié qui le poussa à détourner le regard, si bien qu'il se retrouva à contempler, accrochées à un mur, plusieurs photos encadrées, dont certaines paraissaient assez anciennes pour être des daguerréotypes. Les visages étaient marqués par une forte ressemblance : carrés, un peu butés, des sourcils très marqués, d'épaisses chevelures. Seule une femme âgée avait des yeux pâles et de longs traits lugubres. Elle évoquait assez le frère et la sœur. Le cliché était manifestement le plus récent du lot. Leur mère ?

— C'est ma mère, dit Claire, avec cette inquiétante capacité qu'ont les aveugles de sentir ce qui se passe autour d'eux.

— Je m'en doutais. Votre frère et vous lui ressemblez plus qu'aux Ponsonby.

— C'était une Sunnington de Cleveland. Elle est morte il y a trois ans, et ce fut pour nous une délivrance : elle était atteinte d'une très grave démence. Mais il est impossible de placer une Fille de la révolution américaine[1] dans une maison de retraite pour

1. Association patriotique ultra-conservatrice fondée en 1890, et ouverte aux seules descendantes de combattants de la guerre d'Indépendance. *(N.d.T.)*

vieilles dames séniles, alors je m'en suis occupée jusqu'à la fin. Mais je reconnais que j'ai été beaucoup aidée par les autorités du comté.

Carmine se leva, la tête lui tournant un peu. Il faut dire que les Ponsonby servaient le sherry dans des verres à vin.

— Merci pour votre hospitalité, j'y ai été très sensible. Au revoir, Biddy. Heureux de t'avoir rencontrée, ajouta-t-il à l'intention de la chienne.

— Que penses-tu du brave lieutenant Delmonico ? demanda Charles quand, après avoir raccompagné le visiteur, il revint dans la cuisine.

— Que pas grand-chose ne lui échappe.

— C'est vrai. Ils vont fouiller notre forêt dès demain.

— Cela t'inquiète ?

Charles déposa le soufflé dans le four.

— Pas du tout ! Mais j'ai de la peine pour eux. Rien de plus exaspérant que les recherches inutiles.

16

Mardi 11 janvier 1966

— Carmine a l'air bien abattu, chuchota Marciano à Patrick.

— Desdemona et lui ne se parlent plus.

Silvestri prit la parole :

— Combien d'entre eux ont-ils refusé de nous laisser fouiller chez eux sans mandat de perquisition ?

— Dans l'ensemble, ils ont été très coopératifs, dit Carmine. Je peux voir tout ce que je demande à examiner, du moment qu'ils sont présents. Je n'ai pas demandé à Charles Ponsonby la permission de fouiller sa forêt, ça me paraissait inutile. Si Corey et Abe trouvent des traces de pas dans toute cette neige, ou des preuves qu'on les a effacées, alors je retournerai le voir. Mais je parierais que le terrain est intact.

— Claire Ponsonby t'est sympathique, observa Silvestri.

— Oui. C'est une femme étonnante, qui n'éprouve pas de rancœur. Pour continuer à répondre à votre question, Satsuma, Chandra et Schiller, les trois étrangers, ont refusé. J'ai tendance à penser que dix secondes après mon départ, Satsuma a envoyé son homme à tout faire, Eido, dans sa garçonnière de Cape Cod. Chandra est un arrogant, mais il faut s'y attendre de la part du fils aîné d'un maharadjah. D'ailleurs, même si nous obtenions un mandat, il se plaindrait à son ambassade, et l'Inde est un pays un peu chatouilleux. Schiller est un cas plus pathétique. Je ne le soupçonne de rien, sinon d'accrocher aux murs des photos de jeunes gens nus, mais je n'ai pas insisté en raison de sa tentative de suicide. Et puisqu'il est question de jeunes gens nus, j'ai trouvé un cliché très intéressant dans la chambre de Tamara Vilich. Et de qui ? Du docteur Keith Kyneton, notre ambitieux neurochirurgien, qui ferait honte à M. Univers. On dit toujours que les amateurs de bodybuilding veulent compenser parce qu'ils ont une petite bite, mais croyez-moi, ce gars est monté comme une star du porno !

— Est-ce que ça permet d'éliminer les Kyneton, ou Tamara Vilich ? demanda Marciano.

— Pas entièrement, Danny, mais ils n'ont jamais été des suspects importants. Tamara peint par ailleurs des tableaux très malsains, et c'est une dominatrice.

— Ainsi donc, Keith aime à jouer au bébé qu'on fesse.

— On dirait bien. Toutefois, Tamara ne peut pas trop le fouetter, sinon sa femme s'en rendrait compte. Mais j'ai de la peine pour sa mère.

— Tu l'aimes bien, dit Silvestri.

— Oui. Tu sais bien que c'est rare que je n'aime personne, dans une enquête.

— Et qu'est-ce que tu comptes faire ? demanda Marciano.

— Faire pression sur Tamara, répondit Carmine avec conviction.

Le lieutenant la surprit dans son bureau.

— J'ai trouvé la photo du docteur Kyneton sous celle de votre chère maman, dit-il simplement.

Il admira son cran, car elle le regarda sans manifester la moindre crainte.

— La baise n'est pas le meurtre, lieutenant. Ce n'est même pas un délit entre adultes consentants.

— La baise ne m'intéresse pas, mademoiselle Vilich. Je veux surtout savoir où vous vous rencontrez pour ça.

— Chez moi, dans mon appartement.

— Alors que la moitié du quartier travaille à la fac de médecine ? Quelqu'un qui connaît Kyneton, ou sa voiture, le reconnaîtrait tôt ou tard. Vous n'avez pas de petit nid d'amour ?

— Non. Je suis célibataire, je vis seule, Keith prend bien soin qu'il n'y ait personne aux environs quand il arrive, et c'est toujours quand il fait noir. C'est pourquoi j'adore l'hiver.

— Vous savez que de nombreuses personnes observent la rue cachées derrière leurs rideaux ? Votre liaison avec le docteur Kyneton lui donne un double lien avec le Hug : sa femme et sa maîtresse y travaillent. Elle est au courant ?

— Non, mais je suppose que vous allez raconter partout ce qui se passe entre Keith et moi.

— Ce n'est pas mon intention, mademoiselle Vilich, mais il faut que je parle au docteur Kyneton, pour m'assurer qu'il n'y a pas un petit nid d'amour caché quelque part. J'ai l'impression qu'il y a dans vos relations une certaine violence, ce qui d'ordinaire implique l'existence d'un endroit discret.

— Où l'on n'entendra pas les cris. Nous n'allons jamais jusque-là, lieutenant. Nous jouons à des petits jeux : l'enseignante et l'élève désobéissant, la femme flic et ses menottes… Enfin, vous voyez.

Le visage de Tamara se crispa et elle frémit.

— Il va m'envoyer promener si notre liaison éclate au grand jour ! Qu'est-ce que je ferai, alors ?

Voilà qui montre bien qu'on peut se tromper, songea Carmine en sortant. Il pensait qu'elle n'aimait personne d'autre qu'elle-même, mais elle était folle amoureuse de ce crétin de Kyneton. Ce qui pouvait expliquer qu'elle peigne ce genre de tableaux, inspirée par cet amour très particulier. Car elle devait se rendre compte que Keith ne venait que pour le sexe, et que c'était Hilda qu'il aimait – à condition bien entendu qu'il fût capable d'aimer.

Tamara le rattrapa devant l'ascenseur.

— Lieutenant, si vous vous dépêchez, vous trouverez le docteur Kyneton entre deux opérations, au neuvième étage de l'hôpital. Le plus pratique pour y aller, c'est le tunnel.

Pendant la guerre, Carmine avait dû s'aventurer dans les labyrinthes souterrains creusés par les Japonais dans les îles du Pacifique, et les tunnels l'effrayaient. Il avait dû se forcer pour descendre dans les entrailles du métro londonien. Il traversa donc à grands pas celui du Hug, tourna à droite et déboucha dans le sous-sol de l'hôpital, non loin de la blanchisserie.

Toutes les salles d'opération étaient au neuvième étage. Le docteur Kyneton l'attendait devant l'ascenseur, en tenue verte, un masque de coton pendu autour du cou.

— Je tiens à ce que tout cela reste privé, chuchota-t-il. Entrez ici, vite !

Carmine se retrouva dans une pièce servant de réserve en fournitures médicales diverses.

— Tamara vous a tout dit, hein ? lança Kyneton. Je ne voulais pas qu'elle prenne cette fichue photo.

— Vous auriez pu la déchirer.

— Lieutenant, vous ne comprenez pas. Elle y tenait vraiment. Elle est si… fantastique !

— J'en suis persuadé. La petite infirmière et son nécessaire à lavement ! Qui a commencé, elle ou vous ?

— Pour être franc, je ne m'en souviens pas. C'était lors d'une fête du personnel de l'hôpital, Hilda n'avait pas pu venir, Tamara et moi étions tous les deux ivres.

— Cela remonte à longtemps ?

— Deux ans, à Noël.

— Où vous rencontrez-vous ?

— Chez Tamara. Je fais très attention quand j'arrive et quand je m'en vais.

— C'est le seul endroit ? Pas de petit nid d'amour à la campagne ?

— Non, uniquement chez Tamara.

Kyneton saisit brusquement les avant-bras de Carmine. Il tremblait et des larmes apparurent dans ses yeux.

— Lieutenant, je vous en supplie, ne dites rien à personne, s'écria-t-il. Mon achat de clientèle à New York est presque fait, mais si on apprend ça, l'affaire va capoter.

Carmine se dégagea brutalement, songeant à Ruth et à Hilda, aux sacrifices qu'elles avaient consentis pour cet imbécile.

— Ne me touchez pas, abruti ! Je me fous éperdument de votre mine d'or new-yorkaise. Il se trouve toutefois que j'ai de la sympathie pour votre mère et votre épouse. Vous ne les méritez pas, c'est sûr ! Non, je ne dirai rien, mais vous n'êtes quand même pas assez idiot pour croire que Tamara gardera le silence ? Car vous vous apprêtiez à la plaquer, n'est-ce pas ? Prenez garde, elle se vengera comme le font les femmes humiliées. Tout le monde saura : vos collègues, votre épouse, votre mère, les New-Yorkais…

Kyneton frémit et s'appuya contre le mur.

— Je suis un homme fini, balbutia-t-il.

— Bon Dieu, épargnez-moi les pleurnicheries. Non, vous n'êtes pas fini, du moins, pas encore. Trouvez un confrère pour se charger de votre opération, dites à votre femme de rentrer à la maison, et rejoignez-la là-bas. Puis confessez-vous devant elle et votre mère. Mettez-vous à genoux, implorez leur pardon, jurez de ne jamais recommencer. Ne leur cachez rien ! Vous êtes beau parleur, vous y arriverez. Mais prenez garde : à partir de maintenant, il vous faudra veiller à les traiter correctement, c'est compris ? Pour le moment, je ne vous accuse de rien, mais je garderai l'œil sur vous, le temps qu'il faudra.

Cet enfoiré avait-il écouté ? Apparemment oui, mais seulement ce qui pourrait le sauver.

— Ça ne règle pas le problème de New York.

— Oh que si ! Si votre mère et votre femme vous soutiennent, à vous trois vous pourrez faire passer Tamara pour une femme frustrée racontant des mensonges.

Le visage de Kyneton s'éclaira.

— Oui, oui, je vois ce que vous voulez dire. C'est ça qu'il faut faire.

Et il disparut, sans un mot de remerciement.

— Qu'est-ce que vous fichez là ? demanda une voix féminine menaçante.

Carmine agita son insigne sous le nez de l'infirmière.

Carmine trouvait le monde merveilleux lorsqu'il était couvert de neige fraîchement tombée. À peine rentré chez lui, il déplaça un fauteuil pour s'asseoir face à la vitre qui donnait sur le port, puis éteignit les lampes de la pièce. Le jaune criard des lumières de l'autoroute faisait d'ordinaire mal aux yeux mais, estompé par la neige, il devenait plus doux, prenant une teinte dorée. Le rivage commençait à être pris par les glaces, et les quais apparaissaient comme une vaste étendue noire semée d'étincelles. Désormais, il n'y aurait plus de ferries avant le mois de mai.

Qu'allait-il faire, s'agissant de Desdemona ? Elle avait repoussé toutes ses avances, glissant sous sa porte, sans les avoir ouverts, tous ses mots d'excuses. Il ne savait toujours pas pourquoi elle s'était sentie aussi mortellement offensée. Son orgueil avait été froissé, mais il ne voyait pas de quelle façon. Était-ce sa remarque lui suggérant de s'acheter une robe de temps à autre ? Est-ce qu'elle avait eu l'impression d'être grotesque, humiliée, ou… ou…

— Laissons tomber, dit-il à voix haute, avant de poser le menton sur sa main et de s'efforcer, une fois de plus, de réfléchir au Fantôme, le nom que depuis peu il donnait au monstre du Connecticut.

17

Mercredi 19 janvier 1966

Les Finch venaient de prendre le petit déjeuner.

— Je vais faire une petite promenade, dit Maurice à sa femme en se levant. Je n'ai guère envie d'aller travailler, aujourd'hui.

— Il gèle, habille-toi bien ! Et si tu décides d'aller au boulot, fais chauffer la voiture en revenant !

Maurice lui paraissait de bien meilleure humeur ces derniers temps, et elle savait pourquoi. Revenu au Hug, Kurt Schiller était passé le voir pour l'assurer que leur querelle n'était en rien responsable de sa tentative de suicide. Apparemment, l'amour de sa vie l'avait plaqué pour quelqu'un d'autre. Le salopard nazi – Catherine n'avait pas changé d'opinion – n'avait pas donné de détails, mais on aurait bien dit qu'un giton quelconque, lassé d'être adoré, s'était mis en quête d'un autre amant, sans doute avec un compte en banque mieux garni.

Elle suivit son mari des yeux tandis qu'il s'éloignait le long du chemin gelé menant à son verger. Il abritait de vieux pommiers, qui n'avaient jamais été taillés, pour qu'on puisse en cueillir les fruits sans trop d'efforts. Plusieurs années auparavant, toutefois, Maurice avait eu l'idée de contraindre certaines de leurs branches à prendre la forme d'arceaux. Elles formaient ainsi des travées, comme dans une cathédrale.

Elle entreprit de laver la vaisselle après l'avoir perdu de vue.

Il y eut soudain un grand cri. Une assiette se brisa sur le sol tandis que Catherine s'emparait d'un manteau et courait à toute allure, non sans déraper sur la glace, car elle était en pantoufles. Elle réussit cependant à garder l'équilibre et, sans même sentir le froid, courut encore plus vite quand elle entendit un second hurlement.

Maurice se tenait à côté du superbe mur de pierres sèches entourant son verger, et contemplait fixement quelque chose qui luisait sur l'amas de neige durcie depuis la dernière tempête. Un regard suffit à Catherine. Elle ramena son mari à la maison et appela la police.

Carmine et Patrick vinrent se placer là où se tenait Maurice Finch quelques minutes auparavant. Le corps de Margaretta Bewlee était intact, à l'exception de la tête. Sur la vive blancheur de la neige, sa peau paraissait encore plus sombre. Ses paumes et la plante de ses pieds faisaient écho à la couleur de la robe qu'elle portait, en dentelle de soie rose, ornée de paillettes scintillantes.

— Bon Dieu ! Tout est différent, cette fois-ci, s'exclama Patrick.

Carmine fit demi-tour.

— Je te verrai à la morgue, je ne veux pas te faire perdre de temps.

Il entra chez les Finch, blottis autour d'une table, une bouteille de Manischevitz devant eux.

— Pourquoi moi ? demanda Maurice Finch, l'air accablé.

— Si nous le savions, docteur Finch, nous aurions une chance de capturer ce salaud. Reprenez un peu de vin. Je peux m'asseoir ?

— Bien sûr, l'invita Catherine en lui tendant un verre. Buvez aussi, vous en avez besoin.

Carmine s'exécuta sans grand enthousiasme, mais cela lui fit du bien.

— Madame Finch, vous avez entendu quelque chose pendant la nuit ?

— Rien, lieutenant. Hier, en revenant du travail, Maurice a déposé de la tourbe et du paillis dans son tunnel à champignons, et nous nous sommes couchés tôt, pour pouvoir nous réveiller vers 6 heures.

— Un tunnel à champignons ?

— Je voulais voir si je pouvais cultiver ces variétés chères aux gourmets, dit Finch. C'est toujours un peu difficile, et je ne comprends pas pourquoi quand j'en vois dans un pré.

— Docteur, objectez-vous à ce que nous fouillions votre propriété ? J'ai bien peur que ce ne soit nécessaire, après la découverte du corps de Margaretta.

— Faites ce que vous voulez, si cela vous permet de retrouver ce monstre, dit Finch en se levant. Je crois savoir pourquoi nous n'avons rien entendu, lieutenant. Vous voulez que je vous montre ?

— Bien sûr !

Carmine le prévint de ne pas marcher là où le sol pourrait sembler avoir été perturbé. Finch le guida, dépassant les serres, puis longeant les grands baraquements qui abritaient les poulets de Catherine, avant de s'arrêter à près de cinq cents mètres de la demeure.

— Vous voyez ce petit chemin ? Il monte depuis un portail donnant sur la Route 133 et s'arrête près du verger. Nous l'avons créé à cause du ruisseau : quand son niveau s'élève, il coupe tout accès à la route. Si le monstre le savait, il a pu s'en servir sans que nous entendions quoi que ce soit.

— Merci, docteur. Allez retrouver votre épouse.

Finch s'éloigna sans protester. Carmine se mit en quête d'Abe et de Corey, à qui il expliqua quels endroits ils devraient examiner pour chercher des traces du Fantôme. Un fantôme qui savait bien des choses ; que Finch avait tracé des chemins dans sa propriété, par exemple. Pourquoi Finch, en effet ?

Carmine prit soin de revenir dans les bâtiments administratifs du comté avant que Patrick n'y ramène le corps de Margaretta. Il ne voulait rien manquer de l'autopsie.

— Elle a été déposée sur un banc de neige durcie, mais je soupçonne qu'elle était déjà congelée, dit Patrick en sortant la dépouille du sac avec l'aide de Paul. Il n'a même pas pris la peine de cacher le corps. Il l'a abandonné, dans une robe de gala.

C'était une petite robe, aux manches bouffantes et aux poignets étroits. Sur une fillette de dix ans, elle aurait sans doute atteint les genoux ; sur Margaretta, elle dépassait à peine le haut des cuisses. La dentelle, un tissu coûteux, brodé, sur un support de tulle, paraissait de fabrication française. Ensuite, quelqu'un y avait cousu plusieurs centaines de paillettes translucides, selon un motif semblable à celui du tissu. Long et pénible travail, qui avait dû accroître le coût de la robe. Carmine pensa la montrer à Desdemona, pour qu'elle lui donne une estimation précise du prix comme de la finition.

— Pat, dit-il, toi qui as tant de filles, tu dois t'y connaître en vêtements de ce genre. Celle-là est destinée à une enfant, non ?

— Oui. En soulevant le corps, nous nous sommes rendu compte qu'elle n'était pas boutonnée dans le dos. Margaretta avait les épaules trop larges.

Patrick et Paul l'ôtèrent avec soin. Margaretta n'était vêtue, en dessous, que d'une culotte de soie rose. L'aine était tachée de sang, mais sans plus. Une fois ôtée, ils constatèrent que le pubis avait été épilé.

— C'est notre gars, pas de doute, dit Carmine. Tu as une idée de la façon dont elle est morte ?

— En tout cas, pas d'avoir perdu son sang. Il n'y a qu'une incision sur le cou, quand il l'a décapitée. Pas de marques de ligatures sur les chevilles. Je pense qu'elle a été ligotée avec une bande de toile en travers de la poitrine, peut-être une autre au niveau des mollets, mais il faudra que j'y regarde de plus près. Cette fois encore, je crois qu'il l'a violée avec toutes sortes d'objets. Pas beaucoup de sang extérieurement, mais elle a l'abdomen bien gonflé pour quelqu'un qui n'a pas encore commencé à se décomposer. Une fois morte, il l'a placée dans un congélateur jusqu'à ce qu'il puisse s'en débarrasser.

— Je vais t'attendre dans ton bureau, dit Carmine. Je voulais assister à l'autopsie, mais je crois que je n'en serai finalement pas capable.

Il croisa Marciano en sortant de la salle d'autopsie.

— Carmine, tu as l'air bien pâle. Tu as déjeuné ?

— Non, et je n'ai vraiment pas faim.

Danny renifla son haleine.

— Dis donc, tu as bu !

— Le Manischevitz, ce n'est pas de l'alcool.

— Ben voyons ! C'est vrai que Silvestri boit ça comme du jus de raisin. Allez, viens me raconter tout ça au Malvolio...

Carmine revint à son bureau sans avoir mangé grand-chose, mais se sentant un peu mieux. La journée s'annonçait mal : quelque chose lui disait que M. Bewlee tiendrait à voir le corps de sa fille. Bien entendu, on ne la lui montrerait pas en entier, mais il saurait si elle avait des cicatrices, ou quelle était la forme de ses ongles. Comme un vrai père, ce que Carmine aurait rêvé d'être. Il connaissait tellement peu sa propre fille…

Voir Margaretta Bewlee dans la neige gelée, vêtue de cette robe, lui avait fait entrevoir un nouveau chemin de réflexion, une vague idée. C'est alors que cela devint plus clair.

Il n'y avait pas un Fantôme, mais deux.

Comme cela rendait les choses plus faciles ! Tout en expliquant la rapidité, le silence, et l'invisibilité. Un pour servir d'appât, l'autre pour enlever la victime. Car il fallait qu'il y ait un appât, quelque chose qui attire une jeune fille innocente et pure. Un chat perdu, un chien blessé ?

Mais oui, c'est cela, se dit Carmine. *Le premier appâte la jeune fille, le second arrive par-derrière et lui fourre un chiffon imbibé d'éther sur le visage : pas moyen de crier, de mordre ou de se débattre. Elle perd conscience en quelques secondes. Puis les deux fantômes lui font une piqûre, la déposent dans une voiture, ou dans une cachette provisoire. De l'éther… Le Hug !*

Sonia Liebman se trouvait dans sa salle d'opération. Elle y remettait un peu d'ordre après avoir concocté une « soupe » de cerveaux de rats. En voyant arriver Carmine, elle se rembrunit.

— Oh, lieutenant, j'ai appris la nouvelle ! Comment va ce pauvre Maurice ?

— Très bien. Ce qui n'a rien d'étonnant, avec la femme qu'il a !

— Le Hug est de nouveau impliqué, n'est-ce pas ?

— Disons que quelqu'un voudrait le faire croire, madame Liebman. Vous utilisez de l'éther, dans cette salle ?

— Oui, mais c'est de l'éther ordinaire, répondit-elle en lui montrant, dans le vestibule, une rangée de bouteilles déposées sur un rayonnage.

Carmine en prit une. Elles possédaient toutes à peu près les dimensions d'une boîte de conserve, mais avec un col étroit surmonté d'un bulbe de métal qui faisait office, non de bouchon, mais de sceau. Idéal pour un produit si volatil.

— Il peut servir d'anesthésique ?

— Oui, j'en utilise quand je décérèbre des chats.

— Et comment procédez-vous ?

Elle lui montra une boîte de plexiglas posée dans un coin : une quarantaine de centimètres de côté, soixante-quinze centimètres de haut, avec un couvercle fixé par des clamps.

— C'est une vieille chambre à chromatographie. Je place une serviette au fond, j'y verse le contenu entier d'une bouteille d'éther, je mets le chat dedans et je ferme le couvercle. Je place la boîte dehors, sur l'escalier d'incendie, pour éviter les émanations. L'animal perd conscience très vite, il ne peut se blesser.

— C'est vraiment important ? Après tout, il va y perdre sa cervelle.

Sonia Liebman se redressa, comme un cobra prêt à frapper.

— Évidemment que c'est important ! Aucun animal ne souffre, ici ! On n'est pas dans les labos de l'industrie du cosmétique !

Carmine s'empressa de s'excuser.

— Pardonnez mon ignorance, je ne voulais pas vous offenser. Comment ouvrez-vous la boîte d'éther ?

— Je me sers d'une vieille paire de tenailles.

Elle entreprit de lui faire une démonstration, et Carmine dut reculer : l'éther semblait sortir plus vite de la boîte que le génie de la lampe d'Aladin.

— Vous n'aimez pas l'odeur ? demanda-t-elle, surprise.

— Vous savez exactement ce que vous avez en stock ?

— Pas vraiment. L'éther est un produit très bon marché. Quand je constate que les réserves diminuent, j'en commande. Je m'en sers pour les décérébrations, mais aussi pour nettoyer tous les récipients en verre, au cas où un chercheur voudrait procéder à des tests. Il ne faut pas que subsiste la moindre trace d'humidité.

— Pourquoi l'éther ?

Sonia fronça les sourcils, puis parut comprendre.

— Ah, je vois ce que vous voulez dire. Eh bien, l'éther ne reste pas dans les poumons, ni dans le sang, lieutenant. Quelques respirations et il a disparu. Je ne peux me servir de Penthotal ou de Nembutal pour décérébrer les chats, ils demeurent dans le cerveau pendant des heures.

— Ne pourriez-vous pas vous servir d'un gaz anesthésiant ?

Elle cligna des yeux, comme si elle était surprise de sa lenteur d'esprit.

— Vous avez essayé de mettre un masque à gaz à un animal ? Mieux vaut une injection parentérale de Nembutal, ou l'éther !

— C'est toujours ce qu'on fait dans les labos ?

Elle lui tourna le dos et se mit à fouiller dans une pile d'instruments de chirurgie.

— Je n'en sais rien, répondit-elle d'une voix glaciale. J'ai mis au point la technique moi-même, cela me suffit.

Carmine s'en fut, laissant Mme Liebman fulminer contre l'absolue stupidité des flics.

— Mercedes et Francine avaient été violées avec une série d'instruments, et je suis porté à croire qu'il a fait de même avec Margaretta, dit Patrick à Carmine, Silvestri, Marciano, Corey et Abe. Puis il est passé à un objet qui devait être muni de pointes ou de lames, qui l'a lacérée intérieurement : vessie, entrailles, reins, jusqu'au foie. Cela a provoqué un choc traumatique dont elle est morte avant de pouvoir saigner. Il y avait un peu de Demerol dans le sang, ce qui signifie qu'après l'enlèvement, il l'a emmenée dans un endroit trop loin de Groton pour que les effets de l'éther soient suffisants.

— Elle a perdu du sang quand il lui a coupé la tête ? demanda Abe.

— Pas beaucoup, elle était morte depuis quelques heures. Comme elle était grande, il semble qu'il ait placé une bande de toile sur chaque jambe, en plus de celle en travers de la poitrine.

— Si elle est morte assez tôt, demanda Abe, pourquoi attendre treize jours avant de s'en débarrasser ? Qu'est-ce qu'il a fait du corps ?

— Il l'a déposé dans un congélateur assez vaste pour qu'elle y tienne allongée.

— Le corps a été identifié ? intervint Carmine.

Patrick grimaça.

— Oui, par son père. Il était d'un calme ! Elle avait une petite cicatrice sur la main gauche, une morsure de chien. Dès qu'il l'a trouvée, il a dit que c'était bien sa fille, nous a remerciés, et il est parti.

Le silence tomba dans la pièce. *Que ferais-je, si c'était Sophia ?* se demanda Carmine. L'enfer serait encore trop doux pour ce monstre.

— Pat, dit-il, serait-il possible qu'ils soient deux ?

— Deux tueurs ?

— Oui.

Silvestri jeta son bout de cigare dans la corbeille à papier.

— Deux ? Tu plaisantes !

— Non, pas du tout. Plus je réfléchis aux enlèvements, plus je suis persuadé qu'il a fallu deux personnes pour les réaliser.

— Deux tueurs ! soupira Silvestri. Mais comment auraient-ils pu se rencontrer ?

— Je ne sais pas. Peut-être par le biais d'une petite annonce dans le *National Enquirer* : cryptée, mais parfaitement claire pour quiconque a les mêmes goûts. Ou peut-être se connaissent-ils depuis des années, peut-être ont-ils grandi ensemble. Ou alors ils se sont connus par hasard, lors d'un cocktail…

— Tu te compliques la vie, Carmine, lança Marciano.

— Je sais, je sais. Mais oublions un instant la manière dont ils se sont rencontrés, et passons à la victime. Je me suis dit qu'il devait y avoir quelque chose comme un appât. Ce n'étaient pas des filles qui auraient pu céder aux invites du premier venu. Et il aurait été très difficile de les kidnapper brutalement.

Carmine se pencha en avant.

— Prenez Mercedes. Elle referme le piano, dit au revoir aux sœurs, et sort du bâtiment. Tout est tranquille, il n'y a personne aux environs. Et puis elle voit quelque chose qui la pousse à s'approcher, qui l'émeut profondément : un chaton perdu, un chien qui a l'air de mourir de faim... Il faut qu'il se trouve juste au bon endroit pour que l'adolescente soit hors de vue de quiconque, donc quelqu'un qui le maintienne à cet endroit. Et un autre qui frappe pendant que Mercedes ne pense qu'à l'animal. Même chose pour Francine, il y a dû y avoir un appât semblable. Il y a encore trop de monde au lycée pour que les deux puissent l'en faire sortir, alors ils la déposent dans un casier du gymnase. Très facile, à deux ! On est mercredi, les gymnases sont déserts, la classe de chimie est juste à côté des toilettes. Pour ce qui est de Margaretta, sa sœur dort à moins d'un mètre. L'un des deux la surveille au cas où elle bougerait. Comme elle continue à dormir, il est très facile aux deux tueurs d'enlever Margaretta : un à l'intérieur de la chambre, l'autre à l'extérieur.

— Ça me paraît sensé, intervint Silvestri. En attendant confirmation, que personne ne parle de la théorie de Carmine à qui que ce soit !

— Encore une chose, John, dit Carmine. Je voudrais montrer la robe à Desdemona Dupré.

— Et pourquoi ?

— Parce que c'est une passionnée de broderie. Il n'y a pas d'étiquette sur la robe, c'est un modèle dont nous ignorons tout, il nous faut chercher qui a bien pu la coudre. J'ai aussi besoin de savoir combien elle coûte, si on l'a achetée ou si elle a été faite sur commande. Desdemona le saura.

— D'accord, une fois que Paul l'aura examinée en détail, et à condition que tu sois sûr qu'elle n'ira pas répéter tout ça partout.

— J'en suis sûr.

18

Lundi 24 janvier 1966

Quand on voulait retrouver quelqu'un qui était en quête d'un partenaire, pour quoi que ce soit – affaires, sexe, meurtre –, le plus logique était d'éplucher les petites annonces du *National Enquirer*, qu'on trouvait dans tous les supermarchés du pays, juste à côté des caisses, avec les chewing-gums. Après discussions avec trois psychiatres spécialistes des meurtriers, Carmine fournit à Abe et à Corey une liste de mots-clés et les chargea d'examiner les numéros du magazine de janvier 1963 à juin 1964.

Le corps de Margaretta Bewlee ayant été découvert dans la propriété d'un membre du Hug, les autres chercheurs du centre – y compris Satsuma, Chandra et Schiller – se sentirent tenus de permettre à la police de fouiller à sa guise. Le tunnel de Maurice Finch n'abritait que des champignons ; la tour de Forbes se composait de deux pièces rondes superposées, bourrées de livres et de revues professionnelles ; la cabane de Polonowski était un petit nid d'amour rempli de photos de Marian. La retraite de Cape Cod de Satsuma était une garçonnière où l'on ne trouva rien de plus condamnable qu'un important matériel pornographique. Le docteur Nur

Chandra, dans son petit cottage, tentait de programmer un mini-ordinateur sans recourir aux services des étudiants de la faculté de médecine ; il était tellement sûr de son prix Nobel qu'il ne voulait en parler à personne, et surtout pas à un petit génie de l'informatique.

La forêt des Ponsonby n'était rien d'autre qu'une forêt. Et le secret de Kurt Schiller n'était qu'une photo sur laquelle il apparaissait en compagnie de son père et d'Adolf Hitler. Commandant de sous-marin, couvert de décorations, papa avait coulé avec son U-boat en 1944, victime d'une mine sous-marine. Kurt avait dix ans.

Tous les collègues de Carmine pensaient que le Fantôme devait tuer ses victimes dans un endroit improvisé, différent à chaque fois. Sinon, disaient-ils, quelqu'un aurait fini par remarquer quelque chose.

Pour Carmine, il n'en était rien. Il fallait au tueur un cadre impeccable. Des surfaces qui pouvaient être arrosées au jet d'eau, parfaitement nettoyées. Des carrelages plutôt que du ciment, du métal plutôt que du bois ou de la pierre. Il lui fallait une pièce entièrement consacrée à ses petites activités. Deux fantômes pouvaient parfaitement en aménager une, pour peu qu'ils soient adroits de leurs mains, et même y installer l'électricité. Mais sans doute la plomberie était-elle hors de leur portée : une source d'eau courante, des conduits d'évacuation, le tout relié à un égout ou une fosse septique... Sans parler d'une salle de bain, sinon pour leurs victimes, du moins pour eux.

Tandis qu'Abe et Corey lisaient les petites annonces du *National Enquirer*, Carmine entreprit donc d'examiner de près les propriétés de tous les membres du Hug, en quête de factures d'électricité ou d'eau courante anormalement élevées. Il n'en trouva pas, mais découvrit que nombre d'entre eux disposaient de puits. Il s'en alla donc consulter tous les plombiers du Connecticut, des plus prospères aux plus modestes, pour savoir si on leur avait demandé de créer les installations nécessaires à un gymnase privé, une piscine couverte... Il en existait en effet, mais elles étaient parfaitement régulières, pour la plupart situées dans les comtés de Fairfield et de Litchfield. Pour le reste, chou blanc. Il y avait donc trois possibilités : les Fantômes avaient accompli le travail eux-mêmes ; ils avaient recouru aux services d'un plombier payé au noir ; ils avaient loué ou acheté des lieux déjà équipés – clinique vétérinaire, salle de chirurgie... Carmine éplucha toutes les transactions en ce domaine conclues fin 1963. Rien, rien, rien.

La robe de dentelle rose était ornée de deux cent cinquante-six paillettes, dont chacune devait être examinée en quête d'empreintes – sans doute celles de la couturière. Ce n'est donc qu'au bout de six jours que Carmine put la montrer à Desdemona.

Il sonna à l'interphone.

— Desdemona ? C'est Carmine. J'ai à vous demander quelque chose pour l'enquête. N'ouvrez pas la porte, je vais taper la combinaison.

— Comment allez-vous ? demanda-t-il une fois chez elle, avant de déposer sur la table la boîte contenant la robe.

— Ça va, mais je meurs d'ennui. Qu'est-ce que c'est ?

— Quelque chose dont vous ne devrez parler à personne, je l'ai promis à Silvestri. Quand on a retrouvé la dernière victime, Margaretta Bewlee, elle était vêtue d'une robe d'enfant. Nous ne savons pas d'où elle vient, et j'ai pensé que, comme vous vous y connaissez, vous pourriez peut-être nous donner quelques éléments.

Elle ouvrit la boîte et en sortit la robe, qu'elle étala sur la table.

— Les journaux disent que la dernière victime était de grande taille. Ça ne devait pas lui aller.

— Non. Elle avait des épaules trop larges pour que le tueur puisse la boutonner dans le dos. Ce qui nous mène à ma première question : pourquoi des boutons ? De nos jours, on met des fermetures Éclair partout.

— À cause de ça, répondit-elle en touchant une paillette qui luisait sous la lumière. Elles scintillent. Une fermeture Éclair aurait gâché l'effet.

— Vous avez déjà vu ce genre de vêtement ?

— Une fois, quand j'étais enfant, dans un théâtre de pantomimes, mais c'était assez approximatif, à cause des restrictions de guerre. Celle-là m'a l'air plutôt prétentieuse.

— Elle a été cousue à la main ?

— En partie, mais pas autant qu'on pourrait le croire. Les paillettes, oui, et par quelqu'un qui savait y faire. On passe l'aiguille dans le trou, on fait une boucle autour, puis on plante l'aiguille dans le tissu et on recommence.

Desdemona regarda de plus près.

— Certaines ont disparu, parce qu'elles n'ont pas été cousues d'assez près. Dans ce cas-là, elles tombent ensemble, comme une chaîne dont la longueur dépend de celle du fil passé dans l'aiguille. Sans doute parce que la robe a été manipulée un peu brutalement.

— Elle est bon marché, alors ?

— Oui, si vous êtes prêt à dépenser un peu plus de cent dollars pour acheter une robe que votre fille ne portera qu'une fois ou deux. Ceux qui les fabriquent et qui les vendent, le savent : ils économisent autant qu'ils peuvent. La doublure, par exemple, est en tissu synthétique. Elle devrait être en soie. Le tulle en dessous est un tissu bon marché qu'on a amidonné.

— Et la dentelle ?

— Fabrication française, mais de qualité moyenne. Faite à la machine.

— Vu le prix, dans quels endroits devrions-nous chercher ?

— Une boutique ou un grand magasin coûteux. La robe me paraît plus tape-à-l'œil que vraiment élégante.

Carmine respira profondément.

— Je suis pardonné ?

Elle cligna des yeux.

— Je pense que oui, espèce de crétin.

— On va chez Malvolio ?

— Avec grand plaisir !

Quand ils en furent aux cafés, Carmine demanda :

— J'ai encore quelques questions, Desdemona. Il est tard, nous pouvons discuter sans qu'on nous écoute. Qui, au Hug, est doué de ses mains ?

— Tout le monde ou presque, à commencer par le Prof. Il a vraiment des talents manuels considérables.

— Comment va-t-il, au fait ?

— Il est toujours enfermé à Marsh Manor, du côté de Bridgeport. Le pauvre fait une dépression nerveuse, avec hallucinations et perte totale du contact avec la réalité. Ils doivent être ravis de l'avoir comme pensionnaire. D'habitude, ils n'ont que des alcooliques, des drogués qui veulent décrocher, des névrosés…

— Il pourrait installer l'électricité et la plomberie dans une demeure ?

— Sans doute, mais il ne s'y résoudrait jamais. Ce serait indigne de sa condition.

— Ponsonby ?

— Il ne saurait pas changer un joint de robinet.

— Polonowski ?

— Assez doué. Il le faut bien : il n'a pas l'argent pour appeler un menuisier ou un plombier quand l'un de ses enfants a fait une ânerie.

— Satsuma ?

Elle leva les yeux au ciel.

— Lieutenant, Eido sert à quoi, d'après vous ? Sans compter sa femme. Chandra possède quant à lui toute une armée de serviteurs enturbannés.

— Forbes ?

— Compétent. Je sais qu'il travaille dans sa maison. Lui et sa femme ont eu bien de la chance ! Ils l'ont achetée à une époque où les taux hypothécaires étaient très bas, avec un emprunt sur trente ans. Aujourd'hui, elle vaut une fortune. Elle donne sur la mer, et il n'y a aucun réservoir de pétrole aux environs.

— Finch ?

— Il a construit ses serres lui-même, creusé un tunnel à champignons… Mais Catherine est encore plus douée que lui.

— Hunter et Ho, les deux ingénieurs ?

— Ils pourraient construire l'Empire State Building avec des allumettes.

— Cecil ?

— Tout le monde y passe, on dirait, s'amusa Desdemona. Je ne pourrais pas vous dire. Il est doué, mais tout le monde a tendance à le prendre un peu pour un larbin, et un larbin noir, de surcroît. Pas étonnant qu'ils nous haïssent.

— Otis ?

— Maintenant, il ne soulève plus rien de lourd. Apparemment, il a fait une crise cardiaque, et j'essaie de convaincre les Parson de lui assurer une bonne retraite.

Avant, il travaillait sans arrêt, mais je crois que ses problèmes ne sont pas liés à ça. Il s'inquiète surtout à propos de Wesley, le neveu de sa femme. Il meurt de trouille à l'idée que le gamin se retrouve dans les ennuis. Le Creux et Argyle Avenue sont en ébullition.

— Et encore, attendez le printemps, dit Carmine d'un air sombre. Jusqu'à présent, la météo nous a permis de gagner du temps, mais tout va exploser quand il fera beau.

— Le mari d'Anna Donato est plombier.

— Anna Donato ?

— Elle s'occupe de tout l'équipement du Hug.

— Les Kyneton ?

— Oh là là ! Le dernier étage du Hug est un vrai cirque, ces temps-ci. Hilda et Tamara sont à couteaux tirés. La plupart du temps, elles se contentent de s'injurier, mais l'autre jour elles se sont battues, et nous avons dû nous y mettre à quatre pour les séparer. Heureusement que le Prof n'était pas là pour voir ça ! De toute façon, s'il revient, Hilda sera déjà partie : le cher Keith a acheté sa clientèle à New York.

— Et Schiller ?

— Pas très adroit de ses mains : il est incapable de préparer le moindre échantillon. Mais après tout, il n'a pas à le faire, les techniciens sont là pour ça.

— Si nous repassions chez moi boire un cognac ?

Desdemona se leva aussitôt.

— Je pensais que vous ne vous decideriez jamais !

Carmine rentra donc avec elle, en pensant aux festivités qui avaient accompagné la remise des prix dans son lycée, en terminale. Sa cavalière lui avait dit qu'elle avait adoré la soirée, avant de tendre ses lèvres. Non qu'il y ait la moindre chance pour que Desdemona lui offre les siennes, ce qui était bien dommage. Il se mit à rire en se souvenant du mal qu'il avait eu à faire disparaître les traces du rouge à lèvres de sa cavalière, à l'époque.

— Qu'est-ce qu'il y a de si drôle ?

— Rien, rien.

19

Lundi 24 janvier 1966

Le commissaire Silvestri organisa une discrète conférence à laquelle il invita les chefs des unités qui, dans tout le Connecticut, étaient lancées à la recherche du monstre.

— Dans une semaine, dit-il, cela fera un mois qu'il a enlevé sa dernière victime, et nous ignorons totalement s'il a changé de méthode – un kidnapping tous les mois –, ou s'il reviendra à l'ancienne – un tous les deux mois. De ce point de vue, le dernier en date aurait simplement été une façon de fêter le Nouvel An. Du jeudi 27 au jeudi 3 février, il y aura une équipe chargée de surveiller, vingt-quatre heures sur vingt-quatre, chacun de ceux que nous suspectons. Même si nous n'obtenons pas de résultats, ce sera un processus d'élimination : en cas de disparition d'une nouvelle jeune fille, nous pourrons innocenter tout suspect que nous n'aurons pas perdu de vue.

— Et si aucune ne disparaît ? demanda un flic de Stamford.

— Alors, nous recommencerons fin février. Tous les éléments dont nous disposons – intervalle entre deux enlèvements, kidnapping de nuit, robe de soirée, corps décapité mais non démembré – trahissent de profonds changements dans la méthode du tueur, mais nous ne pouvons être sûrs qu'ils seront permanents. Qu'il soit seul ou qu'il ait un complice, il a beaucoup d'avance sur nous. Il va falloir s'accrocher, les gars.

— Et si une fille est enlevée sans qu'aucun suspect ne puisse être impliqué ? dit un flic de Hartford.

— Alors, nous élargirons nos recherches à de nouveaux suspects, sans abandonner les anciens. Je passe la parole à Carmine.

Il avait peu de choses à dire.

— Holloman est un cas à part : nous y avons de nombreux suspects. Les autres équipes surveillent les violeurs connus pour leur propension à la violence, ce qui n'est pas le cas de nos suspects, c'est-à-dire tout le personnel du Hug, plus trois autres, soit trente-deux personnes en tout. À nous seuls, nous ne pouvons les surveiller vingt-quatre heures sur vingt-quatre, c'est pourquoi je demanderai des volontaires pour nous assister. Il nous faudra des hommes d'expérience, qui ne risqueront pas de s'endormir à leur poste. Merci d'avance pour votre aide.

Vingt-neuf membres du Hug, ainsi que le professeur Frank Watson, Wesley Le Clerc et même le professeur Robert Mordent Smith, seraient donc observés en permanence. Ce qui posait d'énormes problèmes logistiques.

Beaucoup de suspects du Hug vivaient en bordure de la Route 133, ou juste à côté : les Smith, les Ponsonby, les Finch, Mme Polonowski, Frank Watson, les Chandra et les Kyneton. C'était une route à double voie, très sinueuse, qui allait d'un village à l'autre mais n'offrait guère d'endroits où se cacher : pas de bas-côtés assez larges, de centres commerciaux avec leurs parkings, ou d'aires de repos. Seuls Tamara Vilich et Marvin

Schulman, installés dans Sycamore Street, tout près du centre d'Holloman, tout comme Otis et Cecil, qui vivaient dans la 11e Rue, étaient faciles à surveiller.

Juste à côté de Ponsonby Lane, Major Minor, le motel minable proche de la Route 133, serait le théâtre de mystérieuses activités nocturnes.

Carmine, Corey et Abe se partageaient la surveillance des Ponsonby, à raison de huit heures chacun. Si Carmine avait choisi Charles et Claire, c'est qu'ils n'avaient guère retenu l'attention jusque-là, et que de toute façon il ne croyait guère que cette surveillance donnerait de résultats. Ils trouvèrent à se cacher dans un bosquet de lauriers de montagne, à une cinquantaine de mètres de la maison, après s'être assurés qu'on ne pouvait y parvenir que par le chemin d'accès, et qu'il ne donnait nulle part ailleurs.

Carmine avait tout vérifié à l'avance, découvrant, en particulier, que les Forbes étaient les plus difficiles à observer : leur maison était au bord de l'océan, sur un plateau, au milieu d'une pente assez raide, bordée de buissons. Même chose pour les Smith, à cause du tertre couvert d'arbres sur lequel se dressait leur demeure. Le Prof, il est vrai, était toujours en observation, et la police de Bridgeport gardait l'œil sur lui. Heureusement que Carmine avait pratiquement éliminé les Finch de sa liste de suspects : pas moins de quatre de leurs chemins donnaient sur la Route 133. La police de Norwalk surveillait Schiller, celle de Torrington Walter Polonowski et sa maîtresse.

Pourquoi donc Carmine pensait-il que ces gigantesques efforts resteraient stériles ? Peut-être parce qu'il savait que les fantômes ne se laissent voir que s'ils le veulent bien…

20

Lundi 31 janvier 1966

Il était tombé près de soixante centimètres de neige le mercredi précédent et, comme souvent en janvier, la température était descendue à moins dix degrés. Les opérations de surveillance se transformèrent en cauchemar : les hommes s'enveloppaient dans les manteaux de fourrure de leurs épouses ou de leurs mères, des peaux d'ours, plusieurs épaisseurs de laine, ou des couvertures, parfois chauffantes, qu'on pouvait brancher sur une batterie de voiture. Car bien entendu, il était désormais impossible de faire tourner les moteurs, à cause de l'épaisse vapeur blanche sortant des pots d'échappement qui trahirait la présence des guetteurs.

Carmine montait la garde chaque nuit de minuit à 8 heures du matin, dans une Buick beige aux sièges de velours, ce dont il remerciait tous les saints du paradis.

La nuit de dimanche à lundi avait été la plus froide depuis le début de l'année, la température étant tombée à près de moins vingt degrés. Enveloppé dans deux couvertures de cachemire, Carmine laissait les vitres du véhicule légèrement baissées, pour qu'elles ne se couvrent pas de buée, tandis que ses dents claquaient comme des castagnettes. Les lauriers le dissimulaient bien mais, le jeudi précédent, première nuit de sa garde, il s'était inquiété à propos de Biddy. La chienne sentirait-elle sa présence dans le noir ? Mais il ne s'était rien produit de tel. Seul un fou songerait à s'aventurer dehors. Si les Fantômes avaient songé à un nouvel enlèvement, un froid aussi glacial avait dû les faire changer d'avis.

Surveiller les Ponsonby posait des problèmes épouvantables. La maison était proche de la route, et entourée de maigres arbres. La propriété elle-même formait un rectangle d'un peu plus de deux hectares, qui descendait de manière assez abrupte depuis une crête marquant le début d'une réserve forestière d'un peu moins de dix hectares, dont Isaac Ponsonby, grand-père de Charles et de Claire, avait fait don au comté, en précisant dans son testament que l'endroit servirait de réserve pour les cerfs. Pourtant, les autorités locales, hormis quelques pancartes portant la mention « CHASSE INTERDITE », n'avaient jamais pris de mesures en ce sens. C'était une forêt assez dense, qui descendait jusqu'à Deer Lane, une impasse comptant quatre maisons, puis continuait un peu au-delà. Carmine était sûr que Charles Ponsonby n'avait certainement pas les capacités athlétiques pour s'aventurer dehors par un tel froid, mais il avait installé des guetteurs sur Deer Lane et aux environs, ainsi que sur la Route 133. Tous l'informèrent qu'aucun véhicule suspect n'était garé aux environs.

Comme toujours par d'aussi grands froids, le ciel sans nuages était non pas noir, mais indigo, et les étoiles brillaient d'un éclat aveuglant. Il n'y avait vraiment aucun bruit, à part ses dents qui claquaient, et pas non plus de mouvements ni de lueurs de lampes torches.

Une idée lui vint alors même qu'une étoile filante se traçait un chemin brûlant à travers la voûte céleste.

Pense au côté religieux des choses, Carmine. Pense aux treize filles, depuis Rosita Esperenza, la première à avoir été enlevée...

Dix catholiques. Rachel Simpson était la fille d'un pasteur épiscopalien, Francine Murray et Margaretta Bewlee étaient baptistes. Trois protestantes, donc, mais aucune n'appartenait à une Église blanche. Pourquoi ne pas additionner les unes et les autres ? Et à quoi cela mènerait-il ? À un Blanc, protestant, fanatique religieux. Ils avaient perdu de vue cet aspect de la question, parce que les Fantômes semblaient avoir changé de cible avec Francine et Margaretta. Qui était la seule à ne pas coller. Y avait-il quelque chose qu'ils ignoraient à propos de la famille Bewlee ?

Oubliant le froid, il attendit avec impatience la levée du jour qui le libérerait de cette attente stérile et lui permettrait d'aller discuter avec M. Bewlee.

Sa radio émit un bref son grave, signalant qu'un collègue approchait. Regardant sa montre, il vit qu'il était 5 heures, trop tard pour qu'il se passe quoi que ce soit. En tout cas, les Ponsonby n'avaient pas bougé.

Patrick s'assit à côté de lui et, souriant, lui tendit un thermos.

— Il vient tout droit de chez Malvolio. J'ai demandé à Luigi de le préparer, ainsi que des bagels qui sortent du four.

— Pat, je t'adore.

Ils se restaurèrent pendant quelques minutes, puis Carmine exposa sa nouvelle théorie à son cousin. À sa grande déception, il ne parut pas convaincu.

— Le problème, c'est que tu es sur cette affaire depuis si longtemps que tu as épuisé toutes les possibilités, si bien que tu en es réduit aux hypothèses les plus improbables.

— Il y a quand même un aspect religieux et racial dans tout ça.

— Bien sûr, mais les Fantômes ne s'intéressent pas à la religion. Plus exactement, ils savent que les filles qu'ils recherchent sont issues de familles pieuses.

— Je suis certain que les Bewlee cachent quelque chose. Sinon, Margaretta ne colle pas.

— Elle ne colle pas parce que ton hypothèse est aberrante. Reviens-en aux éléments de base ! Si les Fantômes sont d'abord des violeurs, avant d'être des meurtriers, alors il n'y a pas à chercher de fanatiques religieux, qu'ils soient blancs ou pas, chrétiens ou pas. Il faut chercher un homme, ou deux, haïssant toutes les femmes, mais certaines plus que d'autres. Les Fantômes haïssent la vertu alliée à la couleur de peau, à un certain type de visage, et à d'autres choses que nous ignorons. Nous savons toutefois qu'aucune victime n'est blanche, et qu'aucune ne le sera. J'en suis persuadé. Leur gibier de prédilection, ce sont les catholiques d'origine hispanique. Les filles sont élevées avec amour, mais sévèrement. Et je pense qu'un fanatique religieux s'en prendrait à des immigrants récents, ne serait-ce que pour faire peur aux autres.

— Il faut quand même que je voie M. Bewlee, dit Carmine, obstiné.

— Si tu y tiens, vas-y. Mais Margaretta ne colle pas parce que tu lui appliques des critères qui n'existent que dans ton imagination. Tu es trop fatigué.

Les deux hommes se turent et attendirent. Plus que trois heures avant la fin de la veille.

Peu avant 7 heures, la radio émit un autre son, signifiant qu'il leur fallait quitter les lieux discrètement et se rendre au lieu de rendez-vous, parce qu'une autre fille avait été enlevée.

Ce lieu n'était autre que le motel du Major Minor où, une fois arrivés, Carmine et Patrick s'emparèrent du téléphone. Le Major lui-même était à la réception, impatient d'apprendre ce qui s'était passé. La police de Holloman lui avait loué toutes ses chambres pour un prix d'autant plus exorbitant qu'en fait, une seule était occupée.

Pendant que Carmine discutait, Patrick examina le propriétaire des lieux. La cinquantaine, un gros nez rouge de poivrot, l'allure typique du bureaucrate, prêt à tout accepter pourvu que les papiers soient en ordre. Il avait gardé ce trait de caractère dans ses nouvelles fonctions : les clients arrivaient en milieu d'après-midi et ne restaient qu'une heure. Le parking était à l'arrière du bâtiment, si bien que personne, passant devant sur la Route 133, ne pouvait y repérer la voiture de sa femme ou de son mari. Au début, Carmine avait même inscrit le Major dans sa liste de suspects, sachant que toutes les chambres étaient munies de judas. La vieille fripouille avait dû renoncer aux caméras après qu'un détective privé l'eut surpris en train de filmer les ébats d'un directeur de société et de sa secrétaire, mais le Major pouvait toujours se rincer l'œil.

— C'est à Norwich, dit Carmine à voix basse. Corey, Abe et Paul seront là dans un instant. C'est une fille de souche libanaise, mais la famille est installée ici depuis 1937. Elle s'appelle Faith Khoury.

— Des musulmans ? demanda Patrick, incrédule.

— Non, des chrétiens maronites.

— Norwich est une assez grande ville.

— Oui, mais ils vivent en dehors, sur le chemin de Willimantic. Le père possède une épicerie à Norwich même.

Abe arriva dans la Ford, suivi de Paul dans le van de Patrick.

— À quoi ça sert d'aller là-bas ? soupira Corey alors qu'ils démarraient discrètement, laissant Ponsonby Lane derrière eux.

Carmine soupira intérieurement. C'était là la remarque d'un homme au désespoir. Et il n'était pas le seul. Ils en étaient tous arrivés à un stade où ils commençaient à croire, sans vouloir se l'avouer, que jamais ils ne captureraient le ou les Fantômes. C'était la quatrième fille qu'ils enlevaient depuis que la police avait appris leur existence, et Carmine n'avait pas progressé d'un pas.

— On y va, répondit-il comme si de rien n'était, parce qu'il nous faut voir par nous-mêmes le lieu de l'enlèvement. Abe, on ne peut pas prendre la I-91 ? Ça serait plus rapide.

— Pas possible ! Cinq camions y sont immobilisés.

— Au moins, dit Carmine en s'installant confortablement à l'arrière, on a le chauffage. Je vais dormir un peu.

La demeure des Khouri se trouvait sur un chemin sinueux ondulant non loin de la rivière Shetucket, dans un décor très agréable. C'était une maison à deux étages, devant laquelle s'étendait une immense mare, parfaitement gelée à cette époque de l'année, comme le petit ruisseau qui en sortait pour se jeter dans la rivière. Elle avait été débarrassée de sa neige, pour qu'on puisse y patiner. Une petite jetée en bois indiquait qu'on devait y ramer en été. Un vieux chêne dressé sur un tertre dominait l'endroit. Tout autour, le soleil levant jetait sur la neige une lueur dorée. Des bouleaux et des saules, réduits à des squelettes, entouraient la maison. Un décor de carte postale, la parfaite incarnation du rêve américain.

Carmine apprit que les Khouri avaient sept enfants ; seul l'aîné, Anthony, dix-neuf ans, était absent. Mark en avait dix-sept, Faith seize, Nora quatorze, Emily douze, Matthew dix et Philippa, la cadette, huit.

Il fut impossible de les interroger, tout comme les parents, tant leur douleur était intense. Quand Carmine réussit à obtenir une photo de Faith, il comprit ce que Patrick avait voulu lui dire. On aurait dit la sœur des autres victimes : cheveux bouclés, grands yeux noirs, lèvres pleines. Elle avait la peau assez claire, un peu basanée, une allure de Sicilienne.

Patrick vint le rejoindre dehors, sur la véranda, l'air abattu.

— La neige étant complètement gelée, ils ont posé une bande de paille allant de la route à l'arrière de la maison. Ils ont salé l'endroit où ils s'étaient garés, si bien que les traces de pneus qu'ils ont pu laisser ont été effacées par les voitures des flics du coin. Ils ont forcé la porte à l'arrière, ils savaient donc exactement où se trouvait la chambre de Faith. Tous les enfants ont la leur, au premier étage. Elle devait être endormie, encore qu'il y ait de vagues traces de lutte : les draps sont un peu en désordre au pied du lit, il se peut qu'elle ait donné des coups de pied. Puis ils l'ont emmenée jusqu'à leur véhicule. D'après ce que nous avons cru comprendre, personne n'a rien entendu. Ils se sont rendu compte de sa disparition au petit déjeuner. La mère le leur prépare très tôt en hiver, parce qu'il y a une heure de trajet jusqu'à Norwich, sur des routes en assez mauvais état. Les enfants partent avec leur père et restent dans sa boutique jusqu'à l'heure de l'école, dans laquelle ils se rendent à pied.

— Pat, tu es en train de faire mon boulot. On sait quelle taille elle fait ?

— Il faudra attendre l'arrivée du père Hannigan. Tout le monde ici est fou de douleur, je n'ai pu parler à personne. Ils s'arrachent les cheveux à pleines poignées.

— C'est bien pour ça que je suis sorti, soupira Carmine. De toute façon, les Fantômes n'auront laissé aucune trace derrière eux.

— La famille est persuadée que Faith est déjà morte.

— C'est tout naturel, Pat. On est là et on ne sert à rien. Abe et Corey en sont malades, je le sais.

Levant les yeux, Patrick parut un peu soulagé.

— Voilà le prêtre. J'espère qu'il saura les calmer un peu.

Le père Hannigan et les trois religieuses qui l'accompagnaient purent au moins donner quelques renseignements à Carmine. Faith mesurait un mètre soixante-cinq, elle avait d'excellentes notes au lycée, comptait entreprendre des études de médecine, comme son frère aîné, Anthony, déjà entré à la faculté. La famille Khouri était très unie, très respectée. Leur boutique était située dans un quartier paisible de Norwich et n'avait jamais été attaquée. La maison des Khouri n'avait jamais été cambriolée, ni aucun d'eux agressé.

— On en revient toujours à l'innocence, au visage, à l'âge, peut-être à la religion, dit Carmine à Silvestri une fois de retour à Holloman. Récemment, les Fantômes ne semblent plus s'être préoccupés de la couleur ou de la taille, mais en tout cas on a toujours les trois premiers éléments, et la plupart du temps le quatrième. Il y a pourtant quelque chose qui me chiffonne, s'agissant de Margaretta Bewlee. C'est la seule Noire du lot. Et elle est trop grande. J'en ai vraiment marre. Quelle que soit l'hypothèse émise, je me heurte à un mur.

Silvestri ne lui dit pas ce qu'il pensait : *Carmine, tu as besoin de bonnes vacances à Hawaï.* Mais il lui fallait encore tenir le coup, il ne pouvait pas le laisser abandonner cette affaire. Si lui ne pouvait pas la résoudre, personne n'y parviendrait.

— Il va falloir que je donne une conférence de presse, maugréa le commissaire. Je n'ai rien à dire à ces fumiers, alors je vais encore passer pour un incapable. Ça commence d'ailleurs à être l'avis du gouverneur, je crois.

— Ça se passe mal avec lui ?

— Non, pas encore. Nous passons nos journées au téléphone, à discuter de l'affaire.

— Aucun des membres du Hug n'a mis le nez dehors cette nuit. Ce qui ne veut pas dire que je ne les ferai pas surveiller le mois prochain. J'ai le sentiment que le Hug ne fait pas simplement l'objet d'une vendetta, mais qu'il est vraiment impliqué dans tout ça. Qu'est-ce que vous allez dire à la presse ?

— Le moins possible. En tout cas, rien sur la robe de Margaretta. Et rien sur la probable existence de deux tueurs.

21

Mardi 1er février 1966

La mairie d'Holloman était célèbre pour son acoustique. Aussi, les bureaux du maire ayant déménagé dix ans plus tôt dans les autres bâtiments administratifs du comté, elle se contentait désormais d'accueillir des virtuoses et des orchestres symphoniques venus du monde entier.

Derrière l'auditorium se trouvait une salle de répétition, où des chaises et des pupitres étaient disposés en demi-cercles. John Silvestri vint s'installer sur le podium réservé d'ordinaire au chef d'orchestre, vêtu de son plus bel uniforme, la médaille d'honneur du Congrès[1] autour du cou.

Près de cinquante journalistes avaient fait le déplacement ; la plupart de la presse écrite était présente, ainsi qu'une équipe de la télévision locale et un reporter de la radio WHMN. Les grands quotidiens du pays n'avaient envoyé que leurs correspondants locaux ; le monstre du Connecticut faisait certes les gros titres, mais les rédacteurs en chef savaient qu'une telle conférence de presse n'avait aucune chance de donner lieu à d'importantes

---

1. La plus haute distinction militaire américaine. *(N.d.T.)*

révélations. Ce serait tout au plus l'occasion d'éditoriaux féroces sur l'incompétence de la police.

Mais Silvestri, quand il prenait la parole en public, savait y faire, surtout quand il devait se couvrir de boue. À dire vrai, personne ne se couvrait de boue avec autant d'élégance et de détachement.

— En dépit du temps glacial, plusieurs équipes, dans tout l'État, ont tenu sous surveillance quatre-vingt-seize suspects, vingt-quatre heures sur vingt-quatre, de jeudi soir jusqu'à l'enlèvement de Faith Khouri, dont trente-deux personnes de Holloman ou des environs. Aucun des suspects ne pouvait être impliqué, ce qui signifie que nous en sommes toujours au même point, s'agissant de l'identité de celui que vous surnommez le monstre du Connecticut, mais que nous appelons désormais le Fantôme.

— Disposez-vous de preuves qui vous permettraient d'impliquer quelqu'un ? demanda la spécialiste des affaires judiciaires du *Holloman Post.*

— Je viens précisément de vous expliquer que non, madame Longford.

— Ce tueur, ce Fantôme, comme vous l'appelez, doit disposer d'un endroit où il retient ses victimes. N'est-il pas temps que vous commenciez à chercher plus sérieusement où il se trouve ?

— Il nous est impossible de fouiller des lieux habités sans mandat de perquisition, madame, et vous le savez parfaitement. Vous seriez même la première à nous le reprocher si nous le faisions.

— En temps normal, oui. Mais là, c'est différent.

— Différent de quelle façon ? À cause de la nature horrible des crimes ? D'un point de vue personnel, je suis d'accord avec vous, mais en tant que défenseur de la loi, cela m'est impossible. Dans une société libre comme la nôtre, la police, pour défendre la loi, doit d'abord lui obéir. Les Américains ont des droits constitutionnels que nous sommes tenus de respecter. De simples soupçons, fondés ou non, ne nous permettent pas d'entrer dans la maison de qui que ce soit afin de nous mettre en quête de preuves que nous n'avons pu trouver ailleurs. Il nous faut précisément les transmettre à l'appareil judiciaire pour obtenir de lui la permission de procéder à une perquisition. Parler à n'en plus finir ne convaincra aucun juge, si nous ne disposons pas de faits concrets. Et nous n'en n'avons aucun, madame Longford.

Les journalistes présents se contentaient de laisser parler l'envoyée du *Holloman Post* ; de toute façon, ses questions ne la mèneraient nulle part, et ils sentaient l'odeur du café et des beignets qu'on avait préparés pour eux au fond de la salle.

— Mais, monsieur le commissaire, pourquoi n'avez-vous pas de faits concrets ? Il est quand même stupéfiant de penser que nombre d'hommes expérimentés enquêtent sur ces meurtres depuis début octobre, sans résultat aucun ! Vous ne voulez quand même pas dire que le tueur est un vrai fantôme ?

Mais l'ironie, comme l'agressivité, laissait insensible Silvestri.

— Non, madame. Il est bien plus dangereux. Pensez à lui comme à un félin en pleine forme – un léopard, disons. Il est paisiblement installé sur une branche, dans un arbre en bordure de la forêt, bien caché, observant un troupeau d'antilopes qui broutent l'herbe et se rapprochent peu à peu. Et pour lui, chacune est différente des autres ; sa cible est une bête bien précise. Oh, il est très patient ! Les antilopes passent en dessous de lui, sans le voir ni sentir son odeur, et puis voilà qu'arrive celle qu'il guette. Il frappe si rapidement que les autres ont à peine le temps de se mettre à courir qu'il est déjà remonté dans son arbre avec sa proie, dont il a brisé la nuque.

Silvestri reprit son souffle un instant. Il avait retenu leur attention.

— Ce n'est sans doute pas une image très exacte, mais elle illustre l'ampleur des problèmes que nous rencontrons face au Fantôme. D'où nous sommes, il est invisible. C'est bien pourquoi nous n'avons aucune idée de l'endroit où il se cache, où il agit. Nous pourrions le croiser dans la rue, madame Longford, sans nous douter qu'il s'agit d'un monstre. Il a un visage ordinaire, une démarche ordinaire, tout en lui est quelconque.

— Mais alors, quelle protection le public peut-il avoir contre lui ?

— Je dirais qu'il faut rester vigilant, encore que cela ne l'ait pas empêché d'enlever des jeunes filles d'un certain type, même après que nous eûmes inondé le Connecticut de mises en garde et d'avertissements. Mais il me paraît clair que nous l'avons effrayé, que nous l'avons contraint à renoncer à des enlèvements en plein jour, car il n'agit plus qu'à la faveur de la nuit. Il n'y a d'ailleurs pas de quoi s'en flatter : cela ne l'a pas arrêté, tout au plus ralenti. Il y a pourtant un espoir : si nous maintenons la pression, il finira par commettre des erreurs. Et vous avez ma parole que nous ne les laisserons pas passer. Elles nous permettront de faire tomber le léopard de l'arbre.

— Il s'en est bien sorti, raconta Carmine à Desdemona, ce soir-là. Le correspondant d'*Associated Press* lui a demandé s'il comptait se présenter au poste de gouverneur lors des prochaines élections. Et il a répondu, en souriant jusqu'aux oreilles, que le sort d'un policier était bien plus enviable, même avec un Fantôme sur les bras !

— Oui, je l'ai vu aux infos de 18 heures. On dirait un vieil ours en peluche.

— Et le gouverneur l'aime bien, et c'est très important. On ne contraint pas à la démission des héros de la guerre en les accusant d'être des idiots incompétents.

Desdemona prit une deuxième part de pizza.

— Carmine, vous reniflez sans arrêt. Vous avez pris froid ?

— Comme tous ceux qui montent la garde dans des voitures non chauffées alors qu'il gèle.

— Au moins, vous n'avez pas eu à me surveiller.

— Moi, non, mais d'autres l'ont fait.

— Bravo, je n'ai rien soupçonné. Qui avez-vous surveillé d'autre ?

— Désolé, je ne peux pas vous le dire. Qu'est-ce qui se passe au Hug depuis la disparition de Faith ?

— Le Prof est toujours dans son cabanon. Quand il saura que Nur Chandra a accepté une proposition de Harvard, il fera une nouvelle dépression. Non seulement il perd son chercheur-vedette, mais de surcroît Chandra emmène les singes avec lui. J'ai cru comprendre que Cecil partait aussi, il est fou de joie. Finie la vie dans le ghetto ! J'en suis ravie pour lui, mais vraiment navrée pour le Prof.

— Tout ça me paraît un peu bizarre. On peut emporter ce que d'autres ont payé ?

— Quand Nur est arrivé au Hug, le Prof n'avait aucune raison de s'opposer à cette clause du contrat. Il savait que jamais Nur ne trouverait mieux. Ce qui est demeuré vrai jusqu'à ce que ce tueur fasse son apparition.

— Personne ne pouvait prévoir ça, en effet.

Desdemona prit un air pensif.

— J'ai toujours le sentiment que jamais Nur Chandra n'aura le prix Nobel. Tout a été trop facile pour lui. Eustace est le seul de ses singes qui ait fait une crise d'épilepsie conditionnée, et il est très risqué, dans le domaine de la science, de tout parier sur un seul cheval. Il se pourrait même qu'Eustace ait été épileptique dès le début, que sa crise ait été sans rapport avec les stimuli de Nur. On a vu des choses encore plus étonnantes.

— Vous êtes vraiment plus fine qu'eux tous réunis, dit Carmine, impressionné.

— Assez, en tout cas, pour savoir que je n'aurai jamais le prix Nobel !

Ils allèrent s'installer dans les fauteuils. D'habitude, Carmine se plaçait à côté de Desdemona, mais cette fois il préféra se mettre en face d'elle. Pouvoir contempler son visage si calme, si raisonnable, lui ferait du bien.

La veille, il s'était rendu à Groton pour discuter avec Edward Bewlee, mais leur entretien n'avait pas permis de résoudre le mystère. Il avait juste appris qu'Etta voulait devenir une vedette du rock, qu'elle avait une belle voix, qu'elle savait bouger. Est-ce cela qui avait retenu l'attention des Fantômes ?

Revenons-en au présent, songea Carmine.

— Quoi de neuf au Hug ? demanda-t-il.

— Charles Ponsonby remplace momentanément le Prof. Ce n'est pas quelqu'un que j'aime beaucoup, mais au moins, quand il a des problèmes, c'est moi qu'il vient consulter, non Tamara. Elle a tenté d'aller voir Keith Kyneton à son bureau, il lui a claqué la porte au nez. Hilda a donc gagné sur toute la ligne. Elle a une de ces allures, désormais ! Tailleur noir bien coupé, corsage de soie rouge, chaussures italiennes, coiffure soignée… Et vous n'allez pas le croire, mais elle a renoncé à ses horribles lunettes pour des verres de contact. L'épouse parfaite pour un neurochirurgien de premier ordre.

— Et prête à partir à la conquête de New York. Je n'aurais pas cru que Kyneton écouterait vraiment ce que je lui avais dit.

Il s'agita dans son fauteuil.

— Il se raconte dans notre immeuble que Satsuma ne renouvellera pas le bail de sa garçonnière, comme d'ailleurs celui de l'appartement d'Eido et de sa femme.

— Cela pourrait bien être vrai. Il a reçu des propositions de Stanford, de Géorgie... Mais je crois qu'il finira par choisir Columbia University.

— Qu'est-ce qui vous fait dire ça ?

— S'il s'installe à New York, il pourra toujours se rendre dans sa petite demeure de Cape Cod. En voiture, ce sera plus long, mais toujours faisable. Il serait allé à Boston si Nur Chandra ne l'avait pas précédé dans le Massachusetts, et accepter quoi que ce soit d'autre qu'Harvard serait une véritable humiliation. Pourtant, j'ai l'impression qu'il est un meilleur candidat au Nobel que Nur.

Elle se leva brusquement.

— Bon, il est temps que j'aille me coucher. Merci pour la pizza, Carmine !

Ne trouvant rien à répondre, il la suivit, deux étages plus bas, jusqu'à la porte blindée de son appartement, veilla à ce qu'elle s'enferme comme il fallait, puis rentra chez lui en se sentant curieusement déprimé.

La vérité était que Desdemona n'avait rien discerné des timides avances de Carmine, et que de son côté elle n'osait pas s'attarder en sa compagnie une fois qu'ils avaient épuisé tous les sujets de conversation ordinaires. Elle redoutait un long silence qu'elle ne saurait gérer.

D'ailleurs, elle était très lasse. Après bien des palabres, elle avait obtenu la permission de reprendre ses excursions hebdomadaires, étant bien entendu qu'elle devrait être déposée à son point de départ par une voiture de police, dont les occupants s'assureraient qu'elle n'était pas suivie, et qui la reprendrait ensuite, une fois sa marche à pied terminée. Desdemona avait donc passé son samedi et son dimanche à arpenter les Appalaches, un exercice assez épuisant qu'elle avait perdu l'habitude de pratiquer à cause du tueur.

Après un bon bain chaud, elle enfila donc un pyjama d'homme, ainsi que d'épaisses chaussettes de laine. Ce n'était pas une femme du genre à monter le thermostat pour avoir chaud. Elle se montrait très proche de Carmine dans ce domaine.

Elle s'endormit à peine couchée, sans rêver de quoi que ce soit dont elle put se souvenir par la suite. Un bruit bizarre, pourtant, la réveilla, vers 4 heures du matin : une sorte de grattement aigu.

Se redressant dans son lit, Desdemona se dit que ce n'était sûrement pas cela qui l'avait réveillée, mais le sentiment obscur d'un danger imminent. La porte de sa chambre, restée ouverte, révélait le séjour, plongé dans la pénombre, comme d'habitude. Il y eut alors un faible rayon de lumière, venu du couloir, et qui ne dura qu'un instant, comme si quelqu'un avait refermé la porte. *Je ne suis pas seule*, hurla-t-elle intérieurement. *Il est entré, il est venu me tuer.*

Sur une chaise, à côté du lit, étaient posés des vêtements qu'elle n'avait pas eu le temps de laver – soutien-gorge, bas, gants de laine. Desdemona sortit du lit sans un bruit, s'empara des gants à tâtons et se dirigea vers le balcon, dont la porte coulissante était fermée par une tige d'acier. Se penchant, elle l'ôta, puis fit glisser la vitre juste assez pour pouvoir sortir sur le balcon, une plaque de béton bordée par une balustrade de fer de près d'un mètre cinquante de haut.

Carmine vivait deux étages au-dessus, mais à l'autre bout du bâtiment. Fallait-il grimper tout de suite, ou gagner d'abord un appartement situé sous le sien ? Non, mieux valait monter, quitter l'étage aussi vite que possible. Mais comment ? Verticalement, chaque étage occupait près de trois mètres, auxquels venaient s'ajouter les trente centimètres de béton du balcon supérieur, avec ses canalisations, ses fils électriques. Trop haut, vraiment trop haut.

Desdemona referma la vitre coulissante derrière elle, pour que le vent ne pénètre pas chez elle, révélant au tueur qu'elle était sortie. Le froid était glacial. Elle grimpa sur la balustrade, resta immobile quelques instants au-dessus du vide, agrippa le béton de l'étage supérieur puis, lentement, le bas de sa balustrade ; elle prit son élan, sauta en l'air et se rattrapa de justesse. Sa taille et sa condition physique lui étaient très utiles, cette nuit !

Encore un étage. Claquant des dents, gelée jusqu'aux os, elle recommença la manœuvre. *Vas-y*, se dit-elle, *pendant que tu peux encore !* Et, après la même acrobatie qu'à l'étage inférieur, elle se retrouva à l'étage de Carmine.

Il ne lui restait plus qu'à passer d'un balcon à l'autre, ce qui était plus facile à dire qu'à faire, car un intervalle de deux mètres séparait chacun d'eux. Seule solution : grimper sur la balustrade, prendre son élan et sauter. Combien en tout ? Douze… Ses pieds et ses mains étaient déjà gourds. Mais elle pouvait le faire, et il fallait le faire. Le tueur était peut-être aussi agile qu'elle.

Après douze sauts, elle se retrouva enfin sur le balcon de Carmine, se mettant aussitôt à cogner sur la porte coulissante.

— Carmine, Carmine, c'est moi, laissez-moi entrer ! hurla-t-elle.

La vitre s'ouvrit quelques secondes plus tard et il fit son apparition, en caleçon. Il l'attira à l'intérieur, puis, ôtant la couverture de son lit, l'en enveloppa.

— Il est dans mon appartement, bredouilla-t-elle.

— Restez ici et tenez-vous au chaud, lança-t-il en enfilant son pantalon avant de disparaître.

— Regardez ça, dit-il vingt minutes plus tard à Abe et Corey, devant la porte grande ouverte de l'appartement de Desdemona.

Le verrou d'acier avait été découpé, et on apercevait par terre un petit tas de fragments métalliques.

— C'est pas vrai ! s'exclama Abe.

— Nous avons encore beaucoup à apprendre, grommela Carmine, l'air sombre. En tout cas, ça montre que notre conception de la sécurité est franchement nulle. On n'avait pas pensé à ça. Il est sans doute parti dès qu'il a compris que Desdemona n'était plus dans l'appartement. Disparu, comme un fantôme.

— Comment diable a-t-elle réussi à lui échapper ? demanda Corey.

— Elle est sortie sur son balcon, a grimpé deux étages du dehors, puis est passée d'un balcon à l'autre jusqu'au mien avant de frapper sur la vitre coulissante. Par un froid pareil, en gants et en chaussettes !

— Une sacrée femme ! dit Abe, impressionné.

— Il faut que je retourne auprès d'elle. Allez-y, les gars, fouillez tout l'immeuble, de la cave au grenier. Mais il est parti.

— Ça va mieux ? demanda-t-il en la trouvant toujours enveloppée dans sa couverture.

— J'ai l'impression qu'on a voulu m'arracher les bras, mais je m'en suis sortie. Il était là, n'est-ce pas ? Je n'ai pas rêvé ?

— Il était là, pas de doute, mais il est parti depuis longtemps. Il a cisaillé le verrou, sans doute avec une scie à découper à pointe de diamant. Ça peut tout percer, si c'est manié par quelqu'un qui s'y connaît. Et il a pris son temps, l'enfoiré !

Carmine s'agenouilla et ôta les chaussettes de Desdemona pour examiner ses pieds.

— De ce côté-là, tout va bien, dit-il. Et de ce côté-là aussi, continua-t-il en examinant ses mains. Vous êtes une sacrée femme, Desdemona !

— Je suis touchée du compliment, répondit-elle avant de frissonner. J'étais vraiment terrifiée. Je n'ai vu que son ombre, quand il a ouvert la porte, mais j'ai su aussitôt qu'il venait me tuer. Mais pourquoi ? Pourquoi moi ?

— Peut-être pour me viser moi, pour viser les flics, nous montrer que s'il décidait d'agir, rien ne pouvait l'arrêter. Le problème, c'est que nous n'avons généralement affaire qu'à des criminels ordinaires, qui n'auraient jamais son sang-froid ou son imagination. Ça a dû lui prendre un temps fou pour cisailler le verrou, même avec une pointe en diamant.

Brusquement, il l'attira vers lui et la serra très fort.

— Desdemona, j'ai failli te perdre ! Tu t'es sauvée toute seule pendant que je ronflais. Je crois que je serais mort si je t'avais perdue !

Elle posa la tête sur son épaule et l'embrassa dans le cou.

— Tu ne me perdras pas, Carmine. Je n'ai pas pensé un seul instant à aller ailleurs que chez toi.

— Je t'aime.

— Moi aussi. Mais je me sentirais encore plus en sécurité si je dormais avec toi, cette nuit.

IV

FEVRIER ET MARS 1966

22

Lundi 14 février 1966

Ce fut vers le milieu du mois qu'arriva le dégel. Le vendredi matin, la pluie se mit à tomber férocement, pour ne s'arrêter que le dimanche soir. Il y eut des inondations dans tout le Connecticut. La maison des Finch fut coupée de la Route 133 exactement comme le docteur l'avait expliqué à Carmine, et Charles Ponsonby arriva au Hug en se plaignant que sa cave à vin était inondée.

Le lundi, à l'aube, tourmenté par des raideurs dans les muscles, Addison Forbes décida de faire une petite promenade dans les environs, avant de longer le rivage jusqu'à sa jetée. Il y avait édifié un abri pour accueillir un bateau de cinq mètres, bien que son humeur le poussât rarement à le mettre à l'eau pour naviguer paisiblement dans le port d'Holloman. Depuis trois ans, un tel plaisir était pour lui un péché, voire un crime.

Une voiture de police était garée près du chemin d'accès des Forbes. Ses occupants lui firent signe de la main quand il passa à leur hauteur, pressé de rejoindre son abri. Il ruisselait de sueur en abordant le chemin en pente bordé de buissons qui descendait depuis la route. Trois jours de pluie battante avaient fait fondre la neige gelée, rendant le sol détrempé. Quelques années plus tôt, il avait planté, tout en bas, une rangée de forsythias. Il adorait voir leurs fleurs jaunes s'épanouir au printemps.

Mais à cette époque, la haie de forsythias n'était qu'un buisson de tiges brunes, derrière laquelle il aperçut pourtant une tache couleur lilas. S'approchant, il vit que de cette tache dépassaient des bras et des jambes. Son cœur se mit alors à gronder dans ses oreilles comme un bruit de marée. Il posa la main sur sa poitrine, voulut ouvrir la bouche pour hurler, mais n'y parvint pas. Il allait faire un nouvel infarctus, c'était évident ! S'accrochant au dossier d'un vieux banc de jardin que Robin avait installé là, il en fit le tour avec une lenteur extrême avant de s'y asseoir, attendant que la douleur survienne, et agitant constamment la main gauche, dans laquelle elle ne pourrait manquer de se répandre. Yeux écarquillés, bouche grande ouverte, Addison Forbes crut qu'il allait mourir.

Dix minutes plus tard, la douleur n'était toujours pas là, il n'entendait plus son cœur rugir, et son pouls avait ralenti, comme toujours après son jogging. Il se leva lentement, sans que cela le fasse souffrir. Plein d'allégresse, il partit alors vers la maison à longues foulées rythmées.

— Il y a un corps au bord de l'eau, lança-t-il en entrant dans la cuisine. Appelle la police, Robin !

Elle poussa un grand cri, s'exécuta, puis revint vers lui et voulut prendre son pouls.

— Je vais bien, lança-t-il d'un ton irrité, fiche-moi la paix. J'ai eu un choc, mais mon cœur n'a pas cédé !

Il eut un sourire rêveur.

— J'ai faim. Il me faut un petit déjeuner consistant. Des œufs frits, du bacon, des toasts beurrés, et de la crème dans mon café. Dépêche-toi, Robin, dépêche-toi !

— Ils nous ont bien eus, dit Carmine à Abe et Corey. Comment avons-nous pu être aussi bêtes ? On surveille les routes, et on ne pense même pas au port. Ils l'ont déposée ici par bateau.

— Le rivage était encore gelé samedi soir, dit Abe. Ils ont dû improviser à la dernière minute, ils ne peuvent pas avoir préparé ça.

— Au contraire ! Le dégel leur a facilité les choses, c'est tout. Sinon, il leur aurait suffi de marcher sur la glace, en partant d'une rue où nous ne patrouillons pas. Ils ont dû se servir d'un canot et approcher assez près pour jeter le corps sur la rive, sans jamais y poser le pied.

Patrick vint les rejoindre.

— Elle est complètement congelée. Une robe cousue de perles, cette fois, pas de paillettes. Un tissu un peu semblable à de la dentelle, sans en être vraiment. Elle semble plus à sa taille que dans le cas de Margaretta, mais je n'ai pas encore retourné le corps, je ne sais pas si elle est boutonnée. Pas de marques de liens, la tête a été tranchée d'un coup.

— Nous ne trouverons rien ici, puisqu'ils n'ont pas débarqué. Alors je te laisse, dit Carmine, avant d'ajouter à l'adresse de ses adjoints : venez, les gars, il va falloir demander à tous ceux qui habitent au bord de l'océan s'ils ont vu ou entendu quoi que ce soit. Corey, monte à bord du bateau de la police et va enquêter auprès des équipages des tankers et des cargos au mouillage dans le port. Quelqu'un est peut-être monté sur le pont pour respirer un peu d'air frais, après tant de jours passés dans les soutes, et a vu un canot. C'est le genre de truc qu'un marin remarque toujours.

— C'est la même chose que pour Margaretta, dit Patrick à Silvestri, Marciano, Carmine et Abe, pendant que Corey faisait le tour du port. Les épaules de Faith étaient étroites, ses seins plutôt petits, ils ont pu boutonner la robe. Je n'y ai pas trouvé la moindre trace, ce qui veut dire que lors du trajet en canot, le corps a dû être enveloppé dans une feuille de nylon étanche.

— Comment est-elle morte ? demanda Marciano.

— Violée avec un engin acéré, comme Margaretta. Je ne sais toujours pas s'il a été conçu pour tuer, ou s'ils auraient voulu qu'il opère plus lentement. Elle était à peine morte qu'ils l'ont placée dans un congélateur, un peu semblable à ceux des supermarchés, en tout cas assez grand pour qu'elle y soit allongée bras tendus et jambes écartées. Les deux filles ont été habillées une fois congelées. Faith avait deux orteils un peu déformés au pied gauche, suite à une fracture quand elle était petite. Il sera donc facile à sa famille de l'identifier.

— Est-ce que les deux robes sont de même origine ? demanda Silvestri. Elles sont à la fois semblables et différentes.

Patrick eut un petit sourire.

— Je ne suis pas un expert en ce domaine, mais la copine de Carmine pourra vous le dire mieux que moi.

Le lieutenant rougit. C'était donc évident à ce point ? Et alors ? Ils étaient dans un pays libre, après tout ! Il espéra simplement qu'ils n'auraient pas besoin du témoignage de Desdemona pour confondre ces fils de pute. C'était sûrement la plus grosse erreur qu'il avait commise dans cette affaire.

— Carmine, intervint Marciano, est-ce que tu as trouvé quelque chose au sujet de la robe rose ?

— Rien. J'ai chargé quelqu'un d'enquêter auprès des boutiques qui vendent ce genre de fringues, mais apparemment, à cent dollars l'unité, c'est trop cher pour le

Connecticut. Ce qui est surprenant, vu qu'on y trouve certaines des maisons les plus riches de tous les États-Unis.

— Les mères fortunées passent leur temps à se rendre en Cadillac d'un centre commercial à l'autre, dit Silvestri. Elles n'hésitent pas à pousser jusqu'à Boston ou à Manhattan.

— Dans ce cas, dit Carmine en souriant, il faudra consulter l'annuaire des professionnels, du Maine à Washington. Qui veut du café et des beignets ?

Au moins, il a retrouvé un peu d'appétit ! songea Patrick.

Dieu sait ce qu'il pouvait bien trouver à cette Anglaise. Pourtant, plus Patrick la regardait, plus il la trouvait séduisante. Une chose était certaine, en tout cas : elle n'était pas idiote. Ça ne pouvait que plaire à quelqu'un comme Carmine.

— Addison est parti pour le Hug, dit gaiement Robin à Carmine quand il arriva chez les Forbes.

— Vous avez l'air tout heureuse !

— Lieutenant, je viens de passer trois ans en enfer. Après son infarctus, Addison s'est convaincu qu'il n'avait plus beaucoup de temps à vivre. Il n'osait plus rien entreprendre. D'où le jogging et sa volonté de ne se nourrir que de fruits et de légumes crus. Je suis parfois allée jusqu'à Rhode Island pour trouver du poisson qu'il accepterait de manger. Il était persuadé jusqu'à présent qu'un nouveau choc le tuerait, et il faisait tout pour s'y soustraire. Et puis ce matin, il a trouvé cette fille, ça l'a vraiment secoué, mais ça ne l'a pas tué. Du coup, il a repris espoir, et je crois que nous allons enfin retrouver une vie normale.

Carmine s'en fut après un tour rapide de la propriété. Le docteur Forbes serait désormais un homme plus heureux ; à moins que le Hug soit contraint de fermer ses portes. Cela faisait-il partie du plan des Fantômes ? Et si oui, pourquoi ? Cherchaient-ils en fait à abattre le professeur Robert Mordent Smith ? Auquel cas, ils étaient bien près de réussir. Et Desdemona ? Que venait-elle faire là-dedans ? Il avait passé le petit déjeuner à l'interroger. Avait-elle vu quelque chose d'étrange depuis qu'elle avait pris son poste ? Quelqu'un du Hug lui avait-il dit un jour quelque chose de bizarre ? Prenant le temps de réfléchir, elle avait répondu patiemment, mais, à chaque fois, négativement.

Le lieutenant se dirigea vers Bridgeport. Il ne s'attendait pas à ce qu'on lui permette de voir le Prof, mais il devrait pouvoir inspecter les lieux d'aussi près que possible, car la surveillance semblait assez relâchée dans cet établissement. La police locale prétendait qu'il serait facile à un pensionnaire de s'échapper.

En franchissant l'imposant portail de Marsh Manor, il remarqua qu'en effet, aucune patrouille de sécurité ne semblait être présente. *C'est donc l'agoraphobie qui empêche les patients de s'échapper,* pensa-t-il.

Après une rapide inspection de l'institution, Carmine décida d'aller rendre visite à la famille Chandra. Ils vivaient non loin de la Route 133, dans un endroit bucolique semé de fermes, de granges et de pommiers. Carmine n'avait pu interroger le professeur au Hug car il n'y travaillait plus depuis vendredi.

Une demi-douzaine d'habitations étaient dispersées sur un espace d'environ cinq hectares. Une vie luxueuse pour un couple et ses enfants : de toute évidence, les Chandra ne s'occupaient de rien, ils avaient assez d'argent pour que d'autres s'en chargent. Un claquement de doigts, et ce qu'ils voulaient faisait aussitôt son apparition.

Le docteur Nur Chandra reçut Carmine dans son imposante bibliothèque.

— Mon départ ne m'est pas agréable, lieutenant, mais c'est un mal nécessaire. C'est dommage, le Hug a vraiment fait beaucoup pour moi.

— Alors, pourquoi partir ?

— Allons, allons, monsieur, lança le chercheur d'un ton méprisant, vous voyez bien que le Hug appartient au passé ! On me dit que les Parson cherchent un moyen de ne plus le financer, et Robert Smith n'a aucune chance d'y revenir. Mieux vaut que je m'en aille dès maintenant, avant d'avoir à marcher sur de nouveaux cadavres. Il faut que je parte pendant que ce monstre continue à tuer, je serai ainsi à l'abri des soupçons. Car vous ne le capturerez pas, lieutenant.

— Docteur Chandra, tout cela a l'air très logique, mais je crois tout de même que vous profitez de la situation. Le Hug est en plein chaos, et vous pouvez ainsi partir avec vos singes sans rencontrer trop de résistance. Car ils représentent près d'un million de dollars d'investissement de la part de votre employeur, quoi que puisse dire votre contrat.

— Oh ! Je vois que vous être très sagace, lieutenant. En effet, c'est la raison pour laquelle je m'en vais maintenant. Partir avec les singes, c'est placer les Parson devant un fait accompli. Et démêler la situation sera, d'un strict point de vue juridique, une véritable horreur.

— Les macaques sont encore au Hug ?

— Non, ils sont ici, à titre provisoire. Avec Cecil Potter.

— Et quand partez-vous pour le Massachusetts ?

— Vendredi prochain, avec ma femme et mes enfants. Mais les singes s'en vont dès demain.

— J'ai entendu dire que vous aviez fait l'acquisition d'un endroit assez agréable à Boston.

— Oui. Très semblable à celui-ci, à vrai dire.

C'est à ce moment que Surina Chandra fit son apparition, vêtue d'un sari écarlate incrusté de broderies et de fils d'or, le cou et les cheveux chargés de bijoux. Derrière elle, deux petites filles d'environ sept ans, des jumelles. Carmine fut sidéré de leur beauté, mais il eut aussitôt un choc : elles portaient deux robes assorties, d'un vert glacé un peu éthéré, en dentelle couverte de paillettes, avec une longue jupe et des manches bouffantes.

Il parvint à se contrôler tant bien que mal tandis que la mère faisait les présentations. Leela et Nuru étaient des fillettes un peu craintives, avec d'immenses yeux sombres et des cheveux noirs rassemblés en lourdes tresses qui leur tombaient sur les épaules. Elles avaient des diamants dans leurs lobes d'oreilles et, comme Surina Chandra, il émanait d'elles un parfum oriental, lourd et musqué.

— Vos robes sont superbes, leur dit Carmine en se penchant vers elles, mais sans s'approcher de trop près.

— Oui, dit la mère, elles sont très jolies. C'est difficile de dénicher ce genre de vêtement en Amérique, et elles ont été fascinées quand elles les ont vues.

— Madame Chandra, est-ce indiscret de vous demander où vous les avez trouvées ?

— Dans un centre commercial, pas très loin de l'endroit où nous allons vivre. Une jolie boutique pour fillettes, mieux que tout ce que j'ai pu voir dans le Connecticut.

— Vous pouvez me dire où ?

— Oh, j'ai bien peur que non. Je ne connais pas assez bien la région, tout me semble un peu identique.

— Et vous ne vous souvenez pas non plus du nom de la boutique ?

Elle eut un petit rire.

— Oh, mais si ! Tinker Bell !

Mère et filles s'en furent, les jumelles agitant les mains un peu timidement à l'adresse de Carmine.

— Elles vous trouvent sympathique, dit Chandra.

C'était agréable, mais Carmine avait d'autres priorités.

— Docteur Chandra, puis-je utiliser votre téléphone ?

— Certainement, lieutenant. Je vais vous laisser seul.

Ils ont de bonnes manières, pas de doute là-dessus, songea Carmine en composant, d'une main tremblante, le numéro de Danny Marciano.

— Je sais d'où viennent les robes, lança-t-il. D'un magasin nommé Tinker Bell, en deux mots. Dans un centre commercial pas loin de Boston, mais il peut y en avoir d'autres.

— On a trouvé deux magasins de ce nom, annonça Marciano quand Carmine entra dans son bureau. Un à Boston, l'autre à White Plains, tous deux dans des centres commerciaux assez rupins. Tu es sûr de toi ?

— Oui. Les deux filles de Chandra portaient un modèle exactement semblable à celui de Margaretta, mais de couleur verte. Le problème est de savoir dans quel magasin les Fantômes se sont rendus.

— À première vue, White Plains. C'est plus proche d'ici, à moins bien sûr qu'ils ne vivent près de la frontière avec le Massachusetts, ce qui est toujours possible.

— Alors, Abe ira à Boston demain, tandis que je m'occuperai de White Plains. Danny, on a enfin un indice !

23

Mardi 15 février 1966

Le Tinker Bell de White Plains était situé dans un centre commercial abritant des boutiques de meubles et de vêtements assez chic, mêlées comme à l'habitude à des fast-foods et des blanchisseries automatiques, ainsi que quelques restaurants, qui manifestement n'étaient ouverts qu'à midi. L'endroit, de construction récente, s'étendait sur deux niveaux, mais Tinker Bell se trouvait au rez-de-chaussée, tout près de l'entrée.

Carmine examina le magasin de l'extérieur. Il était très vaste, entièrement consacré aux vêtements pour fillettes et faisait actuellement une promotion sur les vêtements d'hiver en fibres naturelles. Plusieurs dizaines de clientes parcouraient les rayons, parfois avec des enfants en remorque, parfois seules. Aucun homme en vue. *Il n'y a jamais de vols dans un endroit comme ça ?* se demanda Carmine, en vrai professionnel.

Il entra en tentant de prendre un air dégagé, bien qu'il eût l'impression de faire tache et d'avoir le mot « FLIC » inscrit sur le front. C'était aussi, manifestement, l'opinion des clientes, qui s'éloignaient en toute hâte, et des vendeuses, qui se regroupèrent craintivement dans un coin.

— Pourrais-je parler à la direction, s'il vous plaît ? demanda-t-il à l'une d'elles, qui n'avait pas rejoint ses collègues assez vite.

Elle l'emmena aussitôt à l'arrière du magasin et frappa à une porte.

Mme Giselle Dobchik le fit entrer dans une pièce minuscule remplie de boîtes en carton et de classeurs. Elle avait la quarantaine, les cheveux blonds, des ongles vernis, mais pas trop longs – sûrement pour ne pas abîmer la marchandise – et était vêtue avec élégance. Un coffre-fort trônait près de la table qui lui servait de bureau. Quand il sortit son insigne, elle resta impassible.

— Reconnaissez-vous ceci, madame ? demanda-t-il en sortant d'un sac les robes lilas et rose.

— Cela vient très certainement de chez nous, dit-elle en glissant la main dans le tissu pour en éprouver les coutures. On a enlevé nos étiquettes, mais je suis sûre que ce sont d'authentiques robes de Tinker Bell. Les perles et les paillettes sont disposées à notre façon, nous avons nos petits trucs.

— Et bien sûr, vous ne pouvez pas me dire qui les a achetées ?

— Ça pourrait être n'importe qui, lieutenant. Mais nous avons toujours un exemplaire de chaque modèle et de chaque couleur en stock. Venez avec moi.

Sortant de son bureau, elle le conduisit dans un rayon consacré aux robes de fête, accrochées par dizaines sur des cintres. Il devait y en avoir plus de deux cents, dans des teintes allant du blanc au rouge sombre, toutes brodées de paillettes ou de perles.

— Six tailles, de trois à douze ans, vingt modèles différents, vingt couleurs différentes, expliqua-t-elle. C'est un de nos plus gros succès, elles partent à peine mises en rayon. Vous comprenez, il vaut mieux que deux fillettes assistant à la même soirée ne portent pas la même robe ! C'est un signe de statut social, dans tout le Connecticut.

— Madame Dobchik, puis-je vous offrir un café ? J'ai vraiment l'impression d'être un éléphant dans une boutique de porcelaine, ça ne peut pas être bon pour vos affaires.

— Avec plaisir. Ce sera une pause bienvenue !

— Vous m'avez parlé du problème de deux fillettes portant la même robe dans une soirée, dit Carmine. Ça me conduit à penser que vous gardez des archives détaillées.

— Oui, il le faut bien. Mais les deux que vous m'avez montrées sont en vente depuis plusieurs années – cinq ans pour la rose, quatre pour la lilas –, et nous en avons vendu beaucoup. De plus, les vôtres sont en si mauvais état qu'il n'est plus possible de dire exactement quand elles ont été faites.

— Où sont-elles fabriquées ?

— Nous avons à Worcester, dans le Massachusetts, une petite usine que dirige mon frère. Je m'occupe de la boutique de White Plains, ma sœur de celle de Boston. C'est une entreprise familiale.

— Il arrive que des hommes viennent acheter chez vous ?

— Ça arrive, mais la clientèle est essentiellement féminine. Généralement, les hommes viennent chercher chez moi de la lingerie pour leurs épouses. Je ne les vois pas offrant de telles robes à leurs filles.

— Est-il arrivé que quelqu'un achète deux modèles de la même taille, mais de couleur différente, le même jour ?

— Plus que deux modèles, même, répondit Mme Dobchick, qui sourit : c'était une sacrée vente ! Douze robes de taille dix-douze ans, chacune d'une couleur et d'un modèle différents.

Carmine sentit ses cheveux se dresser sur sa nuque.

— Quand était-ce ?

— Fin 63, je crois. Je peux vérifier.

— Avant que vous le fassiez, vous souvenez-vous de l'acheteuse ? À quoi ressemblait-elle ?

— Proche de la soixantaine, vêtue d'un manteau de zibeline, des cheveux teints en bleu, un peu de maquillage, un grand nez, des yeux bleus, des lunettes à double foyer, une voix agréable… Un sac à main et des chaussures Charles Jourdan, de longs gants de chevreau de couleur assortie… Elle a payé en liquide. Puis un chauffeur en livrée a porté toutes les boîtes jusqu'à la limousine, une Lincoln noire. Je m'en souviens fort bien, vous pensez ! Par contre, je ne pourrai pas vous donner son nom. Mais c'est la plus grosse vente de robes que nous ayons jamais faite. Mille huit cents dollars, chaque robe étant à cent cinquante dollars pièce. Cette femme sortait des billets de cent dollars d'une pile de plusieurs centimètres…

— Vous lui avez demandé pourquoi elle achetait autant de robes de la même taille ?

— Bien sûr ! Elle m'a répondu en souriant qu'elle représentait une organisation de charité qui les offrirait à un orphelinat de Buffalo en guise de cadeaux de Noël.

— Vous y avez cru ?

— Pourquoi pas ?

Carmine et Mme Dobchik revinrent au magasin, où elle lui montra le relevé de la vente. Pas de nom, paiement en liquide.

— Vous avez pris les numéros des billets, observa-t-il. Pourquoi ?

— Il en circulait des faux à l'époque, alors j'ai vérifié auprès de ma banque pendant que les filles mettaient les robes dans des cartons.

— Et c'était des vrais ?

— Oui. La banque a surtout été surprise de constater qu'ils dataient de 1933, juste après que le gouvernement fédéral eut suspendu la convertibilité en or. De plus, ils étaient comme neufs. Mais du moment qu'ils étaient authentiques…

— C'est sûr, c'est le principal, dit Carmine.

Il examina les numéros de plus près : ils se suivaient, ce qui était plutôt rare. Mais ça ne voulait pas dire grand-chose.

Mme Dobchik le raccompagna.

— Vous êtes sur une affaire passionnante ?

— Hélas non, madame. Juste une autre histoire de faux billets.

— Nous savons maintenant que les Fantômes ont planifié la seconde série de meurtres avant même d'avoir entamé la première, dit Carmine à son auditoire fasciné. La vente a eu lieu en décembre 1963, avant que Rosita Esperenza, la première victime, ne soit enlevée. Ils en ont kidnappé douze, à raison d'une tous les deux mois, prenant les robes dans leur stock acheté chez Tinker Bell. En tout cas, les tueurs n'obéissent pas à un cycle lunaire, comme le voudraient les psychiatres, maintenant qu'il y a un enlèvement tous les mois. Ce serait plutôt un cycle solaire, ça marche toujours par douze…

— Est-ce que la découverte des robes nous sera vraiment utile ? demanda Silvestri.

— Non, pas avant qu'il y ait un procès.

— Et il faut arrêter les tueurs d'abord, intervint Marciano. Carmine, qui était la grand-mère, d'après toi ?

— Un des deux Fantômes.

— Mais tu nous as dit un jour que ces crimes n'étaient pas commis par des femmes.

— Oui, et je le pense toujours. Mais il est assez facile à un homme de se déguiser en femme d'un certain âge.

— Un manteau de zibeline, un chauffeur, une limousine, maugréa Silvestri. Est-ce qu'on peut exploiter le fait que c'était une Lincoln ?

— Je vais mettre Corey sur l'affaire, mais je n'y crois guère. Je suis persuadé que le chauffeur était l'autre Fantôme. Il est amusant que Mme Dobchik ait pu me faire un portrait très détaillé de l'acheteuse, en signalant même qu'elle avait des lunettes à double foyer, sans pouvoir rien me dire du chauffeur, sinon qu'il était vêtu de noir et portait des gants.

— Non, c'est logique, intervint Patrick. Mme Dobchik vend des vêtements, elle a affaire tous les jours à des femmes aisées, mais pas aux hommes de peine. Et elle connaît tous les genres de fourrure, tous les sacs à main, toutes les chaussures…

— On n'est toujours pas plus près des Fantômes, grommela Silvestri.

— Tout de même, John, nous avons fait des progrès. Mais c'est vrai que nous en sommes réduits à chercher une aiguille dans une meule de foin. Le Connecticut compte environ trois millions d'habitants. Et c'est un petit État : pas de grande métropole, une dizaine de villes importantes, une centaine de villes moyennes… mais ça fait quand même une grosse meule de foin. J'ai compris dès le début qu'y chercher une aiguille n'était pas la bonne méthode. Les robes de chez Tinker Bell peuvent avoir l'air d'une impasse, mais je ne le pense pas. C'est un clou de plus dans le cercueil, une preuve supplémentaire. Pour le moment, c'est comme si nous regardions un puzzle représentant un ciel bleu. Les robes en sont une des pièces manquantes.

Carmine se pencha en avant, tout à son idée.

— Pour commencer, il n'y a plus un Fantôme, mais deux. En second lieu, ils sont très proches, comme des frères. Je ne sais pas quelle est leur couleur de peau, mais ce qu'eux voient, avant toute chose, c'est un visage. Un type de visage peu répandu chez les Blanches, mais aussi chez les Noires. Les Fantômes travaillent réellement en équipe ; chacun a des tâches à accomplir, des domaines de compétence spécifiques. Ce qui s'applique sans doute aussi à ce qu'ils font à leurs victimes : tu lui fais ceci, je lui fais cela. Pour ce qui est de les tuer, je soupçonne, sans en être certain, que c'est le dominé qui s'en charge. Ensuite, il nettoie. S'ils gardent les têtes, c'est à cause du visage, ce qui veut dire que quand nous les capturerons, nous retrouverons toutes les têtes, depuis Rosita Esperenza. Tant que leurs activités nous sont restées inconnues, ils ont procédé à des enlèvements en plein jour, mais à partir de Francine Murray, ils ont eu plus de mal. Je commence à penser qu'ils sont passés à des kidnappings de nuit à cause de la police, et pas à cause d'un plan prévu de longue date. C'est tout simplement moins risqué.

— Le visage… dit Patrick. C'est la première fois que je t'entends négliger tous les autres critères, Carmine. Qu'est-ce qui te fait croire que c'est ça ? Pourquoi ne plus tenir compte de la couleur de peau, de la race, de la taille, de la religion ?

— Pat, tu sais à quel point j'ai réfléchi à tous ces éléments, mais j'ai finalement estimé que c'était le visage. Cela m'est venu sur le chemin du retour. À cause de Margaretta Bewlee. Une Noire, après plusieurs filles couleur café au lait. Qu'est-ce qu'elle avait en commun avec elles ? Le visage. Et rien d'autre.

— Et l'innocence ? demanda Marciano.

— Oui, certes, mais ce n'est pas cela qui pousse les Fantômes à enlever ces filles, c'est le visage.

Carmine s'interrompit et fronça les sourcils.

— Vas-y, vas-y ! lança Silvestri.

— Les Fantômes, ou un des deux, ont connu quelqu'un qui avait ce visage et qu'ils haïssent davantage que l'humanité tout entière. Un des deux, ou les deux ? Pour celui qui domine, pas de doute ; pour le dominé, il est soumis à l'autre, il hait ce que l'autre hait. Qu'ils épilent le pubis de leurs victimes m'a frappé. Cela laisse penser que le visage qu'ils abominent était celui d'une fillette. Mais alors, pourquoi n'enlèvent-ils pas des gamines prépubères ? Ils ne manquent ni du sang-froid ni de l'intelligence nécessaires. Celle qui avait ce visage est-elle quelqu'un que l'un au moins des Fantômes a connu autrefois, de l'enfance à l'âge adulte ? Qu'il haïssait en tant que femme, plus qu'en tant qu'enfant ? C'est une énigme à laquelle je n'ai pas de réponse.

— S'agissant du côté enfant, intervint Silvestri, ils sont allés plus loin avec leurs récentes victimes, puisqu'ils les ont vêtues de robes pour petites filles.

— Si nous savions qui avait ce visage, nous connaîtrions l'identité des Fantômes. En revenant de White Plains, j'ai passé mon temps à tenter de me souvenir des demeures de chaque membre du Hug, pour savoir s'il n'aurait pas été accroché aux murs, mais je n'ai rien trouvé.

— Tu penses toujours que c'est quelqu'un du Hug ? demanda Marciano.

— L'un des Fantômes y travaille, ça ne fait pas de doute. Mais pas l'autre. Il se charge des repérages, peut-être de certains des enlèvements. Il y a forcément quelqu'un du Hug dans cette histoire. Je sais bien que les corps auraient pu être déposés dans n'importe quel congélateur de la fac de médecine, mais ce n'est qu'au Hug qu'on peut y déposer des gros sacs, directement depuis le coffre d'une voiture. Et il faut vraiment connaître l'endroit pour accéder au parking, et savoir qu'il est entièrement désert aux environs de 5 heures du matin. Je ne dis pas pour autant que les Fantômes n'auraient pas pu trouver d'autres congélateurs, mais simplement qu'il est beaucoup plus facile d'utiliser celui du Hug.

— Oui, dit Silvestri, c'est sûrement ça.

— Tu es sûr que ce n'est pas Desdemona, Carmine ? lança Patrick.

— Je suis certain que non.

— Ah ah ! Tu soupçonnes quelqu'un ?

— Non, et c'est bien là ce qui me tourmente. Je devrais, pourtant. J'ai l'impression de ne pas voir quelque chose qui est pourtant juste sous mon nez.

— Va discuter avec Eliza Smith, proposa Desdemona, la tête posée sur l'épaule de Carmine. Tu ne me dis rien d'important, je le sais, mais je suis sûre que tu crois que le Fantôme est quelqu'un du Hug. Eliza connaît l'endroit depuis sa création. Elle ne se mêle pas de ce qui ne la regarde pas, mais elle sait beaucoup de choses que les autres ignorent, ne serait-ce que parce que le Prof lui raconte les problèmes qu'il a avec les autres. De plus, elle a passé un doctorat de psychologie à la fac. Tu devrais la voir.

— Tu crois que le Prof lui a déjà parlé de toi ?

— Certainement pas ! D'une certaine façon, je gravite sur une orbite extérieure. On voit en moi une sorte de comptable, pas une scientifique, si bien que je n'ai aucune importance pour le Prof. Mais je parle sérieusement, Carmine : discute avec Eliza Smith. Je suis sûre qu'elle possède sans le savoir les pièces manquantes du puzzle.

24

Lundi 21 février 1966

Les conséquences du dégel tinrent Carmine si occupé qu'il ne put aller voir Mme Smith que près d'une semaine après que Desdemona le lui eut suggéré. Au demeurant, il ne voyait pas en quoi elle pourrait l'aider dans son enquête, d'autant plus que chacun savait désormais que le Prof ne reviendrait pas au Hug.

La température remonta, le vent tomba ; c'était un temps idéal pour les manifestants, encore froid, mais pas déplaisant. Dans tout l'État, le couvercle posé par les conditions météorologiques sur l'agitation raciale se mit à fondre. Il y eut des violences un peu partout.

À Holloman, Mohammed el Nesr interdit strictement toute émeute. À ce stade de son action, il n'entrait pas dans ses plans de risquer mandats de perquisition et arrestations. La Brigade Noire et ses dirigeants dissimulaient un formidable arsenal d'armes dont il ne fallait révéler l'existence à aucun prix. Sans être aussi nombreux qu'il l'aurait espéré, ses disciples se rassemblèrent en groupes devant la mairie, les bâtiments administratifs du comté, la gare, la résidence de M.M. et, bien entendu, le Hug, criant des slogans et agitant le poing. Leurs pancartes dénonçaient le monstre du

Connecticut, tueur de Noires, Blanc que la police ne voulait pas arrêter.

— Ce qu'il faut, dit Wesley à Mohammed, c'est mettre en lumière la discrimination raciale. Les filles du Blanc sont en sécurité, mais pas les autres. Même le gouverneur dans sa tour d'ivoire ne peut dire le contraire. Toutes les villes industrielles du Connecticut sont à quatre-vingts pour cent noires, on n'a rien à craindre.

Mohammed el Nesr avait bien l'air de l'aigle auquel il avait emprunté son nom arabe : un homme au nez aquilin, d'une taille et d'une carrure imposantes, aux cheveux courts, cachés sous une coiffure qu'il avait conçue lui-même et qui ressemblait un peu à un turban légèrement aplati. Au début, il s'était laissé pousser la barbe, puis avait estimé qu'elle dissimulait trop un visage que rien ne pourrait jamais faire paraître bestial, cruel ou laid. Il se déplaçait avec l'aisance précise de l'ancien militaire qu'il était : du temps où il s'appelait encore Peter Scheinberg, il avait atteint le rang de colonel dans l'armée de terre. Et il avait deux diplômes de droit.

Au 18 de la 15e Rue, son quartier général était rempli de livres, car c'était un lecteur insatiable d'ouvrages de droit, de politique et d'histoire. Il étudiait le Coran avec ferveur, et savait mener les hommes. Pour autant, il cherchait encore le meilleur moyen de mener à bien sa révolution ; les villes industrielles étaient majoritairement noires, mais le pays tout entier appartenait au Blanc et n'était pas totalement urbanisé, loin de là. Il avait d'abord pensé recruter des disciples au sein des militaires, mais ses collègues noirs, quoi qu'ils puissent penser en privé, avaient rarement été tentés de rejoindre sa cause. En quittant l'armée, il s'était donc installé à Holloman, pensant qu'une telle ville, pas très importante, serait le meilleur endroit pour attirer les masses des ghettos, qu'une pierre jetée dans cette mare y ferait naître des ondes qui s'étendraient de plus en plus loin. Très grand orateur, il avait certes été invité à prendre la parole à New York, Chicago, ou Los Angeles, mais partout les dirigeants locaux étaient jaloux de leurs prérogatives et refusaient de le considérer comme quelqu'un d'important. À cinquante-deux ans, il savait qu'il manquait de l'argent et de l'organisation nécessaires pour attirer les gens comme il l'aurait voulu. Beaucoup refusaient de le suivre, lui préférant Martin Luther King, pacifiste et chrétien.

Et voilà que ce petit minable venu de Louisiane jugeait bon de lui donner des conseils. Comment avait-il pu le laisser faire ?

— J'ai réfléchi à ce que tu nous as dit voilà deux mois, poursuivit Wesley, tu te souviens ? Que notre mouvement avait besoin d'un martyr. J'y travaille !

— C'est bien, mon gars, je suis fier de toi. En attendant, retourne sur la 11e Rue.

— Comment se présente la manif de dimanche ?

— Très bien. Je pense qu'on va pouvoir rassembler cinquante mille personnes. Maintenant, laisse-moi, il faut que je rédige mon discours.

Comme il en avait reçu l'ordre, Wesley rejoignit donc la 11e Rue, où il fit savoir que Mohammed el Nesr prendrait la parole dimanche prochain sur le Green. Chacun devait non seulement y aller, mais aussi convaincre ses amis et ses voisins de venir.

C'est quand même dommage, songea-t-il, *qu'aucun Blanc n'ait l'idée de descendre Mohammed.* Quel martyr il ferait ! Mais on n'était pas dans le Sud, avec ses *Rednecks,* ses membres du Klan et ses néonazis. Ici, c'était le Connecticut, un des treize États fondateurs des États-Unis, le paradis de la liberté de parole.

Carmine savait que, contrairement à ce que pensait Wesley, le Connecticut comptait bon nombre de racistes blancs, mais qui s'en tenaient presque tous à bavasser, ce qui ne coûtait rien. Chacun d'entre eux était toutefois surveillé de près, car il n'était pas question que quelqu'un puisse abattre Mohammed el Nesr dimanche prochain. Carmine avait donc entrepris de le protéger, de déterminer où seraient placés les tireurs d'élite de la police, ou combien de flics en civil pourraient rôder aux environs d'une manifestation anti-Blancs. Mohammed el Nesr ne devait à aucun prix devenir un martyr.

Le samedi soir, un véritable blizzard fit tomber, en une seule nuit, près de quarante centimètres de neige, tandis qu'un vent glacial assurait qu'aucune manifestation n'aurait lieu à Holloman. *Sauvé par les intempéries, une fois de plus,* songea Carmine.

Débarrassé du devoir de surveillance des manifestations, le lieutenant put donc emprunter la Route 133 et se rendre chez Mme Smith.

— Les garçons sont partis à l'école très déçus que la neige ne soit pas tombée, dit-elle en l'accueillant. Ils espéraient tellement ne pas aller à l'école…

— J'en suis navré pour eux, mais ravi pour moi, madame Smith.

— Vous parlez de la manifestation prévue hier ?

— Exactement.

— Dieu aime la paix, dit-elle simplement.

— Alors, pourquoi ne la fait-il pas régner davantage ?

— Parce que, après nous avoir créés, Il est parti ailleurs, quelque part dans un univers immense. En nous créant, Il a inséré dans notre mécanisme un rouage qui nous fait aimer la paix. Puis ce rouage a cessé de fonctionner, et bang ! Mais Dieu est trop loin pour revenir, à présent.

— C'est une théorie intéressante.

Eliza le conduisit dans la cuisine.

— J'ai fait des gâteaux papillon, en voulez-vous ? Je vais nous préparer du café, pour les accompagner.

Carmine découvrit qu'il s'agissait de cakes dont on avait ôté la partie supérieure, qu'on avait évidés, puis remplis de crème fouettée. Les couvercles, coupés ensuite en deux moitiés, étaient disposés de manière à faire penser à des ailes. Ces gâteaux étaient délicieux.

— Alors, lieutenant, dit-elle, qu'est-ce qui vous amène ?

— Desdemona Dupré. Elle m'a dit que je devrais parler avec vous des gens du Hug, parce que c'est vous qui les connaissez le mieux. Accepterez-vous, ou m'enverrez-vous promener ?

— Il y a trois mois, je vous aurais éconduit, mais maintenant les choses ont changé. Vous savez sans doute que Bob ne retournera pas au Hug ?

— Oui. Tout le monde semble être au courant, d'ailleurs.

— C'est une tragédie, lieutenant. Il est brisé. Il a toujours eu un côté obscur, je le savais depuis le début.

— Qu'entendez-vous par « côté obscur », madame Smith ?

— La dépression, le puits sans fond, la vacuité… Ce sont les termes qu'il emploie. C'est arrivé pour la première fois peu après la mort de Nancy, notre fille, qui a succombé à une leucémie. C'était notre aînée. Elle avait sept ans à l'époque, elle en aurait seize aujourd'hui.

— Vous avez une photo d'elle ?

— J'en ai des centaines, mais je les cache, à cause de Bob. Attendez une minute.

Elle revint avec l'une d'elles, manifestement prise avant sa maladie : une fillette adorable aux cheveux blonds bouclés, aux grands yeux bleus, avec la bouche un peu pincée de sa mère.

— Merci, dit-il en retournant le cliché avant de le poser sur la table. Comment s'est-il sorti de cette dépression ?

— Grâce au Hug. S'en occuper l'a sauvé. Mais ce ne sera pas le cas, cette fois-ci. Il ne sortira plus de sa cave et de ses trains.

— Comment la situation se présente-t-elle pour vous, financièrement parlant ?

— Aucun problème. Nos deux familles nous ont laissé des héritages importants, nous ne sommes pas contraints de gagner notre vie. Quelle perspective terrifiante pour deux enfants de vieilles familles comme nous ! Le travail, toujours le travail !

— Et vos fils ?

— Ils hériteront à leur tour. Ce sont de bons garçons.

— Pourquoi le Prof les bat-il ?

Eliza Smith ne tenta pas de nier.

— Son côté obscur. Entendons-nous bien, ça n'arrive pas souvent, seulement quand ils l'agacent, quand ils abordent des sujets délicats.

— Je me demandais s'ils allaient se joindre à leur père pour jouer avec les trains.

— Je crois qu'ils préféreraient mourir plutôt que de descendre dans la cave. Bob est très… égocentrique.

— C'est ce que j'avais remarqué.

— Il a horreur d'avoir à partager ses trains, c'est d'ailleurs pourquoi ils ont voulu tout saccager. Il vous a raconté l'ampleur du désastre ?

— Oui, il m'a dit qu'il lui avait fallu quatre ans pour tout remettre en état.

— Ce n'est pas vrai. Les garçons avaient cinq et sept ans. En fait, ils se sont contentés de semer un peu de désordre, mais il les a battus férocement. J'ai dû lui arracher le fouet, et lui dire que s'il recommençait, j'irais voir la police. Il a compris que je parlais sérieusement, même s'il les fouette encore de temps à autre. Mais jamais sous le coup de la fureur, comme il l'a fait à la suite de l'histoire des trains. Il les critique souvent, prétendant qu'ils ne sont pas dignes de leur sœur aînée, qui pourtant, croyez-moi, n'était pas une sainte.

— Les choses n'ont pas dû être faciles, pour vous, madame Smith.

— Sans doute, mais rien dont je ne puisse venir à bout.

— Parlez-moi de Walter Polonowski et de sa femme.

Eliza secoua la tête.

— Une histoire de fous ! Elle croyait qu'il était contre la contraception, il croyait qu'elle la refuserait. Ils ont donc eu quatre enfants alors qu'en fait ils n'en voulaient aucun, et ce avant de pouvoir se connaître réellement. C'est dur de se faire à la vie commune, surtout quand l'autre change sous vos yeux en quelques mois. Paola est bien plus jeune que Walt. Elle était très jolie autrefois, assez semblable physiquement à Marian. Quand elle a découvert la vérité sur leur liaison, elle aurait dû se taire. Elle a quatre enfants à élever, Walt aurait été sa vache à lait. Mais elle devra se contenter d'une pension alimentaire, car elle n'a aucune chance de trouver du travail, bien sûr. Walt ne lui donnera pas un dollar de plus qu'il ne doit, il va vendre la maison, et comme celle-ci n'est pas encore remboursée, Paola ne touchera pas grand-chose. Pour couronner le tout, Marian est enceinte, si bien que Walt sera contraint de payer l'entretien de deux familles. Il lui faudra donc s'établir comme praticien, ce qui est vraiment dommage, car c'est un bon chercheur.

— Vous êtes très pragmatique, madame Smith.

— Il en faut bien une dans la famille.

Prenant soin de ne pas la regarder, Carmine annonça :

— Il se raconte que le Hug va cesser d'exister, du moins sous sa forme actuelle.

— La rumeur est sans doute vraie, et ça va rendre les choix plus faciles pour certains chercheurs : Walt, Maurice Finch... Lui aussi est un homme brisé, à cause de la tentative de suicide de Schiller, comme de la découverte du corps de cette malheureuse fille. Mais j'ai surtout de la peine pour Charles Ponsonby.

— Pourquoi ? demanda Carmine, surpris.

— Charles n'est pas un chercheur très brillant, dit Eliza avec une neutralité étudiée. Bob le traîne depuis l'ouverture du Hug. C'est lui qui le guide dans ses travaux, et tous deux le savent, une sorte de complicité les unit. Je ne crois pas que quiconque le sache, à part moi.

— Et pourquoi votre époux fait-il cela, madame Smith ?

— À cause de très, très, très vieux liens. Nous autres Smith, Ponsonby et Courtenay – ma famille – venons tous des mêmes vieilles lignées. Ça remonte à des générations. De plus, Bob et moi avons vu la destinée détruire les Ponsonby.

— La destinée ?

— Len Ponsonby, le père de Charles et de Claire, était immensément riche, comme ses ancêtres. Ida, leur mère, venait d'une famille très aisée de l'Ohio. Puis Len a été assassiné, en 1930, je crois, en tout cas peu après le krach de Wall Street. Il a été battu à mort dans la gare d'Holloman par une bande de vagabonds qui ont tué deux autres personnes de la même façon. On a accusé la crise économique, l'alcool de contrebande, tout cela… En tout cas, personne n'a jamais été arrêté pour ce triple meurtre. Len avait perdu toute sa fortune lors du krach, si bien que la pauvre Ida s'est retrouvée pratiquement sans un sou. Elle a dû vendre les terres des Ponsonby. Une femme très courageuse !

— Comment avez-vous connu Charles et Claire ? demanda Carmine.

— J'étais dans la même classe que Claire, à l'école. Charles et Bob étaient également ensemble, avec quelques classes d'avance sur nous.

— Mais Claire est aveugle !

— C'est arrivé en 1939, juste après le début de la guerre en Europe, elle avait quatorze ans. Sa vue n'avait jamais été très bonne. Elle a été victime de décollements de rétine simultanés, elle est devenue aveugle pour ainsi dire du jour au lendemain. Horrible ! Comme si cette pauvre femme et ses trois enfants n'avaient pas assez souffert.

— Trois enfants ?

— Oui. Claire est la plus jeune, Charles l'aîné, Morton entre les deux. Il était fou, ne parlait jamais à personne, ne semblait pas se rendre compte de l'existence des autres. Il avait aussi des accès de violence. Il n'est jamais allé à l'école. Bob dit que de nos jours, on le considérerait comme autiste.

— Vous avez eu l'occasion de le voir ?

— De temps à autre. Mais Ida Ponsonby redoutait qu'il ne se mette en fureur, et l'enfermait quand nous venions jouer. Ce qui arrivait rarement, c'étaient Charles et Claire qui venaient chez Bob ou chez moi.

Carmine s'efforça à grand-peine de garder son calme. Quelle histoire incroyable ! Un frère dément !

Conscient que son interlocutrice le regardait, il posa une question prudente :

— À quoi ressemble Morton ? Où est-il aujourd'hui ?

— Il ne ressemble plus à rien, lieutenant. Tout s'est passé très vite, en quelques jours, peut-être une semaine. Claire est devenue aveugle, Ida Ponsonby l'a envoyée dans une école spécialisée à Cleveland, où elle avait de la famille. Elle était à peine partie que Morton est mort, d'une hémorragie cérébrale, je crois. Bien entendu, nous sommes allés à l'enterrement. On imposait de ces choses aux enfants, à cette époque ! Le cercueil était ouvert, nous avons dû nous pencher pour l'embrasser sur la joue. C'était la première fois de ma vie que je sentais l'odeur de la mort.

Elle frémit, puis continua :

— Pauvre enfant, il avait enfin trouvé la paix. Il est enterré avec le reste de la famille dans le vieux cimetière de la Vallée. Physiquement, il ressemblait tout à fait à Charles et à Claire.

Carmine n'avait pas eu le temps d'échafauder une nouvelle hypothèse qu'elle était déjà réduite en miettes. Impossible qu'Eliza Smith invente tout cela. L'histoire était forcément vraie. Certaines familles, sans qu'on sache pourquoi, étaient vouées aux tragédies.

— On dirait qu'il y a comme une tare chez eux, finit-il par dire.

— Oui, oui. Bob l'a compris en fac, dès qu'il a abordé l'étude de la génétique. Pas chez les Ponsonby, mais il y avait des antécédents dans la famille d'Ida. Qui est devenue folle à son tour un peu plus tard. J'ai dû la voir pour la dernière fois lors des funérailles de Morton. Claire étant à Cleveland, je n'allais plus chez eux.

— Quand est-elle revenue ?

— Quand Ida est devenue complètement folle, peu de temps après Pearl Harbor. Charles et Bob n'ont jamais été mobilisés, ils ont passé la guerre à faire leurs études de médecine. Claire est restée deux ans à Cleveland, elle a appris à lire le braille, à marcher avec une canne blanche. Elle a eu de nombreux chiens. Biddy est la quatrième.

Carmine se leva, accablé par l'ampleur de sa déception. L'espace d'un instant, il avait vraiment cru que l'affaire était élucidée, qu'il avait enfin découvert qui étaient les Fantômes. En fait, il n'avait pas progressé d'un pas.

— Merci pour vos gâteaux, madame Smith. D'après vous, y a-t-il d'autres membres du Hug à qui je devrais m'intéresser ? Tamara ?

Il hésita un instant et ajouta :

— Desdemona Dupré ?

— Ce ne sont pas des meurtrières, lieutenant, pas plus que Charles et Walt. Et Tamara est l'une de ces femmes qui ont le malheur de ne jamais pouvoir trouver l'homme qu'il faut.

Elle eut un petit rire avant de conclure :

— … et Desdemona est anglaise.

— Ce qui résume tout, pour vous ?

— En effet. Ils l'ont amidonnée quand elle était petite.

Carmine dit au revoir à Mme Smith et repartit d'un pas lourd vers la Ford.

Il pouvait, et même devait, se rendre chez Claire Ponsonby et lui demander pourquoi elle lui avait menti sur sa cécité. Cette femme avait vraiment connu bien des tragédies : un père assassiné, la disparition de la fortune familiale quand elle avait cinq ans, la perte de la vue à quatorze. À seize ans, elle avait été contrainte de revenir s'occuper de sa mère devenue folle, et ce pendant plus de deux décennies. Pourtant, Carmine n'avait pas discerné en elle le moindre apitoiement sur soi. Une sacrée femme. Mais pourquoi lui avait-elle menti ?

Biddy se mit à aboyer dès que la Ford emprunta le chemin d'accès du 6, Ponsonby Lane. Claire était donc là.

— Lieutenant Delmonico ! lança-t-elle avec gaieté en ouvrant la porte, tenant la chienne par son collier.

— Comment saviez-vous que c'était moi ?

— Le bruit de votre voiture. Elle doit avoir un moteur très puissant, on l'entend de loin. Venez donc dans la cuisine.

Elle s'y dirigea sans jamais effleurer le moindre meuble. Biddy s'y coucha dans un coin, les yeux fixés sur Carmine.

— Elle ne m'aime pas, dit-il.

— Elle n'aime pas grand monde, ne vous inquiétez pas. Que puis-je faire pour vous ?

— Me dire la vérité. Je viens de voir Mme Smith, qui m'a expliqué que vous n'étiez pas aveugle de naissance. Pourquoi m'avoir menti ?

Claire soupira.

— Parce que quand je dis la vérité, je déteste devoir répondre aux questions qui viennent ensuite. Qu'avez-vous ressenti après être devenue aveugle ? C'était vraiment dur ? Et ainsi de suite, à n'en plus finir. Je peux vous dire que c'était comme une condamnation à mort, que c'est la pire chose qui me soit jamais arrivée. Vous venez de rouvrir mes blessures, lieutenant, et elles saignent. Vous êtes satisfait ?

Elle lui tourna le dos.

— Je suis navré, mais il fallait que je vous pose la question.

— Je sais, je sais, répondit Claire en souriant.

— Mme Smith m'a également dit que Charles et vous aviez un frère, Morton, mort brusquement à l'époque où vous êtes devenue aveugle.

— Eliza a toujours la langue aussi bien pendue ! Vous devez être beau, elle a toujours eu l'œil pour ça. Pardonnez-moi si je me montre un peu mesquine, mais elle a eu ce qu'elle voulait, et moi pas.

— Je vous comprends, mademoiselle Ponsonby.

— Morton est mort alors que je venais de partir pour Cleveland. On n'a même pas pris la peine de me faire revenir pour les funérailles. Il est décédé si brusquement qu'il y a eu une enquête officielle, si bien qu'on aurait eu le temps de me ramener avant l'enterrement. En dépit de sa démence, c'était quelqu'un de très doux. Quelle tristesse…

Va-t'en, Carmine, tu as fait assez de mal pour aujourd'hui.

— Je vous remercie, mademoiselle Ponsonby, et je suis désolé de vous avoir fait de la peine.

Une enquête officielle… Cela signifiait que le dossier était dans les archives de Caterby Street. Il enverrait quelqu'un le chercher.

Retournant à Holloman, Carmine fit un crochet pour visiter l'ancien cimetière de la Vallée, pratiquement abandonné depuis près d'un siècle, car devenu trop petit. On y trouvait par dizaines des tombes au nom de Ponsonby, dont certaines extrêmement anciennes. La plus récente était celle d'Ida, décédée en novembre 1963. Morton était mort en octobre 1939, Leonard Ponsonby en janvier 1930. Les tombes étaient toutes d'une banale simplicité, les Ponsonby ne faisaient pas étalage de leur chagrin. *Pas plus que les Smith,* se dit Carmine en trouvant la tombe de Nancy, simple et dépouillée.

Remontant dans sa voiture, le lieutenant se demanda ce que deviendrait Charles Ponsonby après la disparition du Hug, et sans les conseils du Prof. Ouvrirait-il un cabinet ? Sûrement pas. Il se pourrait même qu'il ne trouve de travail nulle part. Il n'avait donc aucune raison de détruire le Hug.

Carmine entra en grommelant dans le bureau de Patrick et s'écroula dans un fauteuil.

— Comment ça va ? demanda son cousin.

— Tu sais ce qui me plairait, en ce moment, Patrick ?

— Non, quoi ?

— Un bon échange de coups de feu sur le parking de la fac, de préférence au pistolet-mitrailleur. Ou alors une bonne rencontre avec dix truands masqués retenant en otage le personnel de la First National City Bank. Un peu d'action, quoi !

— Ça, c'est une remarque de flic qui a mal au cul à force d'être assis tout le temps.

— Tu as fichtrement raison. C'est vraiment une affaire pénible, je ne fais que parler, parler, parler à n'en plus finir. J'en ai vraiment ras le bol.

— J'ai appris que Jill Menzies a fait des croquis à partir des descriptions de la patronne de Tinker Bell. Qu'est-ce que ça a donné ?

— Rien, répondit Carmine. Tiens, au fait, Pat, toi qui as de la mémoire, est-ce que tu te souviens d'un triple meurtre à la gare, en 1930 ? Trois personnes ont été battues à mort par une bande de vagabonds. Le père de Charles et Claire Ponsonby était l'une des trois victimes. Il venait de perdre tout l'argent de la famille dans le krach financier, l'année précédente.

Patrick réfléchit, puis secoua la tête.

— Non, ça ne me dit rien. Quand j'étais gamin, ma mère veillait à ce que je n'apprenne jamais ce genre d'histoires. Mais en tout cas, il y aura un dossier là-dessus dans les archives. Tu connais Silvestri, il hésite à jeter un Kleenex usagé, et ses prédécesseurs étaient encore pires.

— Oui, je sais. Je comptais même envoyer quelqu'un à Caterby Street pour le sortir, mais puisque je n'ai rien de mieux à faire, je vais y aller moi-même. Les tragédies des Ponsonby m'intéressent.

Les archives policières, médicales, cadastrales – il en existe près d'une centaine de catégories différentes – sont toujours le cauchemar des fonctionnaires. En 1950, lorsqu'on avait rebâti l'hôpital d'Holloman, les siennes occupaient un sous-sol entier. Devenu commissaire dix ans plus tard, John Silvestri avait farouchement bataillé pour que soit conservé le moindre bout de papier de la police locale, y compris ce qui datait du temps lointain où voler un cheval vous valait d'être pendu. Puis une société locale, qui produisait du béton, fit faillite. Silvestri harcela tous les responsables pour qu'ils lui donnent l'argent nécessaire à l'achat des locaux, qui occupaient près d'un hectare et demi sur Caterby Street, une zone industrielle particulièrement mal famée à l'époque, où les prix de l'immobilier étaient donc assez faibles. La police d'Holloman acquit donc l'endroit pour douze mille dollars.

Sur le terrain se dressait un vaste entrepôt qui jusque-là abritait camions et équipement. Toutes les archives de la police y furent déposées, sur des rayonnages métalliques. Deux grands ventilateurs, à chaque bout du bâtiment, assureraient une circulation d'air qui protégerait le papier de la moisissure.

Les deux archivistes en poste y menaient une vie assez confortable, installés dans une remorque placée à l'entrée de l'entrepôt. L'homme de peine donnait un coup de balai de temps en temps tandis que sa collègue, autrement qualifiée, préparait une thèse de doctorat sur l'évolution de la délinquance à Holloman depuis 1650. Aucun des deux ne témoigna du moindre intérêt envers Carmine ; ils lui indiquèrent simplement le secteur où il devrait chercher.

Dix-neuf boîtes de grande taille abritaient les archives de l'année 1930, et il y en avait presque autant pour les rapports du coroner datés de 1939 : la Dépression aidant, la criminalité n'avait fait que croître pendant cette période. Carmine dénicha vite le compte rendu de l'enquête sur la mort de Morton Ponsonby, en octobre 1939, puis chercha celui de l'enquête sur l'assassinat de Leonard Ponsonby. Il était bien à sa place.

PONSONBY, Leonard Sinclair, homme d'affaires, 6, Ponsonby Lane, Holloman, Connecticut, âgé de 35 ans, marié, trois enfants.

Carmine alla s'installer à une table sous une verrière pour examiner les trois dossiers : deux pour Ponsonby, un pour les deux autres victimes anonymes. Sans compter celui de Morton Ponsonby, qu'il examina en premier.

La mort du jeune homme avait été si brutale que le médecin de famille avait refusé de signer le certificat de décès. Rien n'indiquait qu'elle lui avait paru bizarre ; il voulait simplement qu'on procède à une autopsie pour savoir si quelque chose lui avait échappé au cours des années précédentes, car il était très difficile d'approcher Morton, et plus encore de le soigner. Sa mort, toutefois, n'était pas due à une hémorragie cérébrale, comme le croyait Eliza Smith. Le rapport ne mentionnait rien de tel, ce qui signifiait que le pathologiste avait dû y voir l'effet d'une crise cardiaque. Sans être du calibre de Pat, l'homme avait procédé à tous les tests possibles pour détecter la présence d'un poison quelconque, sans en trouver. L'examen du cerveau ne montrait aucune anomalie qui aurait pu être à l'origine de sa psychose, dont le médecin notait qu'elle était répandue dans la famille. Le pénis, de grande taille, n'était pas circoncis, les testicules n'étaient que partiellement descendus. Pour 1939, c'était vraiment un travail d'analyse exhaustif.

Carmine passa ensuite à Leonard Ponsonby. Le crime avait été commis au milieu du mois de janvier 1930, pendant l'un des hivers les plus froids qu'ait connu le Connecticut. Parti de Washington, le train était arrivé avec deux heures de retard, à cause de la neige. Lors du trajet, on avait même demandé aux voyageurs de descendre avec des pelles pour dégager la voie. Ils s'étaient exécutés, craignant de mourir de froid. Un wagon était occupé par un groupe d'une vingtaine d'hommes, des chômeurs qui espéraient trouver du travail à Boston, destination finale du convoi. Ils étaient très agressifs, souvent ivres, et n'avaient accepté de pelleter qu'avec la plus grande réticence. Le train s'était arrêté à Holloman pour un quart d'heure ; cherchant à se restaurer, les voyageurs s'étaient regroupés dans le buffet, beaucoup moins cher que le wagon-restaurant, peu fréquenté.

Détail intéressant : Leonard Ponsonby comptait monter à bord pour se rendre à Boston. C'est du moins ce qu'indiquait son billet. Plus surprenant encore, il avait préféré attendre dehors dans le froid et, aux dires d'un témoin, paraissait vouloir se faire oublier, alors qu'il aurait pu entrer pour se réchauffer dans la salle d'attente ou monter dans le train dès son arrivée.

Il était 21 heures, et le convoi était le dernier de la journée. La vingtaine de vagabonds n'était pas descendue à Holloman ; tous disparurent quelque part entre Hartford et la frontière avec le Massachusetts. C'est bien pourquoi on les avait soupçonnés et, après des recherches stériles, rendus responsables du triple meurtre.

Leonard Ponsonby, une femme et une fillette gisaient dans la neige, le crâne fracassé, défigurés par les coups, méconnaissables. Le sac à main de la femme contenait un dollar et quatre-vingt-dix *cents* en pièces de monnaie, un mouchoir et deux cookies. Son sac de voyage abritait des sous-vêtements propres, mais très bon marché, pour une adulte et une petite fille, des chaussettes, des bas, deux écharpes et une robe de fillette. La femme était jeune, l'enfant devait avoir dans les six ans. Ponsonby, disait le rapport, était bien vêtu, il avait un diamant dans sa cravate, quatre autres à chacun de ses boutons de manchette en platine et son portefeuille contenait deux mille dollars.

Tout cela parut très bizarre à Carmine. Un homme riche, seul, une femme et une enfant très pauvres, apparemment sans rapport avec lui. Le vol n'était pas le mobile du meurtre. Tous trois attendaient dehors, dans la neige, alors qu'ils auraient pu se réchauffer dans la salle d'attente, auprès d'un radiateur. En tout cas, une chose était certaine : les vagabonds du train n'étaient pour rien dans l'histoire.

Qui était la personne visée ? Car les deux autres n'étaient que des témoins de hasard, tués parce qu'ils avaient vu le meurtrier, qui avait témoigné d'une horrible sauvagerie. Pile, c'était Leonard Ponsonby. Face, la femme. Et si la pièce tombait sur la tranche, la fillette.

Il n'y avait aucune photographie de l'une ni de l'autre ; sans doute la mère et la fille, ou au moins des parentes. Les trois victimes avaient été assassinées avec un instrument contondant, mais le policier chargé de l'enquête n'avait pas vu ce qui parut évident à Carmine : Leonard Ponsonby avait été tué le premier. Sinon, il se serait défendu. La femme et l'enfant étaient restées là, paralysées par la terreur, avant que leur tour ne vienne. Celui qui maniait l'instrument – Carmine pariait pour une batte de base-ball – était arrivé par-derrière et avait frappé Ponsonby avant que celui-ci ait remarqué que quelqu'un s'approchait. Comme un fantôme.

Quand Carmine sortit, les deux archivistes étaient partis, une demi-heure avant l'heure de fermeture. Il le signalerait à Silvestri. Carmine s'en fut donc avec les trois dossiers, assuré que les deux employés ne se rendraient même pas compte de leur disparition avant qu'il ne les leur rende. Deux petits bureaucrates un peu escrocs, pensant non sans raisons que personne ne s'intéressait suffisamment à eux pour remarquer leur petit manège. Ils avaient tort.

Avant de revenir au bâtiment des services administratifs du comté, Carmine passa au *Holloman Post* pour en consulter les archives. Le meurtre de Leonard Ponsonby avait fait la première page. Une telle violence était quasiment inconnue en 1930. Le journal avait tout de suite accusé un fou échappé d'un asile et, même lorsqu'on accusa les vagabonds, s'était obstiné, déclarant que le dément devait venir d'un autre État.

Tout cela fit que le lieutenant arriva en retard chez Malvolio, où Desdemona l'attendait.

— Désolé, s'excusa-t-il en s'asseyant. Tu peux désormais te faire une idée de ce qu'est la vie d'une femme de flic. Des retards incessants et des repas qui refroidissent. Heureusement que tu ne fais pas la cuisine ! C'est pour ça que tout le monde chez nous mange chez Malvolio.

— Ça ne me déplaît pas, répondit-elle en souriant. J'ai déjà commandé, mais j'ai demandé à Luigi d'attendre. Tu es très généreux de payer à chaque fois, sans me laisser régler ma part.

— Dans ma famille, un homme qui laisse une femme payer est lynché aussitôt.

— On dirait que pour une fois, ta journée a été bonne.

— Oui, j'ai trouvé beaucoup de choses. Le problème, c'est que je crains d'avoir affaire à des fausses pistes. Mais ça m'a fait du bien de trouver, pour une fois.

Il prit sa main.

— Et c'était très intéressant de te trouver.

— Même chose pour moi, Carmine.

— En dépit de cette horrible affaire, ma vie est bien meilleure, ces derniers temps, et vous y êtes pour quelque chose, délicieuse enfant.

Personne n'avait jamais appelé Desdemona ainsi. Elle rougit et resta immobile, sans savoir que répondre.

Six ans plus tôt, à Lincoln, elle avait cru être amoureuse d'un homme merveilleux, un médecin. Jusqu'à ce qu'un jour, arrivant devant sa porte, elle ne l'entende parler avec quelqu'un en ces termes :

— Desdemona ? Mon cher, les femmes laides vous sont toujours si reconnaissantes que ça en vaut vraiment la peine. Elles font de bonnes mères, et il n'y a pas à s'inquiéter du passage du facteur ou du laitier. C'est un bon compromis, non ? Et nos enfants seront intelligents et de grande taille.

Dès le lendemain, elle avait entrepris d'émigrer aux États-Unis, en se jurant que plus jamais elle ne serait victime d'une telle cruauté.

Et maintenant, grâce à un tueur sans visage, elle vivait avec Carmine dans son appartement, en pensant, peut-être à tort, qu'il l'aimait de la même manière qu'elle l'aimait. Les mots ne coûtaient rien, le médecin de Lincoln l'avait amplement démontré.

Carmine, je t'en supplie, ne me laisse pas tomber !

25

Vendredi 25 février 1966

Dans une semaine, cela ferait trente jours que Faith Khouri avait été enlevée, et personne, Carmine compris, n'avait de raison de croire qu'ils auraient de meilleures chances d'empêcher un nouveau meurtre que quatre mois plus tôt, quand l'affaire avait commencé. Il ne se souvenait pas d'une enquête ayant duré aussi longtemps, avec autant de moyens matériels et humains, autant de précautions, de mises en garde et de publicité dans tout l'État.

En gros, la procédure resterait la même : chaque suspect serait soumis à une surveillance continue, du lundi 28 février au vendredi 4 mars. Tout avait été soigneusement mis en place, et les déplorables conditions de sécurité régnant à Marsh Manor seraient ainsi compensées par la présence de quatre équipes de la police de Bridgeport. À moins qu'il ne s'en prenne à une adolescente de cette ville, le Prof, si c'était lui le meurtrier, devrait traverser la rivière Housatonic à la nage s'il se dirigeait vers l'est, ou échapper à six barrages routiers s'il prenait la direction opposée. Car c'était là la grande différence avec l'organisation du mois précédent : policiers en uniforme et véhicules de police viendraient s'ajouter à leurs collègues en civil et aux voitures banalisées. Il y aurait vraiment des barrages partout. Si d'aventure les Fantômes étaient arrêtés par l'un d'entre eux avant qu'ils aient pu enlever leur victime, tant pis. Tout suspect repéré à cette occasion aurait droit à une grosse croix rouge sur sa fiche et à une surveillance accrue. Et si l'opération ne donnait rien, on recommencerait le mois prochain, avec d'autres méthodes et de nouveaux suspects.

Carmine lui-même avait décidé de ne pas prendre part à la surveillance, préférant rester en contact radio avec tout le monde, devant une immense carte du Connecticut épinglée au mur. Les Fantômes ayant frappé deux fois de suite à l'est de l'État, il paraissait plausible que, cette fois, ils agiraient au nord, à l'ouest ou au sud-ouest. Les polices du Massachusetts, de l'État de New York et de Rhode Island avaient accepté de lancer le long des frontières du Connecticut des patrouilles plus nombreuses que les mouches sur une charogne. Le filet était vraiment gigantesque, avec des mailles très fines.

Ayant plus envie d'une soirée avec Desdemona que de travailler sur une affaire qui durait depuis trop longtemps, Carmine, en fin d'après-midi, ramena les dossiers de l'affaire Ponsonby aux archives de Caterby Street.

— Avez-vous encore les effets personnels relatifs à cette affaire de 1930 ? demanda-t-il à la fille qui préparait sa thèse, apparemment seule dans les locaux.

— Ce que nous possédons remonte à la guerre d'Indépendance, répliqua-t-elle, sarcastique, sans faire de remarque sur le fait qu'il avait sorti les dossiers du bâtiment.

Carmine lui agita sous le nez ceux des deux victimes anonymes.

— Parfait. Alors, je voudrais voir les effets personnels de ces personnes.

Elle bâilla, examina ses ongles, regarda la pendule et lâcha :

— Lieutenant, j'ai peur que vous n'arriviez trop tard. Il est 17 heures, les archives sont fermées. Revenez demain.

— Très bien, répondit-il d'un ton affable. Alors, vous voudrez bien avoir la bonté de dire à votre collègue de livrer, dès demain matin, la boîte contenant les effets personnels en question au lieutenant Carmine Delmonico, bâtiment des services administratifs du comté. Et si je ne l'ai pas en temps voulu, ma nièce Gina sera ravie de prendre votre place. Elle cherche un boulot administratif tranquille lui permettant d'étudier pour passer le concours d'entrée du FBI. C'est très difficile pour une femme.

26

Dimanche 27 février 1966

Le dimanche, vers 11 heures du matin, Carmine entra dans les locaux de la police de Holloman. Il se sentait seul, agité et tendu.

Seul, parce que le vendredi soir Desdemona lui avait annoncé que, si le temps s'y prêtait pendant le week-end, elle irait faire de la marche dans les Appalaches, jusqu'à la frontière avec le Massachusetts. Elle n'avait tenu aucun compte de ses protestations : il n'avait aucune voiture de police disponible pour l'emmener et la ramener, ce n'était pas du tout le moment ! Tout cela l'avait inquiété sur l'avenir de leur relation, si différente de celle qu'il avait eue avec Sandra. Celle-ci avait tenu, tant bien que mal, un rôle d'épouse et de mère, se plaçant dans une sorte de compartiment spécial que Carmine n'ouvrait jamais pendant le travail. Tandis qu'il avait toujours Desdemona en tête, sans parler de ce qu'elle pouvait représenter dans l'affaire des Fantômes. Peut-être était-ce une question d'âge ; il avait désormais près de quarante-cinq ans. Il avait été un père médiocre, un époux encore pire, mais il savait pourtant que Desdemona et lui ne pouvaient rester simplement amants. Tout cela devait finir par un mariage, mais le voulait-elle ? Il n'en savait rien. Partir dans les Appalaches semblait lui montrer qu'elle n'avait pas autant besoin de lui que lui d'elle. Pourtant, elle était si aimante quand ils étaient ensemble ! Jamais elle ne lui avait reproché de la négliger au profit de son enquête.

Agité, parce que le départ de Desdemona lui laissait deux jours à remplir, seul et désœuvré. Silvestri lui avait interdit de s'occuper d'une autre affaire que celle des Fantômes, hormis les problèmes raciaux s'ils explosaient. Le temps était beau, il ne gelait pas, que faisait donc Mohammed el Nesr ? Son silence n'avait rien de mystérieux. Comme Carmine, il attendait que les Fantômes kidnappent une autre victime et ravivent ainsi la douleur et l'indignation. Après quoi il appellerait à une manifestation le dimanche suivant. C'était, de sa part, une excellente stratégie, mais bien des ennuis en perspective.

Tendu, parce que les trente jours étaient presque écoulés.

— Lieutenant Delmonico ? lança le sergent de service.

— À ma connaissance, c'est moi, répondit Carmine en souriant.

— J'ai trouvé une boîte en arrivant ce matin, sans aucune indication dessus. Et j'ai ensuite découvert une étiquette à votre nom, à quelques mètres de là. Je pense que les deux vont ensemble.

Il se pencha et sortit de sous son comptoir une grosse boîte carrée.

Les affaires de la femme et de la fillette assassinées en 1930 !

Il était tellement pris par la préparation de la surveillance des suspects qu'il n'y avait plus pensé. Il n'avait cependant pas oublié de demander à Silvestri de passer un bon savon aux deux limaces des archives.

— Merci, Larry, je te revaudrai ça, dit Carmine avant de prendre la boîte et de se rendre dans son bureau.

Quand il l'ouvrit, il n'en sortit aucun remugle fétide d'un crime commis trente-six ans plus tôt, puisqu'on n'avait pas pris la peine de conserver les vêtements que portaient la femme et l'enfant, sans doute parce qu'ils étaient tachés de sang.

Le sac à main était là, toutefois. Tricoté, comme on en faisait à cette époque où personne n'avait d'argent, avec deux poignées de bois et une doublure de coton grossier. Pas de fermeture. Dedans, un porte-monnaie contenant un dollar en argent, deux pièces de vingt-cinq *cents*, une de dix et une de cinq. Un mouchoir d'homme non repassé en coton. Au fond, des fragments de ce qui devait être des cookies. La mère les avait sans doute volés au buffet de la gare, pour que la petite fille ait quelque chose à manger. Peut-être était-ce la raison pour laquelle toutes deux étaient dehors, dans la neige… L'autopsie avait établi qu'elles avaient l'estomac vide.

Le sac de voyage n'était pas très grand, mais assez vieux pour avoir été un de ceux que certains Nordistes, les *carpetbaggers*, avaient utilisés pour sillonner le Sud après la guerre de Sécession. Carmine l'ouvrit avec beaucoup de respect : là se trouvait presque tout ce que la pauvre femme avait possédé, et rien n'était plus émouvant que ces témoignages muets de deux vies brutalement interrompues.

Il y avait d'abord deux longs cache-cols en laine, tricotés à la main, de plusieurs couleurs. Mais pourquoi donc étaient-ils dans le sac, alors que le temps était si abominable ? En dessous, deux pantalons de mousseline, l'un pour une adulte, l'autre évidemment destiné à la fillette. Une paire de bas, des chaussettes montant jusqu'aux genoux. Au fond, soigneusement pliée et placée entre deux feuilles de papier déchirées, une robe de petite fille.

Carmine retint son souffle. Elle était en dentelle bleu pâle, magnifiquement brodée, avec des perles, des manches bouffantes et des poignets menus, une doublure de soie et un support de mousseline amidonné pour soutenir la jupe. Une sorte de version ancienne des robes de chez Tinker Bell, sauf que chaque perle de celle-ci avait été cousue séparément, à la main. Sur la poitrine, des perles rouge sombre dessinaient le mot EMMA.

Abasourdi, Carmine posa la robe sur son bureau et se leva pour la contempler. Combien de temps ? Cinq minutes ? Une heure ? Il n'aurait pu le dire.

Se rasseyant, il prit le sac de voyage, le posa sur ses genoux et l'ouvrit aussi largement que le permettaient ses fermoirs rouillés, déchirant quelque peu la doublure très usée. Il mit les deux mains à l'intérieur et, les yeux clos, tâta du bout des doigts. Là ! Il y avait quelque chose !

C'était une photographie, et pas du travail d'amateur : un portrait de studio, monté sur un rectangle de carton crème portant la mention *Mayhew Studios, Windsor Locks*. Quelqu'un y avait porté une date au crayon, désormais à peine lisible, probablement « 1928 ».

La femme était assise dans un fauteuil, l'enfant – qui paraissait avoir environ quatre ans – sur les genoux. Toutes deux étaient beaucoup mieux vêtues : la mère avait des perles autour du cou et aux oreilles, la fille une robe semblable à celle du sac de voyage, sur laquelle on lisait clairement EMMA. Et toutes deux avaient le même visage, ce fameux visage. Bien que le cliché fût en noir et blanc, on devinait qu'elles avaient la peau café au lait.

Leurs cheveux étaient noirs et bouclés, leurs yeux très sombres, leurs lèvres pleines. Carmine les contempla, sincèrement ému. Assassinées dans toute leur jeunesse et leur beauté.

C'était un crime passionnel, pourquoi personne ne s'en était-il rendu compte ? Un tueur n'aurait pas perdu son temps à faire pleuvoir autant de coups s'il n'était inspiré par la haine, surtout s'il s'en prenait à une petite fille. Elle et sa mère étaient liées à Leonard Ponsonby. Elles étaient avec lui, ce soir-là.

Leonard et la mère d'Emma étaient-ils amants ? Parents ? Quoi qu'il en soit, Charles Ponsonby était la clé. Mais à l'époque, il était trop jeune pour avoir commis ce crime. Tout comme Morton ou Claire. C'était peut-être Ida la meurtrière, plus d'une décennie avant qu'elle ne devienne complètement folle. Mais pourquoi, en janvier 1930, au moment de leur assassinat, mère et fille étaient-elles si pauvres, alors que Leonard les accompagnait avec deux mille dollars en poche ? Que leur était-il arrivé depuis 1928, date de la photo trouvée dans le sac ?

L'affaire de 1930 pouvait attendre, mais pas celle de 1966. Charles Ponsonby était un des Fantômes, ou bien le Fantôme, s'il agissait seul. Est-ce que Claire l'aidait ? Quelle assistance était-elle capable de lui fournir ? Se pouvait-il qu'un Ponsonby soit un Fantôme et l'autre non ? Oui, sans doute, à cause de la cécité de Claire. Charles pouvait commettre ses horreurs dans une cave secrète, insonorisée, sans qu'elle le sache. Insonorisée, pour qu'elle n'entende pas les cris.

Charles Ponsonby, ce célibataire casanier, incapable de mener des travaux de recherche originaux, toujours dans l'ombre de quelqu'un : sa mère folle, son frère fou, sa sœur aveugle, son meilleur ami tellement plus brillant que lui. Un homme qui ne prenait pas la peine de vérifier que ses chaussettes étaient de la même couleur, de se peigner sérieusement, d'acheter une veste neuve. Un homme distrait, qui n'osait pas prendre un rat sans mettre de gants, si banal qu'il paraissait dépourvu de personnalité, en dépit de son apparent snobisme.

Pouvait-il être ce tueur en série si brillant qui ridiculisait les enquêteurs depuis qu'ils avaient découvert son existence ? Cela paraissait incroyable.

Carmine remit dans la boîte les objets qu'il y avait trouvés, dans leur ordre exact, et la porta au sergent de service.

— Larry, mets ça en sécurité, s'il te plaît. Personne ne doit y toucher.

Il sortit sans attendre de réponse. Il était temps d'aller examiner le 6, Ponsonby Lane.

Les questions s'agitaient dans la tête du lieutenant comme un essaim de guêpes. Comment, par exemple, Charles Ponsonby avait-il pu se rendre au lycée Travis, puis en revenir, tout en convainquant tout le monde qu'il avait assisté à la discussion des chercheurs du Hug ? Il avait eu tout juste une demi-heure avant que Desdemona ne les trouve tous en haut du bâtiment, jurant que personne ne s'était absenté, même pour aller aux toilettes ? Pouvait-on se fier au témoignage des chercheurs ? Et comment Charles avait-il réussi à sortir de chez lui la nuit de l'enlèvement de Faith Khouri, alors qu'il était surveillé de si près ? Le contenu de la boîte suffirait-il à arracher un mandat de perquisition au juge Thwaites ?

Il descendit la Route 133 depuis le nord-est, ce qui le conduisit d'abord à Deer Lane. Aux yeux du conseil municipal, les quatre maisons qui s'y trouvaient ne méritaient pas qu'on enduise le chemin de bitume ; il était donc recouvert de gravier et prenait fin par un espace circulaire pouvant accueillir six ou sept voitures, et vers lequel la forêt descendait de tous côtés.

Les pneus de la Ford crissèrent bruyamment sur les cailloux, ce qui renforça l'idée de Carmine : les voitures banalisées qui se trouvaient là la nuit où Faith Khouri avait disparu auraient entendu un véhicule, ou repéré la fumée sortant du pot d'échappement. Charles Ponsonby aurait bien pu grimper dans l'obscurité jusqu'à la crête derrière sa maison, mais où serait-il allé ensuite ? Il aurait fallu qu'il marche assez loin sur la route pour récupérer sa voiture, ou monter dans celle d'un complice. Un trajet aussi long, par un froid pareil ? C'était très improbable. Comment avait-il donc procédé ?

Ses jumelles autour du cou, Carmine emprunta le chemin montant en direction de la crête qui surplombait le 6, Ponsonby Lane. La neige avait fondu et le sol était couvert d'un épais tapis de feuilles mortes. Plusieurs cerfs s'éloignèrent quand ils l'aperçurent, mais sans précipitation. *Un bien bel endroit,* se dit-il, *vraiment paisible.* En été, le bourdonnement des tondeuses à gazon et les cris des amateurs de barbecue devaient tout gâcher. Il savait par ailleurs que personne, ou presque, ne s'aventurait au-delà du parking improvisé de Deer Lane. Lorsqu'ils avaient fouillé les dix hectares de la réserve, les policiers n'avaient trouvé ni boîtes de conserve ou canettes de bière, ni sacs en plastique ou préservatifs usagés.

Arrivé au sommet, Carmine constata qu'il était étonnamment facile d'observer la demeure des Ponsonby. Sur la pente qui dévalait vers elle, on avait coupé les arbres. Cela faisait dans la forêt une trouée qui devait être ancienne, car on ne voyait même plus les anciennes souches.

Il leva ses jumelles, ce qui lui donna l'impression de se trouver à une cinquantaine de mètres de la maison. Charles était perché sur une échelle, armé d'un grattoir et d'un chalumeau, occupé à enlever de la vieille peinture. Claire était allongée dans un fauteuil de bois près de la buanderie, Biddy à ses pieds. Lorsque son frère l'appela, elle se leva et longea la maison avec tant d'assurance que Carmine en fut stupéfait. Claire était pourtant aveugle, il en avait la certitude !

La réalité de la cécité de Claire Ponsonby lui avait longtemps trotté dans la tête. Il avait donc embauché Carrie Tallboys, une gardienne de prison qui devait financer les études d'un fils prometteur, et excellente actrice par ailleurs. Elle était allée voir l'ophtalmologue de Claire, le célèbre Carter Holt, et avait prétendu vouloir donner de l'argent à une association pour le dépistage de la rétinite pigmentaire, dont son amie Claire Ponsonby avait souffert avant de devenir complètement aveugle. Holt s'en souvenait fort bien : Claire avait été victime d'un double décollement de rétine, un cas fort rare. Il n'avait hélas rien pu faire. La pauvre Claire était définitivement aveugle, il l'avait constaté par lui-même, et cette maladie était d'ailleurs toujours incurable.

Carmine vit Claire parler avec animation à Charles, qui descendit de son échelle, la prit par le bras et l'emmena dans la maison, suivi par la chienne. On entendit ensuite de faibles échos de musique classique. Apparemment, les Ponsonby avaient suffisamment pris l'air. Pas tout à fait cependant : Charles revint, prit l'échelle et les outils puis alla les déposer dans le garage. Chaque chose à sa place… Un amateur d'ordre. Un obsédé ?

Carmine fit demi-tour pour redescendre jusqu'à Deer Lane. C'était plus difficile que de monter, en raison des feuilles mortes gluantes et pourries à travers lesquelles les cerfs eux-mêmes n'avaient pas tracé de chemin. L'esprit tout occupé par Charles Ponsonby, il hâta le pas, pressé de revenir à son bureau pour y réfléchir tout à loisir avant d'aller manger un morceau chez Malvolio.

Soudain, ses jambes se dérobèrent sous lui. Il plongea en avant, les deux mains tendues pour absorber le choc. Il atterrit sur les paumes, avec un bruit sourd, glissa, cherchant en vain à s'agripper à quelque chose. Puis sa chute se ralentit et il finit par s'arrêter. Ses mains avaient creusé deux ornières profondes dans l'humus. Jurant à voix basse, il se releva, soulagé de constater qu'il ne s'était pas fait grand mal, hormis quelques écorchures.

Carmine, espèce d'imbécile ! Trop occupé à réfléchir pour voir où tu mets les pieds !

Mais pourquoi avait-il entendu un bruit sourd ? On aurait dit que quelque chose sonnait creux. Il s'accroupit et se mit à fouiller là où ses paumes avaient tracé des ornières. Une dizaine de centimètres en dessous, il mit au jour une planche. Creusant avec frénésie, il la dégagea suffisamment pour constater qu'il avait affaire à ce qui semblait être la porte d'un passage souterrain.

Le souffle court, le front en sueur, il se hâta de remettre les feuilles en place. Quand il estima avoir raisonnablement dissimulé les traces de sa chute, il se releva pour mieux voir. Non, ça ne suffisait pas. Quiconque examinerait l'endroit d'assez près remarquerait tout de suite que quelque chose clochait. Ôtant sa veste, il la remplit de feuilles mortes ramassées aux environs, qu'il déposa sur les précédentes, avant de se servir du vêtement comme d'une sorte de balai pour effacer toute trace de son passage. Ça irait. Il quitta l'endroit à genoux, ne se relevant qu'une fois arrivé près de sa voiture. Avec un peu de chance, les cerfs brouilleraient les traces qu'il avait pu laisser ; en hiver, ils étaient constamment en quête de nourriture.

Il démarra la Ford le plus discrètement possible, en espérant que l'ouïe remarquablement fine de Claire ne lui permettrait pas d'entendre un moteur sur Deer Lane, et ne prit de la vitesse qu'une fois revenu sur la route. Il mourait d'envie d'apprendre la nouvelle à Silvestri, Marciano et Patrick, mais mieux valait ne pas téléphoner depuis le motel du Major, d'autant plus qu'il était en pleine activité, puisqu'on était dimanche. Mieux valait repartir comme il était venu. Il lui faudrait attendre, mais il n'en mourrait pas.

Ainsi donc, Charles n'avait pas eu à marcher longtemps dans un froid glacial. Il n'avait pas eu besoin de lampe torche, puisqu'il avait emprunté un tunnel qui débouchait de l'autre côté de la crête. Mais qui l'avait creusé ? Lui, probablement. La nuit où il avait enlevé Faith Khouri, il lui avait suffi de sortir par là ; et, lorsqu'il était revenu, les policiers avaient quitté les environs. C'était l'une de leurs nombreuses erreurs, ils auraient dû continuer à monter la garde. Cela dit, ils surveillaient Ponsonby Lane et la maison, et ignoraient l'existence du tunnel. Ils l'auraient peut-être manqué tout de même. Charles Ponsonby avait eu de la chance, mais peut-être celle-ci était-elle en train de tourner.

Mourant de faim et voulant disposer d'un peu de temps pour réfléchir, Carmine déjeuna chez Malvolio avant d'informer ses collègues.

Il convoqua toute l'équipe et, prenant soin de présenter les événements sous forme rigoureusement objective, expliqua point par point à ses auditeurs, qui restèrent bouche bée, ce qui s'était passé depuis sa rencontre avec Eliza Smith.

— Tout est venu d'elle, de ce qu'elle m'a dit. Et j'ai eu beaucoup de chance dans ma chute ! C'est bien la première fois depuis le début de cette affaire.

— Non, je ne crois pas, dit Patrick. C'est le résultat de ton incroyable obstination. Qui d'autre aurait pris la peine de s'intéresser à la mort de Leonard Ponsonby ? D'examiner des preuves vieilles de trente-six ans ? Tu es l'une des rares personnes que je connaisse qui savent que, quand la foudre frappe deux fois au même endroit, c'est que quelque chose l'y attire.

— Tout ça est bien joli, Pat, répondit Carmine, mais ça ne nous donne pas assez d'éléments pour aller voir le juge Thwaites. J'ai vraiment trouvé cette entrée par hasard.

— Tu es peut-être tombé par hasard, mais n'importe qui d'autre se serait relevé, aurait brossé ses vêtements et aurait continué son chemin. Tu as trouvé la porte parce qu'un bruit t'a paru bizarre. Et tu ne serais pas monté sur la crête si tu n'avais pas repéré un visage sur une photo de 1928. C'est ton enquête qui t'a mené à cette porte.

Carmine leva les bras au ciel.

— D'accord, d'accord ! Mais qu'est-ce qu'on fait, maintenant ?

Dans le bureau de Silvestri, l'ambiance était à l'allégresse, au soulagement, à la merveilleuse euphorie qui suit le moment où une affaire est sur le point d'être résolue. Celle des Fantômes avait été horrible, déchirante, atrocement fastidieuse. Tous avaient trop d'expérience pour douter qu'il y aurait encore des pépins, mais ils avaient suffisamment d'éléments pour avancer, et le bout de la route était proche.

— Pour commencer, dit Silvestri, nous devons être sûrs que l'appareil judiciaire sera de notre côté. Je ne veux pas que ce salaud se tire d'affaire grâce à un petit détail dont son avocat pourrait rendre la police responsable. Ce sera un procès couvert par tous les médias du pays. Ce qui veut dire que Ponsonby ne sera pas défendu par un minable. Tous les grands avocats se battront pour le représenter et ne se priveront pas de nous balancer des œufs pourris. Nous ne pouvons nous permettre la moindre erreur.

— Ce que vous nous dites, John, intervint Patrick, c'est que si nous obtenons un mandat dès maintenant et fonçons examiner le tunnel, nous ne trouverons que quelque chose qui ressemble à une salle d'opération. Comme Carmine, j'ai toujours été persuadé que ce fumier en avait une. Et s'il a veillé à n'y laisser aucune trace, on n'en tirera rien. C'est bien ça ?

— En effet.

— Pas la moindre erreur, à présent ! gronda Marciano. Pas la moindre !

— D'autant plus qu'on en a déjà commis des tas, dit Carmine.

L'allégresse avait disparu. Un long silence s'installa, finalement brisé par Marciano.

— Conclusion : il faut capturer Ponsonby en flagrant délit. Et c'est ce que nous ferons.

— Danny, tu sais ce que ça veut dire, le coupa Carmine. Mettre en danger la vie d'une autre fille. Lui imposer les horreurs d'un enlèvement par ce type. Pas question. Je m'y refuse.

— Elle aura la trouille, oui, mais elle s'en sortira. Nous savons qui est le Fantôme, d'accord ? Nous savons comment il procède, toujours d'accord ? Alors on le surveille, plus besoin de s'occuper des autres.

— On ne peut pas, Danny, intervint Silvestri. Il faut surveiller tout le monde, comme le mois dernier. Sinon, il s'en rendra compte.

— Bon, bon, d'accord. Mais nous savons que c'est lui, alors nous lui accordons une attention toute particulière. Quand il bougera, nous serons là. Nous le suivrons jusqu'à la maison de sa victime, et nous le laisserons s'en emparer avant de lui tomber dessus. Avec l'enlèvement, le tunnel et la salle d'opération, il ne pourra pas s'en sortir.

— Le problème, grommela Silvestri, c'est que Ponsonby a commis au moins quatorze meurtres, mais que nous n'avons retrouvé que quatre corps. Nous savons que les autres ont été incinérés, mais comment le prouver ? Tu crois que Ponsonby est du genre à avouer ? Je suis certain que non. Il y a tous les jours des gamines de seize ans qui fuguent, on ne pourra donc pas lui coller dix meurtres supplémentaires sur le dos. Tout repose sur Mercedes, Francine, Margaretta et Faith, mais rien ne les relie à lui, sinon des suppositions aussi fragiles que du verre. Danny a raison, notre seul espoir est de le prendre en flagrant délit. Autrement, ses avocats l'en sortiront à tous les coups.

— Il y a un autre problème, intervint Carmine. Claire Ponsonby.

— Tu crois qu'elle est au courant ? demanda Patrick.

— Je n'en sais rien, Pat. Elle est vraiment aveugle, c'est confirmé par le docteur Carter Holt, professeur d'ophtalmologie à la faculté de médecine. Et pourtant, je n'ai jamais rencontré d'aveugle qui évolue avec autant d'aisance. Si elle sert d'appât pour enlever une gamine de seize ans, alors elle est complice de viol et de meurtre, même si elle n'y prend pas part. Mais on remarque facilement une aveugle, c'est pourquoi j'ai tendance à repousser cette théorie. Elle ne serait plus chez elle, mais sur un terrain qu'elle ne connaît pas, et comment pourrait-elle reconnaître sa cible si Charles n'est pas là ? Prenons l'exemple de l'école St Martha à Norwalk : cela fait plus d'un an qu'on fait des travaux sur le trottoir pour des histoires de canalisation, il est plein de trous. Deux filles ont disparu là-bas, quelqu'un l'aurait forcément aperçue. Pour Charles, elle serait plus un handicap qu'un atout. Il doit pourtant avoir un complice. On ne sait toujours pas qui était le chauffeur, chez Tinker Bell.

— Tu penses donc qu'on peut écarter Claire ? demanda Silvestri.

— Pas entièrement, mais je ne l'imagine guère en complice d'un enlèvement.

— Moi non plus, intervint Patrick, mais cela ne veut pas dire qu'elle ignore ce que fait son frère.

— Ils sont très proches l'un de l'autre, ce qui s'explique tout à fait, maintenant que nous savons ce qu'a été leur enfance. C'est leur mère qui a tué leur père, j'en mettrais ma main au feu. Ce qui veut dire qu'Ida était déjà déséquilibrée avant que Claire ne revienne s'occuper d'elle. Ça a dû être l'enfer.

— Carmine, tu crois que les trois enfants ont su, pour le meurtre ?

— Je n'en ai aucune idée, Pat. En rentrant, elle devait être couverte de sang. Ils l'ont peut-être vue dans cet état.

— Spéculations, lança Marciano d'un ton méprisant. Tenons-nous-en aux faits, les gars !

— On entame la surveillance demain, alors il vaudrait mieux réfléchir dès maintenant à ce que nous allons devoir modifier.

— Corey, Abe et moi surveillerons l'entrée du tunnel, dit Carmine.

— Et la chienne ? demanda Patrick.

— Oui, c'est vrai. Je doute qu'elle accepterait de manger de la viande contenant de quoi l'endormir ; les chiens d'aveugle sont précisément dressés à refuser toute nourriture proposée par un inconnu. Si elle nous entend, elle va aboyer. Et si Charles la laisse dans le tunnel pour monter la garde, elle va sentir notre odeur.

Patrick éclata de rire.

— Pas si vous êtes enduits d'eau de putois ! On en fabrique avec les sécrétions des glandes de ce délicieux animal.

Les autres le regardèrent, épouvantés.

— Pat, tu plaisantes ?

Il prit un air diabolique.

— Disons au moins Abe et Corey. Allez, peut-être qu'un seul des deux suffira.

— En tout cas, pas moi, déclara Carmine. Il doit quand même y avoir un autre moyen !

— Et lequel ? On ne peut pas se débarrasser de la chienne, ça c'est sûr. On n'a pas affaire à un débile, mais à un universitaire qui a toujours eu de l'avance sur nous. Si elle disparaît, il saura qu'on le surveille, et il mettra un terme à ses enlèvements. Son grand atout, c'est le tunnel. Il faut donc l'amener à penser que son existence est toujours secrète. Il se peut aussi qu'il l'ait protégé par des alarmes, alors faites attention.

Silvestri sourit jusqu'aux oreilles.

— Pat, tu es vraiment pervers.

— Oh, pas autant que Carmine. En tout cas, tout ce que je vous ai dit est logique.

— Je sais bien. Mais où trouver de l'eau de putois ?

— J'en ai une pleine bouteille.

Carmine se tourna vers Silvestri, l'air menaçant.

— Alors, il va falloir que la police d'Holloman consacre une part de son budget à acheter du jus de tomate, il n'y a que ça qui enlève l'odeur. Abe et Corey en prendront un bain juste après. Il y a une baignoire quelque part ici, ou des douches ?

— Il y en a une vieille, quelque part à l'arrière du bâtiment, dit Marciano. Autrefois, on y plongeait les cinglés pour qu'ils se calment avant l'arrivée des gars en blouse blanche.

— Bon, que quelqu'un nettoie l'endroit pour que tout soit prêt à l'avance. Tu as raison Pat, Abe et Corey devront tous deux se mettre de l'eau de putois. Sinon, s'ils doivent se séparer, la chienne sentira celui qui n'en a pas mis.

— On fait comme ça, répondit Silvestri, d'un ton montrant que la réunion était pour lui terminée.

— Une minute ! s'exclama Carmine. Il nous faut encore discuter de certaines choses. Par exemple : est-ce que Ponsonby agit seul, ou avec un complice dont nous ne savons rien ? Si on part du principe que Claire n'est pas mouillée dans l'histoire, est-ce qu'il faut pour autant abandonner l'idée qu'il y a deux Fantômes ? Après tout, Ponsonby ne fait pas que se rendre au Hug ou rester chez lui, il va par exemple à des expositions de peinture, sans hésiter à prendre un ou deux jours de congé. À partir de maintenant, nous le faisons suivre en permanence, par nos meilleurs agents, hommes ou femmes.

— Si Morton Ponsonby était encore en vie, nous saurions qui est le second Fantôme, soupira Marciano.

— Oui, mais ce n'est pas le cas, dit Carmine. J'ai vu sa tombe, et le rapport d'autopsie établi à sa mort. Il est mort brusquement, sans qu'on sache de quoi, mais en tout cas pas par empoisonnement.

— Ida a peut-être de nouveau frappé.

— J'en doute. Apparemment, elle était de petite taille, et Morton est décrit comme un adolescent en pleine santé. Pas le genre de gars qu'on étouffe avec un oreiller.

Marciano s'obstina :

— Il y avait peut-être un quatrième enfant, dont Ida n'avait pas déclaré l'existence.

Carmine fit une moue dubitative.

— Ne nous laissons pas emporter. Qui en aurait été le père, puisque Leonard était mort ? Et on l'aurait forcément aperçu. Les Ponsonby n'étaient pas des nouveaux venus, ils sont arrivés ici peu après le *Mayflower* ! Prends l'exemple de Morton : on le voyait à peine, mais on savait qu'il existait. Il y avait beaucoup de monde à ses funérailles.

— Donc, s'il y a un second Fantôme, nous ignorons tout à fait qui il est.

— Pour le moment, oui.

27

Mercredi 2 mars 1966

Les nuits de lundi et de mardi se passèrent sans incident, hormis les perpétuels jurons de Abe et de Corey. Devoir vivre dans une incessante puanteur était pour eux un tourment proche de la torture. Seuls leur affection pour Carmine et le désir profond d'en finir avec cette affaire les avaient persuadés d'accepter, mais ils le regrettaient à chaque seconde. Fort heureusement, la baignoire du bâtiment des services administratifs était assez large pour accueillir deux hommes à la fois.

Le temps était toujours aussi beau : il ne gelait plus, pas de pluie, pas de vent. Parfait pour un enlèvement.

Carmine s'était efforcé d'envisager toutes les possibilités. Il se dissimulait avec Abe et Corey de manière à voir la porte du tunnel. Des véhicules banalisés étaient stationnés à chaque bout de Deer Lane comme de Ponsonby Lane, un devant le motel du Major Minor, un autre à l'endroit où Carmine s'était caché un mois plus tôt, et plusieurs sur la Route 133. Mais ils n'étaient que des leurres : Charles Ponsonby devait certainement se douter de leur existence. Les guetteurs vraiment importants étaient cachés sur les chemins d'accès des quatre maisons de Deer Lane, et aucune de leurs voitures n'y était encore garée. Carmine estimait que celle qu'utilisait Ponsonby devait être garée plus loin, sur la Route 133. En tout cas, ce ne serait ni le break ni la Mustang décapotable qu'abritait son garage. Peut-être un complice se chargeait-il de transporter Charles ? Dans ce cas, celui-ci se rendrait à pied au rendez-vous.

Carmine et ses deux adjoints gravirent la pente menant à la crête, sachant que Ponsonby, après sa journée de travail au Hug, était encore en route pour rentrer chez lui.

— C'est vraiment dur de sentir votre odeur, leur lança-t-il. Qu'est-ce que vous puez !

— Ne m'en parle pas ! J'ai beau respirer par la bouche, geignit Corey, ça ne sert à rien. Je comprends pourquoi ça rend les chiens complètement fous.

Après avoir pris conseil auprès de Pete Evans, l'amateur d'oiseaux de la brigade, ils avaient édifié un abri à moins d'une dizaine de mètres de la porte, sans qu'aucun tronc d'arbre ne s'interpose entre elle et eux. Tous trois restaient allongés, roulant parfois sur le côté pour prévenir les crampes. Un seul d'entre eux montait vraiment la garde tandis que les deux autres demeuraient aux aguets.

Un examen minutieux leur avait appris qu'il n'y avait pas d'alarme, comme la chute de Carmine semblait d'ailleurs l'avoir montré. Charles Ponsonby devait être persuadé que nul ne connaissait l'existence de son tunnel.

Pendant ces heures de guet interminables, Carmine ne cessait d'y songer. Qui l'avait creusé ? Il devait faire au moins trois cents mètres de long, voire plus. Même très étroit, il avait bien fallu enlever la terre et les rochers, où étaient-ils passés ? Les murs de pierre sèche étaient courants dans le Connecticut, les cultivateurs les édifiaient avec celles qu'ils trouvaient dans leurs champs. Combien de tonnes ? Cent ? Deux cents ? Il fallait aussi qu'il soit ventilé, mais comment ? Les deux vieilles granges achetées par Charles dans l'État de New York avaient-elles fourni les étais ?

À 2 heures du matin, il y eut un faible bruit, une sorte de grondement lointain qui augmenta peu à peu, avant de céder la place au faible geignement de charnières bien huilées. Puis une porte s'ouvrit, faisant tomber les feuilles mortes. Il en émergea une forme noire qui s'accroupit et eut un petit hoquet de dégoût en percevant l'odeur nauséabonde. La tête de la chienne apparut ensuite et disparut aussitôt ; Biddy ne monterait pas la garde ce soir. Les trois hommes entendirent Ponsonby l'appeler pour qu'elle sorte, mais en vain. Pat avait eu une bonne idée, finalement.

Il avait été convenu que Carmine suivrait Ponsonby tandis qu'Abe et Corey resteraient à l'entrée du tunnel. Retenant son souffle, le lieutenant attendit que la forme se redresse. On la discernait très mal dans la pénombre de cette nuit sans étoiles et sans lune. Quels vêtements portait-elle donc ? Elle se mit finalement en marche, sans bruit ou presque. Carmine s'était vêtu de noir, noirci le visage, chaussé de baskets, et resta à une distance respectable – huit mètres au minimum –, en priant pour que la cagoule de Charles lui masque les bruits éventuels du policier.

Ponsonby descendit la pente menant à Deer Lane puis, tout près du parking, bifurqua en direction de la Route 133, en traversant les bois. Le sol était désormais plus régulier, mais Carmine se rendit compte qu'il avait plus de mal à suivre sa proie des yeux. Il fut tenté de rejoindre la route, ce qui lui permettrait d'avancer plus vite, mais c'était impossible d'y accéder par le chemin de gravier : il ferait trop de bruit.

La sueur lui coulait sur le front, l'aveuglant. Il s'en débarrassa d'un revers de main, mais, quand il put de nouveau regarder devant lui, la silhouette avait disparu. Carmine était pourtant certain que Ponsonby ne l'avait pas repéré, car il avait laissé ouverte la porte du tunnel. S'il avait pensé être espionné, il aurait fait demi-tour aussitôt. Il devait toujours se diriger vers la Route 133, perdu dans l'obscurité. Carmine choisit donc la seule alternative raisonnable : partir en courant vers la Chrysler garée sur Deer Lane, tout près de la forêt. Il y monta et ferma la portière discrètement.

— Il est sorti, mais je l'ai perdu, expliqua-t-il à Marciano et Patrick. Il est vêtu de noir des pieds à la tête, il ne fait aucun bruit, et il doit avoir des yeux de chat. Mais c'est vrai qu'il doit aussi connaître chaque pouce de sa forêt. Il va nous falloir attendre qu'il revienne avec une pauvre fille terrifiée. Bon Dieu, pourvu qu'il ne la tue pas avant de revenir !

— On donne l'alerte par radio ? demanda Marciano.

— Non. On ne sait pas de quel véhicule il se sert. Il pourrait être en possession d'un dispositif lui permettant d'écouter toutes les fréquences de la police. Attendez que je vous prévienne par talkie-walkie qu'il est rentré dans son tunnel, accordez-moi dix minutes, puis foncez sur la maison avec les autres. C'est encore ce qu'on peut faire de mieux.

Carmine sortit de la voiture et repartit vers l'abri où Abe et Corey se blottissaient.

— Je l'ai perdu. Il va falloir attendre.

— Il ne peut pas aller loin, dit Corey à voix basse. Il est trop tard pour qu'il puisse dépasser les limites du comté.

Quand Ponsonby revint, vers 5 heures du matin, il était un peu plus facile à repérer. Le corps jeté sur ses épaules était enveloppé de noir mais l'alourdissait : ses pas étaient moins silencieux. Au lieu de monter depuis Deer Lane, il s'approcha de la porte du tunnel par le côté, jeta son chargement à terre, puis se glissa dans le tunnel avant de traîner le corps pour l'y faire pénétrer. Puis la porte se referma, apparemment commandée par un levier.

Carmine, le doigt posé sur le bouton d'appel de son talkie-walkie, s'apprêtait à alerter Marciano, quand il se figea et fit signe à ses compagnons de se tenir cois. Une silhouette apparut au sommet de la crête, puis entreprit de descendre jusqu'au tunnel, précédée par une Biddy réticente, tourmentée par l'horrible odeur de putois. Claire Ponsonby ! Elle portait un grand seau rempli de feuilles et un râteau. La chienne s'agitait, geignait, tirait sur sa laisse, contraignant Claire à travailler d'une main. Elle ratissa d'abord les feuilles rejetées sur le côté par l'ouverture de la porte, puis versa le contenu du seau par-dessus, avant de les égaliser avec le râteau. Pour finir, lassée des manœuvres de Biddy, elle haussa les épaules, fit demi-tour et quitta les lieux.

— Qu'est-ce qu'on fait ? demanda Abe quand le bruit des pas de Claire eut cessé de se faire entendre.

— On lui laisse le temps de rentrer chez elle, et après on appelle les troupes, comme prévu.

— Comment savait-elle où jeter les feuilles ? dit Corey.

— On va voir, répondit Carmine en se levant avant de se diriger vers la porte camouflée. Ça doit être ça.

Il souleva du pied un tuyau de plomberie, apparemment peint en brun.

— La chienne connaît le chemin jusqu'à la sortie du tunnel, mais ne peut pas lui dire qu'elle y est. Quand Claire touche le tuyau du bout des doigts, elle sait qu'elle est devant la porte. Après, c'est facile.

— Alors, c'est elle, le second Fantôme, conclut Abe.

— On dirait bien.

Carmine se tourna vers ses deux compagnons.

— Bon, vous êtes prêts pour un voyage en enfer ? On a neuf minutes avant que Marciano ne donne l'assaut.

Le tunnel était de section carrée, assez large pour qu'on puisse y ramper sur les mains et les genoux, et ses parois étaient recouvertes de planches. Tous les cinq mètres environ, on apercevait la tige d'un petit ventilateur, apparemment fabriqué avec un tuyau de dix centimètres de diamètre. Il devait sans doute dépasser à peine du sol, en dessous d'une grille qui restait couverte la plupart du temps. Tout ça avait dû demander énormément d'efforts et de temps, sans doute des années. Creusé à la main, étayé à la main, terre et pierres dispersées dehors à la main. Charles Ponsonby menait une vie relativement bien remplie, il n'aurait pas eu le temps de s'en charger. C'était donc l'œuvre de quelqu'un d'autre.

Il leur fallut cinq minutes pour parcourir le tunnel. Il prenait fin par une autre porte, en acier cette fois, munie d'une serrure à combinaison.

— C'est un vrai coffre-fort, souffla Abe.

— Tais-toi et laisse-moi réfléchir.

Carmine examina la porte à la lueur de sa lampe torche.

Bon sang, j'aurais dû prévoir ça, se dit-il, furieux contre lui-même.

— Bon, on peut logiquement penser qu'il est à l'intérieur et ignore ce qui se passe dehors. Si Claire est le second Fantôme et qu'elle n'est pas passée par ici, c'est qu'il y a quelque part une autre entrée pour accéder à la maison. Il va falloir la trouver. C'est parti !

Après un parcours frénétique à quatre pattes en sens inverse, Carmine descendit à toute allure la pente menant à la maison des Ponsonby. Un lourd filet s'abattit sur Biddy, tandis que Claire tentait d'empêcher Marciano d'entrer.

— Passe-lui les menottes et dis-lui quelles sont les accusations retenues contre elle, Danny, lança Carmine. Elle a recouvert de feuilles la porte du tunnel, elle est donc complice. Mais on ne peut pas entrer par le tunnel dans la salle où il opère, il y a une porte blindée.

Il s'approcha de Claire.

— Mademoiselle Ponsonby, n'aggravez pas votre cas, et dites-nous comment on peut accéder de la maison à la chambre des horreurs de votre frère. Nous savons qu'il est le monstre du Connecticut.

Elle secoua la tête.

— Non, non, c'est impossible ! Je n'y crois pas ! Je n'y crois pas !

— Emmenez-la en ville, dit Marciano à deux de ses adjoints. Avec la chienne. Et traitez-la correctement, compris ?

— Danny, Patrick, ordonna Carmine, venez avec moi. Je ne veux personne d'autre. Personne n'entre dans cette maison tant que Paul et Luke n'auront pas terminé leurs examens. Bon, il faut absolument que nous trouvions l'autre entrée avant que Charles puisse faire quoi que ce soit à cette malheureuse fille. Qui est-ce, d'ailleurs ?

— Aucune idée, répondit Marciano, accablé. Personne ne doit être réveillé chez elle, il n'est pas encore 6 heures.

Pourquoi Carmine était-il persuadé que c'était dans la cuisine ? Parce que c'était là que les Ponsonby semblaient vivre. Il avait senti lors de sa visite que c'était le centre de leur univers. Le reste de la vieille demeure était une sorte de musée, la salle à manger un simple endroit où placer leur chaîne hi-fi, leurs haut-parleurs et leur collection de disques.

— Bon, je suis à peu près certain que c'est ici, dit Carmine une fois qu'ils furent dans la cuisine. La maison a été bâtie en 1725, les murs ne devraient pas être d'une solidité à toute épreuve.

La pièce était très froide, et le four n'était pas allumé. Surprenant ! Un réservoir d'eau était placé derrière, encore chaud au toucher. Patrick tâtonna du bout des doigts et sentit un levier. Fermant les yeux, il appuya dessus. Le fourneau tout entier pivota en silence vers l'avant, puis vers le côté, révélant, dans la cheminée de pierre, la présence d'une porte d'acier. Carmine l'ouvrit, revolver au poing, puis parut hésiter et remit l'arme dans son holster.

— Pat, donne-moi ton appareil photo. Je ne pense pas que j'aurai besoin de mon arme, mais Danny pourra me couvrir. Toi, tu restes ici.

— Pas de risque inutile, Carmine, supplia Patrick.

— Donne-moi ton appareil, bon Dieu !

Des marches de pierre descendaient jusqu'à une simple porte de bois que Carmine ouvrit avant d'entrer dans ce qui ressemblait à une salle d'opération. Charles Ponsonby était là, penché au-dessus d'un lit sur lequel une jeune fille était étendue, inconsciente, déjà dévêtue, ligotée par des bandes de toile. Le professeur était entièrement nu. Sa peau était humide par endroits ; il venait sans doute de prendre une douche. Il fredonnait gaiement, tâtant du bout des doigts sa victime, attendant avec impatience qu'elle s'éveille.

Carmine appuya sur le bouton de l'appareil, déclenchant un éclair de flash. Ponsonby se tourna alors vers lui, bouche bée, sans paraître vouloir résister.

— Charles Ponsonby, énonça Carmine, vous êtes en état d'arrestation. Vous êtes accusé des meurtres de Faith Khouri, Mercedes Alvarez, Margaretta Bewlee et Francine Murray. Vous pouvez garder le silence, et vous avez droit à une représentation juridique. Vous me comprenez ?

On aurait dit que non. Charles pinça simplement les lèvres et lui adressa un regard plein de colère.

— Je vous conseille de contacter votre avocat dès que nous serons de retour en ville. Il en faudra également un pour votre sœur.

Danny Marciano survint, un imper de plastique noir dans les bras.

— Je n'ai rien trouvé d'autre. Mets-y les bras, tas de merde !

Puis il sortit ses menottes et les passa à Ponsonby.

— Pat, lança Carmine, tu peux venir.

— Bon Dieu ! s'exclama Patrick en arrivant.

Les deux cousins enveloppèrent la fille dans un drap et la portèrent vers le rez-de-chaussée, suivis par Marciano et Ponsonby.

Quand celui-ci eut été installé à l'arrière d'une voiture de patrouille, il parut, l'espace d'un instant, revenir à la réalité. Puis il rejeta la tête en arrière et éclata d'un rire empli d'une folle allégresse. La victime, dont on ignorait toujours l'identité, fut conduite vers l'ambulance, qui démarra au moment même où arrivait le van de Paul et Luke, faisant reculer les habitants de Ponsonby Lane venus assister au spectacle. Le Major était là, parlant avec animation.

— Tu peux me rendre mon appareil ? demanda Pat à Carmine comme tous deux entraient dans la chambre des horreurs, suivis par Paul et Luke.

Les murs et le plafond étaient recouverts de panneaux d'acier inoxydable, le sol de mosaïque grise, et des tubes au néon diffusaient une lumière désagréable. Un faible chuintement trahissait une installation d'air conditionné, mais il régnait dans la pièce une odeur chimique propre aux salles d'opération. Sur le lit au cadre d'acier était posé un matelas de caoutchouc recouvert d'un drap blanc, non seulement propre, mais repassé. Au centre de la pièce trônait une table d'opération, également en acier, et d'une propreté irréprochable. Un croc de boucher, relié à un treuil accroché au plafond, était placé à la verticale d'un creux dans le sol muni d'une grille d'évacuation. Des vitrines abritaient des instruments de chirurgie, des médicaments, des seringues, des bouteilles d'éther, des pansements de gaze, du ruban adhésif. Dans l'une étaient soigneusement rangés de nombreux godemichés, ainsi que l'instrument de torture qui avait tué Margaretta et Faith. Un placard renfermait un système de nettoyage par jet d'eau ; un autre, des couvertures de coton et des draps. Carmine ouvrit le congélateur de supermarché qui occupait un coin de la pièce : l'intérieur était immaculé.

— Il jette les draps et les couvertures après chaque meurtre, dit Patrick.

Carmine souleva un rideau.

— Viens voir ça, dit-il.

Mais quelqu'un les appela d'en haut :

— Lieutenant ! On sait qui est la fille. Elle s'appelle Delice Martin, elle est pensionnaire à l'école catholique de Stella Maris.

— Il n'a donc pas eu besoin de voiture, conclut Carmine. L'endroit est à moins d'un kilomètre. Il l'a portée sur ses épaules en revenant.

— C'était quand même risqué de sa part d'enlever une fille si près de Ponsonby Lane, fit observer Patrick.

— Pas forcément. Dans sa tête, nous surveillions tous les gens du Hug de manière identique, alors pourquoi aurions-nous dû le suspecter plus particulièrement ? Il croyait que nul ne connaissait l'existence de son tunnel. Maintenant, viens voir. Allez, viens donc voir !

Tirant un rideau, il révéla une alcôve aux murs de marbre blanc. Sur une table ressemblant un peu à un autel, ornée d'un tissu aux superbes broderies, étaient posés deux chandeliers d'argent dont chacun accueillait une bougie. Tout était en place pour un rituel de sacrifice.

Le mur situé derrière accueillait quatre rayonnages. Sur chacun des deux du haut étaient alignées six têtes ; deux autres occupaient le troisième et le dernier était vide. Elles avaient été coulées dans du plastique transparent.

Patrick serra les poings pour empêcher ses mains de trembler.

— Il a eu des problèmes avec les cheveux, mais il a fait des progrès avec le temps. Ça a dû être très lent avec les six premières. La tête devait être retournée, maintenue par un clamp, tandis qu'il versait le plastique. Ensuite, il a sans doute trouvé un moyen de durcir la chevelure, ce qui lui a permis de procéder en une seule fois. Je me demande comment il a fait pour surmonter la décomposition anaérobie ; je suppose qu'il a enlevé le cerveau, peut-être rempli la boîte crânienne d'un gel de formaline. Le cou est dissimulé sous une bordure d'or…

Il eut un hoquet et se maîtrisa à grand-peine.

— Je crois que je vais vomir.

— Je ne savais pas qu'on pouvait faire des inclusions de plastique d'aussi grande taille, dit Carmine. Même la tête de Rosita Esperenza a l'air en bon état.

— En tout cas, et quoi que puissent dire les manuels, Charles Ponsonby maîtrise parfaitement la méthode. Bon, voyons la salle de bain, suggéra Patrick.

— C'est ici qu'il est venu prendre sa douche, dit Carmine en voyant les parois encore humides. Tiens, voilà la tenue qu'il portait.

C'était une combinaison de plongée en caoutchouc noir, comme la paire de bottes aux semelles lisses posée sur le sol et les gants jetés sur un tabouret. Ponsonby semblait avoir enlevé les bandes de couleur qui les décoraient.

— Très souples, poursuivit Carmine en pliant l'une des bottes entre ses mains gantées. C'est peut-être un chercheur raté, mais en tant que tueur, il est phénoménal.

Ils revinrent dans la pièce principale, que Paul et Luke étaient en train de photographier sous tous les angles. Il leur faudrait des jours et des jours pour accomplir toutes les tâches que Patrick leur demanderait.

— Les têtes sont des preuves suffisantes pour l'accuser de quatorze crimes, se réjouit Carmine. Pour les avoir exposées de manière aussi voyante, il ne devait pas imaginer une seule seconde qu'on pourrait découvrir sa chambre des horreurs. Il passera sur la chaise ou sera condamné à quatorze peines à perpétuité. Et il mourra en prison, violé tous les soirs par les autres détenus. En général, ils détestent ce genre de malade.

— Tu sais aussi bien que moi qu'il sera mis à l'isolement, dit Patrick.

— Oui, c'est vrai. C'est bien dommage. Je voudrais qu'il souffre, Pat. Qu'est-ce que la mort, sinon un sommeil paisible et éternel ? Et l'isolement, sinon une occasion de lire des livres ?

28

Jeudi 3 mars 1966

Wesley Le Clerc se tira péniblement du lit à 6 heures du matin, comme l'exigeait sa tante, déroula son tapis pour faire ses prières puis passa dans la salle de bains.

Mohammed el Nesr voulait qu'il soit non seulement son espion au Hug, mais aussi un employé modèle de Parson Surgical Supplies. Il y fabriquait désormais des instruments de microchirurgie, et son supérieur envisageait de l'inscrire à un programme de formation qui lui permettrait de les améliorer, voire d'en inventer d'autres. Un travailleur noir qualifié était précieux pour le gouvernement fédéral, qui prônait l'égalité des chances. Mais Wesley ne songeait qu'à frapper un grand coup pour son peuple, et le plus tôt possible.

Otis venait de partir pour le Hug quand le jeune homme entra dans la cuisine. Tante Celeste se faisait les ongles, qu'elle avait longs, pointus, et de couleur écarlate, afin de souligner la minceur de ses doigts. Elle éteignit la radio et se leva pour servir à son neveu son petit déjeuner habituel : jus d'orange, corn-flakes et toasts de pain complet.

— Ils ont arrêté le monstre du Connecticut, dit-elle négligemment.

La cuillère de Wesley tomba dans le bol de céréales.

— Ils ont quoi ?

— Ils ont arrêté le monstre du Connecticut, il y a un quart d'heure. Depuis, ils n'ont pas passé une seule chanson, ils n'arrêtent pas de parler de ça.

— C'est quelqu'un du Hug ?

— Ils ne l'ont pas dit.

Wesley tendit la main pour rallumer la radio et, le souffle court, écouta les commentaires, ne pouvant en croire ses oreilles. L'identité du monstre n'était pas rendue publique, mais WHMN croyait pouvoir affirmer que c'était un médecin et qu'il avait une complice. Tous deux seraient présentés au juge Douglas Thwaites à 9 heures au tribunal d'Holloman, afin d'être officiellement inculpés.

Lorsqu'il en eut assez entendu, le jeune homme embrassa sa tante sur la joue et retourna dans sa chambre pour enfiler sa veste, des gants et un bonnet tricoté. Il faisait encore bien froid en cette heure matinale.

Arrivant au 18 de la 15e Rue, il trouva Mohammed et ses lieutenants en pleine panique. Il ne leur restait que deux jours pour trouver un autre thème de manifestation. Qui aurait jamais cru que ces flics incompétents arrêteraient le meurtrier ?

Après avoir salué ses collègues activistes, Wesley pénétra dans ce que Mohammed appelait sa « salle de méditation » mais qui désignait la salle d'armes de l'organisation. Ses murs étaient couverts de racks portant des fusils d'assaut ; des casiers métalliques dérobés dans une armurerie abritaient des armes de poing ; des boîtes de munitions s'entassaient sur le sol.

Pourtant, c'était la pièce la plus paisible de l'appartement, et on y trouvait également ce dont Wesley avait besoin : une table, une chaise, des stylos, des feutres, des ciseaux et du papier à dessin. Il en prit une feuille et y découpa un morceau d'une vingtaine de centimètres de côté à l'aide d'un cutter. Ça ne laissait pas beaucoup de place pour un message, mais celui-ci ne serait pas très long. Il chercha des yeux l'équipement de hockey d'Abdullah, le fils de Mohammed, qui avait renoncé au sport en découvrant qu'Allah avait d'autres projets pour lui.

Son chef entra alors dans la pièce.

— Que fais-tu, Wesley ?

— Je te prépare un martyr, Mohammed.

— Tu plaisantes ?

— Non. Où est l'équipement de hockey d'Abdullah ?

— Dans la pièce, à côté. Qu'est-ce que tu veux en faire ?

— Je n'ai pas le temps de t'expliquer. Sois simplement devant ta télévision à 9 heures. Comme ça, ils ne pourront pas prétendre que tu étais au courant.

— Bien sûr, bien sûr ! lança Mohammed en souriant.

Il s'inclina avec une gravité moqueuse et sortit, laissant Wesley seul.

Quand Carmine entra au commissariat, il eut l'impression que tous les flics d'Holloman étaient là pour lui serrer la main, lui taper dans le dos ou le regarder d'un air admiratif. Silvestri était si heureux qu'il le serra dans ses bras et l'embrassa sur la joue.

— Mon garçon ! Mon garçon ! dit-il, au bord des larmes. Tu nous as sauvés.

— Merci, John, merci, répondit Carmine, embarrassé.

— Je vais recommander qu'on te décore, même si le gouverneur doit inventer une médaille.

— Où sont Charles et Claire Ponsonby ?

— Lui est en cellule avec deux flics, je n'ai pas envie qu'il se suicide. Et il n'a rien sur lui qui lui permette de le faire, on a vérifié. Sa sœur est dans un bureau à l'étage, avec sa chienne et deux filles de chez nous. Il se peut qu'elle soit sa complice, mais nous n'avons aucune preuve qu'elle soit le second Fantôme, du moins rien qui puisse impressionner le juge Thwaites. J'ai jugé plus prudent de la traiter d'une manière que ses avocats ne pourront critiquer quand elle passera en jugement, si du moins ça arrive. Pour le moment, rien n'est sûr.

— Il a parlé ?

— Non. De temps à autre, il hurle de rire, mais le plus souvent il glousse en regardant dans le vague.

— Il va plaider la folie.

— C'est évident. Mais les cinglés, d'ordinaire, ne possèdent pas de chambre des horreurs aussi bien équipées.

— Et Claire ?

— Elle répète simplement qu'elle refuse de croire que son frère est un tueur en série, et qu'elle-même n'a rien fait.

— À moins que Pat et son équipe ne puissent trouver des traces de son passage dans la salle d'opération ou le tunnel, elle s'en sortira. Une aveugle avec sa chienne, qui vide un seau de feuilles mortes dans une réserve pour cerfs, et prend la peine de les étaler… Le dernier des nuls pourrait démontrer qu'elle croyait emporter de quoi les nourrir. Bien sûr, on peut toujours espérer des aveux.

— Tu parles ! C'est pas le genre de la famille. Tu crois qu'elle est complice ?

— Je n'en sais rien, John. On ne pourra pas le prouver, de toute façon.

— Ils seront officiellement inculpés par Thwaites à 9 heures. J'aurais préféré un endroit plus discret que son tribunal, mais il ne veut rien entendre. Quel cirque ! Ponsonby n'est vêtu que d'un imper en plastique noir, et refuse d'enfiler quoi que ce soit d'autre. Si on l'y contraint, et que ça lui vaut la plus minime écorchure, ses avocats vont beugler à la brutalité policière. Alors, il ira au tribunal tel qu'il est. Déjà que Danny lui a passé des menottes trop serrées… Le salopard a les poignets à vif !

— Tous les journalistes qui peuvent arriver à temps seront là, à la sortie du tribunal, y compris les équipes de télévision, soupira Carmine.

— Et pourquoi pas ? C'est une grande nouvelle, pour une si petite ville.

— On ne peut pas inculper Claire séparément ?

— Thwaites n'y consentira pas. Il veut les voir tous les deux en même temps.

— Pour se faire une idée quant à la complicité de Claire…

— Carmine, tu as mangé ?

— Non.

— Alors, allons chez Malvolio avant la ruée.

— Comment vont Abe et Corey ? Ils sentent encore le putois ?

— Oui, et ils ne sont pas contents. Ils voulaient être avec toi pour arrêter Ponsonby.

— Je sais, mais ça n'était pas possible. Tu devrais dire au gouverneur de décerner deux médailles de plus, et de prévoir une grande cérémonie.

Le tribunal d'Holloman était situé sur Cedar Street, à quelques pas du bâtiment des services administratifs du comté. Mais il n'était pas question pour les Ponsonby de s'y rendre à pied. Quelques journalistes et photographes attendaient devant les locaux de la police quand Charles en sortit, une serviette jetée sur la tête, l'imperméable boutonné du cou aux genoux. Il avait à peine mis les pieds sur le trottoir qu'il commença à se débattre, non pour s'échapper, mais pour se débarrasser de la serviette. Il y parvint et monta donc à bord du véhicule de police tête nue, dans une tempête de flashes. Le véhicule venait de s'éloigner quand Claire sortit, précédée par Biddy. Comme son frère, elle refusa qu'on lui couvre la tête. Son escorte se montra ostensiblement prévenante avec elle, et on la fit monter dans le véhicule officiel de Silvestri, une grande Lincoln.

La foule entourant le tribunal était si dense qu'il avait fallu détourner la circulation. Un cordon de policiers allait et venait sous la poussée des badauds furieux qu'il s'efforçait de contenir. Tous les journalistes se trouvaient à l'intérieur du cordon. Parmi eux, un Noir de petite taille, maigre, qui avançait lentement, en s'excusant, les mains dans les poches de sa veste.

Charles Ponsonby sortit de la voiture de police juste devant lui. Il plaça alors sur sa tête une coiffure d'allure bizarre, sur laquelle était fixée une bande de carton blanc où on pouvait lire « NOUS AVONS SOUFFERT ». Personne n'eut le temps de voir l'autre main de Wesley se dresser, armée d'un revolver de petit calibre. Il logea quatre balles dans la tête et l'abdomen de Ponsonby avant que les flics ne puissent réagir. Mais il n'y eut pas de fusillade : Carmine s'était aussitôt jeté en avant pour se placer devant lui, en hurlant à pleins poumons :

— Ne tirez pas !

Mohammed el Nesr et ses lieutenants, assis devant leur téléviseur, assistèrent à toute la scène, sidérés. Puis Mohammed leva les bras au ciel, exultant.

— Wesley, mon gars, tu nous as offert notre martyr ! Quel procès ça va être !

Il se tourna vers les autres.

— Et n'oubliez pas, il sera désormais Wesley Le Clerc, et non pas Ali el Kadi, comme ici. Il faut qu'il paraisse avoir agi pour tous les Noirs, pas seulement pour la Brigade. Ça sera beaucoup mieux pour tout le monde.

L'assassinat de Charles survint deux minutes avant que la voiture emmenant Claire Ponsonby n'arrive. D'abord entourée par une marée de corps, la Lincoln réussit finalement à faire demi-tour sur Cedar Street et retourner là d'où elle venait.

Danny Marciano était livide et tremblait de tout son corps.

— Bon Dieu, Carmine, tu es cinglé ! Mes gars étaient en pilotage automatique, ils auraient pu te flinguer !

— Mais ils ne l'ont pas fait. Je voulais surtout éviter qu'un journaliste soit touché par une balle perdue.

— C'est vrai, tu as bien fait. Bon, il va falloir que je disperse la foule.

Patrick était agenouillé près de Charles Ponsonby, dont le visage avait gardé une expression scandalisée. Une flaque de sang s'élargissait sous son corps.

— Il est mort ? demanda Carmine.

— Raide comme la justice, répondit Patrick en fermant les yeux du Fantôme. Au moins, il n'aura pas eu l'occasion de se tirer d'affaire. Dites bonjour à l'enfer pour moi, cher professeur !

Wesley Le Clerc était maintenu par deux flics en uniforme, l'air encore plus insignifiant que d'habitude. Tous les regards, toutes les caméras, étaient tournés vers lui. Il avait tué le monstre du Connecticut : justice sommaire, mais justice tout de même. Personne ne semblait se souvenir que Ponsonby n'avait pas été jugé.

Silvestri descendit les marches du tribunal en s'épongeant le front.

— Le juge n'est pas très content, dit-il à Carmine. Bon Dieu, quel fiasco !

Il se tourna vers les deux policiers qui entouraient Wesley.

— Emmenez-le, ordonna-t-il. Allez, emmenez-le et fourrez-le au trou !

Carmine suivit Wesley dans le panier à salade et s'assit en face de lui, la tête un peu tournée de côté. Wesley arborait toujours sa coiffure ridicule portant l'inscription « NOUS AVONS SOUFFERT ». Carmine l'informa de ses droits, d'une voix assez forte pour que les flics à l'avant puissent entendre, puis lui enleva sa coiffure pour l'examiner : il s'agissait en fait d'un casque de hockey en plastique.

— J'ai accompli une grande chose, dit Wesley d'un ton triomphal, et j'en ferai d'autres encore plus grandes.

— N'oubliez pas que tout ce que vous direz pourra être retenu contre vous.

— Je n'en ai rien à foutre, lieutenant Delmonico. J'ai vengé mon peuple, j'ai tué l'homme qui a violé et tué nos sœurs. Je suis un héros, et je serai considéré comme tel.

— Vous avez tout gâché, plutôt. Qui vous a inspiré cette idée, Jack Ruby[1] ? Vous avez de la cervelle ; si vous aviez fait ce que je vous ai conseillé, vous auriez pu vous rendre vraiment utile à votre peuple. Mais non, vous ne pouviez pas attendre. C'est facile de tuer, Wes, tout le monde en est capable. Charles Ponsonby aurait sans doute passé le restant de ses jours en prison. Vous lui avez simplement permis d'échapper à la justice.

1. Jack Ruby tua Lee Harvey Oswald, l'assassin présumé du président Kennedy. *(N.d.T.)*

— C'était donc le docteur Ponsonby… Un membre du Hug ! Peu importe, lieutenant. Il n'avait aucune importance. Il m'a donné l'occasion de devenir un martyr. Je me fous éperdument qu'il soit mort ou vivant. C'est à moi de souffrir, et je souffrirai.

Comme on emmenait Wesley vers sa cellule, Silvestri refit son apparition, mâchonnant farouchement son cigare.

— Encore un qu'il va falloir surveiller à chaque instant ! S'il se suicide, ce sera l'enfer.

— C'est un type intelligent et très doué de ses mains, dit Carmine. Lui ôter sa ceinture ne suffira pas. Mais je ne crois pas qu'il en ait envie. Il veut que le monde entier assiste à son procès.

Les deux hommes entrèrent dans l'ascenseur.

— Qu'est-ce qu'on fait de Claire Ponsonby ? demanda Carmine.

— On abandonne les accusations et on la libère, comme le veut le District Attorney. Un seau de feuilles mortes ne constitue pas une preuve suffisante. On pourra tout au plus lui interdire de quitter le comté.

Silvestri grimaça.

— Cette affaire a vraiment été une horreur du début à la fin. Toutes ces pauvres filles assassinées et personne pour leur rendre vraiment justice… Qu'est-ce que je vais dire aux familles à propos des têtes ?

— Ce sera mieux pour elles de savoir, plutôt que de rester dans l'ignorance. Où est Claire ?

— Dans le même bureau qu'avant.

— Je peux me charger de la prévenir ?

— Vas-y ! Je ne veux pas voir cette garce.

Elle était confortablement assise dans un fauteuil, Biddy à ses pieds, semblant ignorer les deux jeunes femmes assez mal à l'aise qui avaient reçu l'ordre de ne jamais la quitter des yeux. Elle se redressa quand Carmine entra.

— Pourquoi tout cela, lieutenant Delmonico ?

— Comment savez-vous que c'est moi, mademoiselle Ponsonby ? Pas au bruit de mes semelles, tout de même.

Elle eut un sourire affecté qui la vieillit et lui donna l'air sournoise, pincée et pitoyable. Ce fut pour Carmine un de ces éclairs de compréhension si essentiels à son métier. Elle était bel et bien le second Fantôme. Mais il n'avait aucune preuve contre elle.

— Lieutenant, répondit-elle, quand je connais quelqu'un, je peux le reconnaître n'importe où.

— Vous a-t-on appris que votre frère était mort ?

— Oui. Je sais aussi qu'il n'a rien fait de ce dont vous l'accusez. Charles était quelqu'un de délicat et de très gentil. Marciano m'a accusée d'avoir été son amante. C'est ridicule.

— Nous sommes payés pour envisager toutes les possibilités. Vous êtes libre, mademoiselle Ponsonby. Toutes les charges retenues contre vous ont été abandonnées.

— Je n'en ai jamais douté.

— Où comptez-vous séjourner ? Votre maison fait l'objet d'investigations policières qui risquent de prendre quelques jours. Voulez-vous que je téléphone à Eliza Smith ?

— Certainement pas. Sans ses bavardages, rien ne serait arrivé. J'espère qu'elle mourra d'un cancer de la langue.

— Où comptez-vous loger, alors ?

— Je vais m'installer chez le Major Minor en attendant de pouvoir rentrer chez moi. Je compte demander à mes avocats de veiller à la défense de mes intérêts de propriétaire du 6, Ponsonby Lane. Je vous conseille donc de ne rien abîmer.

Elle sortit sur ces mots.

Fantôme ou pas, se dit Carmine, *c'est une femme redoutable !*

Il prit la route de la demeure des Ponsonby pour suivre la plus morne période de l'affaire, une phase finale sans attrait et, dans ce cas, extrêmement décevante.

Chacun au Hug avait bien évidemment appris l'arrestation du monstre du Connecticut. Les visages étaient souriants et soulagés. Le centre allait enfin revenir à la normale, car de toute évidence, le tueur ne pouvait être l'un de ses membres.

Desdemona n'avait pas revu Carmine depuis son retour des Appalaches, et d'ailleurs n'y comptait pas : elle savait qu'il était trop occupé à pourchasser le monstre pour lui accorder un peu de temps. Ce matin-là, comme elle allait quitter leur appartement, le téléphone sonna. C'était lui, mais sa voix était bizarrement neutre.

— Si je me souviens bien, il y a un poste de télévision dans la salle de conférence du Hug. Branche-toi sur Channel 6.

Et il raccrocha.

Une fois arrivée, Desdemona s'en alla donc allumer le téléviseur. Tous les membres du Hug se félicitaient de l'arrestation du monstre, comme d'ailleurs les deux flics de son escorte. L'écran s'anima, montrant le tribunal devant lequel se pressait une foule de plusieurs centaines de personnes. Journalistes et policiers étaient partout. Un cameraman de Channel 6 était apparemment monté au sommet d'un van pour pouvoir filmer toute la scène, tandis qu'un autre était au milieu de la foule et un troisième tout près d'une voiture de police. Desdemona aperçut Carmine à côté d'un homme de grande taille en qui elle reconnut Danny Marciano. Silvestri était en haut des marches, resplendissant dans son uniforme. Puis quelqu'un émergea du véhicule. Charles Ponsonby ! Elle en resta bouche bée. Un membre du Hug, le meilleur ami de Robert Smith ! C'était la fin du centre. Les Parson devaient assister à la même scène qu'elle, à New York. S'ils n'avaient pas encore trouvé de clause dans le testament de l'oncle William pour se désengager du Hug, ils allaient redoubler d'efforts.

Ce qui se produisit ensuite fut rapide comme l'éclair. Quatre coups de feu, Charles Ponsonby qui s'effondre, Carmine se plaçant devant l'homme qui avait tiré, les flics rengainant leur arme et s'avançant pour arrêter le Noir, qui ne tente pas de s'échapper. Desdemona frissonna, les mains sur la bouche. *Carmine, mon Dieu.* Il n'était pas mort, cette fois, mais elle réalisait à présent ce qu'était le destin d'une femme de flic.

Elle devait apprendre la nouvelle aux autres. Mieux valait qu'ils soient tous informés en même temps. Le Hug disposant d'un système d'interphones, Desdemona en fit usage pour convoquer tout le monde dans la salle de conférence.

Puis elle se rendit dans le bureau de Tamara, qui n'était plus que l'ombre d'elle-même depuis que Keith Kyneton lui avait claqué la porte au nez. Elle ne réagit pas et se contenta de hocher la tête, le regard perdu dans le vide.

Pour tous ceux qui étaient rassemblés dans la salle de conférence, la révélation des activités secrètes de Charles Ponsonby fut comme un coup de tonnerre.

Pour Addison Forbes, ce fut comme si Dieu lui apparaissait dans le buisson ardent. Smith et Ponsonby n'étant plus là pour lui barrer la route, le Hug était désormais à lui. Pourquoi le conseil de surveillance se donnerait-il la peine de chercher ailleurs, alors qu'il était si éminemment qualifié ? Il avait l'expérience clinique, une réputation internationale, et les Parson l'aimaient bien. Sous sa direction, le Hug ferait de nouveaux progrès. Ils n'avaient pas besoin du grand maharadjah prétentieux venu de son Inde natale, le monde était rempli de prix Nobel en puissance.

Walter Polonowski entendit à peine le bref résumé de Desdemona. Il était très déprimé. Paola, leurs quatre enfants, un cinquième en route… Marian aurait bientôt la bague au doigt. La maîtresse disparaissait peu à peu pour céder la place à l'épouse.

Maurice Finch avait toujours cru que devoir renoncer à la médecine signerait son arrêt de mort, mais les événements de ces derniers mois lui avaient montré qu'il n'en était rien. Après tout, les plantes étaient un peu comme des patients : il savait les soigner, les guérir, les faire croître. La vie avec Cathy serait agréable. Et il saurait venir à bout de ces fichus champignons !

Kurt Schiller ne fut pas vraiment surpris. Il n'avait jamais beaucoup aimé Charles Ponsonby, qu'il soupçonnait d'homosexualité. Son attitude était toujours un peu trop subtilement hautaine et entendue, et cela suggérait, par-delà une apparence assez quelconque, un esprit dérangé. Sans doute était-il du genre chaînes et cuir, prêt à tout pour servir un maître féroce. Aujourd'hui, Kurt savait que c'était en fait tout le contraire. Charles était un véritable sadique, à en juger par ce qu'il avait fait à ces malheureuses filles. Professionnellement, Schiller ne redoutait rien. Quoi qu'il arrive au Hug, il était suffisamment connu pour trouver un poste n'importe où, et il avait, sur la transmission des maladies par-delà la barrière des espèces, des idées qui passionneraient les responsables des unités de recherche. Maintenant que la photo avec papa et Adolf n'était plus que cendres dans l'âtre et qu'il pouvait librement assumer son homosexualité, il se sentait prêt à mener une vie nouvelle, à New York, parmi ses pairs.

— Otis, lança Tamara, on vous réclame à la maison. Je n'ai rien compris à ce que disait Celeste, mais ça a l'air d'être une urgence.

Don Hunter et Billy Ho se placèrent des deux côtés d'Otis, pour l'aider à s'extirper de son siège.

— On va s'occuper de lui, Desdemona, dit Don. Pas question qu'il ait une nouvelle attaque quand on a besoin de lui.

Dans le Massachusetts, Cecil Potter, portant Jimmy sur ses genoux, vit sur CBS la scène filmée par les caméras de Channel 6.

— Tu te rends compte ? dit-il à l'animal. Hou là ! Je suis vraiment content d'être parti de là-bas !

Ce soir-là, quand Carmine rentra, Desdemona se précipita vers lui, en larmes, et le bourra de coups de poing furieux. La prenant dans ses bras, il la conduisit tendrement vers le sofa qu'il venait d'acquérir. Les fauteuils, c'était bien pour discuter, mais pour passer des soirées en couple, rien ne valait un canapé. Il laissa s'apaiser la tempête de larmes et de fureur tout en la berçant et en lui parlant tout bas.

— Mais qu'est-ce qui te met dans cet état ? finit-il par demander, connaissant par avance la réponse.

— Toi, fichu héros !

— Je ne suis pas un héros.

— Fichu héros ! T'avancer ainsi pour prendre une balle perdue… Tu aurais pu te faire tuer !

Il éclata de rire.

— C'est si bon de te revoir ! Viens, je vais nous servir un cognac.

— Je savais que je t'aimais, dit-elle plus tard, un peu calmée, mais j'en ai pris alors vraiment conscience, et de façon très violente. Carmine, je ne veux pas vivre dans un monde où tu n'es pas.

— Tu veux dire que tu préférerais être Mme Carmine Delmonico que de rentrer chez toi, à Londres ?

— Oui.

Il l'embrassa.

— Desdemona, j'essaierai d'être un bon époux, mais tu as déjà eu un aperçu télévisé de ce que peut être une vie de flic. Ça ne changera pas : longues heures d'attente, absences, balles perdues… Jusqu'à présent, je suis en un seul morceau, mais je ne peux pas te promettre que ça durera.

— Tout se passera bien si tu te souviens que chaque fois que tu feras quelque chose d'idiot, tu auras affaire à moi !

— Entendu, sourit Carmine. On va au chinois ? J'ai faim.

Desdemona eut un grand sourire satisfait.

— Tous les deux ? Ça veut dire que je ne suis plus en danger ?

— Il n'y a plus de danger, j'en suis sûr. Mais ce n'est pas pour autant que je te laisserai quitter cet appartement.

— Ce qui me tourmente, lui dit-il une fois qu'ils furent au lit, c'est que pour une bonne part, cette affaire demeure un mystère. Ponsonby n'aurait sûrement pas avoué, mais tout espoir en ce domaine a disparu avec lui. C'est Wesley Le Clerc notre problème, à présent.

— Tu veux parler du meurtre de Leonard Ponsonby, et de l'identité de la femme et de la fille ? demanda Desdemona, à qui il avait tout raconté.

— Oui, mais il y a d'autres questions sans réponses. Qui a creusé le tunnel ? Comment Ponsonby a-t-il fait pour installer tous ces appareils dans sa salle d'opération ? Qui s'est chargé de la plomberie ? C'est un sacré boulot ! L'endroit est à dix mètres sous terre, et il est parfaitement sec, alors que les caves, à cette profondeur, ruissellent d'humidité. Les ingénieurs du comté cherchent encore à savoir où vont les conduits d'aération.

— Tu crois que Claire est le second Fantôme ?

— Croire n'est pas le terme exact. Mon instinct me dit que oui, ma raison que non. En tout cas, elle a réussi à s'en sortir.

— N'y pense plus, dit-elle en lui caressant les cheveux. Au moins, il n'y aura plus de meurtres. Handicapée comme elle l'est, Claire seule est incapable d'en commettre d'autres.

— J'ai bousillé cette affaire du début à la fin…

— Seulement parce que c'étaient des crimes d'un genre nouveau, commis par un tueur d'un genre nouveau. Tu es un flic extrêmement compétent, d'une haute intelligence. Considère l'affaire Ponsonby comme une occasion d'apprendre. La prochaine fois, les choses seront plus faciles.

— J'espère qu'il n'y aura jamais de prochaine fois.

29

Il fallut un peu plus d'une semaine à Patrick, Paul et Luke pour venir à bout de tout ce que contenait la chambre secrète, de la table d'opération à la salle de bain. D'après leur rapport, les policiers avaient eu de la chance de surprendre Charles Ponsonby, nu, penché au-dessus de la jeune fille qu'il venait d'enlever.

L'endroit était d'une propreté immaculée. Ils trouvèrent les empreintes de Ponsonby partout dans la pièce, mais cela ne prouvait rien, puisque la chambre était située juste sous sa maison. Par contre, ils ne purent identifier nulle part la plus infime trace de sang, de fluides corporels, de chair ou de cheveux, même de taille microscopique. Claire n'avait quant à elle laissé aucune empreinte dans la pièce, pas plus que sur le levier dissimulé derrière le fourneau.

Les techniciens avaient reconstitué les méthodes de nettoyage de Ponsonby, sidérés par le travail considérable qu'elles impliquaient. Il n'était pas médecin pour rien : sachant que la chaleur fixe le sang et les tissus, il arrosait tout à l'eau froide, tout en prenant soin de protéger ses têtes par un panneau d'acier. Une fois les surfaces bien sèches, il les passait à la vapeur, avant de procéder à un ultime nettoyage à l'éther. Ses instruments chirurgicaux, le crochet de boucher et le treuil, ainsi que les godemichés, étaient plongés dans une solution dissolvant le sang avant d'être soumis au même traitement. Il les passait ensuite à l'autoclave.

La chambre des horreurs n'ayant livré aucun secret, ils cherchèrent du côté des conduits d'évacuation, avec une sorte d'aspirateur à compression qui leur permit d'y récupérer de l'eau. Mais elle ne contenait aucune matière organique. Les ingénieurs pensaient que les liquides évacués finissaient, non dans une fosse septique, mais dans un ruisseau souterrain, comme il y en avait beaucoup dans les environs. Le seul espoir était de dégager les tuyaux d'évacuation et de les suivre.

Mais dès qu'ils se mirent à creuser, Claire Ponsonby s'y opposa, dénonçant une destruction délibérée de sa propriété, et demandant au tribunal d'accorder à une aveugle le droit d'y vivre sans être soumise aux perpétuels harcèlements de la police d'Holloman. Charles Ponsonby ayant été positivement identifié comme le monstre du Connecticut, toute recherche au 6, Ponsonby Lane se révélait inutile.

— Le puits est sans fond, la pompe aspire à n'en plus finir, expliqua le chef des ingénieurs du comté, furieux, à Carmine. La nappe phréatique est assez élevée, la consommation réduite. On ne trouvera sûrement pas de matière organique, ce salaud devait déverser des milliers de litres d'eau après chaque meurtre. Et d'ailleurs, à quoi bon ? Il est mort. Refermez le dossier, lieutenant, avant que cette garce ne vous fasse un procès.

— Le mystère reste complet, Pat, dit Carmine à son cousin. Charles Ponsonby était quelqu'un de costaud, mais il ne m'a jamais fait l'effet d'être un athlète, et ses collègues du Hug restent persuadés qu'il n'aurait pas su changer un joint de robinet. Et pourtant, nous avons découvert une chambre fabuleusement équipée, avec du matériel coûteux. Bon Dieu, qui a pu installer la mosaïque ? Même chose pour la plomberie ! Et il n'y a pas eu de disparition de plombier ou de carreleur dans le coin depuis la guerre. Le frère et la sœur vivaient bien, mais ils devaient dépenser tout le salaire de Charles. Pourtant, il y a sous terre près de deux cent mille dollars de matériel et de travaux. Et personne n'a avoué leur avoir vendu le plastique liquide dont Ponsonby s'est servi pour les têtes.

— Carmine, qu'est-ce que ça peut faire ? L'ingénieur a raison : ce monstre est mort et il est temps de refermer le dossier. Pourquoi te torturer l'esprit ? Pense plutôt à Desdemona. À quand le mariage ?

— Tu ne l'aimes toujours pas, Patrick, hein ?

— Au début, oui, c'est vrai : trop bizarre, trop anglaise, trop lointaine... Mais elle a changé, je crois que je pourrais l'aimer beaucoup.

— Tant mieux. En tout cas, ta mère et la mienne sont dans leurs petits souliers. Elles feignent l'enthousiasme, mais je ne suis pas flic pour rien, et je vois bien que c'est pour cacher leur appréhension.

Patrick éclata de rire.

— D'autant plus qu'elle est plus grande que toi ! Les mères, les tantes et les sœurs ont horreur de ça. Elles espéraient toutes que la seconde Mme Delmonico serait une gentille petite Italienne d'Holloman. Mais les gentilles petites filles ne t'intéressent pas, hein ? Tu as raison, je préfère Desdemona à Sandra, elle a beaucoup plus de cervelle !

— Et ça dure plus longtemps qu'un joli minois.

L'enquête fut officiellement close cet après-midi-là. Ayant reçu le rapport des techniciens, la police d'Holloman dut bien admettre qu'aucune preuve ne permettait d'établir la participation de Claire Ponsonby aux meurtres des quatorze jeunes filles. Carmine pensa demander à Silvestri de rouvrir le dossier du meurtre de Leonard Ponsonby, d'une femme et de sa fille, en 1930, mais il n'en eut pas le temps : quinze jours après la mort de Charles, un trafic de drogue retenait toute son attention. Enfin quelque chose de familier ! Il avait affaire à des gens dont il connaissait le fonctionnement, et déployait toutes les ressources de son intelligence pour rassembler les preuves qui les mèneraient devant la justice.

30

Lundi 28 mars 1966

Fin mars, la hache tomba sur le centre Hughlings Jackson de recherches neurologiques.

Quand le conseil de surveillance se réunit dans la salle de conférence, à 10 heures précises, tous ses membres étaient là, à l'exception du professeur Robert Mordent Smith, qui avait quitté Marsh Manor deux semaines plus tôt mais ne sortait plus de sa cave. Roger Parson junior se pardonnait difficilement d'avoir aussi mal jugé le Prof.

— Mademoiselle Dupré, dit-il à Desdemona, vous êtes directrice administrative du centre, prenez donc un siège.

Puis il se tourna vers Tamara.

— Mademoiselle Vilich, vous sentez-vous assez bien pour transcrire le compte rendu de la réunion ?

La question était légitime, car Tamara ne ressemblait plus guère à la femme que les membres du conseil avaient connue. Toutes ses lumières intérieures semblaient s'être éteintes.

— Oui, monsieur Parson, répondit-elle d'une voix sans timbre.

Mawson McIntosh savait déjà ce que Wilbur Dowling ne faisait que soupçonner, mais tous deux avaient la même expression ravie. Chubb allait hériter du Hug, c'était certain, et avec lui, d'une somme énorme qui ne serait plus consacrée à la recherche neurologique.

Lunettes perchées sur le nez, Roger Parson entreprit de lire à voix haute le document juridique rendant nul et non avenu le testament de son oncle, s'agissant du fonds en fidéicommis qui finançait le Hug. Il lui fallut près de trois quarts d'heure pour venir à bout d'un texte plus desséché que les sables du Sahara, mais tous ceux qui durent endurer l'épreuve gardèrent un air plein d'intérêt, exception faite de Richard Spaight, à qui incomberaient les aspects techniques les plus fastidieux de l'affaire. Il fit pivoter son fauteuil pour se placer face à la vitre et observa deux remorqueurs conduisant un tanker à son mouillage, situé dans le nouveau complexe pétrolier, tout au bout de Oak Street.

— Bien sûr, conclut Parson au terme de son exposé, nous pourrions simplement intégrer les cent cinquante millions de dollars du fonds et les intérêts composés au capital de notre compagnie, mais cela n'aurait pas été la volonté de feu William Parson, nous en sommes certains.

Tu parles, songea M.M., *c'est très précisément ce que vous vouliez faire ! Mais je vous ai prévenus que la fac vous traînerait en justice !*

Ils ne pourraient guère récupérer que les intérêts composés, ce qui n'était déjà pas si mal.

— Nous proposons par conséquent que la moitié du capital soit affectée à la Chubb University, pour continuer à financer le Hughlings Jackson Center sous la forme qu'il sera amené à prendre, quelle qu'elle soit. Le bâtiment et le terrain qui l'entoure seront cédés à l'université. L'autre moitié du capital lui sera également affectée, en vue de financer tout bâtiment d'importance dont le conseil de l'université jugera la création nécessaire, du moment qu'il porte le nom de William Parson.

Le visage de Dowling trahit une avidité repue, celui de M.M. demeura impassible. Dowling comptait transformer le Hug en centre de recherche consacré aux psychoses organiques. Il avait tenté de convaincre Claire Ponsonby de lui faire don du cerveau de feu son frère, mais s'était vu opposer un refus poli. Quel dommage ! Car c'était vraiment celui d'un psychotique ! Bien entendu, il ne s'attendait pas à y trouver de grosses anomalies, mais peut-être y aurait-il une atrophie localisée dans le cortex préfrontal, ou une bizarrerie dans le corps strié…

Les pensées de M.M. tournaient autour des futurs bâtiments qui porteraient le nom de William Parson. L'un d'eux devrait être un musée, même s'il demeurerait vide jusqu'à ce que le dernier des Parson meure. Il pria pour que ce soit le plus tôt possible.

— Mademoiselle Dupré, dit Roger Parson junior, il vous reviendra de transmettre cette lettre officielle à tous les membres du Hughlings Jackson Center, chercheurs et membres du personnel. Le centre sera fermé le 29 avril. Le doyen de la faculté de médecine disposera à son gré du matériel et du mobilier, à l'exception toutefois de certains éléments qui seront offerts au laboratoire de l'examinateur médical du comté, en témoignage de notre gratitude pour le travail de la police, comme le nouveau microscope électronique. J'ai en effet discuté avec le gouverneur qui m'a dit à quel point la médecine légale, pourtant si importante, manquait de fonds.

Non, non, non, hurla Dowling intérieurement, *ce microscope est à moi !*

— Le président McIntosh m'a assuré, poursuivit Parson, que tous les membres du Hug qui souhaitent y rester le pourront. Toutefois, je signale que leurs salaires seront réajustés conformément aux normes financières de la faculté de médecine. Les chercheurs seront placés sous la direction du professeur Frank Watson. Pour les autres, mademoiselle Dupré, je vous charge de définir des indemnités de licenciement représentant un an de salaire, plus toutes les sommes afférentes aux retraites.

Parson s'éclaircit la gorge, remit ses lunettes en place, puis reprit :

— Il y a deux exceptions à ces règles. La première concerne le professeur Robert Mordent Smith qui, hélas, n'est pas en état de reprendre une pratique médicale, quelle qu'elle soit. Il a dirigé le Hug pendant seize ans, aux cours desquels sa contribution a été absolument essentielle. Nous avons donc décidé qu'il avait droit à une compensation définie ci-après.

Il jeta une autre feuille de papier vers Desdemona.

— La seconde exception, c'est vous, mademoiselle Dupré. Le centre n'aura plus de direction administrative, et d'après ce que me dit le président McIntosh, il est impossible de vous trouver une position équivalente au sein de l'université. Nous avons donc convenu que votre indemnité de licenciement comprendrait tout ce qui est listé ici.

Desdemona parcourut rapidement la troisième feuille de papier que l'homme lui lança : deux ans de salaire, retraite… Si elle cessait de travailler et se mariait, elle aurait de quoi voir venir.

— Vilich, dit-elle à Tamara, préparez-nous le café, voulez-vous ?

— Dowling aura bousillé le Hug d'ici deux ans, dit-elle à Carmine ce soir-là. Il est trop psychiatre et trop peu neurologue pour savoir tirer parti d'une unité de recherche bien gérée. Dis à Patrick de ne pas hésiter sur l'équipement, qu'il s'en empare pendant que les circonstances sont favorables.

— Il te sera éternellement reconnaissant.

— Pas de quoi. Je n'y suis vraiment pour rien. En tout cas, ta future épouse n'est pas dépourvue de dot. Elle devrait même nous permettre d'acheter une maison. J'adore ton appartement, mais c'est un peu petit pour élever une famille.

Carmine lui prit les mains.

— Surtout, garde ton argent. Comme ça, si tu changes d'avis, tu auras de quoi retourner à Londres. J'ai quelques réserves, moi aussi.

— Comme tu veux. Tu sais, quand il a lu la circulaire de Roger Parson, Addison Forbes a explosé. Il préférerait mourir de syphilis tertiaire plutôt que se retrouver sous la direction de Frank Watson. Du coup, il a annoncé qu'il allait travailler avec Nur Chandra, à Harvard, mais on ne manque pas de neurologues cliniciens, là-bas, j'espère pour lui que ce n'est pas un effet d'annonce. Quoi qu'il en soit, j'avoue beaucoup aimer la maison des Forbes. S'ils s'en vont, je serais ravie de l'acheter. Tu crois que nous aurions assez d'argent ? Cet appartement est à toi, ou tu le loues ?

— Il est à moi. Puisque tu l'aimes tant, si la maison des Forbes se libère, nous devrions pouvoir nous porter aquéreurs. Elle est au bord de l'océan et dans le quartier de ma famille. Mais cela impliquerait de vivre à proximité de ma mère et ma tante. J'espère que tu vas les aimer…

— Je suis un peu timide, en fait, avoua-t-elle, c'est pour ça que j'ai l'air plutôt snob. Mais je crois que je pourrai aimer ta famille sans peine, Carmine. Et si ta fille Sophia voulait venir ici, ce serait un endroit parfait pour elle, avec le lycée et le Chubb à proximité. D'après ce que tu m'as dit, elle a besoin d'un véritable foyer.

— Je ne te mérite pas, dit Carmine, profondément ému.

— Allons, allons, les gens ont toujours ce qu'ils méritent.

V

PRINTEMPS-ETE 1966

31

Dans la semaine qui suivit l'inculpation de Wesley Le Clerc pour le meurtre de Charles Ponsonby, l'opinion publique se modifia profondément dans tout l'État, largement influencée par la télévision. Sa fureur face au monstre du Connecticut, loin de s'apaiser, ne fit que croître. On voyait désormais en lui la conséquence de l'athéisme, de l'effondrement de la morale, d'un monde devenu fou sous la pression de la modernité et le déferlement de la technologie.

Wesley voyait son vœu s'accomplir : il était devenu un héros. Nombre de ses admirateurs étaient noirs, mais pas uniquement, et tous étaient convaincus qu'il avait rendu la justice au-delà de ce que pouvait permettre cette Loi qui avait si longtemps favorisé les Blancs. Ce déséquilibre avait pourtant disparu dans certains États et s'effaçait dans d'autres, mais les mauvaises pratiques du passé étaient encore dans tous les esprits.

Wesley fut inculpé de meurtre au premier degré, donc avec préméditation. C'était, juridiquement, le seul aspect qui pourrait prêter à discussion. S'étant placé sous la lumière des projecteurs, le jeune homme savait parfaitement que, pour y rester, il lui faudrait assister à son propre procès. Or, s'il plaidait coupable, il ne ferait son apparition au tribunal que pour entendre le verdict. Il décida donc de plaider non coupable, la cour lui refusant toute libération sous caution avant les débats. Comme il sortait du tribunal, il fut accosté par un avocat blanc connu qui lui proposa d'assurer sa défense, avec plusieurs autres collègues également présents. Évidemment, Wesley refusa la proposition.

— Allez vous faire foutre ! Et dites à Mohammed el Nesr que j'ai vu la lumière. Je ferai comme tous les Noirs pauvres, je me contenterai d'un défenseur fourni par le ministère public.

Et il montra du doigt un jeune Noir portant une serviette sous le bras, avant de soupirer :

— Ça aurait pu être moi dans dix ans, mais j'ai décidé d'emprunter un autre chemin.

Une fois apaisée l'exaltation du trajet vers sa cellule en compagnie de Carmine Delmonico, Wesley entama un changement radical, qui n'avait pas grand-chose à voir avec ce que lui avait suggéré Carmine, mais beaucoup avec le fait d'avoir vu, à moins d'un mètre devant lui, la vie quitter une paire d'yeux. Ce qui restait de Charles Ponsonby n'était plus qu'une enveloppe vide, et Wesley était terrifié à l'idée qu'il avait libéré un esprit ignoble qui se mettrait en quête d'un autre corps. Il se mit alors à prier simultanément Allah, le Christ et Bouddha.

Pourtant, il sentait en lui une force nouvelle, inconnue. Il fallait qu'il parvienne, d'une manière ou d'une autre, à faire de son geste une victoire.

Les premiers signes de cette victoire lui apparurent quand il fut transféré à la prison du comté d'Holloman pour y attendre son procès : les détenus l'y acclamèrent. Dans la cellule, son lit était chargé de cadeaux : cigarettes, cigares, briquets, magazines, confiserie, une Rolex en or, une bague avec un diamant… Il n'avait pas à redouter d'être violé dans les douches, ni d'ailleurs à craindre les gardiens, car tous lui souriaient et lui parlaient avec respect. Chaque fois qu'il entrait dans le réfectoire ou dans la cour, on l'accueillait avec enthousiasme.

Beaucoup de gens, quelle que soit la couleur de leur peau, pensaient qu'il ne devait pas être condamné du tout. Les journaux de tout le pays furent inondés de lettres de lecteurs, les radios d'appels téléphoniques, le gouverneur de télégrammes. Le District Attorney tenta de persuader Wesley de plaider coupable en échange d'une forte réduction de peine, mais le nouveau héros refusa net.

Son procès commença début juin, plusieurs mois avant la date prévue, mais les pouvoirs judiciaires avaient estimé que le retarder ne ferait que compliquer la situation : plus le temps passait, plus Wesley Le Clerc devenait populaire.

Jamais un jury n'avait été choisi avec autant de soin : huit jurés noirs, quatre blancs, six femmes et six hommes, certains aisés, d'autres simples travailleurs, deux chômeurs.

La méthode de défense de Wesley consista à dire qu'il n'avait absolument rien prévu, hormis la coiffure ; qu'un mouvement de foule l'avait poussé en avant ; qu'il ne se souvenait pas avoir tiré, ni même qu'il avait une arme sur lui. Le jury opta pour un meurtre non prémédité et recommanda vivement la clémence. Le juge Douglas Thwaites, pour sa part, n'était pas de cet avis. Il prononça une condamnation à vingt ans de prison, dont douze avant toute possibilité de libération sur parole. C'était à peu près le verdict auquel on s'attendait.

Le procès dura cinq jours et se termina un vendredi, marquant l'apogée d'un printemps dont le gouverneur espéra vivement qu'il ne se reproduirait jamais. Les manifestations avaient cédé la place aux émeutes. Des maisons brûlaient, des magasins étaient pillés, des coups de feu échangés. Abandonné par son disciple, Mohammed el Nesr tenta sa chance et lança la Brigade Noire dans une petite guerre qui prit fin lorsqu'un raid de la police sur le 18 de la 15e Rue permit la découverte de près d'un millier d'armes à feu. Mohammed avait perdu peu à peu tout crédit auprès de ses fidèles, qui commençaient à admirer davantage Wesley.

Une semaine avant son procès, il devint clair qu'il allait y avoir une énorme manifestation en sa faveur, et que ceux qui comptaient y prendre part n'étaient pas tous d'humeur pacifique. Des informateurs firent savoir aux autorités que cent mille Noirs et près de soixante-quinze mille Blancs envahiraient Holloman à l'aube du jour où commenceraient les audiences. La plupart d'entre eux venaient du Connecticut, du Massachusetts et de l'État de New York, d'autres de Chicago, d'Atlanta, de Baton Rouge – la ville natale de Wesley –, et même de Los Angeles. Le jardin botanique de Maltravers Park, à une quinzaine de kilomètres d'Holloman, avait été choisi comme point de ralliement. Des milliers de gens s'y retrouvèrent effectivement dès le samedi. Les habitants d'Holloman, inquiets, clouèrent des planches sur les portes et les fenêtres de leurs maisons, redoutant la guerre urbaine qui allait suivre.

Le dimanche matin, le gouverneur appela la Garde nationale, qui entra dans Holloman le lendemain à l'aube, avant les manifestants : transports de troupes, véhicules blindés et énormes camions envahirent la ville. Mais les manifestants restèrent invisibles. Peut-être la perspective d'une confrontation avec des troupes aguerries les avait-elle fait reculer, peut-être ne voulaient-ils finalement pas aller plus loin que Maltravers Park qui, dès le lundi midi, était déserté. Le procès de Wesley Le Clerc se déroula donc sans heurts. Moins de cinq cents personnes vinrent manifester devant le tribunal et, après le verdict, se dispersèrent sans incidents.

Wesley, en tout cas, ne perdit pas de temps à s'interroger sur le comportement de ceux qui déclaraient le soutenir. Transféré dans une prison de haute sécurité le vendredi soir, il déposa dès le surlendemain une demande officielle auprès du directeur de l'établissement afin de pouvoir entamer des études de droit, ce qui lui fut accordé aussitôt. Après tout, il n'avait que vingt-cinq ans. S'il obtenait sa mise en liberté sur parole à son premier essai, il en aurait trente-sept et serait déjà, sans doute, docteur en droit, même si son casier judiciaire l'empêcherait de s'inscrire au barreau. Il comptait se spécialiser dans les arrêts de la Cour suprême américaine. Après tout, il était le tueur du monstre, le justicier d'Holloman. Il avait réussi à détrôner Mohammed el Nesr, son ancien maître.

32

Carmine et Desdemona se marièrent début mai et choisirent de passer leur lune de miel à Los Angeles, à l'invitation de Myron Mendel Mandelbaum. Les deux hommes furent un peu surpris que Sophia trouve sympathique la nouvelle Mme Delmonico – sans doute, pensa celle-ci, parce qu'elle traitait l'adolescente en adulte responsable. Bref, les présages étaient favorables.

Il n'en allait pas de même à Holloman. Comme si le Hug n'avait pas assez souffert, il y eut un nouveau rebondissement quand Mme Forbes vint se plaindre à la police que son mari cherchait à l'empoisonner. Interrogé par les sergents Goldberg et Marshall, récemment décorés, le docteur Addison Forbes rejeta ces accusations avec mépris et les invita à prendre des échantillons de la nourriture et des liquides présents dans la maison. Les analyses se révélèrent négatives. Dans les jours qui suivirent, Forbes déposa ses livres et ses papiers dans des caisses puis, chargé de deux valises, prit la direction de Fort Lauderdale. Il s'y joignit à un cabinet médical spécialisé dans la neurologie gériatrique. Les accidents vasculaires cérébraux et la démence sénile ne l'avaient jamais beaucoup intéressé, mais c'était infiniment préférable au professeur Frank Watson, et à Robin, dont il entreprit de divorcer.

Quand les avocats de Carmine le contactèrent pour discuter de l'achat de sa maison, il la vendit à la moitié de sa valeur, rien que pour punir sa femme. Laquelle, après avoir longtemps hésité pour savoir laquelle de ses filles avait le plus besoin d'elle, partit pour Boston et s'installa chez Roberta. Robina envoya une lettre pleine de compassion à sa jumelle, mais celle-ci était en fait ravie d'avoir sa mère pour s'occuper de sa maison.

Desdemona put ainsi proposer à Sophia d'occuper la tour de l'ancienne demeure des Forbes.

— Elle est vraiment jolie, déclara-t-elle d'un ton un peu détaché, ne voulant pas paraître trop enthousiaste. La pièce du haut possède un belvédère, tu pourrais en faire ton séjour. Et celle d'en dessous pourrait devenir ta chambre, une fois qu'on y aura installé une salle de bain et une kitchenette. Carmine et moi avons pensé que tu pourrais finir le lycée chez nous, puis songer à trouver une bonne université. Ça t'intéresserait ?

L'adolescente hurla de joie, prit Desdemona dans ses bras et la serra très fort :

— Oh, oui ! Merci, merci beaucoup.

Fin juillet, Claire Ponsonby fit parvenir à Carmine un message lui disant qu'elle aimerait le rencontrer. Ce fut pour lui une surprise, mais rien, pas même Claire Ponsonby, ne pouvait ébranler le sentiment de bien-être et de satisfaction qu'il éprouvait à cette période. Sophia était arrivée de Los Angeles deux semaines auparavant et ne savait toujours pas si elle devait repeindre les murs de la tour ou les couvrir de papier peint. Il était toujours surpris de tout ce dont la jeune fille et sa nouvelle belle-mère pouvaient discuter. Mais peut-être était-ce dû, en partie, au fait que Desdemona était enceinte. L'enfant naîtrait en novembre, et Sophia mourait déjà d'impatience d'avoir un frère ou une sœur. Comme Desdemona avait dû se sentir seule, à économiser sou par sou par s'assurer une existence qui, à en juger par son attitude actuelle, ne l'aurait jamais satisfaite !

Claire l'attendait sur la véranda à côté de sa chienne. Deux fauteuils y étaient disposés de chaque côté d'une petite table en rotin, de couleur blanche, sur laquelle étaient posés un carafon de limonade, deux verres et un plateau de cookies.

— Lieutenant ! dit-elle comme il montait les marches.

— Capitaine, désormais, répondit-il.

— Mon Dieu ! Capitaine Delmonico, asseyez-vous donc et prenez un verre de limonade, c'est une vieille recette familiale.

— Non, merci.

— Vous ne voulez rien manger ni boire qui soit préparé de mes mains, capitaine ?

— Franchement, non.

— Très bien. Alors, restons simplement assis là.

— Pourquoi avez-vous demandé à me rencontrer, mademoiselle Ponsonby ?

— Pour deux raisons. La première est que je m'en vais. D'après ce que m'ont dit mes avocats, personne ne peut m'en empêcher, mais j'ai jugé plus prudent de vous en informer. Le break de Charles est chargé des affaires que je veux emporter avec moi, et j'ai loué les services d'un étudiant de la faculté qui nous conduira ce soir à New York, Biddy et moi. J'ai vendu la Mustang.

— J'aurais cru que vous resteriez ici.

— J'ai découvert que sans Charles, la maison était vide. Puis le major F. Sharp Minor m'en a offert une somme appréciable, c'était une proposition que je ne pouvais refuser. Je crois qu'il compte en faire une sorte de musée des horreurs. Plusieurs agences touristiques de New York ont déjà prévu d'organiser des voyages ici, qui dureront deux jours. Premier jour : trajet en bus à travers la charmante campagne du Connecticut, dîner, puis installation pour la nuit dans le motel du Major, qu'il est en train de remettre à neuf. Deuxième jour : visite guidée de la maison du monstre du Connecticut, avec parcours à quatre pattes du célèbre tunnel. À la sortie, on nourrit les cerfs qui attendront dehors. Puis retour à la tanière du monstre pour voir quatorze répliques des têtes dans leur cadre original, avec, bien entendu, une bande sonore de cris et de hurlements. Le Major va désosser le séjour pour y loger trente couverts et transformer notre salle à manger en cuisine, car il est bien sûr impossible à un chef de travailler sur un fourneau que les gens veulent voir pivoter. Ensuite, retour en bus à New York.

Quel sens du sarcasme ! Carmine l'écouta, fasciné, heureux qu'elle ne puisse voir qu'il en restait bouche bée.

— Je pensais que vous ne croyiez pas à toutes ces histoires ?

— Je n'y crois toujours pas, mais on m'assure qu'elles ont eu lieu. Dans ces conditions, autant en tirer parti. Cela me donne l'occasion de prendre un nouveau départ très loin du Connecticut, peut-être en Arizona ou au Nouveau-Mexique.

— Je vous souhaite bonne chance. Et la seconde raison ?

— Une explication. Capitaine, je reconnais que vous n'êtes pas le policier brutal des feuilletons télévisés, que vous m'avez toujours semblé entièrement dévoué à votre métier, sincère, et même altruiste. Je comprends que j'aie fait l'objet de vos soupçons lors de ces horribles crimes, dont vous vous obstinez à prétendre que mon frère était l'auteur. Ma théorie est que Charles et moi avons été dupés, que quelqu'un d'autre a effectué tous ces… travaux dans nos caves. Enfin, quoi qu'il en soit, je pense que vous êtes suffisamment gentleman pour me poser des questions avec courtoisie et discrétion.

Il allait savoir, enfin ! Il se pencha en avant, mains croisées.

— Je vous remercie, mademoiselle Ponsonby. J'aimerais d'abord vous demander ce que vous savez de la mort de votre père.

— Je me doutais bien que vous commenceriez par là.

Claire allongea les jambes et les croisa aux chevilles, caressant d'un pied le dos de Biddy.

— Nous étions très riches avant la Dépression, nous vivions bien : bonne cuisine, bons vins, bonne musique… Maman venait d'un milieu assez semblable à celui de mon père, et elle était prête à tout pour l'épouser, alors que lui ne voulait pas vraiment d'elle. Elle n'avait donc pas d'autre choix que de le mettre au pied du mur ! Il a fait son devoir, et Charles est né six mois après le mariage. Morton est venu deux ans plus tard, et moi deux ans après lui.

Biddy geignait doucement, les yeux clos, le museau sur les pattes. Claire reprit :

— Nous avons longtemps eu une gouvernante qui se chargeait aussi de toutes les tâches domestiques à l'exception de la cuisine, car maman adorait cuisiner, mais détestait peler les pommes de terre et laver les assiettes. Cette femme est partie un jour, bien que je ne pense pas que maman se soit montrée vraiment tyrannique. C'est alors que papa a embauché Louisa Catone. Maman en a été furieuse, elle pensait que le choix d'une employée de maison était de son ressort. Mais papa, comme elle, n'aimait en faire qu'à sa tête, et Mme Catone est restée. Elle s'est même révélée être une vraie perle, si bien que maman a changé d'opinion. À mon avis, elle a compris très vite que Mme Catone était la maîtresse de papa, mais elle s'est résignée. Jusqu'au jour où mes parents ont eu une querelle horrible, vraiment horrible, à propos de sa présence dans la maison. Maman exigeait son départ, mais papa a refusé.

— Mme Catone avait une fille, non ?

— Oui, Emma, ma cadette de quelques mois, dit Claire en souriant rêveusement. Nous jouions ensemble, nous mangions ensemble… Déjà, à cette époque, ma vue n'était pas très bonne, alors Emma me guidait. Charles et Morton la détestaient, parce que maman avait découvert qu'elle était la fille de papa, donc notre demi-sœur. Charles avait retrouvé le bulletin de naissance.

— Et qu'est-ce qui s'est passé ensuite ?

— Le lendemain de la grande dispute, papa a dû partir en voyage d'affaires de toute urgence, et Mme Catone s'en est allée avec Emma.

— C'était combien de temps avant la mort de votre père ?

— Hmmm… J'avais près de six ans quand il a été assassiné. Ça devait être un an avant, en plein hiver.

— Mme Catone était chez vous depuis combien de temps, quand elle est partie ?

— Dix-huit mois. C'était une très jolie femme de sang mêlé, avec plus de blanc que de noir. Elle avait une très jolie voix, un peu chantante.

— Donc votre mère l'a chassée en l'absence de votre père ?

— Oui, mais je crois qu'il y avait autre chose. Maman avait une sorte de pouvoir, elle faisait peur aux gens. Elle a menacé de tuer Emma si elle et sa mère ne disparaissaient pas pour de bon. Mme Catone l'en a cru capable.

— Comment votre père a-t-il réagi, à son retour ?

— Il y a eu une nouvelle querelle, des hurlements, il l'a frappée, puis il est parti en courant. Il s'est passé des jours, des semaines... Et puis il est revenu. Il avait l'air épouvantable, il ne voulait pas parler à maman ; quand elle essayait de le toucher, il la frappait. J'avais l'impression qu'il pleurait à longueur de journée. Je crois qu'il était revenu pour nous, mais il semblait dépérir.

— Vous pensez qu'il était parti à la recherche de Mme Catone, et qu'il ne l'avait pas trouvée ?

— C'est logique, non ? On pouvait très bien divorcer, à cette époque, mais papa préférait que Mme Catone soit domestique chez lui, tandis que maman lui permettait de sauver les apparences. Il n'aurait pas pu épouser une mulâtresse, cela aurait fait vaciller son statut social, auquel il tenait beaucoup. Après tout, il était de la vieille famille des Ponsonby...

— Votre mère savait que l'argent de votre père avait disparu avec le krach ?

— Non, elle ne l'a appris qu'après sa mort.

— C'est elle qui l'a tué ?

— Oui, bien sûr. Cet après-midi-là, ils s'étaient horriblement disputés. Nous les entendions d'en haut. Papa avait retrouvé Mme Catone et Emma, et il comptait quitter maman. Il a mis son plus beau costume et il a claqué la porte. Maman nous a enfermés dans la chambre de Charles, puis elle l'a suivi, dans sa voiture à elle. Il s'est mis à neiger, sans arrêt, de ces flocons tourbillonnants comme il y en a dans les boules de verre. Nous avons eu l'impression d'attendre des heures. Puis nous avons entendu maman rentrer, et quand elle nous a ouvert, nous nous sommes précipités vers les toilettes. Je suis passée la première, et quand je suis sortie, j'ai vu maman dans le couloir, une batte de base-ball à la main, couverte de sang, comme ses vêtements. Charles et Morton sont arrivés, l'ont vue et l'ont emmenée. Ils lui ont fait prendre un bain tandis que j'allais à la cuisine me remplir l'estomac, puis ils ont allumé un grand feu dans la cheminée, là où se trouve actuellement le fourneau, et y ont brûlé la batte et les vêtements. Morton n'a plus jamais été le même.

— Jusque-là, il était... comment dire... normal ?

— Tout à fait, capitaine, sauf qu'il n'était encore jamais allé à l'école. Maman ne nous y a envoyés, Charles et moi, qu'après nos huit ans. Mais de ce jour, Morton n'a plus jamais dit un mot, le monde a cessé d'exister pour lui. Maman n'avait peur de rien ni de personne, sauf des fureurs de Morton, qui étaient effroyables.

— La police est venue ?

— Bien sûr. Nous avons dit que maman était restée à la maison, au lit avec une migraine. Elle est devenue hystérique quand on lui a annoncé que papa était mort. La mère de Robert Smith est venue chez nous s'occuper d'elle. Quelques jours plus tard, nous avons découvert que nous avions perdu notre argent lors du krach financier de Wall Street.

Carmine avait mal aux genoux dans ce fauteuil trop bas. Se levant, il contempla les alentours de la maison. Claire Ponsonby était bel et bien prête à partir : le break attendait sur le chemin d'accès, rempli de sacs, de boîtes, ainsi que de deux élégantes valises à l'ancienne. Ne voulant pas se rasseoir, il s'appuya contre la balustrade de la véranda.

— Vous saviez que Mme Catone et Emma étaient les deux autres victimes de votre mère ?

Le visage de Claire se figea sous le choc. Carmine lui versa de la limonade qu'elle but d'un trait avant de retrouver un peu de son calme.

— Voilà donc ce qu'elles sont devenues, dit-elle avec lenteur. Charles et moi nous demandions… Personne ne nous a jamais dit qui étaient les deux personnes assassinées avec papa, on accusait vaguement un groupe de vagabonds… Nous avons cru que maman avait profité de leur présence pour agir, que les deux autres étaient en fait des membres de ce groupe.

Elle se pencha brusquement en avant et tendit vers Carmine une main implorante.

— Dites-moi tout, capitaine ! Qu'est-ce qui s'est passé ?

— Je crois qu'effectivement votre père avait dit à votre mère qu'il la quittait pour entamer une nouvelle vie. Il avait très certainement retrouvé la trace de Mme Catone et de sa fille, mais, quand il est parti les rejoindre à la gare, c'était la première fois qu'il les revoyait. Elles étaient dans la misère : pas d'argent, ni même de quoi manger… Sans doute les deux mille dollars qu'il avait sur lui représentaient-ils ce qu'il avait pu récupérer pour commencer sa nouvelle existence. Mais votre père en avait trop dit à votre mère, et trois personnes sont mortes.

— Et je n'ai jamais, jamais rien su, après toutes ces années. Jamais je n'aurais soupçonné…

— Vous voulez encore un peu de limonade ?

— Non, merci, ça va.

— Pourriez-vous me parler de la vie que vous avez menée ensuite ?

— Que voulez-vous savoir ? Maman n'a plus jamais été la même après cela.

— Il n'y avait personne pour vous aider ?

— Vous voulez dire des gens comme les Smith et les Courtenay ? Maman disait toujours qu'ils fourraient leur nez partout. Elle s'est montrée si brutale qu'ils n'ont pas insisté et nous ont laissés tranquilles. Nous nous en sommes sortis, capitaine, nous nous en sommes sortis. Il nous restait un peu d'argent, maman a vendu nos terres, je crois que sa famille nous a aidés aussi... En tout cas, quand Charles et moi sommes allés au lycée, elle payait les frais de scolarité rubis sur l'ongle.

— Et Morton ?

— Un représentant de je ne sais quelle administration est passé le voir un jour, l'a examiné et n'est jamais revenu. Charles disait aux gens que notre frère était autiste, mais on ne devient pas autiste, même après un choc comme celui que nous avions subi. Nous l'aimions beaucoup, vous savez. Ses fureurs n'étaient jamais dirigées contre Charles ou moi, seulement contre maman ou les étrangers qui passaient nous voir.

— Vous avez été surprise qu'il meure si brutalement ?

— Ça m'a anéantie ! 1939 a été la pire année de ma vie. Je suis en train d'étudier, et voilà qu'un voile gris descend devant mes yeux, et je suis aveugle à vie. Une visite chez le médecin et je me retrouve dans le train pour Cleveland. J'y suis à peine arrivée que Charles me téléphone pour me dire que Morton est mort, d'un seul coup.

Elle se tut et frissonna.

— À vous entendre, votre mère était déjà instable, mentalement parlant, avant janvier 1930, mais apparemment elle parvenait à le cacher. Qu'est-ce qui s'est passé, fin 1941, pour provoquer chez elle cet accès de démence meurtrière ?

Claire grimaça.

— C'était juste après Pearl Harbor. Charles a annoncé qu'il allait se marier. Il avait à peine vingt ans, il entamait ses études de médecine, il a rencontré une fille pour laquelle il a eu le coup de foudre. Pour maman, ça a été le coup de grâce : elle est devenue vraiment folle, et la fille est partie en courant. Je suis revenue de Cleveland pour m'occuper de notre mère, pendant près de vingt-deux ans. Je n'étais pas son esclave pour autant, j'avais appris à la contrôler. Mais tant qu'elle a vécu, Charles et moi n'avons pu satisfaire notre amour de la bonne cuisine, des bons vins et de la musique. Je vais vous le dire franchement, capitaine : maman et vous avez ruiné mon existence. Je n'ai eu Charles pour moi toute seule que pendant trois précieuses années, c'est à cela que se limitent mes heureux souvenirs. Trois ans…

Fasciné, Carmine songea à l'hypothèse que Danny Marciano avait émise : le frère et la sœur étaient amants.

— Vous n'aimiez pas votre mère.

— Je la haïssais ! C'était une femme horrible, méchante. Vous rendez-vous compte, ajouta-t-elle d'un ton farouche, que de treize à dix-huit ans, Charles a vécu dans un placard sous l'escalier ?

Puis sa fureur parut s'évaporer d'un coup. Une lueur effrayée passa dans ses yeux et elle porta la main à sa bouche.

— Oh, je ne voulais pas dire ça ! Ça m'a échappé ! Je n'aurais pas dû…

— Maintenant que c'est fait, vous pouvez continuer, dit Carmine d'un ton apaisant. Allez-y.

— Des années plus tard, Charles m'a raconté qu'elle l'avait surpris un jour à se masturber. Elle s'est mise en fureur, a hurlé, l'a frappé… Il n'osait jamais l'affronter, comme je le faisais. Il était face à elle comme un lapin fasciné par un cobra. Plus jamais elle ne lui a adressé la parole. Quand il revenait de l'école, ou de chez Robert Smith, il rentrait dans le placard. Dedans, il y avait une lampe, un matelas, une chaise, une table. Il disposait d'un seau hygiénique qu'il devait vider et laver chaque matin. Jusqu'à mon départ pour Cleveland, j'étais chargée de lui apporter son plateau lors des repas, mais je n'avais pas le droit de lui parler.

Carmine était sidéré.

— Mais c'est dingue ! Il allait au lycée, il avait des amis, il lui aurait suffi de se confier à quelqu'un, les gens auraient agi aussitôt !

— C'est vrai, mais ce n'était pas dans sa nature. Il adorait maman et il rendait papa responsable de tout. Il lui aurait suffi de la défier, mais il ne l'a jamais fait. Le placard était le châtiment de son péché, il avait choisi de l'accepter. Quand il a eu dix-huit ans, elle l'en a fait sortir, sans pour autant lui dire quoi que ce soit. Peut-être que cela vous permettra de comprendre pourquoi je refuse d'admettre qu'il ait fait toutes ces choses horribles. Jamais il n'aurait violé ou torturé, il était trop passif.

Carmine se redressa et fit craquer ses jointures, un peu engourdies d'avoir serré trop fort la balustrade.

— Mademoiselle Ponsonby, je n'ai aucune intention d'ajouter à vos chagrins, mais je peux vous assurer que Charles était bel et bien le monstre du Connecticut. Je vais devoir vous laisser, à présent – non, non, ne vous levez pas ! Je vous remercie de m'avoir aidé à résoudre une énigme qui m'a tourmenté pendant des mois. Maintenant que je connais les noms des deux victimes, je veillerai à ce qu'elles aient une sépulture décente. Savez-vous quelle était la religion de Mme Catone ?

— Ah, capitaine, c'est bien là une question de policier. Elle était catholique. Je devrais sans doute contribuer à la tombe que vous leur ferez élever, puisque Emma était ma demi-sœur, mais vous comprendrez, j'en suis sûre, que je préfère m'en abstenir.

EPILOGUE

33

Claire Ponsonby resta sous la véranda bien après le départ du capitaine Carmine Delmonico.

Ses yeux errant sur les arbres entourant la demeure, elle se remémora la façon dont Morton passait le temps à creuser son tunnel, persuadé qu'un jour il serait utile. Charles adorait son frère, encore plus qu'il n'adorait sa mère. Il lui avait appris à lire et à écrire, lui avait donné une véritable éducation, partageant ses livres, tentant même de prendre part aux travaux. Mais il avait si peur du tunnel qu'il ne pouvait y rester très longtemps, tandis que Morton n'était jamais aussi plein de vie que quand il y creusait, étayait, extrayait la terre et les pierres que Charles dispersait ensuite autour des arbres. C'est ainsi que tout avait commencé. Charles voyait dans la salle Catone un rêve de chirurgien, Morton une sorte d'épanouissement orgasmique du tunnel caché sous la lourdeur silencieuse de la terre. Ver aveugle, taupe aveugle dans l'obscurité, avec dans la tête une sorte de bouton magique qui lui permettait de faire fonctionner ses yeux. Allumés, éteints, allumés, éteints…

Voyons… C'était sous ce chêne là-bas que nous avions enterré l'Italien venu de Chicago qui nous avait installé le sol de mosaïque. L'érable se nourrissait de l'opulente carcasse du plombier embauché à San Francisco. Le charpentier de Duluth pourrissait sous ce qui devait être le dernier orme en bonne santé du Connecticut. Claire avait oublié où étaient enterrés les autres, mais quelle importance ? Quelle bonne servante que la cupidité ! Travail discret, règlement comptant, tout le monde était content. Charles payait en liquide et elle reprenait les billets après un bon coup de marteau. Quel bonheur quand tous deux exploraient les orifices, les canaux, les tubes, les cavités…

Non qu'il ait fallu récupérer l'argent à tout prix. Ce qu'ils avaient dépensé pour construire la salle Catone, pendant les interminables années où ils avaient attendu la mort de leur mère, n'était rien en comparaison de ce que celle-ci avait ramené de la gare, dans deux élégantes valises, en ce soir de janvier 1930. Leur père n'était pas assez bête pour tout perdre dans le krach de Wall Street ! Il avait converti tous ses investissements en liquide bien avant et installé un coffre – dont la porte se révéla très utile plus tard – dans sa cave à vin, y déposant l'argent en attendant que son détective retrouve Mme Catone.

Après avoir tué son mari, sa maîtresse et leur fille, Ida avait laissé les valises de billets dans le coffre de son véhicule. Ses enfants les avaient récupérées pendant que la batte et les vêtements brûlaient dans la cheminée, puis cachées dans ce qui n'était encore qu'un tout petit tunnel. Ensuite, chaque jour, ils répétèrent sans cesse à leur mère que toute l'histoire Catone n'était que le fruit de son imagination, que « Emma » était le titre d'un roman de Jane Austen. Quand elle avait besoin d'argent, ils lui en donnaient, sans jamais lui révéler où étaient les valises. En 1933, quand Roosevelt, ce traître, suspendit la convertibilité en or, ils emmenèrent leur mère et les deux valises à la Sunnington Bank de Cleveland, où ils n'eurent aucun mal à échanger les vieux billets contre des neufs, puisque la banque appartenait à la famille. À cette époque, beaucoup de gens préféraient conserver leurs avoirs en argent liquide. Ida Ponsonby n'était plus que la marionnette impuissante de deux garçons à peine entrés dans l'adolescence.

Charles avait tout organisé, avec une extraordinaire lucidité : question logistique et conception, c'était un génie. Il était irremplaçable.

J'espère que le capitaine Delmonico a cru à mes petites histoires. Heureusement que sa femme était là pour lui donner des informations ! J'attendais avec impatience de la faire tomber de ses hauteurs olympiennes. Mais qui sait ? Peut-être que ça arrivera un jour. Jamais je ne me serais intéressé à elle si je n'avais conçu une telle fascination pour Carmine le Curieux. Cela dit, en dépit de toute son ingéniosité, il n'a pas le don de prescience ni posé les questions qui auraient pu lui permettre d'ouvrir la serrure.

Des questions du genre : pourquoi avaient-elles seize ans ? La réponse est simple, arithmétique. Mme Catone avait vingt-six ans, Emma six, cela faisait trente-deux, mais nous ne voulions qu'une Catone. Trente-deux divisé par deux, ça donne seize ! Ou des questions du genre : qu'est-ce qui pouvait bien retenir l'attention d'une jeune fille sensible ? Eh bien, une aveugle sanglotant parce que sa chienne s'était cassé une patte. Biddy joue très bien la comédie. Des questions du genre : pourquoi avons-nous attendu si longtemps avant de commencer ? La réponse se perd dans l'écheveau d'Œdipe, d'Oreste. On peut tuer des Catone à la pelle, mais on ne peut pas tuer sa mère. Des questions du genre : qui aidait Charles à enlever les jeunes filles, puisque Claire en était incapable ? La réponse est que tout est dans les apparences.

Maman n'a jamais eu de fille, rien que trois garçons. Mais elle en voulait une, et ce qu'elle voulait, elle l'avait toujours. Le dernier a donc été habillé en fille dès le jour de sa naissance. Les gens croient ce que leurs yeux leur montrent. Vous compris, capitaine Delmonico. Nous autres Ponsonby ressemblons tous à maman, nous n'avons rien de la virilité de papa, qui savait en faire profiter Mme Catone ! Je le sais très bien, Charles et moi les regardions par un trou dans le mur.

Cher Charles, toujours à la recherche de moyens de satisfaire mes exigences ! Tout aurait été très difficile quand Claire est devenue aveugle, s'il n'avait eu l'idée de me faire mettre les vêtements de notre « sœur » et de m'envoyer à Cleveland. Dès que j'y suis arrivé, il a étouffé Claire avec un oreiller, et c'est ainsi que Morton la Taupe est devenu Claire l'Aveugle. Allumés, étaients. Allumés, éteints…

Il est temps à présent que Morton la Taupe se trouve un nouveau terrain où creuser ses tunnels. L'obscurité, enfin !

DU MÊME AUTEUR

CHEZ LE MÊME ÉDITEUR

CÉSAR IMPERATOR

51 avant Jésus-Christ. En Gaule, toutes les provinces insurgées, l'une après l'autre, ont plié devant Caius Julius Caesar. Pour le vainqueur d'Alésia, l'homme qui a défait Vercingétorix, le moment est venu de regagner Rome et de s'emparer du pouvoir.

Dans la capitale, les sénateurs et le consul Pompée sont en alerte. Le prestige de César, son ambition sans limites n'en font-ils pas le plus dangereux des rivaux ? Au terme d'âpres tractations, Pompée croit obtenir la garantie que l'ancien gouverneur de la Gaule n'entravera pas son ambition. Mais c'est pour apprendre bientôt que César, à la tête d'une armée dévouée à sa cause, est en passe de franchir le Rubicon et de marcher sur Rome…

Avec ce roman, Colleen McCullough parachève le portrait du chef militaire le plus célèbre et le plus énigmatique de l'Antiquité : un « César Imperator » tantôt orgueilleux, tantôt en proie au doute, animé par l'orgueil comme par les sentiments. En un mot : humain.

ISBN 978-2-35287-003-6 / H 50-3863-3 / 512 pages / 8,50 €

LA MAISON DE L'ANGE

À vingt et un ans, Harriet, une jeune infirmière, décide de prendre son indépendance et loue un appartement dans un quartier de Sydney mal famé.

Dans cette demeure, dont la propriétaire pratique les arts divinatoires, Harriet noue des liens d'amitié avec les locataires. Portée par l'atmosphère bohème du lieu, elle s'initie aux plaisirs des sens et découvre l'amour.

En ce début des années 1960, la vie n'est pas qu'une longue fête sans fin. Quand le drame survient, Harriet, qui s'est prise d'affection pour Flo, la fillette autiste de sa propriétaire, n'hésite pas. Ce petit ange de quatre ans, attachant et mystérieux, est en danger. Elle tente alors de la mettre à l'abri…

« Colleen met beaucoup d'elle-même dans son personnage.
Un roman attachant qu'on ne lâche pas. »
Le Point

ISBN 9782-35287-041-8 / H 50-4975-4 / 384 pages / 7,50 €

Cet ouvrage a été composé
par Atlant'Communication
aux Sables-d'Olonne (Vendée)

Impression réalisée par Maury
pour le compte des Éditions Archipoche
en avril 2008

Imprimé en France
N° d'édition : 71 – N° d'impression : 137315
Dépôt légal : mai 2008